# EL ALMACÉN

# El Almacén

## *Bentley Little*

Traducción de Laura Paredes

EDICIONES B
GRUPO ZETA

Barcelona • Bogotá • Buenos Aires • Caracas • Madrid • México D.F. • Montevideo • Quito • Santiago de Chile

Título original: *The Store*

Traducción: Laura Paredes

1.ª edición: abril 2009

© Bentley Little, 1998
© Ediciones B, S. A., 2009
   Bailén, 84 - 08009 Barcelona (España)
   *www.edicionesb.com*

Publicado por acuerdo con Lennart Sane Agency AB

Printed in Spain
ISBN: 978-84-666-4063-3
Depósito legal: B. 9.580-2009

Impreso por LIBERDÚPLEX, S.L.U.
Ctra. BV 2249 Km 7,4 Polígono Torrentfondo
08791 - Sant Llorenç d'Hortons (Barcelona)

*A mi esposa, Wai Sau*

# Prólogo

El automóvil, un DeSoto, recorría la carretera de tierra y llena de baches a través de las colinas desérticas que señalaban el fin de las llanuras de Tejas. Iba envuelto en una nube de polvo que lo seguía como una estela y lo envolvía casi por completo, pero como el polvo era preferible al calor, las ventanillas del vehículo estaban bajadas.

Era el tercer día de su luna de miel, y aunque Nancy no quería admitirlo, parecía que Paul y ella ya no tenían nada de qué hablar. Apenas habían abierto la boca desde Houston (Paul sólo lo había hecho en contadas ocasiones para pedirle el mapa), y aunque intentaba encontrar temas de conversación, parecía que no podían durarles más de unos minutos. Y tal vez sería mejor reservarlos para la hora de la cena, cuando llegaran a El Paso.

Nancy se abanicó con el mapa. La insoportable temperatura tampoco ayudaba. No podía pensar con aquel bochorno. No había tenido tanto calor ni se había sentido tan incómoda en toda su vida. Le habría gustado quitarse el top y el sujetador. Al Paul de antes también le habría gustado. Era la clase de arrebato espontáneo que harían unos recién casados, la clase de picardía alocada que convierte una luna de miel en memorable, que años después recordarían y les haría reír. Nadie más la vería, ya que no se habían cruzado con un solo coche durante las últimas dos horas, pero sin siquiera preguntarlo, sabía que a Paul no le parecería bien.

Tendrían que haberse casado hacía tres años, pero lo habían llamado a filas para enviarlo a Corea y, aunque ella habría querido casarse antes de que se marchara, Paul había preferido esperar... por si acaso. Cada vez que lo mencionaba, él le recordaba el primer marido de Scarlett O'Hara en *Lo que el viento se llevó*, el chico con el que se había casado justo antes de que partiera hacia la muerte en la guerra de Secesión, y aunque Nancy sabía que bromeaba, le aterraba pensar que quizá no regresara.

Pero había regresado. Vivo e ileso. Sin embargo, era otro después de la guerra. Había cambiado, aunque Nancy no sabría decir exactamente en qué. Se dio cuenta de esto nada más verlo, y se planteó preguntárselo, pero imaginó que si Paul quería hablar de ello lo haría, así que decidió dejarlo correr. Estaba muy contenta de que volvieran a estar juntos. Como marido y mujer. Y aunque los silencios eran demasiado largos, no eran incómodos, y sabía que cuando hubieran empezado su nueva vida en California, cuando hubieran hecho amigos, cuando tuvieran hijos y se hubieran adaptado al matrimonio, esos silencios desaparecerían.

Delante de ellos, al pie de un risco de arenisca que quedaba a la derecha de la carretera, había un pequeño edificio de ladrillos cuya presencia allí, en medio de la nada, resultaba incongruente. Delante de la construcción se extendía una franja de hierba verde, separada por una corta acera blanca. En la pared del edificio, que carecía de ventanas, sólo había un gran letrero con letras negras sobre fondo blanco, a la derecha de la puerta.

—Qué extraño —comentó Paul a la vez que reducía la velocidad.

A la distancia que estaban, pudieron leer las palabras del letrero:

EL ALMACÉN
ALIMENTACIÓN - FARMACIA - MODA Y HOGAR

—¿El Almacén? —rio Paul—. ¿Qué clase de nombre es ése?
—Es un nombre sencillo y directo —opinó Nancy.

—Sí. Supongo que sí. Pero no llegarías a ninguna parte en una gran ciudad con un nombre así. El Almacén. Se necesita algo con más gancho, más llamativo —rio de nuevo y sacudió la cabeza—. El Almacén.

—¿Por qué no paramos? —sugirió ella—. Ahora mismo un refresco me vendría bien.

—De acuerdo. —No había estacionamiento, pero Paul arrimó el coche a un lado de la carretera de tierra y lo detuvo directamente delante del pequeño edificio. Luego se volvió hacia su mujer—. ¿Qué quieres?

—Te acompaño —repuso Nancy.

—No —dijo Paul a la vez que le ponía una mano en el brazo—. Quédate en el coche. Yo iré a buscar los refrescos. ¿Qué quieres?

—Un batido de chocolate.

—Oído barra. —Abrió la puerta del conductor y salió del coche—. Enseguida vuelvo.

Le sonrió, y ella le devolvió la sonrisa mientras observaba cómo recorría la corta acera y abría la puerta de cristal hasta que desapareció en la penumbra del establecimiento. De repente, se percató de lo extraño que era aquel sitio. Estaban a cien, puede que a ciento cincuenta kilómetros de la ciudad más próxima, no había líneas telefónicas ni cables eléctricos a la vista, no creía que hubiera agua y, desde luego, no había ningún tráfico. Aun así, el Almacén estaba abierto y al parecer totalmente preparado, como si estuviera en pleno centro de Pittsburg en lugar de en medio del desierto tejano.

Eso la intranquilizó.

Miró fijamente la puerta para intentar ver el interior del establecimiento, pero no podía distinguir nada. Ninguna forma. Ninguna señal de movimiento. Se dijo que se debía al cristal y a la inclinación del sol. Eso era todo. Además, si el interior del edificio estuviera tan oscuro como parecía desde allí, Paul no habría entrado.

Trató de creérselo.

Unos minutos después, Paul salió con aspecto aturdido, cargando una bolsa grande de papel. Abrió la puerta del conductor, se sentó y dejó la bolsa entre los dos.

—Creía que sólo ibas a traer refrescos —comentó Nancy.

Paul puso el coche en marcha sin decir palabra.

—¿Paul? —insistió ella, pero como no le respondía empezó a hurgar en la bolsa—. ¿Bombillas? ¿Para qué queremos bombillas? Estamos de vacaciones. ¿Papel de cocina? ¿Una bayeta? ¿Cinta adhesiva? ¿Para qué es todo esto?

Paul dirigió una mirada disimulada al Almacén mientras conducía y dijo:

—Vámonos de aquí.

—Pero no lo entiendo —prosiguió Nancy con un repentino escalofrío—. ¿Por qué compraste todo esto? Y ¿dónde están nuestros refrescos?

Paul se volvió hacia ella. Su rostro reflejaba temor; temor e ira, y por primera vez desde que se habían casado, por primera vez desde que lo había conocido, Nancy tuvo miedo de él.

—Cállate, Nancy. Cierra el pico de una vez.

Nancy guardó silencio y dirigió la vista hacia atrás mientras se alejaban a toda velocidad. Antes de que el coche tomara la curva de la colina, antes de que el polvo oscureciera totalmente la escena que quedaba a su espalda, vio que se abría la puerta del edificio.

Nunca olvidaría el momento en que le pareció ver al propietario del Almacén.

# Uno

## 1

Bill Davis cerró despacio la puerta principal de su casa al salir. Recorrió el porche y se detuvo un instante al principio del camino de entrada para flexionar las piernas y respirar profundamente. El aire de sus pulmones salía en forma de bocanadas de vaho. Realizó cincuenta flexiones, se irguió, inclinó el torso a izquierda y derecha y luego bajó por el camino de entrada hasta la carretera sin asfaltar, donde inspiró profundamente una última vez antes de empezar su *footing* matinal.

Al pie de la colina, la tierra se convertía en asfalto. Davis dejó atrás el prado de Godwin y tomó Main Street.

Le gustaba correr a esa hora de la mañana. No por el hecho de correr en sí (eso era un mal necesario), sino por andar por ahí a esa hora. Las calles estaban prácticamente vacías. Len Madson estaba en la tienda de dónuts terminando la hornada de la mañana, y empezaban a llegarle los primeros clientes. Chris Schneider ponía los periódicos en sus expositores, y alguna que otra furgoneta se dirigía a una obra, pero aparte de eso, la ciudad estaba tranquila y las calles despejadas, y así era como le gustaba.

Atravesó el centro de Juniper y siguió hasta llegar a la carretera. El aire era frío pero denso, cargado de la rica fragancia de la vegetación húmeda, del olor a hierba recién segada. Respiraba profundamente mientras corría. Podía ver su propio aliento, y el aire fresco le resultaba vigorizante, le hacía sentir feliz de estar vivo.

En la carretera, la vista era más amplia: los árboles que flanqueaban la calle retrocedían y permitían ver el paisaje. Delante de él, el sol se elevaba tras unas nubes rotas que flotaban inmóviles sobre las montañas y que se recortaban contra el cielo pálido, negras en el centro y con el contorno de color naranja rosado. Una bandada de ocas volaba hacia el sur en formación en V que cambiaba cada pocos segundos porque un ave distinta se colocaba a la cabeza y las demás se situaban tras ella. Unos rayos de luz amarilla rasgaban las nubes, cruzaban las ramas de los pinos e iluminaban objetos y zonas a las que no solía prestarse atención: un pedrusco, un surco, un granero hundido.

Aquélla era su parte favorita del recorrido: el terreno abierto entre el final de la ciudad propiamente dicha y la pequeña subdivisión anexionada, conocida como Creekside Acres. La carretera de tierra que había al otro lado de Creekside Acres y que serpenteaba hasta su casa era más ancha y arbolada, pero aquel trecho, de kilómetro y medio más o menos, tenía algo que lo atraía. Había árboles altos que rodeaban un prado cubierto de vegetación que ascendía por la ladera de una colina. Y en la cara sur del prado se erigía, como un ídolo primitivo, un afloramiento rocoso cuya cara erosionada daba la impresión de estar esculpida adrede.

Aminoró un poco la marcha, no porque estuviera cansado sino porque quería saborear el momento. Dirigió la mirada a la izquierda y vio que los álamos que se entremezclaban con los pinos capturaban y amplificaban la brillante luz del sol. Se volvió entonces hacia el otro lado de la carretera, donde estaba el prado, pero notó que había algo distinto, algo que estaba mal. No sabía qué, pero al instante supo que en el prado había un elemento que estaba fuera de lugar y no encajaba.

El cartel había cambiado.

Sí. Era eso. Dejó de correr, jadeante. El cartel gastado que llevaba una década plantado en el prado anunciando «¡Bayless! ¡Inauguración en seis meses!» había desaparecido y lo habían sustituido por otro, un austero rectángulo blanco con letras negras que se sostenía firmemente sobre unos palos bien clavados en el suelo.

PRÓXIMA INAUGURACIÓN DE EL ALMACÉN
FEBRERO

Se quedó mirando el cartel. No estaba ahí el día antes, y la fría precisión de la letra y la promesa rotunda que expresaba el mensaje tenían algo que lo intranquilizaba un poco, aunque no sabía muy bien por qué. Sabía que era absurdo y, por lo común, no era de los que se guiaban por las corazonadas, la intuición o algo tan vago, pero el cartel le preocupaba. Supuso que se trataba de una reacción ante la idea de que se construyera algo, lo que fuera, en el prado, en lo que consideraba su sitio. Era cierto que se suponía que iba a construirse un supermercado de la cadena Bayless en ese lugar, pero nunca se había llegado a remover la tierra y el cartel llevaba puesto tanto tiempo que su promesa era vacía y sus palabras habían dejado de tener significado. Había pasado a formar parte del paisaje y era, simplemente, otra reliquia pintoresca al lado de la carretera, como el granero hundido o la antigua gasolinera Blakey rodeada de maleza al oeste de la ciudad.

Intentó imaginar un edificio enorme en mitad del prado y la hierba convertida en un estacionamiento, y le deprimió comprobar lo fácil que le resultaba. En lugar de ver el brillo del rocío en la hierba, vería el asfalto negro y las líneas pintadas de blanco extenderse ante él cuando viniera a hacer *footing* por las mañanas. Seguramente, la enorme masa cuadrada de hormigón del edificio le impediría ver la colina y las rocas. Las montañas que había más adelante permanecerían inmutables, pero sólo eran una pequeña parte de la belleza de aquel sitio. Era la confluencia de todo, la integración perfecta de todos los elementos, lo que hacía que ese trecho fuera tan especial para él.

Volvió a mirar el cartel. Detrás de él, entre los palos, vio el cadáver de un ciervo. No lo había observado antes, pero el desplazamiento de las nubes y el sol saliente habían cambiado el ángulo de la luz, y la forma marrón del vientre hinchado y la cabeza inmóvil que sobresalían de la hierba eran ahora claramente visibles. Era evidente que el animal había muerto hacía poco. Lo más seguro, por la noche. No había moscas, ni signos de putrefacción, y tampoco tenía heridas. Parecía que había tenido una muerte limpia, y por alguna razón eso le pareció peor augurio que si le hubieran disparado, lo hubieran atropellado o lo hubieran atacado los lobos.

¿Con qué frecuencia se moría un animal por causas naturales junto a un cartel que anunciaba una construcción?

Lo habría llamado un mal presagio si hubiera creído en tal cosa, pero no era el caso, y le pareció una estupidez pensarlo, imaginar siquiera que había una relación natural entre ambos hechos.

Inspiró hondo y reanudó la marcha. Bajó por la carretera hacia Creekside Acres con la mirada puesta en las montañas que tenía delante.

Pero siguió preocupado.


## 2

Cuando volvió, Ginny ya se había levantado y había preparado el desayuno. Samantha se estaba comiendo tranquilamente sus cereales calientes delante del televisor, pero Ginny y Shannon estaban discutiendo en la cocina. Shannon insistía en que no tenía que desayunar si no quería, que ya era lo bastante mayor como para decidir por ella misma si tenía hambre o no, mientras su madre la sermoneaba sobre la bulimia y la anorexia.

Ambas lo abordaron en cuanto puso un pie en la entrada.

—¡Papá! —exclamó Shannon—. Dile a mamá que no tengo que desayunar fuerte todos los días. Ayer por la noche cenamos muchísimo y no tengo apetito.

—Y dile a Shannon que si no deja de obsesionarse con su peso, terminará con un desorden alimentario —replicó Ginny.

—No voy a meterme en esto —repuso con las manos en alto—. Es algo entre vosotras dos. Yo voy a ducharme.

—¡Papá! —insistió Shannon.

—Siempre te inhibes —le recriminó su esposa.

—¡No vais a mezclarme en esto! —Tomó una toalla del armario del pasillo y se dirigió deprisa al cuarto de baño. Echó el pestillo de la puerta, abrió el grifo para que el agua tapara el ruido procedente de la cocina, se quitó el chándal y se metió en la ducha humeante.

El chorro caliente le sentó de maravilla. Cerró los ojos y alzó la cara hacia el agua, de modo que las gotitas le caían sobre la frente, los párpados, la nariz, las mejillas, los labios y el mentón. El agua se le deslizaba cuerpo abajo y se encharcaba a sus pies. Las escasas precipitaciones que se habían producido durante los meses de primavera y verano, así como las escasas nevadas del último invierno habían supuesto una reducción de la capa freática que había conllevado restricciones de agua en las casas de la ciudad, pero ellos tenían su propio pozo, de manera que se quedó un buen rato disfrutando de la ducha, dejando que el líquido caliente le acariciara los músculos cansados.

Cuando terminó de ducharse, las niñas ya se habían ido al instituto. Entró en la cocina y se sirvió una taza de café.

—Me habría ido bien que me apoyaras un poco —dijo Ginny mientras metía los platos de las niñas en el lavavajillas.

—Por el amor de Dios, no es anoréxica.

—Pero podría serlo.

—Estás exagerando.

—¿Ah, sí? Se salta el almuerzo. Casi todos los días. Y ahora quiere saltarse el desayuno. La única comida que toma ya es la cena.

—No es que quiera aguarte la fiesta, Gin, pero está regordeta.

Ginny echó un rápido vistazo alrededor como si Shannon pudiera haber vuelto sigilosamente para oír su conversación a escondidas.

—Que no te oiga decir eso —dijo.

—Tranquila. Pero es cierto. Es evidente que no sólo cena.

—No me gusta que esté siempre pendiente de la cantidad de

comidas que toma al día, el tamaño de las raciones, su peso y su aspecto.

—Pues deja de machacarla al respecto. Eres tú quien le presta atención. Es probable que no fuera tan consciente de ello si no estuvieras sacándole el tema sin cesar.

—Tonterías. Si se lo permitiera, sólo comería una vez a la semana.

—Tú misma —dijo Bill encogiéndose de hombros. Observó con una mueca el cazo que había en los fogones. Los cereales calientes se habían pegado por el costado metálico del cacharro.

—No es tan grave como parece —aseguró Ginny—. Échale un poco de leche y caliéntalo.

—Comeré tostadas —contestó Bill a la vez que sacudía la cabeza. Sacó dos rebanadas del paquete de pan que todavía estaba abierto en la encimera y las puso en la tostadora—. Vi un cartel nuevo cuando hacía *footing*. Ponía que el Almacén iba a instalarse...

—¡Es verdad! Se me olvidó decírtelo. Charlinda me lo contó el viernes. La empresa de Ted va a presentar una oferta para hacer el tejado, y me comentó que puede ganar más con esta obra que en todo el año pasado. Si se la adjudican a él, claro.

—Estoy seguro de que muchos trabajadores de la zona se alegrarán.

—Creí que tú también te alegrarías. Siempre te estás quejando de lo caros que son los precios en la ciudad y de que tengamos que ir hasta Phoenix para encontrar cosas decentes.

—Y me alegro —dijo Bill.

Pero no era cierto. Si lo pensaba fríamente, podía llegar a admitir que el Almacén se instalara en la ciudad. Supondría un gran impulso para la economía local y no sólo significaría un incremento temporal para el sector de la construcción, sino una ampliación permanente en empleos de ventas y de servicios, en especial para los adolescentes. También sería bueno para los consumidores. Su municipio disfrutaría de los descuentos y de la amplia selección de productos de una gran ciudad.

Pero, por algún motivo, la llegada del Almacén no lo convencía, y no sólo porque iba a construirse en su lugar favorito. Por ninguna razón que pudiera justificar de modo racional, no quería que esa cadena de almacenes estuviera en Juniper.

Pensó en el cartel.

Pensó en el ciervo.

—Bueno, estoy segura de que los tenderos locales no estarán demasiado entusiasmados —comentó Ginny—. Es probable que el Almacén lleve a algunos a la ruina.

—Es verdad.

—Lo que nos faltaba en la ciudad. Más edificios abandonados.

Las tostadas salieron, y Bill tomó un cuchillo para la mantequilla del cajón de los cubiertos y sacó el tarro de mermelada de la nevera.

—Será mejor que me prepare —dijo Ginny, y salió de la cocina para ir al cuarto de baño.

Mientras se preparaba la tostada, Bill oyó cómo se cepillaba los dientes.

Unos minutos después, volvió maquillada, con el bolso en la mano.

—Hi ho, hi ho, me voy a trabajar —tarareó.

—Yo también. —Bill se acercó para darle un beso.

—¿Almorzarás en casa?

—Diría que sí. —Sonrió.

—Estupendo. Así podrás terminar de lavar los platos.

—Ah, las alegrías del teletrabajo.

La siguió hasta la puerta principal, la besó otra vez y observó a través de la mosquitera cómo bajaba los peldaños del porche y se dirigía al coche. La saludó cuando se iba, cerró la puerta, terminó de comerse la tostada, se lavó las manos en la cocina, cruzó el salón y recorrió el pasillo hacia su despacho.

Se sentó a su escritorio y encendió el PC. Como siempre, se sintió casi culpable mientras el ordenador se iniciaba, como si quedara impune por algo que no debería. Hizo girar la silla para mirar por la ventana. Puede que no fuera exactamente la vida que había imaginado, pero se le acercaba mucho. En sus sueños, tenía una casa grande de Frank Lloyd Wrightish con las paredes de cristal y estaba sentado ante un escritorio enorme de roble, desde donde contemplaba el bosque mientras escuchaba música clásica en un aparato estéreo de última generación. En la vida real, trabajaba en una abarrotada habitación trasera, cuyas paredes parecían un tablón de anuncios gigantesco, con artículos de revistas y notas de quita y pon pegados en casi todos los espacios imaginables. Y en la vida real no era tan culto como en sus fantasías: en lugar de música clásica, solía escuchar *rock* clásico en una radio portátil que sus hijas ya no usaban.

Pero todo lo demás era igual. La habitación tenía una ventana grande que daba al bosque. Y, sobre todo, hacía lo que quería, donde quería. Puede que sus deseos superaran sus posibilidades, pero no había claudicado. No había renunciado a su sueño ni aceptado un destino inferior, eligiendo una alternativa menos atrevida. Se había mantenido en sus trece y allí estaba, trabajando a distancia como redactor técnico para una de las principales empresas de *software* del país cuya oficinas centrales se encontraban a más de mil kilómetros de su casa, y comunicándose con sus superiores por módem y por fax.

El ordenador acabó de iniciarse y comprobó su correo electrónico. Tenía dos mensajes de la empresa (sin duda, para recordarle algún plazo de entrega), y un tercero de Street McHenry, el propietario de la tienda de material y equipo electrónico de la ciudad. Con una sonrisa, abrió el mensaje de Street. Se componía de tres palabras: «¿Ajedrez esta noche?»

Bill tecleó rápidamente una respuesta y la envió: «Ahí nos vemos.»

Street y él llevaban la mayor parte del último año jugando dos partidas distintas de ajedrez, una en línea y otra en un tablero tradicional. No es que fuesen unos entusiastas del ajedrez, y era probable que lo hubieran dejado hacía tiempo si no fuera por algo interesante e inexplicable: él ganaba todas las partidas con el ordenador; Street ganaba todas las partidas con el tablero.

No debería ser así. Los medios eran distintos, pero el juego era exactamente el mismo. El ajedrez era ajedrez, sin importar qué piezas se utilizaran o dónde se jugara. Aun así, el resultado era el mismo.

Siempre.

Lo extraño de la situación bastaba para mantenerlos interesados en las partidas.

Bill envió un e-mail rápido a Ben Anderson para informarle de la partida de esa noche. El director del periódico, el otro miembro de su triunvirato virtual, acababa de enterarse del Gran Misterio Ajedrecístico de Juniper, como él lo llamaba, pero le fascinaba y quería estar presente en todas las partidas con el tablero y observar todas las partidas en línea para ver si podía detectar alguna pauta en su juego, cualquier motivo lógico que explicara por qué ganaban y perdían como lo hacían.

Hasta ese momento, la situación había sido desenfadada, la habían abordado con curiosidad pero con una actitud jocosa. Sin embargo, mientras miraba el mensaje de Street y pensaba en sus partidas de ajedrez del último año, por alguna razón se acordó del Almacén.

El cartel.

El ciervo.

De repente, su pauta de victorias y derrotas no le pareció tan inofensiva, y deseó haber cancelado la partida de esa noche en lugar de haberla aceptado. Ya sabía cuál sería el resultado, y eso, ahora, lo inquietaba un poco.

Dirigió la mirada hacia los árboles un momento, antes de volver a fijarse en el ordenador. No estaba de humor para ponerse a trabajar de inmediato, de modo que en lugar de abrir los dos mensajes de la empresa, salió de su cuenta de correo electrónico y entró en Freelink, su servicio *online*, para ver las noticias de la mañana.

Repasó los titulares del servicio.

«Tercera matanza en un Almacén en un mes.»

Las palabras le llamaron poderosamente la atención. Había más titulares, noticias más importantes, pero no las veía y no le importaban. Helado, visualizó el texto del artículo. Al parecer, un dependiente del Almacén de Las Canos, en Nuevo México, había ido a trabajar con una pistola del calibre cuarenta y cinco metida en el cinturón, escondida debajo de la chaqueta de su uniforme. Había trabajado como siempre desde las ocho hasta las diez de la mañana y, entonces, durante su descanso, sacó el arma para empezar a disparar a sus compañeros de trabajo. Hirió a seis personas antes de detenerse para recargar la pistola, lo que facilitó que los miembros de seguridad del Almacén lo redujeran. Cinco de los seis heridos habían muerto. El sexto se encontraba en estado crítico en un hospital local.

Según el artículo, durante el último mes se habían producido incidentes parecidos en los establecimientos que la cadena poseía en Denton, Tejas, y en Red Bluff, Utah. En el de Tejas, había sido un cliente quien había empezado a disparar a los empleados, con el resultado de tres muertos y dos heridos. En Utah, un mozo de almacén había abierto fuego contra los clientes. Había utilizado un arma semiautomática, y consiguió acabar con las vidas de quince personas antes de que un policía fuera de servicio le disparara.

Los directivos del Almacén no habían comentado los incidentes, pero habían emitido un comunicado de prensa en el que afirmaban que se estaba investigando la posibilidad de que los distintos sucesos estuvieran relacionados.

Bill leyó de nuevo la historia, aún helado.

El ciervo.

Salió de Freelink y se quedó mirando un buen rato la pantalla oscura. Luego accedió de nuevo a su cuenta de correo electrónico para leer los mensajes de su empresa y empezar a trabajar.

# Dos

## 1

Greg Hargrove miró con ceño el contrato que tenía sobre la mesa. No le gustaba hacer negocios de aquel modo. Podría ser la tendencia del futuro y todo lo que se quisiera, pero todavía le gustaba tratar con sus clientes a la antigua usanza: en persona. Todo el intercambio de faxes, llamadas telefónicas y envíos por mensajería FedEx podía estar muy bien para las empresas de inversiones de Wall Street, pero una constructora no se dedicaba a los servicios ni al trabajo administrativo, sino al trabajo manual. A un trabajo de verdad, hecho por hombres de verdad. Hombres que creaban algo, que producían algo tangible con sus manos.

Y no le parecía bien abordarlo de aquella forma.

Tomó el contrato. Era el trabajo de más envergadura que había tenido hasta entonces, puede que el de más envergadura que fuera a tener nunca, y no le convencía tener que comunicarse exclusivamente por escrito. Quería ver una cara, sentir un apretón de manos, oír una voz.

Bueno, había oído una voz. Varias voces, de hecho. Todas ellas por teléfono. Voces formales de negocios que se dirigían a él, pero no hablaban con él y no parecía importarles un comino lo que tuviera que decirles.

Los últimos días, ni siquiera eso. Sólo había habido formularios, listas, especificaciones y requisitos.

Le resultaba especialmente molesto que le enviaran tanto papeleo por fax durante la noche. Ya era bastante difícil no poder hacer negocios con un ser humano en persona, pero ¿hacerlo cuando él ni siquiera estaba en la oficina? ¿Y tener que averiguar lo que ocurría por la mañana, después de que sucediera? Eso lo sacaba realmente de quicio.

Estaba acostumbrado a poder mostrarle una obra a un cliente, a explicarle qué se estaba haciendo y por qué, a recorrer con él los distintos pasos y fases, responder preguntas y disipar dudas.

No a archivar informes.

Ni a que le criticaran sus informes.

Eso era lo que más le molestaba. La pérdida de control. En todos los proyectos en los que había trabajado, él había sido el único que estaba al mando. Había sido quien llevaba la voz cantante. Había seguido las instrucciones del cliente, desde luego, y sus construcciones se adaptaban a ellas, pero dentro de ese amplio margen, había sido él quien tomaba las decisiones. Ahora, en cambio, era un simple trabajador que cumplía órdenes y a quien no se le permitía pensar.

Y no le gustaba.

Y sólo estaban en las fases de planificación. No quería ni imaginarse cómo serían las cosas cuando empezara la construcción propiamente dicha.

Se decía a sí mismo que serían mejor. Tenían que serlo.

Llamaron a la puerta que tenía detrás y se volvió. Tad Buckman estaba apagando el cigarrillo en la losa del umbral con la bota de trabajo.

—¿Preparado para ponerse en marcha, jefe? —dijo—. Vamos a empezar a supervisar.

—Sí —asintió Greg tras suspirar—. Enseguida me reuniré contigo. Deja que tome las hojas con las instrucciones.

Dejó el contrato sobre la mesa y, antes de acercarse al archivador para buscar los papeles, se detuvo ante el fax para comprobar las modificaciones de esa mañana.

## 2

Tenía un retraso.

Shannon cerró la taquilla, hizo girar la llave de la combinación y se pasó los libros de una mano a otra. Jamás se retrasaba. Sabía que algunas chicas eran muy irregulares, pero ella no. Su ciclo menstrual no había variado un solo día en toda su vida.

Y ahora tenía un retraso de tres días.

Sujetó los libros contra su cuerpo mientras recorría el pasillo para asistir a la clase de Álgebra, la primera de la mañana. Era una estupidez, y sabía que era imposible, pero tenía la sensación de llamar la atención, como si ya se le notara, y trató de taparse la tripa al andar.

Quizá su madre tuviera razón. Quizá debería comer más. De esa forma, podría atribuir el volumen creciente de su vientre al aumento de peso y no al embarazo.

Quizá no estuviera embarazada.

Suspiró. ¿Con su suerte?

No, estaba casi segura de que estaba embarazada.

Seguramente, de gemelos.

En las películas, en los libros, en las revistas, las chicas siempre compartían aquellas cosas con sus hermanas, pero ella no podía, de ningún modo, hacer eso con Sam. Le gustaría poder tener una de esas conversaciones nocturnas en la habitación mientras sus padres dormían, poder explicarle su problema a su hermana y recibir comprensión y consejo, pero era imposible que eso sucediera. Sam era demasiado perfecta. Era bonita, caía bien a todo el mundo, sacaba buenas notas y nunca se metía en problemas. Aunque los chicos la perseguían desde que tenía quince años, Shannon dudaba de que su hermana se hubiera acostado aún con alguien. Era probable que esperara a casarse.

Sam le haría más reproches que sus padres, si cabe.

No, no podía comentárselo a su hermana.

Tampoco podía comentárselo a Diane. Diane era su mejor amiga, pero también era una bocazas, y sabía que a poco que le insinuara sus temores, al día siguiente todo el instituto sabría la noticia. Y muy exagerada.

No quería eso.

Sólo podía decírselo a Jake. Y sabía que tampoco le gustaría oírlo. Ignoraba cuál sería su reacción, pero tenía una idea muy aproximada, y con sólo pensar en la conversación posterior, se le hacía un nudo en el estómago.

Ojalá estuviera segura. Eso facilitaría las cosas. Lo peor era la incertidumbre. Si supiera con certeza que estaba embarazada, por lo menos podría hacer planes, decidir qué hacer. Tal como estaban las cosas, sólo podía preocuparse y hacer conjeturas.

Se compraría uno de esos tests de embarazo y lo haría allí mismo, en los lavabos del instituto. Pero sabía que, por más que se escondiera, sus padres acabarían enterándose.

Una de las muchas desventajas de vivir en una ciudad pequeña.

Eso sería algo bueno que conllevaría el Almacén: el anonimato.

El Almacén.

Era patético lo entusiasmados que estaban todos con el Almacén. Por la forma en que hablaban, se diría que iba a instalarse en Juniper una cadena de la categoría de Neiman Marcus y no una de almacenes de descuento. Era como...

Resbaló con el pie izquierdo.

No iba mirando por dónde andaba, y había pisado algo tirado en el suelo. Mientras trataba de conservar el equilibrio, sujetó con fuerza los libros y se tambaleó hacia atrás, chocándose sin querer con Mindy Hargrove.

—¡Oye! —dijo Mindy, que la apartó de un empujón—. Ten cuidado, Davis.

—Lo siento —se disculpó Shannon una vez recuperada—. Me resbalé.

—Sí, seguro.

—Fue sin querer.

—Ya.

—Oh, no me toques lo que no suena, Mindy —soltó Shannon, y se alejó con el ceño fruncido.

—Ya te gustaría, ya.

Shannon oyó cómo los chicos que había en el pasillo soltaban exclamaciones. Les levantó el dedo corazón a modo de insulto y siguió avanzando hacia su clase de Álgebra. Segundos después, Diane se acercó corriendo hasta ella.

—Eso estuvo genial —rio.

—¿Lo viste?

—Le diste de lleno. Casi la tumbas.

—Había agua o algo en el suelo. Iba distraída y me resbalé.

—Esa bruja engreída se lo tiene merecido.

—¿Engreída? —Shannon fingió incredulidad—. ¿Mindy?

Diane soltó una carcajada y ambas entraron en el aula justo cuando sonaba el timbre.

No vio a Jake hasta la clase de Historia. Había tenido la esperanza de que la menstruación le bajara a lo largo de la mañana, durante una de sus clases, pero no fue así. Deseaba con todas sus fuerzas hablar con él y decírselo, pero, aunque se habían sentado juntos en clase, había demasiada gente y no era un buen sitio para sacar el tema.

Decidió esperar al almuerzo, pero cuando llegó el momento no se le ocurrió una forma de abordar la cuestión. Estaban sentados solos en una pared cercana a la calle Junior, comiendo en silencio, y Shannon estuvo a punto de decírselo varias veces, pero pensó cómo reaccionaría y no encontró la forma de hacerlo.

Su angustia debía de ser evidente, porque a mitad del almuerzo, Jake le tomó una mano entre las suyas y le preguntó si le pasaba algo.

Casi se lo contó.

Casi.

Pero entonces pensó que podría bajarle la menstruación en cualquier momento, quizás antes de que acabara de almorzar, quizá durante la siguiente clase, así que sacudió la cabeza, se obligó a sonreír y respondió:

—No. No me pasa nada. ¿Por qué?

Ginny estaba sentada en la sala de profesores mientras almorzaba y miraba a los niños jugar en el patio. Las persianas estaban medio echadas, pero podía ver la canasta y la rayuela, además de la parte inferior del tobogán y la estructura de barras. En medio de la actividad caótica de los niños, observó que Larry Douglas perseguía a Shaun Gilbert hasta meterse en la zona destinada a la rayuela, lo que hizo que las niñas que estaban jugando llamaran a uno de los monitores.

Ginny sonrió mientras se terminaba los fideos precocinados. Meg Silva, que daba las clases de sexto y que también había estado mirando por la ventana, sacudió la cabeza.

—Todos los Douglas son unos gamberros —dijo—. El año pasado tuve a Billy Douglas. Me he enterado de que lo acaban de expulsar temporalmente del instituto por causar destrozos en el centro.

—Larry no es ningún gamberro —la contradijo Ginny—. Puede que sea algo hiperactivo, pero no es mal chico.

—Aprendes a reconocerlos —gruñó Meg—. Ya me lo dirás de aquí a quince años. —La mujer mayor arrugó el envoltorio de su bocadillo y lo tiró a la papelera que había debajo de la mesa antes de levantarse de su asiento y acercarse despacio al sofá.

Ginny observó cómo Meg se acomodaba y volvió a dirigir la vista al patio. Se preguntó si estaría tan quemada como Meg cuando tuviera su edad. Creía que no.

Cabía la posibilidad.

Pero creía que no.

Le gustaba enseñar en un centro de primaria. Su padre no entendía por qué no daba clases en un instituto y estaba convencido de que no hacía más que desperdiciar su talento, pero ella disfrutaba trabajando con niños pequeños. Tenía la impresión de que, a su edad, influía más en ellos y podía hacer más para moldear y formar su personalidad. Además, los niños de primaria eran encantadores. Los alumnos de primer ciclo de secundaria eran unos mocosos malcriados, y los de segundo ciclo estaban demasiado sumidos en su propio mundo adolescente como para prestar atención a los adultos. Pero los alumnos de primaria todavía la escuchaban y respetaban su autoridad. Y, sobre todo, le gustaba de verdad trabajar con ellos. Sin duda, había algunas manzanas podridas. Siempre las había. Pero, en general, eran buenos chicos.

Mark French, el director, entró en la sala de profesores y se acercó a la máquina de café.

—Parece que por fin la cultura llegará a Juniper —comentó.

Ginny se volvió hacia él.

—¿Perdón?

—El Almacén —aclaró levantando el periódico que tenía en la mano—. Al parecer van a tener una cafetería que servirá capuchinos y un restaurante de *sushi* en lugar de un *snack-bar* normal y corriente. Y un videoclub de películas extranjeras. A la venta y en alquiler. El norte de Arizona accederá por fin al siglo XX.

—Cuando esté terminando —se quejó Meg.

—Más vale tarde que nunca. —El director terminó de servirse el café y se despidió de ellas con la cabeza—. Señoras.

—¿Señoras? —gruñó Meg en cuanto salió de la sala de profesores.

Ginny soltó una carcajada.

Volvió a mirar el patio por la ventana. Estaba contenta. ¿Capuchinos? ¿*Sushi*? ¿Películas extranjeras? Era como un sueño hecho realidad.

Se moría de ganas de contárselo a Bill.

Iba a ponerse muy contento.

# Tres

## 1

Lo despertó una explosión ensordecedora.

Al principio, Bill creyó que formaba parte de su pesadilla. Había estado combatiendo criaturas del espacio sideral, y cuando oyó las detonaciones, creyó que eran una mera continuación del sueño. Pero Ginny se movía a su lado en la cama, y era evidente que también había oído el ruido.

Se volvió hacia él con los ojos todavía medio cerrados y preguntó:

—¿Qué es eso?

—Voladuras —respondió.

—¿Voladuras? —repitió ella, aturdida—. ¿Están ampliando la carretera o algo así? Porque ya nos habríamos enterado.

—No —dijo Bill. Apartó las sábanas y salió de la cama.

—¿Qué? —preguntó Ginny sacudiendo la cabeza.

—Nada. Vuelve a dormirte.

Se puso el chándal mientras su mujer volvía a acurrucarse en la cama. Sabía qué estaba pasando y no tenía nada que ver con la carretera. Sólo había una construcción de envergadura planeada en la ciudad ese otoño.

El Almacén.

Todavía faltaban quince minutos para que sonara el despertador, así que lo apagó antes de salir de la habitación. Fue hasta el cuarto de baño y se echó agua en la cara para despertarse del todo. Después se dirigió a la cocina y se tomó rápidamente un vaso de zumo de naranja antes de salir sigilosamente de la casa.

Ese día se saltó el calentamiento habitual; bajó deprisa el camino de entrada hasta la carretera y empezó a correr.

Juniper parecía más desierto aún que de costumbre, y por una vez la falta de gente le resultó agobiante en lugar de reconfortante. Había esperado ver más luces en las casas, más personas en las calles (¿acaso no había oído nadie las explosiones?), pero la ciudad seguía oscura, oscura y silenciosa, y casi soltó un suspiro de alivio cuando pasó ante los últimos edificios del centro en dirección a la carretera.

Aunque todavía no había salido el sol, al acercarse a su trecho favorito el cielo ya estaba iluminado tras las montañas. El bosque seguía a oscuras, con los árboles aferrados a la negrura de la noche, pero el claro que había delante era perfectamente visible y estaba bañado en una tenue luz azul. Aminoró la marcha, pero esta vez no para saborear el momento, sino para ver qué ocurría.

Se detuvo directamente delante del cartel.

En las veinticuatro horas que habían transcurrido desde la última vez que había estado allí, todo había cambiado por completo. El cartel seguía en su sitio, pero los árboles jóvenes y los arbustos que salpicaban el prado ya no. El prado en sí había desaparecido. Ya no quedaba hierba, y la tierra removida y unos palos de agrónomo marcaban los límites del solar en obras. Habían dinamitado parte de la colina, y había troncos y pedruscos esparcidos en abanico en la parte más alejada del montículo que seguía en pie.

Contempló la escena, horrorizado. Había visto fotografías de la deforestación de alguna selva tropical, de las consecuencias de las políticas indiscriminadas de tala y quema en los países subdesarrollados, pero ni siquiera en sus pronósticos más pesimistas habría esperado ver allí algo que se le pareciera. Sin embargo, ése era exactamente el aspecto que tenía. Los trabajos cuidadosamente planificados y metódicamente ejecutados para limpiar el terreno que una cadena importante como el Almacén se suponía que llevaría a cabo brillaban por su ausencia. No se había salvado ni un solo árbol, no se había hecho esfuerzo alguno por preservar o proteger las características de la zona. Simplemente, se habían talado los árboles, se había removido la tierra y dinamitado la colina.

Y todo en un día.

Ni rastro de los obreros; sólo se veían los *bulldozers*, las niveladoras, las palas y las grúas en el extremo sudeste del solar, rodeados de una valla de tela metálica. Hacía apenas media hora, quizá menos, que las explosiones lo habían despertado, pero aun así no se veía por ninguna parte a los hombres que habían hecho las voladuras. Echó un vistazo a su alrededor para intentar encontrar a alguien, a cualquier persona entre la maquinaria. Nada.

Frunció el ceño. Aunque sólo trabajaran de noche, era imposible que no quedaran por lo menos unos cuantos hombres, a no ser que hubieran abandonado la obra inmediatamente después de detonar los explosivos.

Pero no había visto coches en la carretera, ni se había cruzado con vehículos por la calle.

Saltó la cuneta y pasó junto al cartel para entrar en el solar. Al andar, las zapatillas deportivas se le hundían en la tierra recién removida y, mientras avanzaba entre piedras y surcos, rodeando ramas y rocas, su asombro por la ausencia de obreros se convirtió de nuevo en rabia por la destrucción del prado. ¿Cómo lo habían permitido? ¿Dónde estaban los inspectores de obras? ¿Dónde estaban quienes se encargaban de hacer cumplir las normas? La legislación municipal en materia de urbanismo no permitía a los constructores destrozar el paisaje. El Plan Rector municipal conminaba específicamente a todos los nuevos negocios a «someterse al espíritu y el estilo de la comunidad y de sus edificios, y a aunar sus esfuerzos para conservar todas las formaciones geológicas y toda la vegetación natural posible». El gobierno municipal había elaborado el plan a principios de los ochenta en un intento de preservar el carácter único de Juniper y sus alrededores, y todos los gobiernos municipales posteriores habían reafirmado el compromiso de la ciudad con un crecimiento controlado, asegurándose de que el constructor de un edificio de pisos incorporara un grupo de pinos ponderosa en su proyecto paisajístico; supeditando la aprobación de una gasolinera a que la empresa accediera a desplazar su edificio cinco metros al norte para conservar una roca del tamaño de una casa que se había convertido en una referencia local, y cosas de ese tipo.

Y entonces, en un solo día, el Almacén había conseguido burlarse de todo el proceso y destruir sin ayuda el tramo más hermoso de carretera que había dentro de los límites municipales.

Bueno, no iba a ser por mucho tiempo. En cuanto el ayuntamiento abriera, iría y...

Se detuvo en seco, horrorizado.

El perímetro del solar estaba cubierto de animales muertos.

Inspiró hondo mientras contemplaba la escena. Los *bulldozers* habían retirado un muro de escombros hacia la parte posterior del terreno, donde formaba una barrera semicircular. Al principio sólo había visto árboles y arbustos, troncos y ramas, pero a esa distancia podía ver que también había restos de animales mezclados con la vegetación arrancada, cuerpos que yacían en el suelo delante de los escombros. Y cuando los recorrió despacio con la mirada de izquierda a derecha, contó cuatro ciervos, tres lobos, seis pecaríes y un buen puñado de mapaches y ardillas.

¿Cómo habrían muerto tantos animales?

¿Y por qué?

El ciervo.

El ciervo había sido un presagio, un anticipo de lo que estaba por venir. Le había parecido extraño, hasta fantasmagórico, en aquel momento, pero ahora la muerte del animal parecía realmente malévola. Era como si el ciervo hubiera muerto como consecuencia de haber erigido el cartel. Y ahora habían muerto otros animales debido a que habían limpiado el terreno.

Sus muertes parecían ser el precio de la construcción.

Era un intercambio.

Sabía que era ridículo, pero la idea, lógica o no, le parecía acertada, y al observar de nuevo el montón de cuerpos, empapado en un sudor frío, se le puso la carne de gallina.

Empezó a avanzar. El primer ciervo no mostraba signos de que le hubieran disparado ni otras heridas. ¿Habrían muerto aquellos animales por causas naturales?

Cruzó rápidamente el terreno irregular. Dos días antes, si alguien le hubiera sugerido algo tan absurdo como lo que estaba pensando, se habría reído. Era un solar en obras; habrían contratado obreros locales, personas a las que seguramente conocía, para limpiar el terreno y construir un edificio. No debería haber nada extraño en ello.

Pero lo había. No sabía cómo, no sabía por qué, pero de algún modo, todo había cambiado durante las últimas veinticuatro horas. El mundo entero parecía distinto. Su fe inquebrantable en lo racional y lo material se había resquebrajado, y aunque no estaba preparado para creer en fantasmas, duendes y hombrecillos verdes, ya no era tan escéptico como antes. Era una sensación desconcertante, que no le gustaba, y volvió a plantearse si no sería que su relación personal con aquella zona le impedía valorar objetivamente la situación.

«Tercera matanza en un Almacén en un mes.»

Quizá no.

Alargó la mano hacia el primer animal: un lobo. Como el ciervo, tenía el vientre hinchado. También como el ciervo, parecía no tener signos externos de violencia. Ni siquiera parecía que un *bulldozer* lo hubiera empujado hasta allí. No tenía la menor marca. Era como si hubiera caminado o se hubiera arrastrado hasta ese lugar por voluntad propia y se hubiera muerto.

Dirigió la mirada más allá del cuerpo del animal, hacia el muro de escombros que había inmediatamente detrás, y el corazón le dio un vuelco.

Un brazo sobresalía entre la maleza y las rocas.

Dio un paso vacilante hacia delante para comprobar que lo que creía ver era cierto.

Entre las ramas desnudas de un manzano, asomaban una mano y un antebrazo pálidos, manchados de barro y sangre.

Mientras el sol se elevaba sobre las montañas, Bill regresó a trompicones por el terreno lleno de baches del antiguo prado y corrió por la carretera lo más rápido que pudo hacia la comisaría de policía de la ciudad.

A su vuelta con la policía, contestó a sus preguntas y presenció cómo sacaban el cadáver de los escombros. Después de que lo cargaran en una ambulancia y se lo llevaran, volvió a la comisaría con Forest Everson. El inspector le tomó una declaración oficial, que Bill leyó y firmó.

Cuando por fin hubo terminado con todos los formularios, preguntas e informes, eran más de las diez de la mañana. En medio del revuelo que había provocado el hallazgo del cadáver, Bill había dejado de lado la destrucción del prado y el incumplimiento descarado de las ordenanzas locales en materia de urbanismo del Almacén, pero a pesar de lo afectado que estaba por lo que había encontrado, no había olvidado su propósito inicial, de modo que se dirigió al edificio de al lado, donde estaba el ayuntamiento, para decir al joven funcionario con la cara marcada de acné que estaba tras el mostrador que quería hablar con alguno de los inspectores municipales.

—El señor Gilman estará fuera toda la semana —afirmó el joven.

—Y ¿quién es el señor Gilman? —preguntó Bill.

—El inspector municipal.

—¿No hay nadie más con quien pueda hablar?

—Bueno, ¿cuál es exactamente el problema?

—El problema es que quien se encarga de limpiar el terreno para el Almacén ha ignorado totalmente las regulaciones urbanísticas de Juniper. Ha talado todos los árboles del terreno, ha dinamitado parte de la colina...

—Tiene que hablar con el señor Curtis. Es el director de Urbanismo.

—De acuerdo —aceptó Bill—. Hablaré con él.

—El caso es que ahora no está aquí. Ha asistido a un seminario en Scottsdale —añadió el joven—. Si quiere, le diré que lo llame cuando vuelva. Sólo estará fuera un día. Tiene que regresar mañana.

—Mire, lo único que quiero es informar a alguien de lo que

está pasando para que puedan enviar inspectores antes de que el daño sea mayor.

—Creo que está todo aprobado —comentó el joven, que parecía incómodo.

—¿Cómo? —Bill lo fulminó con la mirada.

—Creo que se le dio el visto bueno a todo. —Echó un vistazo alrededor de la oficina, como si buscara que algún superior lo ayudara, pero sólo había una secretaria en una mesa situada en la pared opuesta tecleando algo en un ordenador mientras ignoraba intencionadamente su conversación—. Tendría que hablar con el señor Curtis, pero creo que la Comisión de Urbanismo concedió una exención al Almacén.

—¿Cómo es posible? —exclamó Bill, anonadado—. No había oído nada al respecto.

—Tendría que hablar con el señor Curtis —insistió el joven, que movió los pies incómodo.

—¿Con el señor Curtis? ¡Quiero hablar con el alcalde!

—No está en el ayuntamiento, pero podría dejarle un mensaje para que lo llame.

—¿Hay alguien en el ayuntamiento en este momento?

—Esta tarde se celebra un pleno —repuso el joven—. A las seis. Podría sacar el tema en el turno abierto de palabra.

A Bill le pareció buena idea. El turno abierto de palabra. Un foro público era el sitio indicado para hablar de ese tema. Había algo turbio en todo ello. Al parecer, la Comisión de Urbanismo había tomado decisiones en sesiones cerradas que afectaban a toda la ciudad, sin ninguna aportación de la ciudadanía. No sabía si habría o no sobornos de por medio, o promesas hechas a cambio de dinero, de opciones de compra de acciones o de lo que fuera, pero había algo extraño, y había que darlo a conocer a la población.

Llamaría a Ben y se aseguraría de que saliera en el periódico.

—Gracias —dijo Bill al funcionario municipal—. Creo que expondré el tema en el pleno. ¿A qué hora empieza la sesión?

—A las seis. En el salón de plenos que está aquí al lado.

—Allí estaré —aseguró Bill.

Ginny llamó a la hora del almuerzo para preguntar cómo había ido todo. Bill la había telefoneado antes de ir a la comisaría de policía para decirle que había encontrado un cadáver y que no estaría en casa antes de que ella se fuera a trabajar. Le explicó que no sabían quién era el hombre ni cómo había muerto, pero que iban a llevar sus restos a la oficina del forense del condado en Flagstaff.

—¿Lo asesinaron? —preguntó Ginny.

—No lo sé. Supongo que no lo sabremos hasta que le hagan la autopsia.

—Es espeluznante.

Y eso que no sabía ni la mitad. Bill permaneció en silencio mientras pensaba si debía hablarle sobre los animales, pero algo se lo impidió, y cambió de tema para comentarle lo que había hecho el Almacén con su terreno.

—Así que eso eran las explosiones —comentó Ginny.

—Lo han destruido por completo. Pasa por allí en coche cuando salgas de trabajo. No lo reconocerás.

—¿Fue así como encontraste el cadáver? ¿Cuando estabas observando los destrozos?

—Sí. Recorría el prado, o lo que antes era el prado, y vi que un brazo sobresalía de los escombros. Fui a la comisaría y se lo conté a la policía. —Se reclinó en la silla y miró el bosque por la ventana—. No queda ni un árbol, Gin. Al final de la semana, las rocas, la colina y todo lo demás también habrá desaparecido. Sólo habrá un espacio llano y totalmente despejado.

—Pero ¿qué esperabas?

—No lo sé. Supongo que me imaginaba que habrían hecho un esfuerzo simbólico para conseguir que el Almacén armonizara con el paisaje y respetase a los residentes, ¿sabes? Pero lo han arrasado. Tala y quema. Parece un solar tercermundista. —Hizo una pausa—. Esta noche iré a la sesión plenaria del ayuntamiento para hablar sobre ello. Creo que han violado las ordenanzas municipales en materia de urbanismo, pero cuando hablé con un funcionario del ayuntamiento, me dijo que la Comisión de Urbanismo les había concedido una exención.

—¿Le preguntaste a Ben si sabía algo al respecto?

—No. Lo llamaré después.

—¿Y qué piensas hacer?

—Nada. Quizás algunas preguntas, obtener respuestas. No puedo decir que vaya a sorprenderme si resulta que nuestros líderes locales nos han traicionado, pero quiero asegurarme de que se asumen responsabilidades. ¿Querrás acompañarme?

—No.

—Venga.

—Tengo que trabajar en esta ciudad, ¿recuerdas? Esas personas con las que vas a enfrentarte son los progenitores de mis alumnos. De modo que preferiría mantenerme al margen.

—De acuerdo. Iré con Ben.

—Muy bien.

Ginny sólo tenía media hora para almorzar, y dijo que tenía que apresurarse a comer antes de que se le acabara el tiempo, así que se despidió de ella, colgó y fue a la cocina a prepararse su propio almuerzo: una lata de raviolis.

Esa misma tarde llamó a Ben, y el director del periódico le dijo que el cadáver era de un forastero que estaba de paso, un autostopista que al parecer se dirigía a Alburquerque. El examen preliminar indicaba que había muerto de frío, no a causa de una lesión o herida infligida.

—Supongo que estaría entre la maleza y una excavadora lo recogió cuando estaban limpiando el solar —dijo Ben—. Es extraño, pero perfectamente comprensible.

—¿Ah, sí? —se extrañó Bill.

—¿Qué quieres decir con eso?

—Nada. ¿Vas a ir al pleno municipal esta tarde?

—Siempre voy. Es mi trabajo. ¿Por qué?

—Necesito a alguien con quien sentarme. Ginny no quiere ir.

—Qué pazguato eres. Yo me siento solo en todas las sesiones.

—Tú eres un machote.

—¿Por qué vas a ir? —resopló el director del periódico.

—Para impedir que el Almacén construya nada en Juniper.

—Un poco tarde para eso, ¿no crees? —rio Ben.

—Es probable. Pero ¿has visto lo que han hecho en ese terreno?

—El terreno es suyo.

—Existen ordenanzas, códigos, normas, leyes.

—Para los que, a veces, se conceden exenciones.

—¿Qué sabes? —preguntó Bill, sorprendido.

—No soy tonto de remate. Cuando veo algo que me parece un poco extraño, hago preguntas. Se supone que tengo que hacerlo, ¿sabes? Porque soy periodista.

—¿Y?

—Y, extraoficialmente, me dijeron que tuvieron que hacerse concesiones para que el Almacén se instalara en Juniper. En caso contrario, la cadena se habría ido a Randall. Había una especie de guerra de ofertas entre las dos ciudades, y aquella que ofreciera los mejores incentivos conseguiría los empleos adicionales, el aumento de impuestos sobre bienes inmuebles y todos los beneficios maravillosos que conlleva este nuevo negocio.

—Mierda.

—Lucharás en solitario. La ciudad lo está pasando mal. Mucha gente vendería a su madre si con ello se crearan nuevos empleos. Pensarán que adaptar unas cuantas normas estéticas es un pequeño precio que pagar a cambio de disfrutar de seguridad económica.

—¿Tú qué opinas?

—Lo que yo opine no importa.

—Pero ¿qué opinas?

Ben tardó un momento en hablar.

—¿Extraoficialmente? —preguntó.

—Extraoficialmente.

—Negaré haber dicho esto. Se supone que debo ser imparcial. Yo también me juego el sustento.

—Entendido —asintió Bill.

—No me habría importado que el Almacén se hubiera instalado en Randall.

Bill se percató de que había estado conteniendo la respiración. Así que soltó el aire.

—¿Por qué? —quiso saber.

—No lo sé —admitió el director del periódico.

—Vamos. Puedes decírmelo.

—No te engaño —aseguró—. De verdad que no lo sé.

—Pero no te gusta el Almacén.

—No —contestó Ben en voz baja y grave—. No me gusta nada.


## 2


Cenaron pronto para que pudiera llegar a tiempo al pleno. Samantha se había ofrecido a acompañarlo, pero Bill sabía que a sus dos hijas les inquietaba que hablara en la sesión del ayuntamiento y le dijo que no era necesario porque iba a ir con Ben.

Shannon fue más directa:

—No nos avergüences, papá.

—¿Acaso lo he hecho alguna vez? —Sonrió Bill.

—Siempre.

Él y Ginny soltaron una carcajada.

Las niñas, no.

Después de cenar, fue en coche al ayuntamiento, mirando por la ventanilla los escaparates vacíos y los edificios abandonados durante el trayecto. Desde que el aserradero había cerrado sus puertas a finales de los ochenta, el centro de la ciudad se había ido muriendo lentamente. Los residentes habían culpado de ello a los «verdes», un grupo indefinido que no sólo incluía a una amplia coalición de científicos, organizaciones ecológicas de ámbito nacional y ciudadanos corrientes de Arizona que se habían unido en defensa de la ardilla roja, en peligro de extinción, y que habían conseguido que el gobierno federal declarara una moratoria a la explotación forestal en aquella parte del bosque nacional Tonto, sino también a cualquiera que apoyara cualquier clase de regulación gubernamental, tanto si era para garantizar la salud o la seguridad como para prohibir el vertido de residuos tóxicos. Lo cierto era que la ardilla sólo había acelerado lo inevitable, y que eso había resultado ventajoso para la ciudad a largo plazo. La explotación forestal no habría podido seguir a ese ritmo más de media década antes de que se agotasen por completo las reservas forestales de la región. Los árboles eran un recurso renovable, y las compañías madereras habían hecho un buen trabajo reforestando el terreno, pero se seguían talando los árboles mucho más deprisa de lo que crecían.

El sector turístico siempre había sido el segundo más importante de Juniper, y si la deforestación hubiera echado a perder el paisaje, habría desaparecido. No había ningún ferrocarril ni carretera que cruzara la ciudad, porque no era práctico ni estratégicamente importante para ninguna empresa. La belleza de los pinares era el único atractivo de Juniper. La recesión había perjudicado el turismo, pero se estaba acabando y, a pesar de que el centro de la ciudad agonizaba, la región empezaba a recuperarse junto con la economía. Algunos inversores de fuera habían comprado tierras y habían construido multipropiedades en ellas, y se hablaba incluso de montar un complejo turístico cerca de Castle Creek.

Sin embargo, los sueldos elevados y los empleos fijos del aserradero habían quedado en el olvido, y el ayuntamiento y la cámara de comercio llevaban cierto tiempo intentado atraer a la zona a empresas comerciales e informáticas, así como a otras clases de industria ligera, para volver a crear puestos de trabajo en la región.

Y habían conseguido que el Almacén se instalara en ella.

Bill entró en el pequeño estacionamiento, parcialmente asfaltado, y aparcó su *jeep* junto a la camioneta de Ben. El director del periódico ocupaba un asiento en la primera fila del salón donde iba a celebrarse el pleno, y Bill se sentó a su lado.

—No está demasiado concurrido —comentó.

—Nunca lo está. Toma. —Ben le entregó una hoja de papel impresa por las dos caras—. El acta del día.

—¿Algo interesante?

—No —contestó Ben a la vez que sacudía la cabeza con una sonrisa de oreja a oreja—. Parece que tú serás el tema principal de mi artículo. Dales fuerte.

La sesión empezó poco después. Un pastor local dirigió una oración y el juramento de lealtad a la nación de los asistentes, hubo unas cuantas votaciones sobre cuestiones rutinarias y después el alcalde anunció que se iniciaba el turno abierto de palabra para el público.

—Te toca —dijo Ben dándole un codazo—. Levántate y habla.

Bill se puso en pie y se secó el sudor de las manos en los vaqueros. De repente estaba nervioso, y se dio cuenta de que no se había preparado lo que iba a decir. Debería haberlo escrito de antemano y traerlo impreso para leerlo. Ahora iba a vacilar y balbucear mientras soltaba una diatriba probablemente incoherente, lo que le restaría cualquier esperanza de credibilidad. Sus probabilidades de conseguir algún tipo de cambio se irían al garete.

—Diríjase al atril y diga su nombre y dirección para que conste en acta, por favor —indicó el alcalde, que había asentido con la cabeza hacia él.

Bill recorrió el pasillo lateral hasta la parte delantera del salón de plenos y se situó tras el atril. Se colocó el micrófono que tenía delante y habló:

—Mi nombre es Bill Davis. Vivo en el 121 de Rock Springs Lane.

El alcalde le hizo un gesto para que siguiera.

Bill echó un vistazo alrededor del salón y carraspeó, nervioso.

—Todos sabemos que el Almacén va a instalarse en Juniper —continuó—, y estoy seguro de que la mayoría de ustedes ya ha observado que los obreros de la construcción han destrozado un terreno situado junto a la carretera a este lado de Creekside Acres. Yo hago *footing* por allí todas las mañanas, de modo que lo vi enseguida. Tengo entendido que ese terreno es propiedad del Almacén, y comprendo que hay que limpiarlo para construir el establecimiento, el estacionamiento y todo lo demás, pero me da la impresión de que no se están siguiendo las normas locales sobre edificación, y sé que eso contraviene el Plan Rector municipal.

Se detuvo un momento, y antes de que pudiera continuar, el alcalde se le adelantó:

—Agradecemos su preocupación, señor Davis, pero el Almacén se ha convertido ya en un miembro responsable y respetado de la comunidad en otras ciudades. Es verdad que el proyecto del Almacén no se ajusta al Plan Rector de Juniper y que difiere, en ciertos aspectos, de nuestras normas y ordenanzas locales, pero hubo que hacer concesiones para atraer al Almacén a nuestra ciudad, y creemos que las contrapartidas las compensan con creces. Van a crearse nuevos puestos de trabajo y van a ofrecerse mejores productos a nuestros ciudadanos; a la larga, todo el mundo saldrá ganando.

—Eso lo entiendo —aseguró Bill—. Pero ¿por qué no tiene que seguir el Almacén las mismas normas que todos los demás? No creo que se les deba eximir de cumplir la ley, y estoy seguro de que muchos de los empresarios locales estarán de acuerdo conmigo.

—El Almacén es una cadena de ámbito nacional —explicó el alcalde—. Por razones obvias, tienen diseños y normas de construcción propios. Quieren que todos sus establecimientos tengan el mismo aspecto en todas las ciudades para que sean fácilmente reconocibles. La empresa no cede a las presiones locales debido a sus objetivos nacionales.

—Ocurre lo mismo que con McDonald's o Burger King —intervino Bill Reid, el concejal que estaba sentado a la derecha del alcalde—. Todos son iguales. Tienen que serlo. Si no, sus anuncios para todo el territorio nacional no funcionarían.

—Debo señalar también que todas las ciudades que tienen un Almacén han permitido a la cadena dictar los términos de su construcción —añadió el alcalde—. Si nosotros no hubiésemos accedido a sus deseos, Randall lo habría hecho. Y nosotros nos habríamos quedado sin el Almacén.

—Pero podría haberse instalado igualmente en Juniper y nosotros habríamos conservado intactas nuestras normas locales, así como el carácter de nuestra ciudad —alegó Bill—. No creo que fuera necesario destrozar totalmente el terreno para construir un edificio en él. Es exactamente eso lo que las normas y ordenanzas tienen que impedir, caray. El principal valor de esta ciudad es la belleza natural. No creo que debamos permitir que nadie nos lo arrebate.

Un hombre barbudo y corpulento de aspecto beligerante que estaba sentado al fondo del salón se levantó furioso y avanzó dando grandes zancadas hacia el atril. Bill no lo conocía personalmente, pero lo había visto por la ciudad, de modo que se apartó cuando el hombre se acercó al micrófono.

—Diga su nombre y su dirección —pidió el alcalde.

—Greg Hargrove —dijo el hombre—. Vivo en el 1515 de la calle Aspen.

Bill no sabía si había terminado su turno o si debía sentarse, pero no había acabado de decir lo que quería, así que se quedó donde estaba.

Hargrove se volvió hacia él y le espetó:

—¿Qué problema tiene?

—¿Cómo? —dijo Bill, desconcertado.

—Mi empresa limpió ese terreno. Seguimos las especificaciones que nos dio el Almacén, y tenemos todos los permisos correspondientes. ¿Qué problema tiene?

—No tengo ningún problema con usted —aseguró Bill—. Usted sólo hacía su trabajo. El problema lo tengo con los planes del Almacén y con el hecho de que la Comisión de Urbanismo y el pleno permitieran a la empresa ignorar nuestras ordenanzas locales y destruir una de las partes más bellas de la región.

—El Almacén creará puestos de trabajo —soltó Hargrove, sacudiendo la cabeza indignado—. ¿No lo comprende? Lo único que les preocupa a ustedes, los amantes de los árboles, es salvar a las ardillas. Les importa un comino la gente.

—Se equivoca —replicó Bill—. Me importa la gente. Me importan las personas de esta ciudad. Y estoy pensando en los intereses de todo Juniper a largo plazo, no sólo en los beneficios que van a obtener usted y otros constructores a corto plazo.

—¡Y una mierda!

Bill vio que Hargrove se estaba enfadando, y mucho, así que

dio un paso atrás y sacó las manos de los bolsillos para tenerlas libres por si acaso tenía que defenderse.

—No permitiremos esa clase de lenguaje en el pleno —advirtió el alcalde.

—Nos trasladamos a esta ciudad porque nos gustaba la región —afirmó Bill sin alterarse—. Aunque no lo crea, el paisaje (los árboles, el bosque, las montañas) es el principal atractivo de este municipio. La gente no viene a vivir aquí buscando las ventajas ni los trabajos de una gran ciudad. Para eso, se va a Phoenix. O a Chicago. O a Los Ángeles. No es ésa la razón de que venga a Juniper.

—Lo único que le importa... —empezó Hargrove.

—Conservar puestos de trabajo y proteger el medio ambiente no son tareas incompatibles —lo cortó Bill—. Usted está pensando en términos antiguos. Está pensando como en el pasado. En la actualidad, gracias a la tecnología, se puede trabajar para una empresa con sede en Nueva York o en Los Ángeles, o incluso en París o en Londres, y tener una oficina aquí, en Juniper. Es lo que yo hago. Lo que quiero decirle es que sí, necesitamos empleos, pero podemos traer puestos de trabajo a nuestra región sin tener que sacrificar nuestra calidad de vida.

—Bueno, yo no entiendo de informática. Soy propietario de una constructora. No se puede hacer mi trabajo desde un ordenador.

—Lo entiendo...

—¡Usted no entiende un carajo! —estalló Hargrove—. Lo único que quieren los ecologistas es proteger hasta el último centímetro cuadrado de tierra, pero les importa un rábano cómo eso afecta a negocios como el mío. ¿Cuántas hectáreas más quiere proteger? ¡Todas las tierras de los alrededores pertenecen ya al gobierno! ¡Pero si prácticamente todo el condado es de la Oficina de Administración de Tierras, joder!

—¡Señor Hargrove! —exclamó el alcalde—. Si sigue usando esa clase de lenguaje, me veré obligado a expulsarlo de la sala.

—Perdone, señoría. —Hargrove parecía avergonzado.

—Mire —dijo Bill—, si Ted Turner o Bill Gates, o cualquier

otro multimillonario, comprara exactamente esas mismas tierras, decidiera protegerlas y levantara una gran valla a su alrededor para dejarlas como están, a usted no le molestaría en absoluto. ¿Por qué está bien que una persona conserve un terreno para ella misma pero no que el gobierno lo proteja para generaciones futuras? Hace doscientos años, sólo había trece pequeñas colonias en la costa este de nuestro país. ¡Y ahora tendremos un Almacén de una cadena nacional en Juniper! ¡Si las cosas siguen a este ritmo, nuestros bisnietos vivirán en un mundo como el de *Cuando el destino nos alcance* o *Naves misteriosas*!

—*Cuando el destino nos alcance*. —Hargrove sonrió—. ¡Qué gran película!

—Ésa no es la cuestión. Tenemos que pensar en el futuro...

—Señor Davis —lo interrumpió el alcalde—, creo que ya hemos discutido bastante este tema. Le agradezco su preocupación, pero creo que está empezando a ponerse un poco melodramático. El mundo no va a acabarse porque el Almacén se instale en Juniper. Lo que ocurrirá es que tendremos más empleos y un sitio mejor donde comprar. Y punto. Creo que los dos deberían sentarse. —Dirigió la mirada hacia el salón casi vacío—. Si alguien tiene algo que añadir con respecto a este asunto o quiere presentar cualquier otro, por favor que se dirija al atril.

Bill regresó a su asiento y se dejó caer en la silla situada al lado de Ben.

—Se acabó el partido —susurró el director del periódico—. Davis cero. El Almacén ha ganado todos los sets.

Bill echó un vistazo a su amigo.

—Gracias.

Volvió a casa enojado y deprimido. El alcalde tenía razón. Se había puesto melodramático, y aquel imbécil de Hargrove lo había liado y se había acabado yendo por las ramas. De nuevo se dijo que tendría que haber escrito de antemano su discurso.

Pero ya era demasiado tarde. El daño estaba hecho.

Cuando llegó a casa, la parte delantera estaba a oscuras. Entró y fue a comprobar cómo estaban las niñas. Sam estaba en su habitación, estudiando. Shannon hablaba por teléfono. Les dijo a las dos que se acostaran temprano porque al día siguiente tenían que ir a clase y luego se dirigió al dormitorio principal, donde Ginny estaba haciendo bicicleta estática mientras veía la tele.

—¿Cómo fue? —preguntó—. ¿Detuviste la construcción y conseguiste que el Almacén reconstruya la colina y replante los árboles?

Bill se sentó en la punta de la cama para quitarse los zapatos.

—No hace falta que seas sarcástica —dijo.

—Perdona. —Dejó de pedalear—. ¿Qué pasó, entonces?

—¿Tú qué crees? Nada. El pleno se baja los pantalones ante el Almacén. —Sacudió la cabeza—. No ven más allá de sus narices. Están dispuestos a arruinar un estilo de vida para conseguir beneficios económicos a corto plazo.

—¿Por qué no te presentas a las próximas elecciones municipales? —repuso Ginny—. ¿Por qué no dejas de quejarte conmigo y haces algo al respecto?

—Puede que lo haga.

Ginny desmontó de la bicicleta, se acercó a la cama y se sentó a su lado.

—No es el fin del mundo, ¿sabes? ¿No te parece que estás reaccionando de una forma un poquito exagerada?

—Eso es justo lo que dijo nuestro amigo el alcalde. —Sonrió con frialdad.

—Las cosas cambian. Sí, el Almacén derribó árboles y todo lo demás, y no debería haberlo hecho, pero me he enterado de que también compraron el solar vacío situado junto al Checker Auto y que van a convertirlo en un campo de béisbol. Quieren hacer algo por la ciudad.

—No entiendes lo que quiero decir.

—¿Qué quieres decir?

—Da igual.

—¿Da igual? Quieres...

—Estoy agotado —dijo Bill—. Llevo toda la noche hablando. Sólo me apetece acostarme. —Se levantó y se quitó los pantalones.

Ginny lo observó un momento.

—Muy bien —soltó con un tono de rabia contenida—. Me parece muy bien.

Durmieron separados, sin tocarse, cada uno en su lado de la cama.

Bill se quedó dormido casi al instante.

Soñó con animales muertos y con restos humanos, y con la construcción inacabable de un edificio negro que se elevaba varios kilómetros hacia un cielo contaminado.

# Cuatro

## 1

Shannon estaba sentada en la terraza de la hamburguesería George's tomando una cola e intentado leer su libro de Historia. Había quedado allí con Jake al salir de clase, pero ya pasaba media hora y, como no se había presentado, empezaba a ponerse nerviosa.

Cerró por fin el libro y dejó de fingir que estudiaba. Miró el césped del parque situado al otro lado de la calle y los pinos oscuros que se extendían más allá. Por encima de los árboles, las montañas estaban coronadas de capas irregulares de color blanco. La nieve todavía no había caído por debajo del límite forestal, pero a pesar de los días soleados de la semana anterior, no se había fundido en los picos y sólo era cuestión de tiempo que el invierno llegara con toda su fuerza.

La nieve de las montañas le recordó los Alpes, y los Alpes le recordaron *Sonrisas y lágrimas*, y se encontró pensando en la hija mayor de la película y en su novio. El novio era cartero o algo así, y fingía entregar cartas para encontrarse en secreto con la chica. A Shannon esa relación siempre le había parecido muy romántica y muy sensual. Especialmente cuando la hija cantaba «Sixteen, going on seventeen». La forma en que bailaba en el cenador, su expresión pícara al dar vueltas hacia el muchacho, dejando que el vestido ondeara de modo que él le viera la ropa interior, tenía algo muy erótico. En aquellos momentos parecía mucho mayor que él, mucho más experta.

Eso le gustaba.

Le gustaba creer que ésa era la clase de relación que tenía con Jake, pero sabía que no era así. Jake había tenido varias novias antes que ella, mientras que él era el primer chico con el que se había tomado de la mano, con el que se había besado... con el que había hecho algo.

Le preocupaba un poco que hubiera tenido otras novias. Él aseguraba que no había pasado nunca de la fase de hacer manitas, y ella había preferido creérselo, pero no tenía ninguna duda de que les había dicho que las amaba y que estarían juntos para siempre.

Las mismas cosas que le había dicho a ella.

Lo que significaba que podría dejarla del mismo modo que a las otras.

Si encontraba a alguien mejor.

Eso la asustaba. Lo había pillado mirando a su hermana cuando creía que no lo veía, y aunque se había dicho que eso no significaba nada, que sólo era una reacción natural, le dolía. Sabía que si hubiera podido elegir entre las dos, seguramente habría elegido a Sam. Y ¿quién no lo haría? Su hermana era más bonita y más lista que ella. Sería la primera opción de cualquier chico.

Pero no culpaba a Sam. En todo caso, culpaba a Jake, aunque no lo admitiría ni se lo comentaría nunca. Shannon no odiaba a su hermana. A veces estaba celosa de ella, claro, pero sentía más admiración que celos. Le hubiera gustado parecerse más a ella, pero no la culpaba por eso.

Había personas que tenían suerte.

Y otras que no.

Ella misma había tenido algo de suerte esta vez. No estaba embarazada. El período le había venido durante la mañana, en la clase de Álgebra, y no se había sentido nunca tan aliviada como cuando le empezaron los calambres.

Por eso no veía la hora de que Jake apareciera.

¿Dónde estaría?

Alzó la cabeza y recorrió la calle con la mirada hasta que lo vio salir de la tienda de comestibles de la otra acera comiendo una chocolatina. Él también la vio y la saludó, pero no hizo ningún esfuerzo por cruzar más rápido el estacionamiento. Shannon quería correr hacia él y darle la buena noticia, pero su actitud tranquila y despreocupada la molestó, y se quedó en la mesa sorbiendo su refresco hasta que él llegó.

—¿Qué? —dijo Jake mientras se sentaba en el banco redondo de plástico que Shannon tenía delante—. ¿Alguna novedad?

—No estoy embarazada.

—Gracias a Dios. —Soltó el aire con fuerza y sonrió. Luego le tomó la mano desde el otro lado de la mesa—. Me has tenido un buen rato dándole vueltas a la cabeza. Intentaba decidir si deberías tener el niño y deberíamos casarnos, o encontrar un sitio donde abortar, y si tendríamos que dejar de estudiar, y de dónde sacaríamos el dinero. Esta vez hemos tenido suerte.

—Pero tenemos que hacer algo. Antes de volver a hacer el amor. No quiero volver a pasar por todo esto.

A Jake se le borró la sonrisa de la cara.

—No voy a ponerme una goma —anunció.

—Pues... conseguiré algo.

—¿Qué? —preguntó Jake—. ¿Dónde? ¿Y cómo?

Shannon lo miró fijamente. ¿Era idiota? ¿No había aprendido nada de lo cerca que habían estado? Era como si estuviera en contra de utilizar cualquier forma de método anticonceptivo, como si quisiera que se acostara con él y corriera el riesgo.

—Muy bien —soltó ella—. Esperaremos a estar casados, entonces.

—No puedes quedarte embarazada con el sexo oral. —Shannon lo miró horrorizada—. Podrías chupármela y así no tendríamos que preocuparnos por nada —añadió Jake a la vez que asentía con entusiasmo.

No sabía qué decir ni cómo reaccionar. Jamás habían hecho eso, ni siquiera habían hablado de ello, y aunque sabía lo que era el sexo oral, siempre había planeado evitarlo. Le daba asco la idea de tener semen en la boca, especialmente después de haber visto lo espeso y pegajoso que era, e imaginaba que si Jake la amaba de verdad, jamás le pediría que lo hiciera.

—De esta forma, podríamos seguir practicando el sexo —prosiguió Jake—, no tendríamos que preocuparnos por un posible embarazo y yo no tendría que ponerme la goma.

—¿Qué tiene de malo ponerse un condón?

—No quiero que haya nada entre nosotros.

«¿De modo que prefieres utilizar mi boca como recipiente para el semen? —pensó Shannon—. ¿No te importan mis sentimientos? Un condón te parece incómodo, ¿así que quieres que renuncie a tener orgasmos y que esté agradecida por tener la ocasión de proporcionártelos a ti?»

Pero no dijo nada.

—Creo que es más romántico si no hay nada entre los dos —insistió Jake a la vez que le apretaba la mano.

Se obligó a sonreír, aunque se sentía fatal.

—Yo también —aseguró.


Sus padres estaban dormidos, y ella acababa de anotar los contratiempos que había tenido ese día. Cuando iba a esconder su diario bajo el colchón, Samantha entró en la habitación.

—Hola —dijo Shannon tras alzar la vista.

—Hola. —Su hermana se sentó en el borde de la cama.

Pasaba algo. Sam no entraba en su dormitorio para pasar el rato. Cuando lo hacía, tenía alguna razón. Quería pedirle algo prestado. O necesitaba que la ayudara a cargar algo. O quería quejarse sobre lo sucio que estaba el cuarto de baño.

No iba sólo para charlar.

—¿Quieres hablar de algo? —preguntó Samantha tras echar un vistazo alrededor de la habitación.

—No. ¿Por qué? —contestó con el ceño fruncido.

—Creía que éramos hermanas —dijo Sam, colorada—. Si algo va mal, puedes contármelo.

«No, no puedo», pensó Shannon, pero no dijo nada.

—Compartimos el cuarto de baño, ¿sabes? —insistió Sam

tras inspirar hondo—. No puedo evitar darme cuenta si algo... cambia.

Dios santo. ¡Había observado que no había compresas en la papelera!

—No pasa nada —aseguró Shannon con un nudo en el estómago.

Su hermana se puso más colorada aún. Casi se levantó para marcharse, abrió la boca para decir algo, pero terminó limitándose a carraspear. Desvió la mirada y dijo:

—Sé que no te ha venido la regla.

Shannon notó que ella también se sonrojaba. No quería hablar de ese tema con su hermana.

—¿Lo sabe Jake? ¿Se lo dijiste? —insistió Samantha.

—No hay nada que decir —replicó Shannon—. Sólo tuve un retraso. Dios mío, ¿tengo que comentar todos los aspectos de mi cuerpo contigo? ¿Quieres que te diga cuándo tengo que sonarme la nariz? ¿Quieres saber cuándo tengo diarrea?

—¡No! —Sam estaba entonces como un tomate—. Estaba preocupada, nada más.

—¡Pues preocúpate por ti! ¡Y olvídate de mí!

Samantha se puso en pie y se dirigió rápidamente hacia la puerta.

—¡Perdóname por existir! —dijo.

—¡Adiós! —Shannon acompañó a su hermana hasta la puerta y la cerró de golpe. Se quedó allí de pie un momento, temblando, antes de sentarse otra vez en la cama. Reclinó la cabeza sobre la almohada y cerró los ojos.

Tardó un buen rato en dormirse.


2


—Jaque.

Bill contempló cómo Street McHenry desplazaba la torre a lo largo del tablero para comerse su alfil.

Pensó un momento y después tomó el caballo para capturar

la torre, pero vio que eso dejaría desprotegido a su rey y permitiría que la reina de Street se lo comiera. Devolvió despacio el caballo a su lugar.

—La cosa se pone caliente —declaró Street con una sonrisa.

—Eso es exactamente lo que le dije ayer por la noche a tu hermana —sonrió Bill.

—¿Antes de que se echara a reír?

—¿A reír? Estaba asombrada. Sobrecogida. El tamaño sí que importa.

—Juega —pidió Ben—. Por el amor de Dios, si pasarais tanto rato jugando como dándole a la sin hueso, cualquier noche podríamos acabar antes de las doce.

—¿De las doce? —preguntó Bill—. Sólo son las ocho.

—Juega de una vez.

Cuatro movimientos después, se había acabado la partida.

Había ganado Street.

Como siempre.

Bill había ganado la partida virtual la noche anterior.

Como siempre.

—Registro intacto —anunció Ben.

Los tres se levantaron y se desperezaron. Street terminó su cerveza, recogió todas las latas y las llevó a la cocina.

Bill se volvió hacia el director del periódico. Ese día había publicado un artículo sobre el Almacén, un reportaje bastante largo que describía la historia de la cadena y sus planes para el establecimiento de Juniper. El artículo citaba ampliamente a Newman King, fundador y director general del Almacén.

—Leí tu artículo sobre el Almacén —le dijo—. ¿Entrevistaste realmente a Newman King?

—¡Qué va! —resopló el director del periódico—. Me enviaron un comunicado de prensa, con declaraciones incluidas, y tomé muchas cosas de allí.

—Es que me extrañó. Porque creía que era una especie de Howard Hughes al que no le gustaba aparecer en público y todo eso.

—Eso dicen los rumores —corroboró Ben—. Para serte franco, intenté llamar a sus colaboradores cercanos y conseguir mis propias declaraciones, pero si King se dignara a hablar alguna vez con la prensa, seguramente sería con alguien tan cotizado como Barbara Walters o Jane Pauley, pero no con un periodista de una pequeña ciudad dejada de la mano de Dios como un servidor. Me dijeron, educada pero tajantemente, que King habla con sus clientes a través de comunicados de prensa y que ésas serían las únicas declaraciones que podría conseguir. —Se encogió de hombros—. Así que las utilicé.

—Debería haberme imaginado que era algo así —asintió Bill.

Street guardó el tablero y los tres salieron de la casa. Bajaron por la calle para ir al café, como hacían siempre después de las partidas de ajedrez. La noche era agradable, el cielo estaba despejado y el aire era fresco, y mientras andaba Bill intentó formar anillas con el vapor de su aliento.

—Vi tu artículo sobre Bill —comentó Street—. Hiciste que casi pareciera que se expresaba bien.

—Ése es mi trabajo —Ben sonrió.

Los tres rieron.

—A mí tampoco me gusta demasiado el Almacén —admitió Street.

Bill sacudió la cabeza.

—Ese edificio se ha cargado totalmente el carácter de la ciudad —opinó.

—No sólo eso, sino que me va a perjudicar el negocio —prosiguió Street—. El Almacén vende material y equipo electrónico. Radios y equipos estéreo, y herramientas, cables y enchufes. Y seguramente pueden venderlos más baratos que yo. Ahora mismo ya no estoy nadando en la abundancia. No sé cómo podré sobrevivir cuando el Almacén abra. —Dirigió una mirada a Ben—. Estaba pensando que quizá podrías escribir alguna clase de artículo sobre cómo el Almacén afectará a los comerciantes locales, para intentar conseguirnos algo de apoyo. Sé que el ayuntamiento y las constructoras están encantados con todo esto, pero en la cámara de comercio no estamos nada contentos. Muchos de nosotros pendemos de un hilo. El Almacén podría acabar con nosotros.

—Claro —contestó Ben—. No sé por qué no se me ocurrió a mí.

—No compraré ahí —aseguró Bill.

—Tú nunca compras en la ciudad. Siempre vas a Phoenix.

—Compro en tu tienda.

—Es verdad —concedió Street—. Es verdad.

—Quizás empiece a comprar más aquí.

—Ya va siendo hora.

Llegaron al café y entraron. Había una familia sentada a una de las mesas situadas junto a la ventana, y una pareja adolescente en otra. Buck Maitland y Vernon Thompson, los dos ancianos que parecían vivir en el café, estaban sentados en dos taburetes de la barra con una taza de café y un plato de patatas fritas vacío delante de ellos.

Street saludó con la mano a Holly, la camarera que estaba en la caja registradora, y él y sus dos amigos se sentaron a la mesa más cercana a la puerta. Holly se acercó con tres menús en la mano, pero cuando le dijeron que sólo querían café, volvió a la barra para servírselos con una expresión de disgusto.

Street y Ben ya habían cambiado de tema y estaban hablando sobre una película de suspense que los dos habían visto por cable, pero Bill no los estaba escuchando. Nada más entrar se había dado cuenta de que los dos ancianos de la barra estaban hablando sobre el Almacén, e intentaba olvidarse de todo lo demás para concentrarse en su conversación.

—Sí —decía Buck—, mi hijo está trabajando en ese proyecto.

—Y ¿cómo le va?

—No parece demasiado contento —respondió Buck encogiéndose de hombros.

—¿Por qué no?

—No estoy seguro —respondió Buck tras tomar un sorbo de café—. Pero parece que el trabajo es duro. ¿Sabes que algunos trabajos van sobre ruedas? ¿Que todo parece funcionar solo? Pues éste no es de ésos.

—Me han dicho que ha habido muchos accidentes —comentó Vernon—. Mi cuñado conoce al dinamitero encargado de las voladuras. Hace mucho que se dedica a ello. Trabajó en las presas de Boulder y Glen Canyon, y le dijo lo mismo: que había habido muchos accidentes en el tramo de carretera que dinamitaron en Pine Ridge cuando debería haber sido pan comido. Dijo que había sido la voladura más dura desde la de Glen Canyon.

—¿Te enteraste de lo de Greg Hargrove?

—Sí —contestó Vernon—. En la carretera del acantilado. —Sacudió la cabeza—. Era un imbécil, pero no merecía morir de ese modo.

—Por eso no me gusta que mi hijo trabaje para ellos. Como dijiste, hay muchos accidentes.

Accidentes.

Bill se quedó helado.

—Tierra llamando a Bill, Tierra llamando a Bill.

Se volvió y vio que Ben y Street lo estaban mirando.

—¿Has vuelto a este planeta? —preguntó el director del periódico.

—Lo siento —se disculpó tras soltar una carcajada—. Estaba pensando en otra cosa.

—¿Va todo bien?

—Sí —dijo—. Sí.

Pero seguía helado.


3


Ginny se pasó por el mercado agrícola al salir del trabajo.

Hacía la mayor parte de la compra en Buy-and-Save, pero los productos naturales de esa tienda eran de mala calidad, y prefería comprar las verduras a los cultivadores locales, que vendían en el mercado agrícola. Los precios eran algo más altos, pero la calidad era cien veces mejor, y prefería que su dinero fuera a parar a agricultores locales que a algún productor anónimo.

Compró tomates, lechuga y cebollas, y después volvió a casa, donde Shannon y Samantha estaban holgazaneando en el salón, viendo la tele.

—¿Dónde está vuestro padre? —preguntó mientras dejaba caer la bolsa con las verduras en la encimera de la cocina.

—En la tienda de discos —contestó Samantha—. Nos pidió que te dijéramos que estaba aburrido y nervioso, y que necesitaba nuevas canciones.

—Debe de estar a mitad de un trabajo —suspiró Ginny—. Siempre se pone nervioso cuando llega a la mitad de un manual. ¿Dijo cuándo volvería?

—No.

—Bueno, hoy cenaremos tacos. Si no ha vuelto cuando haya terminado de cortar las verduras y preparar la carne, tendrá que comer solo. —Empezó a guardar la compra.

Samantha se incorporó y se levantó para dirigirse a la cocina.

—¿Necesitas ayuda? —preguntó.

—No. Pero cambiad de canal. Quiero oír las noticias. Si queréis ver otra cosa, hacedlo en vuestras habitaciones.

—¡Mamá! —se quejó Shannon, pero cambió de canal.

Samantha corrió un taburete, se sentó frente a la encimera y miró cómo su madre doblaba la bolsa y la dejaba en el armario que había debajo del fregadero.

—Creo que el año que viene iré a la Universidad Estatal de Arizona —anunció.

—Creía que querías ir a la Universidad de California en Brea, o al estado de Nuevo México.

—Bueno, a no ser que papá o tú ganéis la lotería, no va a poder ser.

—Me alegro de que finalmente opines como nosotros —rio Ginny.

—El caso es que voy a necesitar dinero. Aunque obtenga una beca, y es probable que la obtenga, mi orientador escolar me comentó que sólo cubre la matrícula. Después están los libros, el alojamiento y la comida. Y también necesitaré transporte. —Miró por la ventana—. Me imagino que si empiezo a ahorrar ahora, podré permitirme un coche de segunda mano a finales del próximo verano.

—Este verano tu padre irá a esa subasta de automóviles de Holbrook. Quizá puedas encontrar algo allí.

—Vale la pena intentarlo —asintió Samantha. Hizo una pausa—. Lo que pasa es que quiero trabajar en el Almacén...

—A papá le encantará la idea —soltó Shannon desde el salón con una carcajada.

Samantha miró a su madre.

—Por eso esperaba que me allanaras el camino —agregó—. Tal vez si le sacaras el tema...

—No —se excusó Ginny con las manos en alto—. Eso es entre tu padre y tú.

—Vamos, mamá. Por favor. Ya sabes cómo le altera este tema. Y si se lo saco yo, dirá automáticamente que no y se habrá acabado el asunto. Puedes allanarme el camino, hacer que se acostumbre a la idea.

Ginny abrió un cajón para sacar un cuchillo.

—¿Mamá?

—No querrá que trabajes en el Almacén —dijo al cabo.

—Pero podrías insinuárselo, ablandarlo un poco.

—¿Por qué no puedes trabajar en otro sitio? ¿En George's? ¿O en Buy-and-Save? ¿O en el KFC?

—Por si no te habías dado cuenta, en esta ciudad no hay demasiados empleos. Además, me han dicho que el Almacén paga mejor. Cinco dólares la hora, a tiempo parcial.

—¡Caramba! —exclamó Shannon, que había ido hasta la cocina y se acercó a la encimera—. Eso está muy bien. A lo mejor yo también puedo trabajar ahí.

—Si tus notas no mejoran, no trabajarás en ninguna parte —dijo su madre.

Shannon estiró un brazo para tomar un pedazo de lechuga.

Ginny pestañeó y fingió sorprenderse.

—¿Estás comiendo voluntariamente? —dijo.

—Por supuesto.

—¿Shannon Davis? —prosiguió Ginny estupefacta—. No puede ser. ¿Superaste tu desorden alimentario?

—Nunca lo tuve. Eran imaginaciones tuyas. —Shannon robó otro pedazo de lechuga y volvió al salón.

Cuando estuvieron otra vez solas, Sam insistió:

—¿Qué dices entonces?

Ginny miró a su hija y suspiró.

—Muy bien —dijo—. Lo intentaré. Pero no te prometo nada.

—Eres la madre más maravillosa del mundo.

—Recuerda eso cuando tu padre te diga que no —rio Ginny.

# Cinco

## 1

Una capa de escarcha cubría el suelo, pero Bill se levantó tan temprano como de costumbre. Se puso el chándal, los guantes, un par adicional de calcetines, el gorro de esquí que Ginny llamaba «gorro de indigente» y salió a hacer su *footing* matinal como todos los días. Sabía que estaba obsesionándose un poco, pero cuando había empezado a hacer ejercicio, se había prometido que hiciera sol, lloviera, cayera aguanieve o nevara, correría cinco kilómetros al día por lo menos.

Y había cumplido esa promesa.

Hizo deprisa los estiramientos, corrió hasta la carretera de tierra y la siguió colina abajo a través de los árboles. Cuando llegó a la carretera asfaltada y al prado de Godwin, siguió recto en vez de girar hacia Main Street.

Había dejado de correr por la carretera.

Pasó ante el estacionamiento de caravanas y entró en la zona residencial de Juniper con cuidado de no resbalar con la escarcha del asfalto. No había modificado su ruta de *footing* matinal en los diez años que había vivido en Juniper, en parte por costumbre y en parte adrede. No era la clase de persona que modifica arbitrariamente su rutina. Cuando encontraba algo que le gustaba, no lo cambiaba.

Pero ese día había modificado su rutina.

Pensó en el solar del Almacén, el lugar que tanto le gustaba antes pero que ahora evitaba deliberadamente. Los árboles devastados y el terreno allanado tenían algo que no le acababa de convencer. Le recordaban el condado de Orange, el lugar donde había nacido y crecido, donde había visto cómo los naranjales y los fresales se habían ido sustituyendo por bloques de pisos pintados de color melocotón y centros comerciales idénticos entre sí; le deprimía ver la tierra allanada, la colina demolida, la valla de tela metálica que rodeaba la maquinaria pesada. Lo trastornaba, lo enojaba y le amargaba el humor del *footing* matinal.

Pero no era sólo eso, ¿verdad?

No, tenía que admitirlo. No.

Al principio había sido desconcertante darse cuenta de que no era el hombre tranquilo, racional y sensato que siempre había creído ser, pero se había adaptado al instintivo Bill Davis mucho más fácilmente de lo que habría creído posible. Había sido una transición básicamente indolora, y ahora se encontraba buscando relaciones ocultas y no lineales entre hechos inconexos del mismo modo que antes habría intentado encontrar la razón lógica de cada cosa que ocurría. Confiar más en las corazonadas que en los hechos probados le resultaba extrañamente liberador, y en cierto modo, exigía más agudeza mental, más análisis comparativo, más disciplinas intelectuales de las que normalmente se asociaban al método científico y a mantenerse fiel a un modo de pensar preconcebido.

Pero eso era intelectualizar.

La verdad era que el Almacén le hacía sentir miedo. Podría deducir las razones de ello, pero tanto si podía racionalizarlo como si no, tanto si podía explicar su existencia como si no, lo sentía. Era su reacción natural al solar en obras, y por eso había cambiado su ruta de *footing*.

La última vez que estuvo allí, el martes anterior, cuando tuvo que ir a Flagstaff en coche con Ben para comprar una bomba de agua para el coche, había observado que la estructura del edificio ya empezaba a elevarse. No perdían el tiempo. Por lo general, las obras se alargaban meses en la región, ya que los contratistas locales eran lentos, pero el Almacén debía de haber ofrecido alguna clase de prima por terminar pronto, porque había pasado menos de un mes desde que había encontrado el cadáver y el terreno ya estaba preparado; los cimientos, inusualmente profundos, excavados, y el cemento vertido.

Resultaba escalofriante.

Tomó la calle Granite, bajó más o menos un kilómetro y medio por la calle hasta donde terminaban las casas y siguió después por Wilbert hacia Main Street. Tenía las mejillas encendidas por el frío, y le costaba respirar el aire gélido. Estaba saliendo el sol, apenas un punto brillante en la capa gris de nubes que cubría el cielo.

Giró a la izquierda por Main Street, con la carretera detrás de él, y se subió a la acera que recorría todo el centro de la ciudad. Aminoró la marcha al instante. Al otro lado de la calle, había un cartel colgado en el escaparate vacío entre la heladería Yummy y el videoclub Barn: «Aceptamos solicitudes de trabajo para el Almacén.» Incluso con aquel tiempo, a esa hora de la mañana había gente haciendo cola en la acera. No sólo adolescentes, sino también adultos. Mujeres bien vestidas y hombres sanos.

Se paró delante del quiosco de prensa y fingió abrocharse una zapatilla deportiva mientras contemplaba la otra acera. Pensó que parecía una oficina de empleo. La disposición del escaparate vacío, la rectitud de la cola y la actitud estoica de la gente tenían un aspecto vagamente militar. Podía ver su aliento en el aire frío, pero no oía sus voces, y cayó en la cuenta de que ninguno de ellos hablaba.

Era extraño.

Lo que lo hacía más extraño aún era que conocía a la mayoría de las personas. Muchos eran vecinos suyos; mejor dicho, eran amigos suyos, pero estaban todos tristes, silenciosos, mirando fijamente el escaparate vacío, sin entablar siquiera la conversación banal y educada de unos desconocidos.

Paul Mitchell, el director del KFC, echó un vistazo al otro lado de la calle y vio a Bill, que se enderezó y lo saludó sonriente con la mano. Pero aquél no le respondió y volvió a concentrarse en el escaparate.

Bill reanudó la marcha y recorrió rápidamente el centro de Juniper. Un sudor frío le cubría la piel, y el corazón le latía con fuerza. La cola de solicitantes lo había desconcertado más de lo que quería admitir, y observó que había algunas zonas de la calle ensombrecidas, rincones oscuros que el tenue amanecer cubierto de nubes no llegaba a alcanzar y seguían dominados por la noche. No se relajó hasta que hubo dejado atrás Main Street y se dirigió hacia el prado de Godwin de vuelta a casa.

## 2

Las Navidades no fueron las vacaciones que deberían haber sido.

Ginny supervisaba los desperfectos del salón mientras Bill recogía las cajas y el papel de regalo para tirarlos al contenedor que había en la calle. Ese año las vacaciones habían empezado tarde, y no habían tenido demasiado tiempo para ir a comprar regalos. Habían ido a Flagstaff, y no a Phoenix, pero ya no quedaba demasiado a la venta, de modo que tuvieron que conformarse con lo que encontraron. Ginny pensó que el año siguiente sería más sencillo. Podrían comprar en el Almacén sin moverse de Juniper, y no tendrían que desplazarse a una ciudad más grande para adquirir los regalos.

Tanto Samantha como Shannon estaban en sus habitaciones, escuchando los cedés nuevos que habían recibido, mientras miraban o guardaban los demás regalos. Por primera vez, ninguno de sus abuelos había podido ir. Los padres de Bill pasaban las vacaciones con la hermana de éste en San Francisco, y los padres de Ginny estaban de visita en casa de su hermano en Denver, y era evidente que las niñas los habían extrañado. Todos habían estado más apagados ese año, y habían desenvuelto los regalos mecánicamente, sin la alegría habitual.

Bill tampoco había sido el mismo; no lo era desde que encontró el cadáver de aquel forastero. Se decía a sí mismo que era algo que podía pasar, aunque no entendía la fobia que sentía por el

Almacén. Tal vez el cadáver lo hubiera asustado, y podía comprender su enfado con el Almacén por haber destruido aquel hermoso terreno, pero no que se sintiera resentido de una forma visceral hacia el futuro establecimiento.

Últimamente, tampoco Ginny estaba del todo bien, y aunque lo había atribuido a las tensiones habituales de las fiestas y a las repetidas quejas de Bill sobre el Almacén, se debía a algo más y no acababa de saber el qué.

Bill regresó, recogió sus regalos del suelo del salón y los dejó en la encimera de la cocina. Luego estrechó a su mujer entre sus brazos y la besó con una sonrisa:

—Gracias por los regalos —le dijo—. Han sido unas Navidades maravillosas.

No era cierto, y ambos lo sabían, pero ella le devolvió la sonrisa y lo besó.

—Te amo —dijo.

—Yo también te amo.

Pensó que el año siguiente serían mejores. Se aseguraría de que lo fueran.

# Seis

## 1

El edificio del Almacén tenía algo que no le gustaba.

Ted Malory se irguió con una mueca. Llevaba tres días allí, con su equipo habitual de trabajo y un grupo temporal de cuatro obreros. No había hecho nunca un trabajo así de importante, y cuando consiguió el contrato estaba muy ilusionado. Todas las empresas de construcción de tejados de los condados de Gila, Coconino y Yavapai habían presentado sus ofertas, y cuando supo que el Almacén se había decantado por la suya, se había puesto eufórico. No sólo significaba ganar mucho dinero, sino que si finalizaba con éxito aquel proyecto, podría valerse de él para conseguir otros más importantes. Se vio construyendo tejados para los edificios de la Universidad del Norte de Arizona o los hoteles Little America en Flagstaff y El Tovar en el Gran Cañón.

Quién sabía adónde podría llegar gracias a aquella obra.

Pero las cosas no estaban saliendo como esperaba.

Para empezar, descubrió que no iba a ganar tanto dinero como había imaginado. O no tanto como la envergadura de aquel trabajo hacía suponer. El Almacén tenía un contrato estándar innegociable. Ellos fijaban las condiciones y, si no le gustaban, había muchos otros que no dejarían escapar la oportunidad de hacer el trabajo.

Así que terminó aceptándolo. No le gustaba, pero accedió a hacerlo.

Parte del trato era que todos los costes corrían por su cuenta. El Almacén le abonaba unos honorarios fijos y, con ellos, tenía que pagar la mano de obra y comprar todos los materiales para hacer el trabajo. Eso no era ningún problema para él. Sus precios solían incluir el material, y su colega Rod Hawkins, de la ciudad de Mesa, le hacía buenos precios. Pero los términos del contrato especificaban que tenía que comprar todo el material al proveedor mayorista del Almacén, y sus precios eran mucho más altos que los de Rod. Además, el representante del Almacén había calculado el plazo para construir el tejado muy por debajo de lo que tardarían en realidad, teniendo en cuenta la época del año y la superficie total del proyecto. Ya habían perdido dos días por culpa de la nieve.

Según sus cálculos, cuando hubieran terminado, a duras penas llegaría a cubrir los gastos.

Pero eso no era todo.

No era ni la mitad.

Ted dirigió la mirada más allá del tejado, hacia las montañas. La nieve seguía cubriendo el pico de Hunter, y las montañas de los alrededores estaban asimismo cubiertas de blanco. Inspiró hondo y echó un vistazo al extremo noroccidental del tejado y a la bolsa de plástico para las basuras. Desvió enseguida la mirada. Cada mañana, cuando llegaban, encontraban pájaros muertos en el tejado. Cuervos. No les habían disparado ni tenían heridas. Simplemente se habían... muerto.

Y habían caído del cielo sobre el tejado del Almacén.

Era inquietante y algo espeluznante, pero Joe Caballo Libre creía que era algo más, y la segunda vez que ocurrió, dejó el trabajo. En el acto. Se volvió y bajó la escalera por donde había subido.

Joe era su mejor hombre, su obrero más experto y su tejador más rápido, pero Ted se había molestado tanto que había dicho al indio que si se iba, no volvería a trabajar jamás para su empresa. Joe ni siquiera dudó en seguir bajando la escalera. Se limitó a gritarle a Ted que había sido un placer trabajar para él y cruzó el solar hasta su camioneta para marcharse.

Ted había lamentado de inmediato su reacción, y planeaba pedirle disculpas a Joe y ofrecerle de nuevo su puesto cuando el Almacén estuviera terminado. Pero los temores de Joe parecían haber afectado también a los demás hombres, que llevaban unos días inusualmente sombríos. Hargus ni siquiera había llevado su radiocasete al trabajo, y eso que lo llevaba a todas partes.

Hasta él se había sentido intranquilo y, aunque intentaba asegurarse de que trabajaban deprisa para terminar el tejado lo antes posible, también se aseguraba de que hacían el trabajo lo mejor que podían.

No quería tener que volver para corregir errores.

Sin embargo, no le había dicho ni una sola palabra de ello a Charlinda. Su mujer todavía creía que ese trabajo era una bendición del Señor, y dejó que lo siguiera creyendo. Ya era bastante supersticiosa, con todo ese rollo de la astrología, las cartas del tarot y demás sandeces, y sólo le faltaba contarle que Joe Caballo Libre se había ido y que la obra los tenía asustados a todos. Se habría puesto histérica.

Dio un aviso para que todos se tomaran diez minutos de descanso, sacó una cerveza de la nevera y se acercó al borde del tejado con los ojos puestos en el estacionamiento. El día anterior le habían dado una capa de sellador y estaba previsto pintarlo al día siguiente. Era un estacionamiento inmenso, que llegaba hasta la carretera, lo suficientemente grande como para contener a todos los coches de la ciudad y que sobrara espacio. Tres hectáreas y media de asfalto.

En realidad, era una lástima, porque había sido un prado muy bonito. Con sólo un mínimo esfuerzo, habrían podido hacer lo mismo que en el caso de Buy-and-Save o KFC: construir el estacionamiento de modo que se adaptara al contorno del terreno y conservar los mejores árboles. Pero no sólo habían talado los árboles existentes y se los habían llevado, sino que no se habían plantado otros.

No había sombra.

En Arizona.

Sacudió la cabeza. Bueno, suponía que cuando llegara junio, se dispararía la venta de pantallas solares para el parabrisas en el Almacén.

De hecho, le había sorprendido un poco la falta de arquitectura paisajista. Normalmente, hasta las empresas pequeñas intentaban que sus locales resultaran atractivos y agradables a la vista. Pero el exterior del Almacén era estrictamente funcional: un edificio de hormigón, una acera blanca y un estacionamiento negro. Ni plantas, ni árboles ni otra decoración. Parecía una prisión más que un establecimiento comercial.

Debajo, un trabajador que cargaba un gran palo metálico salía del Almacén en dirección a su camión, aparcado delante de la entrada.

Ted dirigió la mirada a lo lejos. La muerte de Hargrove no había repercutido en retrasos en la obra. El Almacén había llevado a uno de sus propios hombres y el trabajo había seguido adelante ininterrumpidamente, haciendo turnos de veinticuatro horas durante las últimas dos semanas y poder cumplir así el plazo exigido para cobrar la prima.

Frank Wilson, que había trabajado con Hargrove en el proyecto, le había dicho que el edificio tenía un sótano muy profundo, así como un par de singularidades más en las que el Almacén había insistido mucho. Nadie sabía por qué, pero nadie se había atrevido a preguntar, limitándose a seguir los planes del Almacén al pie de la letra.

Pájaros muertos y sótanos secretos.

Todo ello era un poco... espeluznante.

No, no un poco.

Mucho.

Se terminó la cerveza con un escalofrío, dejó caer la lata en el tejado y regresó a la zona donde había estado trabajando.

# 2

—¿Puedo hablar contigo?

Shannon alzó los ojos del suelo y vio a Mindy Hargrove sentada en el banco de madera que estaba a un lado de la calle y que hacía las veces de parada del autobús escolar. Mindy había estado faltando bastante a clase últimamente y se había estado portando de una forma que podría tildarse de extraña desde la muerte de su padre, pero ahora parecía realmente asustada. Iba despeinada, llevaba los vaqueros sucios y la blusa, antes blanca, medio desabrochada. Sus ojos tenían una expresión salvaje que Shannon no le había visto nunca y que le dio algo de miedo. Se preguntó si Mindy atravesaría alguna clase de crisis nerviosa, si se habría vuelto loca, y echó un vistazo rápido calle arriba y calle abajo con la esperanza de que alguien más pasase por allí, pero no había nadie aparte de Mindy y ella.

—Perdona, tengo prisa —se excusó—. Ya llego tarde, y mi madre me está esperando.

Mindy se levantó y se acercó a ella.

—Sé que a tu padre no le gusta el Almacén —dijo—. Por eso pensé que podía hablar contigo.

Shannon se pasó los libros de un brazo a otro. Aguantar a Mindy ya era bastante molesto cuando era una bruja malcriada, pero la nueva Mindy, aquella Mindy vehemente y perturbada que por alguna razón quería hablar con ella, a pesar de que habían sido enemigas implacables desde tercer curso, era todavía peor. Quería largarse de allí y alejarse de ella lo más rápido posible, pero se obligó a mostrarse agradable y fingir que no ocurría nada fuera de lo corriente.

—No es que no le guste el Almacén —contestó—, sino más bien que no le gusta el lugar y la manera que han elegido para construirlo.

Mindy miró disimuladamente a su alrededor para asegurarse de que nadie las observaba.

—Está construido con sangre —afirmó.

Shannon empezó a retroceder sin desviar los ojos de la chica.

—Perdona, pero es que tengo que irme —dijo.

—Hablo en serio. Ponen sangre en el hormigón. Estaba en los planes que le dieron a mi padre. Díselo al tuyo. Quizás él pueda decírselo al director del periódico y puedan hacer algo al respecto.

—De acuerdo —dijo Shannon para seguirle la corriente—. Se lo diré.

—Está construido con sangre. Por eso mataron a mi padre.

«Tu padre murió porque conducía borracho», pensó Shannon, pero asintió con una sonrisa y siguió retrocediendo antes de acelerar el paso y echar a correr. Se volvió a mirar por encima del hombro y vio que la calle estaba vacía; el banco estaba desocupado y Mindy había desaparecido.


3


Bill terminó la documentación del sistema de Información Geográfica el último sábado de enero. Cargó el manual acabado, lo envió por correo electrónico y lo celebró como solía hacer cada vez que terminaba un trabajo: sacó una chocolatina del cajón del escritorio, subió el volumen de la radio, se recostó en la silla y disfrutó del momento.

Mientras comía la chocolatina, miraba por la ventana. Había llovido durante los dos últimos días y la nieve que quedaba estaba casi toda fundida. Todavía lloviznaba, de modo que los árboles del exterior eran apenas unas siluetas negras. Se acabó la chocolatina y tiró el envoltorio a la papelera. Era en esos momentos cuando podía sacar realmente partido del hecho de trabajar en casa. En lugar de estar sentado ante una mesa encontrando papeles que mover de sitio, fingiendo estar atareado por si lo veía algún supervisor que pasara por allí, podía ver la tele, leer un libro, dar una vuelta o hacer lo que quisiera hasta que llegara el siguiente encargo. Cobraba un sueldo mensual, no por horas, y mientras cumpliera con los plazos de entrega de su trabajo, a la empresa no le importaba cómo pasara las demás horas.

Dicho de otro modo, su competencia y eficiencia se veían recompensadas con tiempo libre.

Que Dios bendijera la tecnología.

Apagó el ordenador y se desperezó. Luego se levantó y salió de su despacho. La cocina olía a sopa de tomate Campbell's, y los cristales estaban empañados. Parecía cálida, acogedora y confortable, y como las niñas no estaban, se sintió casi como cuando acababan de casarse, cuando todavía eran demasiado pobres para ir a alguna parte o hacer algo, y el sexo constituía su principal forma de diversión.

Ginny estaba delante de los fogones, removiendo la sopa. Se situó detrás de ella y le puso una mano entre las piernas, Pero Ginny se revolvió con un grito y casi le atizó con la cuchara, salpicándole la mejilla de sopa caliente.

—¡Dios mío! —exclamó Bill.

—Eso te enseñará a no acercarte a mí de esa forma sin que me entere.

—¿Qué te pasa? —Se secó la sopa de la mejilla.

—Nada —contestó Ginny—. Estoy preparando la comida. No esperaba que nadie me sobara.

—¿Quién creíste que era? Soy el único que está en casa.

—No se trata de eso.

—Antes lo hacía todo el tiempo. Antes te gustaba.

—Bueno, pues ahora no. —Siguió de espaldas sin dejar de remover la sopa—. Lávate —ordenó—. Vamos a almorzar.

—No nos peleemos, por favor —suspiró—. Lo siento, yo...

Ginny se volvió sorprendida.

—¿Quién se está peleando? —preguntó.

—Creía que estabas enojada conmigo.

—No.

—¿Por qué no te recuestas entonces sobre la mesa para que pueda cumplir con mis deberes maritales? —sugirió con una sonrisa.

—¿Por qué no te lavas las manos para que podamos comer? —replicó Ginny tras soltar una carcajada.

—¿Y después de comer?

—Ya veremos —dijo ella sonriendo.

Después de comer hicieron el amor en la habitación. Fue algo rápido y precipitado, por si Samantha o Shannon volvían temprano a casa. Luego Bill decidió ir a dar un paseo. Había dejado de llover en algún momento durante la última hora, y como llevaba encerrado demasiado tiempo, le apetecía salir. Pidió a Ginny que lo acompañara, pero ella le dijo que no tenía ganas y que, además, quería leer unas revistas.

Así que fue solo, disfrutando del olor a lluvia en las calles y de la imagen que ofrecía el cielo a medida que comenzaba a despejarse y dejaba ver rendijas azules en medio del gris dominante. Se dirigió a la tienda de Street para saludarlo, charlaron un poco y después se pasó por la tienda de discos de Doane Kearns, al otro lado de la calle, para rebuscar en los expositores de segunda mano que había en la pared del fondo y ver si encontraba algo interesante. Se decidió por una edición pirata de Jethro Tull y un viejo álbum de Steeleye Span que había tenido en la universidad pero que había perdido no sabía cuándo.

Antes de regresar a casa, entró en el café para tomar una taza rápida. Como de costumbre, Buck y Vernon estaban sentados a la barra, discutiendo. Ese día la manzana de la discordia era la música country.

—Mátame si quieres —decía Vernon—, pero me gusta Garth Brooks.

—¡Garth Brooks es un afeminado! Waylon Jennings. Ése sí que es un cantante de verdad.

—¡Esa boquita! —advirtió Holly desde detrás de la barra.

—Perdona —se disculpó Buck.

—¿Todavía está vivo Waylon Jennings? —sonrió Vernon.

—Te pudrirás en el infierno por esto, macho.

Bill se sentó en la otra punta de la barra y saludó con la cabeza a los dos hombres, que le devolvieron el saludo.

Holly se acercó a él y le preguntó si quería la carta, pero Bill dijo que sólo quería tomar café, así que la camarera se volvió, sirvió una taza y se la dejó delante.

—Bill. —Se volvió en el asiento y vio a Williamson James,

el propietario del café, que en ese momento salía de la cocina por la puerta que había junto a la máquina de discos—. ¿Cómo te va?

—No puedo quejarme —respondió Bill a la vez que se encogía de hombros.

El propietario del café se sentó en el taburete que tenía al lado e indicó a Holly con un gesto que también le sirviera café.

—¿Viste el partido del jueves? —preguntó. Bill negó con la cabeza—. Es verdad; olvidaba que no te gusta demasiado el fútbol.

—Fútbol, baloncesto, béisbol, jóquey... No miro ninguno —dijo Bill.

—¿No has jugado nunca a nada?

—No.

—¿Ni siquiera en el colegio?

—Bueno, sí. Hice educación física. Tuve que hacerlo. No tenía más remedio. Pero no por mi cuenta.

—¿Por qué no?

—Nunca me ha gustado. Los deportes son para personas que no soportan la libertad.

—¿Qué?

—Son para personas que necesitan que les digan qué hacer con su tiempo libre, que no saben pensar por sí mismas qué pueden hacer, que necesitan normas y directrices que seguir. Como las personas que dedican su tiempo libre a ir a Las Vegas, a jugar. Es lo mismo: normas. Te dicen qué hacer. Otras personas deciden por ti cómo debes pasar el tiempo. Supongo que a algunas les va bien porque les quita presión. No tienen que pensar por su cuenta; lo encuentran todo dispuesto.

El hombre mayor reflexionó un momento para asimilarlo. Luego asintió despacio.

—Entiendo lo que dices —aseguró.

—Pues eres el primero —rio Bill.

Williamson carraspeó y se inclinó hacia delante.

—Voy a poner el café en venta —anunció.

—¿Qué?

—¡Chsss! Baja la voz —pidió el propietario con un gesto de manos—. Todavía no se lo he dicho a nadie. Ni siquiera Holly lo sabe.

—¿Por qué? ¿Qué ocurre?

—Nada. Es sólo que... —Su voz se fue apagando—. Pronto se inaugurará el Almacén, y nos llevará a muchos a la quiebra.

—Eso no afectará al café —dijo Bill a la vez que sacudía la cabeza.

—Van a tener su propia cafetería. No un *snack-bar*. Una cafetería de categoría.

—Eso no importa.

—Me temo que sí.

—Este café es un punto de referencia. La gente no va a dejar de venir para comer y beber en un almacén de descuento. Este local forma parte de Juniper.

—El caso es que nadie apoya a los negocios locales —comentó Williamson con una sonrisa llena de tristeza—. Sí, el café es un punto de referencia, y cuando ya no esté todo el mundo lo extrañará, y tu amigo Ben escribirá un artículo conmovedor sobre cómo eran antes las cosas. Pero lo cierto es que cuando la cafetería del Almacén empiece a ofrecer el café cinco centavos más barato que el mío, todo el mundo se largará de aquí tan deprisa que dará vértigo. —Señaló con la cabeza a Buck y a Vernon—. Incluso esos dos.

—No lo creo —lo contradijo Bill—. Lo que atrae aquí a la gente no son los precios, es el ambiente, es... es todo en conjunto.

—Estás equivocado. Puede que no creas que se trata del precio. Pero así es. Todo es una cuestión económica. Y cuando el Almacén empiece a poner anuncios llamativos en el periódico para pregonar sus excelentes ofertas, todo el mundo irá allí en tropel.

»Ahora mismo a duras penas me salen las cuentas —prosiguió Williamson—. No puedo permitirme competir. Saldría perdiendo en una guerra de precios. El Almacén puede aguantar todo lo que quiera. Puede reventar los precios hasta llevarme a la quiebra. —Suspiró—. Lo veo venir. Por eso quiero desprenderme de este local antes de que explote todo, mientras todavía pueda obtener una cantidad decente por él.

Echó un vistazo alrededor del café un momento antes de seguir.

—Quería preguntarte cómo podría anunciarlo por eso de Internet. Me imaginé que si alguien sabe cómo hacerlo, ése eres tú. Voy a poner un anuncio en revistas especializadas y todo eso, puede que incluso en el periódico de Ben, aunque no creo que ningún residente pueda permitirse comprar el local. Pero se me ocurrió que podría ponerlo también a través del ordenador. Para ver si obtengo alguna respuesta.

—Sí —dijo Bill despacio—. Podría ayudarte en eso.

—¿Qué te parece si escribo lo que quiero decir? ¿Podrías ponerlo en Internet por mí?

—Por supuesto, pero ¿realmente quieres hacerlo ahora? ¿Por qué no esperas, intentas aguantar y ves qué pasa? La gente de Juniper podría sorprenderte. Podría solidarizarse con el café. Hasta podría ser bueno para tu negocio. Las cosas podrían mejorar cuando la gente se entere de lo que ocurre.

—Los tiempos han cambiado —suspiró Williamson—. Hoy en día, todo el mundo está muy fragmentado. Esto ya no es un país. Es un conjunto de tribus que compiten entre sí por conseguir trabajo, dinero, atención mediática. Cuando yo era joven, todos éramos americanos. Entonces, hacíamos lo que teníamos que hacer, o lo que podíamos, para que este país fuera mejor. Hacíamos lo que era correcto, lo que era moral. Ahora la gente hace lo que le conviene, lo que le resulta económicamente rentable. —Sacudió la cabeza—. Antes nos preocupábamos por nuestra comunidad. Estábamos dispuestos a hacer lo que fuera necesario para que el sitio donde vivíamos fuera mejor. Ahora lo único que le importa a la gente es cuánto cuestan las cosas. —Se detuvo y miró a Bill a los ojos antes de proseguir—. A nadie le importa un comino conservar nuestra ciudad, nuestra comunidad, nuestro estilo de vida. Lo único que les importa es ahorrar unos dólares para poder comprar a sus hijos las últimas zapatillas deportivas de marca. Es una idea bonita, pero nadie va a solidarizarse con el café. Imposible —sentenció antes de terminarse el café—. Por eso, quiero dejarlo ahora. Cuando todavía puedo.

4

El Día del Presidente, una tormenta dejó caer quince centímetros de nieve, y pasaron veinticuatro horas antes de que la retiraran de la calle. Pero, al final de la semana, se había derretido por completo, y el sábado decidieron ir al valle para relajarse y hacer algunas compras.

Salieron temprano, justo después del alba, y hacia las ocho se pararon en la ciudad de Show Low a desayunar en un McDonald's. Ginny, que iba mirando por la ventanilla mientras viajaban, contempló cómo el paisaje cambiaba de pinos a cactus, y las líneas limpias del bosque de Mogollon Rim daban paso a las agrestes formas rocosas del desierto de Mazatzals. Samantha y Shannon dormían en el asiento trasero mientras que Bill conducía feliz y tarareaba al son de las canciones que emitía la radio.

Las montañas y cañones eran majestuosos y, como siempre, Ginny estaba sobrecogida por la espectacularidad de las vistas, que la hacían sentir empequeñecida. Era entonces, cuando contemplaba el paisaje, cuando notaba la presencia de Dios. Había nacido en el seno de una familia católica, había ido a misa dos veces por semana desde que era niña hasta que fue a la universidad, pero en la iglesia jamás había sentido la inspiración que sentía allí, en la carretera. La excelencia y la magnificencia de Dios de las que había oído hablar habían sido para ella algo abstracto hasta que se casó con Bill y se trasladaron a Arizona. En la iglesia, nada la había hecho sentir tan religiosa, tan profundamente conmovida por Dios, como la imagen de su primer amanecer en el desierto durante su luna de miel.

Ése era el problema que había tenido con el catolicismo, su estrechez de miras, su vanidad, su autocomplacencia. De niña, le habían hecho creer que el mundo giraba a su alrededor, que si comía carne un viernes, si no se abstenía de algo durante la Cuaresma o si tenía una suave fantasía sexual con David Cassidy, estaría condenada para toda la eternidad. Dios siempre la estaba observando, siempre atento a las minucias de su vida, y se había sentido constantemente bajo presión, como si escudriñaran continuamente todos sus pensamientos y movimientos.

Pero había crecido, había descubierto que no era el centro de todo ni el punto de apoyo en el que descansaban el mundo y la Iglesia, y que si se acariciaba en la bañera o llamaba puta a Theresa Robinson, la civilización occidental no llegaría a su fin al instante. Y había llegado a considerarse un personaje secundario, apenas digno de la atención divina, aquí, en la Tierra, y durante sus años de secundaria, había decidido ser simplemente una buena persona, llevar una vida buena y confiar en que Dios sería lo bastante inteligente como para distinguir a la buena gente de la mala cuando llegara el día del juicio final.

Había sido esa tierra lo que había vuelto a despertar en ella los sentimientos religiosos. Había visto en ella la gloria de Dios, se había dado cuenta de nuevo de lo insignificantes que eran sus problemas y preocupaciones en el universo, y cómo eso no tenía nada de malo. Era como tenía que ser.

Se volvió hacia Bill, que tamborileaba en el volante una vieja canción de The Who, y sonrió. Tenía suerte. Tenía un buen marido, unas buenas hijas, una buena vida.

Y era feliz.

Bill la pilló sonriendo.

—¿Qué? —preguntó.

—Nada. —Ginny sacudió al cabeza sin dejar de sonreír.

Llegaron al valle poco después de las once. Se dirigieron al Fiesta Mall de la ciudad de Mesa y se adentraron en los confines climatizados del centro comercial. Una vez allí se dividieron en dos grupos: las niñas fueron a sus tiendas de moda y de discos, y ella y Bill a la multisala para ver una película. Quedaron en reunirse a las dos delante de Sears.

Vieron una comedia romántica, que Bill catalogó de telefilme, pero todo quedaba mejor en una pantalla grande, y estaba contenta de haber ido. Después, pasaron un rato en la librería B. Dalton. Ella se compró el último número de *Vanity Fair* y Bill eligió la nueva novela de suspense de Phillip Emmons.

Cuando salieron, Sam y Shannon ya los estaban esperando en un banco situado delante de Sears. Shannon se había comprado un casete de un grupo de *rock* de moda, un grupo que, al parecer, Sam no soportaba, y las dos niñas estaban discutiendo en voz alta sobre gustos musicales.

—Parad ya —ordenó Bill con la voz ronca de un árbitro de boxeo. Se sentó entre las dos—. Estáis empezando a llamar la atención. Si os ponemos traje de baño y os metemos en un recipiente lleno de barro, podríamos empezar a cobrar entrada y sacar algo de dinero extra para la familia.

—¡Eres asqueroso! —se quejó Shannon.

—Sí, bueno, es mi trabajo. —Las tomó de los brazos y tiró de ellas para que se levantaran—. Vamos, niñas, regresemos a casa.

Iniciaron el camino de vuelta, y esta vez conducía Ginny. Cuando llegaron a Payson el sol empezaba a ponerse, y cuando alcanzaron Show Low ya había anochecido. Como siempre, las niñas se habían dormido en el asiento trasero. Bill también había sucumbido al sueño y golpeaba con la cabeza el cristal de la ventanilla del copiloto.

Ginny disfrutó de aquellos momentos para ella sola. Era reconfortante estar rodeada de su familia y, al mismo tiempo, poder estar a solas con sus pensamientos. La carretera estaba vacía desde que habían dejado Show Low. El paisaje, tan imponente de día, quedaba totalmente oculto bajo el manto negro de la noche, salvo el angosto trecho de carretera que iluminaban los faros del automóvil. De vez en cuando la luz de alguna casa recordaba un faro en medio de la oscuridad del paisaje.

Justo antes del largo amanecer, cuando conducía por la extensión llana del bosque para entrar en Juniper, observó por primera vez que no estaban solos en la carretera. Por el retrovisor se divisaban los potentes haces de luz de un vehículo voluminoso que se acercaba a gran velocidad. Al instante se le aceleró el corazón, y su primera reacción fue despertar a Bill, pero se obligó a conservar la calma y seguir conduciendo. No era más que un camión que viajaba deprisa. Algo habitual en una carretera de Arizona.

Aun así, su reacción inicial fue de pánico; pensó que era normal que la gente que vivía sola en sitios apartados se volviera nerviosa y asustadiza y terminara viendo ovnis y creyendo en conspiraciones generalizadas del gobierno. La incongruencia de ver algo inesperado en plena naturaleza resultaba inquietante. Incluso en la carretera.

Ginny vio en el velocímetro que iba casi diez kilómetros por hora por encima del límite de velocidad, pero el camión se le acercaba deprisa, recortando la distancia que los separaba. Pensó en *El diablo sobre ruedas*, y echó un vistazo por el retrovisor. Lo llevaba inclinado para la conducción nocturna, pero incluso así los faros que tenía detrás parecían increíblemente brillantes, casi hirientes, y cuando se acercaron vio que no era el único par de luces; detrás del camión venían más.

Entonces, el primer camión la adelantó.

Era totalmente negro. Tanto la cabina como el tráiler se confundían a la perfección con la oscuridad que los rodeaba, y hasta las ventanillas de la cabina eran tintadas. Sintiendo un escalofrío, sujetó con fuerza el volante mientras el enorme vehículo se situaba delante de ella y se alejaba por la carretera hacia la noche, de modo que sólo podía ver la luz colorada de sus luces traseras.

La adelantó el siguiente camión.

Y seguía viendo el brillo de faros detrás de ella.

Pensó otra vez en despertar a Bill, pero algo la contuvo. Redujo la velocidad y se arrimó un poco a la derecha para que diez camiones más la adelantaran ilegalmente, pisando la raya amarilla, uno a uno, a toda velocidad.

Cuando los faros del coche iluminaron la puerta trasera del último camión, pudo leer dos palabras de un negro reluciente sobre negro mate: El Almacén.

Volvían a estar solos en la carretera. Al espirar con fuerza, se dio cuenta de que había estado conteniendo el aliento. Se dijo a sí misma que no había nada extraño en aquella caravana, que los camiones estaban simplemente transportando mercancías para el Almacén, y que estaba sucumbiendo a la paranoia de Bill.

Casi consiguió creérselo.

# Siete

## 1

Toda la ciudad acudió a la inauguración del Almacén. Aunque era un día entre semana, fue como si la ciudad hubiera declarado fiesta. Varios negocios cerraron, se suspendieron las obras en más de una casa, y Bill tuvo la impresión de que muchas personas habían llamado a sus jefes diciendo que estaban enfermas para no ir a trabajar.

Recorrió lentamente con el coche los carriles del estacionamiento en busca de una plaza vacía.

—Aparca junto a la carretera y vayamos andando —sugirió Ginny—. Estás perdiendo el tiempo. No vas a encontrar ningún sitio.

—Sí, papá —la secundó Shannon—. Vamos a ser los últimos en llegar.

—El Almacén no va a moverse del sitio —dijo él—. Estará aquí todo el día.

Aun así, se dirigió al extremo opuesto y entró en uno de los dos estacionamientos adyacentes que daban a la carretera. Samantha y Shannon abrieron enseguida la puerta, bajaron del coche y se acercaron corriendo al edificio adornado de banderas.

—¡Hasta luego! —exclamó Shannon.

—¡No os marchéis sin avisarnos! —les gritó Ginny. Y bajó del coche sonriendo a Bill—. Un día emocionante.

—Sí —contestó Bill secamente.

Bajó el seguro, cerró con un portazo y se volvió hacia el Almacén. Durante el último mes, había empezado a hacer *footing* otra vez por la carretera. Parecía haber superado su aversión física al solar en obras, y pasaba por esa zona cada mañana, incapaz de mantenerse alejado, lleno de curiosidad por los progresos del Almacén. Se encontró observando las distintas fases de la obra con una especie de fascinación malsana, la misma que había sentido por el perro en descomposición que sus amigos y él habían encontrado en un estacionamiento vacío cercano a su instituto cuando estudiaba secundaria. Le asqueaba lo que veía pero no podía desviar la mirada.

Pero, incluso para él, el Almacén formaba ya parte de la ciudad. Una parte molesta, pero parte al fin y al cabo. Le costaba recordar dónde había estado exactamente la colina, cómo era el afloramiento rocoso. Ya sólo podía ver el edificio del Almacén.

Se preguntó si alguien, en alguna parte, tendría una fotografía del prado tal como era antes.

Era probable que no.

La idea lo deprimió.

—Vamos —dijo Ginny—. No puedes posponerlo más. —Rodeó el coche, le tomó la mano y recorrieron juntos la hilera de vehículos estacionados delante del Almacén.

Hacía calor, algo que no era habitual a principios de primavera, pero la temperatura bajó considerablemente cuando llegaron a la sombra que proyectaba el edificio. Cuando estuvo cerca de él, Bill alzó la mirada. Era enorme. Sabía que era grande, pero le había sido imposible hacerse una idea exacta desde la carretera.

Sin embargo, allí, delante del edificio, mientras avanzaban hacia él, su tamaño gigantesco lo abrumó. La fachada del Almacén era tan extensa como un campo de fútbol y tenía tres pisos de altura. No había ventanas, sino varios grupos de puertas de cristal tintado en el edificio de hormigón, que, por lo demás, era uniforme. Parecía un gimnasio de instituto que hubiera tomado esteroides. O un búnker para una raza de gigantes.

Clientes y curiosos llegaban en tropel desde el estacionamiento, recorrían la acera que bordeaba el edificio y cruzaban las puertas automáticas. Ginny y él se unieron a ellos.

Y entraron en el Almacén.

El interior del edificio no era tan intimidatorio. Por el contrario, era moderno, agradable y acogedor. La temperatura era confortable, la música de ambiente, apenas perceptible, era placentera en lugar de empalagosa, y el ambiente olía a cacao, café y caramelos. El alto techo blanco estaba provisto de fluorescentes que iluminaban todo el establecimiento con una luz clara y alegre, haciendo que en comparación la luz natural pareciera pálida y apagada, y las baldosas blancas del suelo relucían entre los inacabables estantes atiborrados de toda clase de productos.

Un hombre mayor a quien Bill sólo conocía de vista les sonrió, les dio la bienvenida al Almacén y les ofreció un carrito, que Ginny aceptó. Siguieron adelante despacio, echando un vistazo alrededor. A su izquierda había una doble fila de cajas registradoras situadas en paralelo a las puertas de salida. En ellas ya había gente empujando los carritos, sacando talonarios y tarjetas de crédito, pidiendo bolsas de papel en lugar de bolsas de plástico a los sonrientes dependientes de aspecto impecable.

Costaba creer que un almacén tan bien surtido y moderno eligiera establecerse en Juniper. Y todavía costaba más creer que semejante establecimiento fuera a ganar dinero. Parecía fuera de lugar, como una ballena en una pecera, y Bill se preguntó por qué una gran empresa como el Almacén situaría un punto de venta tan enorme en una ciudad tan pequeña. Los residentes eran en su mayoría pobres, con unos ingresos escasos o discrecionales, y aunque el Almacén pagara sólo el sueldo mínimo, los gastos generales de un establecimiento como ése tenían que duplicar por lo menos las estimaciones de ventas más optimistas.

No sabía cómo el Almacén podría tener beneficios en Juniper.

—Hola. —Se volvió y vio a Ben, con el cuaderno en la mano y la cámara de fotos colgada del hombro—. Hola, Gin —añadió mirando a su esposa.

—Noticia de portada, ¿eh? —sonrió ésta.

—No seas así —dijo Ben—. Que no haya noticias es positivo. Podemos considerarnos afortunados de vivir en un lugar donde la inauguración de un almacén es un acontecimiento noticiable.

Ginny le puso una mano en el brazo a Bill.

—Voy a mirar la ropa —anunció—. Te dejo el carrito.

—¿No quieres que te entreviste para el periódico? —preguntó Ben—. Necesito las primeras impresiones de los compradores locales.

—Quizá después.

Cuando Ginny se alejó, el director del periódico se volvió hacia Bill.

—Venga, ¿y tú? —le dijo—. No querrás que trabaje de verdad, ¿no? Imaginaba que podría conseguir declaraciones de algunos amigos y no tener que molestar a personas de verdad.

—¿Personas de verdad?

—Ya sabes a qué me refiero.

—Si realmente quieres una declaración mía, te la daré, pero no creo que sea lo que quieres oír.

—Crees bien. El Almacén es ahora nuestro principal anunciante, y nos comunicaron de arriba que no se entendería que se cubriera negativamente la inauguración.

—¿Newtin ha cedido? —Bill no se lo podía creer. El propietario del periódico siempre había dicho que era él quien decidía lo que se publicaba, que no se entrometía en la presentación de las noticias ni intentaba influir en el punto de vista editorial.

—Es un nuevo amanecer —comentó Ben, encogiéndose de hombros.

Bill sacudió la cabeza.

—No me lo habría imaginado nunca —dijo.

—Así que, ¿no quieres mentir? ¿Decirme algunas palabras de ánimo y algunos elogios falsos?

—Lo siento.

—Será mejor que vaya a buscar a algún otro incauto —asintió Ben—. Hasta luego.

—Hasta luego.

Bill empujó el carrito hacia delante. Miró a la derecha y le pareció ver la cabeza de Ginny sobre un perchero con blusas en el abarrotado departamento de moda femenina, pero no pudo estar seguro. Siguió adelante por el pasillo central, dejó atrás la sección de muebles y los estantes llenos de productos de limpieza, y se detuvo en la sección de libros y revistas. Tuvo que admitir que la selección del Almacén era impresionante. El gigantesco expositor de revistas no sólo contenía *People, Newsweek, Time, Good Housekeeping, Vogue* y los principales periódicos nacionales, sino también publicaciones especializadas menos conocidas como *The Paris Review, The New England Journal of Medicine* y *Orchid World.* Incluso había números de *Penthouse, Playboy* y *Playgirl,* toda una primicia para esa ciudad. Los estantes de libros junto al expositor de revistas estaban bien surtidos de obras de King, Koontz, Grisham y otros *best sellers,* así como novelas de Wallace Stegner, Rachel Ingalls y Richard Ford.

Hasta la selección musical era increíble. Se dirigió al departamento de electrónica y repasó los cedés, donde encontró de todo, desde los grupos más actuales de *rock* y *rap* hasta artistas contemporáneos clásicos poco conocidos como Meredith Monk y la Illustrious Theatre Orchestra.

Estaba predispuesto a detestar el Almacén (quería detestarlo), y le decepcionó no encontrar nada que criticar o menospreciar. De hecho, en contra de su voluntad, se encontró divirtiéndose y disfrutando de sus recorridos exploratorios por los inacabables pasillos. Nunca lo admitiría en voz alta, pero admiraba lo que el Almacén había hecho en aquel establecimiento.

Se sentía culpable por contemplar siquiera semejante blasfemia.

Delante de la concurrida cafetería, se encontró de nuevo con Ben cerca de las puertas automáticas que daban a la guardería. Cuando Bill se acercó, el director del periódico hizo un amplio gesto con la mano para señalar lo que le rodeaba mientras sorbía un café con leche.

—Menudo sitio —comentó—. Menudo sitio.

—Sí —asintió Bill—. Menudo sitio.

Ginny caminaba despacio, mirando admirada a su alrededor, llena de una agradable sensación que era apremiante y cómodamente nostálgica a la vez. El Almacén era bonito. Era como estar en California, o aún mejor. Los pasillos se extendían interminables delante de ella, los estantes llegaban casi hasta el techo y contenían productos tan nuevos que ni siquiera los conocía.

Recordó el primer centro comercial en el que había estado, el Cerritos Mall. Había ido con Ian Emerson, su novio de entonces, y había sido igual: el tamaño, las posibilidades, la maravillosa novedad. Cerrito era en aquella época una pequeña comunidad láctea en medio de la expansión urbanística del sur de California, pero en apenas unos años había surgido una ciudad totalmente nueva alrededor del centro comercial. Éste había servido de catalizador del cambio; un imán para casas, negocios y otras tiendas, el centro a cuyo alrededor giraba todo lo demás. ¿Ocurriría lo mismo ahora? ¿Se dispararía de repente el número de habitantes de Juniper y recorrería la ciudad una fiebre urbanística, de modo que su pintoresco estilo de vida rural desaparecería?

Esperaba que no.

Pero casi podría valer la pena.

El Almacén era una bendición del Señor.

Tocó un par de vaqueros Guess que colgaban de un perchero y una blusa de Anne Klein. No se había dado cuenta de lo mucho que extrañaba poder acceder fácilmente a todo eso. Ir en coche hasta el valle y comprar en el Fiesta Mall o en el Metro Center había sido siempre divertido, algo que disfrutaba y que esperaba con ganas, pero tener modas actuales allí, en la ciudad, poder probarse ropa bonita siempre que quisiera, sin tener que planear un viaje y dedicarle todo un día, era algo totalmente distinto. Se sentía como si hubiera estado conteniendo el aliento durante largo tiempo para conservar el oxígeno y la hubieran dejado ahora en una atmósfera rica donde podía respirar hondo libremente. Se había acostumbrado a pasar sin ciertas cosas, y si bien había llegado a adaptarse hasta tal punto que ni siquiera notaba lo que se estaba perdiendo, ahora que volvían a estar a su alcance lo agradecía.

Era el paraíso.

Ya no tendría que ir nunca más a Phoenix.

Todo lo que necesitaban estaba justo allí, en Juniper.


El Almacén era maravilloso.

Shannon deambulaba feliz por el departamento de moda juvenil. Las prendas eran tan buenas como las de cualquier centro comercial, puede que mejores. Era como si hubieran tomado las mejores ropas de las mejores tiendas y las hubieran reunido todas en un solo almacén.

Un almacén de descuento.

Era como un sueño hecho realidad.

Tomó una falda de un perchero y la levantó. Tenían diseños que sólo había visto en las revistas.

Dejó la falda en su sitio y miró alrededor en busca de Samantha. Su hermana estaba en la sección de calzado, hablando con Bernadine Weathers. Bernadine era un muermo, y como no le apetecía escuchar el tono monótono de su voz comentando lo que pensaba del Almacén, se adentró en el departamento para alejarse de ellas. Pasó junto a madres con sus hijas, mujeres mayores y amas de casa de mediana edad hasta que encontró a tres amigas suyas en la sección de lencería.

—¿Qué opinas? —le preguntó Diane cuando llegó a su lado.

—Espléndido —sonrió Shannon.

—¿Verdad que sí? —Diane miró disimuladamente en derredor, como si comprobara que nadie las estaba escuchando. Junto a ella, Ellie y Kim rieron. Se inclinó hacia delante y señaló la lencería—. ¿Has visto lo que tienen aquí?

Shannon negó con la cabeza.

Diane volvió a mirar alrededor y retrocedió unos pasos hacia el pasillo más cercano. Levantó disimuladamente un *body* de encaje rojo de uno de los colgadores del pasillo.

—Sin entrepierna —comentó. Alzó la prenda para mostrarla, y Shannon vio que tenía incorporada una gran rendija en esa parte.

—Quizá deberías comprarte uno —sugirió Kim.

Ellie rio y añadió:

—A Jake le gustaría.

—Sí, claro —respondió Shannon sonrojada.

Pero se quedó mirando el *body* cuando Diane lo devolvía a su sitio y pensó que seguramente Ellie tenía razón.

Y a ella le gustaría ponérselo para él.


## 2


Ky Malory contempló los estantes del departamento de juguetería con los ojos desorbitados. Vio un montón de petardos perfectamente dispuestos delante de él, incluidos cerezas explosivas y M80 de diversos colores. Alargó la mano para tocar tímidamente uno y tembló de emoción al notar la aspereza del embalaje.

¿No eran ilegales los petardos en Arizona? ¿O les habían mentido a él y a sus amigos? No sería la primera vez. A menudo, los adultos mentían o exageraban cuando se trataba de cosas que creían peligrosas para sus hijos.

—¿Ky?

Alzó los ojos y vio que su padre estaba a su lado, sonriéndole. Apartó enseguida la mano del estante y retrocedió con aire de culpabilidad, pero la reprimenda que esperaba no llegó. En lugar de eso, su padre siguió sonriéndole.

¡Su padre era demasiado alto! ¡No veía los petardos!

Sonrió para sus adentros. Estaba contento; se sentía especial. La mayoría de establecimientos disponía las cosas para los adultos. Incluso los juguetes. Pero en aquél había algo para los niños como él, algo pensado específicamente para que los adultos no pudieran verlo. Era evidente que los petardos estaban en un estante tan bajo para que los padres no los descubrieran. Puede que fueran ilegales. O quizás el Almacén sabía que a los padres no les gustaban los petardos. En cualquier caso, era como si se hubiera sellado un pacto entre el Almacén y él, y juró no contárselo a su madre ni a su padre.

Si antes el Almacén ya le gustaba, ahora le encantaba.

Estaban juntos en aquello.

La mano grande de su padre lo agarró del hombro.

—Yo construí el tejado de este edificio, Ky —le dijo—. ¿Lo sabías? De todo el edificio. De un lado a otro. De delante a atrás.

Asintió para fingir que le interesaba lo que su padre le decía, pero seguía concentrado en los petardos. Vio que las cerezas explosivas parecían cerezas de verdad: tenían el cuerpo rojo y las mechas verdes como tallos.

No había visto nada tan estupendo en toda su vida.

Y lo mejor de todo, lo más excelente, eran los precios junto a los códigos de barras en el borde del estante.

M80: 25 centavos.

Cerezas explosivas: 15 centavos.

Petardos: 5 centavos.

¡Cinco centavos cada uno!

Si sus amigos y él juntaban su dinero, podrían comprar muchísimos. Y podrían tirarlos en papeleras, ponerlos en buzones, atarlos a la cola de algún gato. ¡Podrían hacer explotar toda la ciudad, coño!

—¿Te gusta el Almacén? —preguntó su padre—. ¿A que es bonito?

—Es fantástico —sonrió Ky—. Me encanta.

# Ocho

## 1

Bill había tenido la firme intención de boicotear el Almacén, pero, para su consternación, se encontró acudiendo allí para hacer compras a menudo. Le ofendía la forma en que la empresa había comprado a las autoridades municipales; detestaba el modo en que el Almacén había pasado por encima de todo como una apisonadora para instalarse en Juniper; recelaba de todos los hechos extraños que habían rodeado su llegada, pero tenía que admitir que el Almacén tenía una selección excelente de... bueno, de casi todo.

Y lo cierto es que era mucho más cómodo comprar allí, en Juniper, que ir hasta Flagstaff o Phoenix en coche.

Aun así, siempre intentaba comprar primero lo que necesitaba en tiendas de propietarios locales. Y si ellos no tenían lo que buscaba, entonces iba al Almacén.

Pero la preocupación que había sentido, aquella inquietud extraña que lo había acompañado desde que descubrió el primer ciervo muerto, había desaparecido por completo. Era difícil pensar en muertes de animales y accidentes misteriosos cuando había gente comiendo *sushi* y bebiendo capuchinos en un establecimiento moderno y bien iluminado en el que podías encontrar los últimos libros, cedés, videojuegos, ropa, productos cosméticos y electrodomésticos a un pasillo o dos de distancia.

Al principio sentía que había traicionado sus principios. Pero, a medida que pasaban los días, incluso esa sensación desapareció, y no pasó demasiado tiempo antes de que ir al Almacén fuera como ir a Buy-and-Save o Siddons Lumber; algo que hacía sin dificultad y con naturalidad, de modo mecánico.

Cuando pensaba en ello, le molestaba.

Pero cada vez parecía pensar menos en ello, y cuando una noche Ginny le contó que Sam quería solicitar un empleo a tiempo parcial en el Almacén, no puso objeciones.

—Necesita ahorrar algo de dinero para la universidad, ¿sabes? —explicó Ginny—. Lo necesitará aunque le concedan una beca. Y además quiere comprarse un coche. Mencionó algo de ir contigo a la subasta de Holbrook.

Ginny ya le había insinuado varias veces que Sam quería trabajar en el Almacén, y él había pensado en esas personas que hacían cola delante de la oficina de empleo de la empresa y en todas las cosas extrañas que habían rodeado al establecimiento desde que se había empezado a construir, rechazando automáticamente la idea. Pero ahora le resultaba difícil seguir pensando en malos presagios. ¿Qué podría ocurrirle a su hija? Especialmente, si sólo trabajaba a tiempo parcial. Siempre estaría rodeada de otras personas, tanto empleados como clientes, y era de locos imaginar que todos ellos sufrieran algún extraño efecto sobrenatural.

¿Sobrenatural?

La mera idea parecía absurda.

—El Almacén ofrece horarios flexibles a los empleados a tiempo parcial —añadió Ginny—. Y paga mejor que George's, el KFC o cualquier otro sitio en el que suelen trabajar los chicos de la ciudad.

—Ya veremos —contestó Bill—. Ya veremos.


2


El Almacén era la comidilla de la escuela.

Ginny no recordaba otro tema que hubiera dominado tanto todas las conversaciones. Elecciones municipales, estatales y federales, guerras, incidentes internacionales... Nada había despertado tanto interés en el profesorado, el personal administrativo y el alumnado como el Almacén.

Era deprimente que la inauguración de un almacén de descuento afectara más a la vida de las personas que cualquier acontecimiento mundial importante.

Pero ella hacía como todos los demás, y hablaba sobre las prendas increíblemente modernas y los precios sorprendentemente bajos, así como de la amplia gama de electrodomésticos que ahora podían conseguirse en la ciudad.

—Yo ya estoy en números rojos —dijo un día Tracie Welles durante el almuerzo, mientras comentaban lo mucho que habían gastado en el Almacén—. He superado el límite de mi Master-Card, y tuve que comprar un par de cosas a plazos.

Ginny pensó un instante en los camiones negros que había viso en la carretera de noche, en la gran proporción de habitantes de Juniper que se estaban endeudando con el Almacén, y un rápido escalofrío le recorrió el cuerpo.

Pero a continuación la sensación desapareció, y rio con los demás profesores mientras especulaban qué dirían sus cónyuges cuando empezaran a llegarles los cargos de las tarjetas de crédito.

Lo que realmente le sorprendía era el total cambio de actitud de Bill hacia el Almacén. Durante meses, había mostrado una hostilidad visceral hacia cualquier cosa que estuviera remotamente relacionada con ese establecimiento. Ahora, de repente, toda esa negatividad había desaparecido. Era como si se hubiera convertido al instante. Había ido a la inauguración, había visto que nada raro o fuera de lo corriente tenía lugar, nada malo ni inusual, y todas sus reservas se habían desvanecido. Iba al Almacén, compraba en el Almacén e incluso, a veces, iba a curiosear al Almacén.

Y la noche anterior, prácticamente había llegado a aceptar que Sam trabajara en el Almacén.

Siempre había milagros.

Al salir del trabajo, de regreso a casa, Ginny pasó en coche por delante del instituto. Sabía que era una mala costumbre. Y, como sus amigos le decían, debería confiar un poco más en sus hijas. Pero trabajaba en un colegio; sabía cómo eran los chicos en la actualidad.

Además, hasta las chicas buenas hacían cosas malas.

Así era como Samantha había sido concebida. Aunque no lo lamentaba. Amaba a su hija. Pero eso no quitaba que seguramente su vida habría sido muy distinta si no se hubiera quedado embarazada tan joven. Para empezar, habría terminado su licenciatura. Incluso podría haberse doctorado. Pero le habían caído encima las responsabilidades de la maternidad, y casi antes de que se diera cuenta de lo que ocurría, dejó la universidad, ella y Bill se casaron y sus planes para el futuro se vieron radicalmente modificados.

Quería algo mejor para sus hijas. Quería que ambas terminaran sus estudios, que se encontraran a sí mismas antes de que se vieran obligadas a asumir los papeles que desempeñarían el resto de sus vidas. No quería que pasaran directamente de ser hijas a ser madres. Necesitaban tiempo para ser adultas, para forjarse su propia identidad sin la presencia de padres, parejas o hijos.

De modo que sí, quizás a veces las controlaba demasiado. No quería que anduvieran por ahí sin ninguna supervisión. Las vigilaba para asegurarse de que estaban donde dijeron que iban a estar. Bill y ella habían fijado un horario estricto de llegada a casa. Algo extraño para las familias de Juniper. Pero, con un poco de suerte, sus hijas no terminarían como la mayoría de chicas de la ciudad.

Paró en el mercado agrícola para comprar verduras, después fue a buscar pan y leche a Buy-and-Save y por fin se dirigió a casa. Bill no estaba. Según indicaba una nota que colgaba en la nevera, había ido a casa de Street. Tenía, por lo tanto, la casa para ella sola. Por una vez.

Shannon llegó media hora después, cuando Ginny estaba triturando los tomates para preparar pasta con salsa. Depositó los libros de texto en la mesa que había junto a la puerta, se dejó caer en el sofá y puso inmediatamente la tele con el mando a distancia.

—El silencio es oro —comentó Ginny.

—El silencio es aburrido —respondió Shannon—. No soporto llegar a casa y que no se oiga nada. Es angustiante.

—A mí me gusta —comentó Ginny, pero su hija ya estaba haciendo *zapping* para intentar encontrar la tertulia que hablara sobre el tema más escandaloso.

Samantha entró pocos minutos después. Sonrió, saludó y fue a su cuarto a dejar los libros antes de volver a la cocina y sacar una lata de refresco de la nevera. Se sentó al otro lado de la mesa donde Ginny estaba preparando la comida y suspiró melodramáticamente.

Ginny procuró no sonreír y siguió triturando tomates.

—Necesito dinero —comentó Samantha.

—Podrías intentar conseguir un trabajo.

—A eso me refiero. —Se inclinó hacia delante—. El Almacén todavía acepta gente, pero no sé cuánto tiempo más lo hará. Los empleos que ofrece desaparecen deprisa. Pronto habrá cubierto todas las vacantes.

—¿Por qué no rellenas una solicitud entonces?

—¿Puedo?

—A mí me parece bien.

—Ya sé que a ti te parece bien. Pero ¿y a papá?

—Pregúntaselo —sugirió Ginny, que se detuvo un segundo con una sonrisa en los labios—. Creo que todo irá bien.

—¿Hablaste con él?

—¿Para qué están las madres?

—¡Oh, gracias, mamá! —Samantha se levantó de un salto, se acercó a ella y la rodeó con los brazos para darle un abrazo.

—¡Puaj! —soltó Shannon desde el sofá—. Creo que voy a vomitar.

—Podrías aprender un poco de tu hermana a ser agradecida. —Rio Ginny.

—Sí, ya.

Samantha siguió en la cocina, hablando entusiasmada sobre cómo combinaría los estudios con el trabajo, mientras su madre terminaba de preparar la salsa y empezaba a hervir la pasta. Cuando Bill llegó a casa, la muchacha dejó de hablar para sumirse en un silencio nervioso y expectante, mientras Shannon se reía de ella desde el salón.

Ginny hizo callar a su hija menor con una mirada rápida.

—Hola, papá —dijo Samantha, que salió de la cocina para recibirlo.

Bill frunció el ceño, receloso, aunque su expresión era medio fingida. Dirigió la mirada de Samantha a Shannon y, después, a Ginny.

—Muy bien, ¿qué pasa? —dijo—. ¿Quién ha destrozado el coche? ¿Quién me estropeó el ordenador? ¿De quién es la factura telefónica de novecientos dólares?

—Caramba, papá —soltó Samantha—. ¿No puedo decirte «hola» sin que exageres y le busques un motivo?

—No —respondió Bill.

Shannon soltó una carcajada.

Ginny vio que la cara de su marido reflejaba que entendía lo que ocurría. Cuando éste la miró, asintió de modo casi imperceptible y le pidió con los ojos que cumpliera su promesa.

—Tu madre me contó que quieres trabajar a tiempo parcial —comentó Bill.

Ginny lo miró agradecida.

—Voy a necesitar dinero para ir a la universidad el año que viene —asintió Samantha.

—Y ¿dónde quieres trabajar?

—¿En el Almacén? —dijo, esperanzada.

Bill suspiró.

—Ya sé que no te gusta el Almacén —añadió Samantha enseguida—, y lo comprendo. Pero pagan bien, y sólo es a tiempo parcial. También adaptarán mi horario al de mis clases.

—¿Ya has hablado con ellos?

—No. Pensé que antes debería pedirte permiso.

—Bueno, en ese caso... —Fingió pensar un momento—. De acuerdo —concluyó.

—¿Puedo trabajar ahí?

—Supongo que sí —asintió Bill a regañadientes.

—¡Gracias! —le dio un fuerte abrazo—. ¡Eres el mejor padre del mundo!

—Esto se pone cada vez más vomitivo —soltó Shannon.

—¡Es verdad que lo es! —insistió Samantha.

—Callaos todos —pidió Ginny entre carcajadas—. Y lavaos las manos, que vamos a cenar.

## 3

Samantha alzó los ojos para contemplar la fachada del Almacén, inspiró hondo, se secó las palmas húmedas de las manos en la parte posterior del vestido y entró después de pasarse la lengua por los dientes para cerciorarse de que no los llevaba manchados de lápiz de labios.

Estaba nerviosa. Había esperado que se concedieran los puestos de trabajo automáticamente a los primeros en solicitarlos, pero en el instituto le comentaron que, en realidad, el Almacén estaba rechazando gente. Según Rita Daley, Tad Hood había solicitado un puesto de reponedor y se lo habían denegado. Al parecer, buscaban cualidades específicas en sus futuros empleados, y no estaban dispuestos a conformarse con menos.

En cierto sentido, eso era buena señal. Significaba que todavía había vacantes. Pero también aumentaba la presión. Quizás ella tampoco fuera lo que estaban buscando.

A lo mejor no era lo bastante buena.

Alejó ese pensamiento de su mente. Era la chica más lista de su clase, seguro que sería la mejor del curso, y lo más probable era que también fuera la reina del baile. Si ella no era lo bastante buena, ¿quién iba a serlo?

Sintió la oleada de aire frío en cuanto cruzó la entrada, y lo agradeció. A pesar de sus intentos de sentirse segura de sí misma, a pesar de lo mucho que se había animado, seguía sudando de nervios y se quedó un momento allí, en la puerta, dejando que el aire acondicionado la refrescara.

Un hombre mayor con una sonrisa postiza en la cara y un chaleco verde del Almacén sobre una camisa blanca estaba de pie junto a los carritos. Samantha se acercó a él.

—¿Dónde podría recoger una solicitud de empleo? —le preguntó.

—En el departamento de atención al cliente —le dijo, señalándoselo con la mano.

—Gracias. —Fue en la dirección que le indicaba, y un segundo después veía las palabras «Atención al Cliente» en la pared, encima del departamento de electrónica.

Jake, el novio de Shannon, estaba en el mostrador pidiendo una solicitud para él, y le dirigió una sonrisa cuando se acercó.

—Hola —la saludó.

—Hola —repuso Samantha tras devolverle la sonrisa.

Nunca le había gustado Jake, y no entendía qué le veía su hermana. De pequeño, había sido un malcriado y un listillo, e incluso ahora tenía algo de lobo con piel de cordero, una zalamería que le daba grima y que le parecía increíble que Shannon no percibiera.

—¿Qué puesto solicitas? —quiso saber Jake.

—El que sea.

—Yo también. —Rio y la miró de una forma que le resultó demasiado personal, demasiado íntima, y que la hizo sentir violenta.

—¿Saldrás con Shannon esta noche? —preguntó adrede.

—Oh, sí —respondió él.

—Pues divertíos. —Le sonrió con dulzura y se volvió para mirar de nuevo a la joven que estaba detrás del mostrador—. Me gustaría solicitar un empleo a tiempo parcial.

—¿En ventas? —preguntó la mujer.

—Sí.

La mujer tomó un formulario de un estante de debajo del mostrador.

—Puedes llevártelo a casa, rellenarlo y devolverlo cuando estés preparada. —Metió el duplicado del formulario en una máquina cuadrada y sin ninguna característica especial que emitió un sonoro clic—. Tienes una semana.

—¿Hay alguna entrevista...?

—Una vez que hayan revisado tu solicitud, puede que te llamen para hacer una entrevista.

—Gracias. —Sonrió a la mujer, recogió la solicitud y se volvió para irse. Jake andaba despacio por el pasillo central del departamento de electrónica fingiendo mirar radiocasetes, con la evidente finalidad de esperarla, pero Samantha se desvió al llegar a los televisores y recorrió los electrodomésticos hasta llegar cerca de las cajas de salida.

Miró la solicitud que tenía en la mano y repasó rápidamente algunas de las preguntas. Sabía que quedaría bien sobre el papel. La aceptarían en cuanto vieran algunos de sus datos personales, los clubes a los que pertenecía, su media de notas y sus actividades extracurriculares. Era imposible que pudieran encontrar a nadie mejor.

Se sentía bien, segura de sí misma, y decidió volver más tarde para comprar, después de rellenar y entregar la solicitud. No estaría de más que su futura empresa supiera que compraba allí. Además, necesitaba unos vaqueros nuevos.

Miró hacia atrás, hacia el departamento de electrónica, para asegurarse de que no hubiera ni rastro de Jake, y pasó deprisa por caja antes de salir en dirección al estacionamiento.

## 4

—Cada departamento, cada pasillo, cada rincón del Almacén dispone de cámaras de vídeo ocultas que están conectadas las veinticuatro horas del día y que captan toda la actividad en su ángulo de visión.

El señor Lamb cruzaba a toda velocidad la enorme sala donde se almacenaban las mercancías. Tenía la actitud de un militar, como si desfilara, y avanzaba resueltamente entre los estantes llenos de productos empaquetados en cajas de madera hacia la puerta blanca situada al otro lado de la sala. Jake iba detrás de él, intentando seguirle el paso. July Bettencourt y otros chicos que habían intentado sin éxito conseguir empleo en el Almacén le habían contado cosas malas sobre el establecimiento, pero hasta el momento él no había tenido ningún problema. Había entregado su solicitud el día antes por la tarde, y el señor Lamb lo llamó esa misma mañana para que fuera a la entrevista. Afortunadamente, la entrevista había sido corta, y el director de personal le mostraba ahora el local como si le hubieran concedido el puesto. Aunque no sabía si era así o no.

Y le daba miedo preguntarlo.

El señor Lamb intimidaba mucho.

Llegaron a la puerta blanca, Lamb la abrió y siguieron por un estrecho pasillo blanco que Jake imaginó que debía de correr paralelo al departamento de ferretería, detrás de la exposición de neumáticos.

—Aquí está la sala de vigilancia —indicó el señor Lamb tras abrir una puerta y entrar.

—Caramba —exclamó Jake.

—Sí —sonrió el señor Lamb.

Las paredes de la sala estaban recubiertas de pantallas de televisión, y cada una de ellas mostraba una zona diferente del establecimiento. Había diez o doce hombres, a los que Jake no reconoció, sentados delante de puestos individuales de una consola de control que rodeaba la habitación. Cada uno de ellos parecía vigilar lo que ocurría en un grupo de seis televisores: tres pantallas en vertical y dos en horizontal.

—Éste es nuestro equipo de seguridad —explicó el señor Lamb—. Ahora mismo estamos utilizando un equipo interno de las oficinas centrales de la empresa. Está aquí para montar el almacén y ayudar con la formación. Esperamos contar con un equipo local en funcionamiento a finales de mes. —Se volvió hacia Jake—. Usted es la primera persona que contratamos para ese equipo.

Le habían dado el trabajo.

Jake se humedeció los labios y carraspeó, nervioso.

—Todavía voy al instituto —dijo—. Sólo puedo trabajar a tiempo parcial.

—Conocemos sus horarios, señor Lindley —repuso el director de personal con frialdad—. Tenemos tres turnos. El suyo sería de tres de la tarde a nueve de la noche, si le parece bien.

Jake asintió tímidamente.

—Muy bien. —El señor Lamb se giró hacia la pared más cercana—. Como vigilante de seguridad, será responsable de observar a los clientes en estas pantallas de vídeo y anotar cualquier actividad inadecuada para que la dirección pueda decidir luego si es factible o no demandar o emprender cualquier otra acción necesaria. —Se acercó y señaló una serie de números en un visualizador digital debajo de una de las pantallas—. Como puede ver, se graba todo. Si se produce algún incidente, anotará el número correspondiente para que se pueda localizar fácilmente en la cinta.

Jake asintió, sin saber muy bien si tendría que prestar más atención, si eso formaba parte de su formación, o si sencillamente era una información general que se le repetiría cuando empezara la formación en sí.

—¿Cuándo empezaré? —preguntó.

—¿Cuándo le gustaría empezar?

—¿Mañana? —se ofreció.

—Muy bien —sonrió el señor Lamb—. Habrá una sesión de formación de dos días antes de que empiece a supervisar el departamento de tarjetas. Si hace bien este trabajo, puede que ascienda. —Hizo una pausa teatral—. A los probadores de mujeres.

Tras sonreír de oreja a oreja, el director de personal condujo a Jake al otro lado de la sala y señaló una pantalla que estaba sobre la cabeza de un joven con el pelo rubio cortado al rape.

En la pantalla, Samantha Davis se desabrochaba el cinturón, se bajaba la cremallera y se quitaba los vaqueros dentro de un probador. El joven rubio giró un mando de la consola y la cámara hizo un *zoom* de la entrepierna de Samantha. Sus braguitas estaban agujereadas y, a través del pequeño resquicio, se le podía ver el vello púbico rubio.

Jake se excitó al instante, y se puso disimuladamente la mano derecha delante de la entrepierna para intentar ocultar su creciente erección. A menudo había imaginado cómo sería la hermana de Shannon desnuda, y allí estaba, en carne y hueso.

Rubia natural.

Samantha se ajustó bien las braguitas, que le marcaron con

claridad la hendidura entre las piernas, antes de probarse los vaqueros que había llevado al probador.

Jake no se atrevía a moverse, temeroso de que la menor fricción le hiciera explotar. Alzó los ojos a la pantalla, maravillado. ¿Podría estar allí sentado espiando cómo las chicas de Juniper se probaban prendas, verlas en ropa interior y cobrar por ello? Era el paraíso.

El señor Lamb sonrió abiertamente y rodeó los hombros de Jake con un brazo.

—A veces —aseguró—, ni siquiera llevan bragas.


# 5

Bill se quedó mirando la pantalla del ordenador.

Street había ganado la partida de ajedrez.

Tardó un momento en comprender lo que había pasado. No se lo esperaba, no estaba preparado, y se sentía descolocado. Cuando su cerebro asimiló finalmente lo ocurrido, se recostó en la silla mientras un escalofrío le recorría el cuerpo.

No era un momento trascendental. No había pasado nada importante. Coño, en realidad, era algo que tendría que haber sucedido hacía mucho tiempo. Lo sorprendente era que no hubiera ocurrido antes.

Pero después de tantas victorias consecutivas, aquella derrota le pareció premonitoria, y se encontró atribuyéndole un significado que quizá no tuviera.

¿Quizá?

No había ningún quizá. La derrota en una partida de ajedrez no tenía ningún significado; ninguno en absoluto.

Entonces, ¿por qué se sentía... inquieto?

Sonó el teléfono. Sería Street, sin duda.

—¡Contesto yo! —gritó. Tomó el inalámbrico de la mesa y pulsó el botón de contestar—. ¿Diga?

Era Street, pero no había llamado para regodearse, como Bill se esperaba. Por el contrario, parecía apagado.

—Gané —soltó, y su voz tenía un punto temeroso, como si acabara de romper un espejo y esperara la llegada inminente de siete años de desgracia—. No creí que ganaría.

—Yo tampoco —admitió Bill.

Hubo un silencio al otro lado del teléfono.

—¿Quieres llamar a Ben y venir a jugar con el tablero? —dijo Street al cabo.

—Claro. —Bill buscó su reloj, que había dejado sobre la mesa—. ¿Qué hora es?

—Todavía es temprano. ¿Por qué no venís?

—De acuerdo. Nos vemos a las diez —aceptó Bill. Cuando iba a colgar el teléfono, se lo acercó de nuevo a la oreja—. Oh, casi se me olvida: Felicidades.

—Gracias —respondió Street, pero su voz no sonaba alegre.

Bill colgó el teléfono, apagó el ordenador y salió de su despacho para dirigirse a la cocina en busca de un vaso de agua.

—Todavía vive aquí —comentó Shannon en voz alta desde el salón.

—Muy graciosa —replicó Bill con una mueca.

Ginny lo miró desde el sofá.

—Podrías pasar un poco más de tiempo con tu familia y un poco menos escondiéndote en tu despacho con el ordenador —dijo.

—Sí, mamá.

—Te pasas todo el día con ese ordenador. ¿También tienes que hacerlo de noche?

—Lo siento —se disculpó mientras tomaba un vaso del armario, lo aclaraba, lo llenaba de agua del grifo y se la bebía.

—Y ¿qué plan tienes ahora? —preguntó Ginny—. ¿Te quedarás aquí con nosotras por una vez, o irás a pasar el rato con tus amigotes?

—¿Mis amigotes?

—Tus amigotes —repitió Ginny desapasionadamente.

—Bueno... Pensaba ir a casa de Street a jugar una partida rápida.

—Dios mío. ¿No crees que por una vez podrías hacer algo conmigo en lugar de con tus amigos?

Su voz había perdido todo rastro de ligereza, de broma. Si es que alguna vez las había tenido. Shannon, que estaba sentada en el suelo, se acercó al televisor fingiendo no poder oír lo que estaba viendo.

—De acuerdo —dijo Bill tras dejar el vaso en el fregadero—. Me quedaré en casa. Ya jugaremos la partida mañana.

—Pero te habrás enfadado, ¿no? Y te pasarás toda la noche callado y haciendo pucheros —lo azuzó Ginny.

—Pero ¿qué te pasa hoy? —Rodeó la mesa de la cocina para ir al salón a sentarse junto a ella en el sofá—. ¿Estamos en esos días del mes?

—Eres asqueroso —se quejó Shannon.

—¿Te dicen las hormonas que te enojes conmigo? —Pellizcó el costado de Ginny para hacerle cosquillas y ella se echó a reír a su pesar.

—Eres asqueroso —dijo Ginny también.

—Pero eso te gusta. ¡A que sí! ¡A que sí!

—¡Papá!

—Muy bien, muy bien. Perdona. —Le dio un beso rápido a Ginny—. Deja que llame a Street para cancelarlo.

—¿Estás seguro de que no vas a hacer pucheros?

—Sí —contestó. Y mientras recorría el pasillo de vuelta a su despacho, se dio cuenta de que no le había mentido a Ginny. No estaba enfadado. De hecho, no le molestaba en absoluto no poder ir a jugar al ajedrez esa noche.

Se sentía aliviado.


—Gracias, Fred —dijo Street, mientras entregaba el cambio a su cliente.

—Gracias a ti —contestó el hombre mayor, que asintió con la cabeza y recogió la bolsa con los enchufes que había comprado.

Ben esperó a que el cliente hubiera salido de la tienda para dirigirse a Street.

—¿Qué pasó con las palabras «de nada»?

—¿Qué?

—Me da la impresión de que cada vez que doy las gracias a alguien, ese alguien me da las gracias a mí. Hoy en día todo el mundo da las gracias a todo el mundo. Ya nadie dice «de nada».

—¿Qué te pasa? ¿Quieres convertirte en humorista o algo así?

—Como hace un momento. ¿Qué tienes que decir cuando alguien te compra algo? Tienes que darle las gracias por comprar en tu tienda y ser cliente tuyo, ¿no? ¿No es eso lo que haces? Y él tendría que decirte «de nada». Ésa es la respuesta adecuada cuando se dice «gracias». Pero Fred respondió: «Gracias a ti.» ¿Por qué? ¿Qué te agradece? ¿Que le devuelvas el cambio?

—Déjalo ya, ¿quieres? —pidió Street a la vez que sacudía la cabeza—. He tenido un día horrible.

El director del periódico miró a Bill y cambió de tema.

—Bueno, a lo mejor ahora comienza una nueva pauta. A lo mejor él ganará todas las partidas virtuales y tú ganarás todas las partidas con el tablero.

—Street tiene razón —terció Bill—. Déjalo ya.

No le apetecía hablar sobre la partida de ajedrez. De hecho, no le apetecía volver a jugar nunca al ajedrez. Había ganado la partida en el tablero en su pequeño experimento, y aquella inversión de la pauta lo había alterado mucho más de lo que quería admitir. No lo había sorprendido. En realidad, lo había esperado, pero confirmarlo sólo había empeorado las cosas.

También Street había evitado comentar el tema. Sólo Ben parecía no haberse inmutado por lo ocurrido, y lo analizaba de modo desapasionado, como si fuera un geólogo que acabara de encontrar alguna clase de formación cristalina interesante.

—Caray —exclamó el director del periódico con un suspiro—. Qué alegres estáis hoy. Si vais a pasaros el rato lamentándoos, me vuelvo a la oficina.

—¿A trabajar? —sonrió Bill.

—¡Sigue vivo!

—Están hablando de aumentar el impuesto sobre las ventas un cero con veinticinco por ciento —comentó Street—. El ayuntamiento. ¿Sabéis algo de eso?

Bill negó con la cabeza.

—Creo que ya es seguro —asintió Ben—. Es lo que se rumorea.

—¿Por qué? —preguntó Bill con el ceño fruncido—. No me había enterado de nada.

Street soltó un bufido burlón.

—Al parecer, el Almacén estuvo exento de pagar el estudio del impacto sobre el medioambiente —dijo—, las tasas, los servicios urbanos, o cualquier otra cosa que los demás habríamos tenido que pagar. Se les concedió un trato preferente.

—Incentivos —corroboró Ben.

—Ahora los demás tenemos que compensar esos ingresos no obtenidos.

—Imagino que los residentes locales estarán muy descontentos —comentó Bill.

—Eso espero.

—Sólo es un cero con veinticinco por ciento —indicó Ben—. Un centavo por cada cuatro dólares.

—A la gente seguirá sin gustarle.

—Siempre me pareció irónico, ¿sabes? —prosiguió Ben—. Son los más contrarios a pagar impuestos los que suelen ser militaristas entusiastas. Están dispuestos a matar por su país, pero no a pagar por él.

—Ha vuelto el *hippy* —rio Bill.

—Lo admito.

—No es tan sencillo —repuso Street—. Estos impuestos son los que realmente perjudican a los pequeños negocios como el mío. Un establecimiento como el Almacén puede permitirse absorber la pérdida y no repercutirla al consumidor. Pero los demás tenemos que llegar a fin de mes. Tendré que subir los precios. No mucho, pero quizá lo suficiente como para dar un margen adicional al Almacén.

—Además —añadió Bill—, ese impuesto no servirá para tener mejores carreteras, mejores hospitales o cosas que beneficien a la gente. Pero permitirá subvencionar a una empresa próspera con dinero de los contribuyentes. A expensas de nuestros comerciantes locales...

—Exactamente —corroboró Street.

—Ya lo sé. Lo entiendo —dijo Ben—. Pero dirán que es un pequeño precio que hay que pagar por conseguir tantos puestos de trabajo. Y que, a la larga, el Almacén proporcionará más ingresos a la ciudad de los que está restando con estos incentivos.

—¿Y tú te tragas toda esa bazofia? —resopló Street.

—Yo no he dicho eso.

—Pues lo parece.

—Mira, no quiero pelearme contigo. Estoy en contra de subir el impuesto sobre las ventas para beneficiar al Almacén, claro. Pero acabo de entrevistar a Rod Snopes y a sus compañeros para un artículo que estoy escribiendo, y tengo que admitir que estoy un poco harto de toda esa basura radical antiimpuestos y antisistema.

—¿Y dices que eres *hippy*? —rio Bill.

—Reformado.

—Hablas como un respetado miembro del *statu quo*.

—En realidad, no. Es sólo que muchos de esos fanáticos como Rod están muy preocupados por el gobierno federal, y yo nunca he visto que el trabajo de un organismo gubernamental valiera nada. Esos tipos tienen mucho miedo al Gran Hermano y a un totalitarismo espeluznante, pero siempre me ha parecido que nuestro gobierno está lleno de chapuceros ineptos, de organizadores de planes generales no demasiado bien coordinados. ¡Por Dios, si ni siquiera sabrían hacer un robo de quinta categoría! Creo que es de las empresas de quien hemos de preocuparnos. Ellas son las que tienen el dinero. Son las que pueden permitirse contratar a los mejores y más brillantes para que ejecuten competentemente sus planes. Son más eficientes, están mejor dirigidas y mejor organizadas. Qué coño; pueden sobornar a los cargos públicos si necesitan un favor político.

—Como el Almacén —concluyó Street.

—Exacto.

—De acuerdo —dijo Bill—. Te pido perdón. Sigues siendo un *hippy*.

—No tiene gracia —intervino Street—. Estamos hablando de

mi futuro. —Miró con tristeza por la ventana—. O de que no tengo ninguno.

—Siempre te quedará el recurso de pedir trabajo en el Almacén —le sugirió Ben.

—No tiene gracia. —Street suspiró ruidosamente—. No tiene ninguna gracia.

# Nueve

## 1

No había ventanas en la habitación, nada en las paredes. Parecía la celda de una cárcel o una sala de interrogatorios de la policía. Sólo había una puerta, una mesa con dos sillas y un tubo fluorescente situado en medio del techo.

Samantha se movió nerviosa en su asiento para adaptar las nalgas a la dureza de la silla. Procuró conservar la calma y mantener una expresión agradable en la cara. Sabía que era probable que la estuvieran observando, examinándola desde detrás de una pared o a través de alguna cámara oculta, y si quería conseguir el trabajo, tenía que asegurarse de dar una buena impresión.

El señor Lamb entró un momento después, con los ojos puestos en una tablilla que sujetaba lo que debía de ser su solicitud.

—Perdone la demora —se excusó.

—No pasa nada.

Lo miró mientras repasaba su solicitud y señalaba algunos puntos con un bolígrafo rojo. El director de personal tenía algo que la ponía nerviosa, algo en su expresión implacable: la frialdad de sus ojos, tal vez, o la sonrisa que se entreveía en sus labios finos. No le gustaba estar a solas con él, y deseaba que hubiera alguien más allí, otro director o un ayudante. Alguien.

—Empecemos por el principio —dijo el hombre—. Tenemos

que hacerle un breve test de aptitud para determinar sus habilidades y sus cualificaciones.

Samantha asintió cuando el señor Lamb le entregó dos hojas grapadas y una segunda tablilla que llevaba oculta bajo la primera.

«¿Por qué no me lo dieron junto con la solicitud? —se preguntó—. ¿Por qué tengo que hacerlo ahora?»

Pero se limitó a tomar el bolígrafo que le ofrecía y empezó a responder las preguntas de la hoja superior. Él miraba en silencio cómo llevaba a cabo el test. No podía verle la cara con claridad, ya que sólo lo captaba con su visión periférica, pero tenía la sensación de que la contemplaba sin pestañear, con los ojos tan quietos como su cuerpo, y eso la hacía sentir incómoda.

Terminó el test lo más rápido que pudo y le devolvió la tablilla.

—Gracias. —Echó un vistazo rápido a la página superior y, después, alzó los ojos hacia ella—. Puede que sepa, o puede que no, que el Almacén tiene una política de tolerancia cero con respecto a las drogas.

—Ningún problema. —Samantha sonrió educadamente.

—Si va a trabajar aquí, tendrá que someterse a un polígrafo y a un análisis para detectar el consumo de drogas.

—De acuerdo.

—Traeré el polígrafo —anunció el señor Lamb tras levantarse.

Samantha observó, confundida, cómo volvía a salir de la habitación. La mujer que la había llamado por teléfono le había dicho que tenía que ir a hacer una entrevista, pero el señor Lamb no le había hecho ninguna pregunta. Había esperado contestar las dudas que hubiera suscitado su solicitud, aclarar cualquier cosa que quisieran saber sobre ella para, básicamente, venderse como posible empleada. Pero había hecho un test de aptitud y estaba a punto de someterse a un detector de mentiras. ¿Había conseguido ya el empleo? Casi lo parecía, como si aquéllos fueran sólo los requisitos previos, los trámites que tenía que cumplir antes de que la contrataran oficialmente.

El señor Lamb regresó un momento después, empujando un aparato de aspecto peculiar sobre un carrito con ruedas. El armazón de la máquina tenía el tamaño de un televisor pequeño, pero en la parte superior del carrito descansaba un par de cables rojos y negros, y en el estante inferior había varios cables más conectados a lo que parecía una batería.

El director de personal dejó el carrito a su lado y empezó a desenredar los cables.

—Esto es el polígrafo —explicó—. Yo le haré la prueba, pero los resultados quedarán registrados para que los evalúen en las oficinas centrales ya que no estoy cualificado para interpretarlos. —Se volvió hacia ella—. Quítese la blusa y el sujetador, por favor.

—¿Cómo? —exclamó Samantha, pestañeando.

—El polígrafo mide la reacción galvánica de la piel. El seno es la zona más sensible y, por tanto, la más reveladora. Nos evita tener que volver a hacer la prueba.

—Creo que preferiría hacerla dos veces si es necesario —aseguró Samantha después de humedecerse los labios, nerviosa.

—Lo siento. Es la política de la empresa. Hacer varias pruebas cuesta demasiado dinero. Sólo la hacemos una vez. Quítese la blusa y el sujetador, por favor.

No había nada que la retuviera allí, nadie que la obligara a someterse a aquello. Podía levantarse y marcharse sin mirar atrás. No le darían el trabajo, pero no mostraría su cuerpo a ese hombre repulsivo y falso. Ya encontraría trabajo en otra parte. Tal vez en George's. O en Buy-and-Save. O en el KFC.

Empezó a desabrocharse la blusa.

Lo hizo sin saber por qué, pero recorrió metódicamente la columna de botones para pasarlos por el ojal, fingiendo que no le parecía raro, que no le suponía ningún problema, que era una persona adulta y buena profesional, y que estaba tranquila y dispuesta a hacer lo que fuera necesario para obtener el puesto de trabajo.

Se inclinó hacia delante, se quitó la blusa y se la dejó en el regazo. Se llevó las manos a la espalda y se desabrochó el sujetador.

—Gracias —dijo el señor Lamb, y de inmediato empezó a aplicarle sensores en la piel: unas plaquitas delgadas de metal recubiertas de plástico y con una especie de gel transparente que estaba helado. Le puso uno en mitad del pecho, justo bajo el cuello, uno sobre el seno izquierdo y otro sobre el derecho—. Levante los brazos, por favor.

Ella obedeció y bajó los ojos mientras él le aplicaba un sensor en cada axila. No se había sentido nunca tan desnuda en su vida, ni siquiera cuando Todd Atkins se había colado en el vestuario de chicas como resultado de una apuesta en el instituto y las había visto a ella y a Jenny Newman desnudas mientras se secaban con una toalla. Había sido una situación violenta, pero básicamente inocente, que seguramente asustaría a Todd tanto como a ellas, y había resultado excitante.

Pero esto era distinto. Allí sentada, en aquella habitación casi vacía, desnuda de cintura para arriba, que la observaran con tanta frialdad y naturalidad le parecía mucho más íntimo y degradante. Todos sus defectos parecían haberse acentuado. Tenía los pechos demasiado blancos en comparación con el resto del cuerpo, y los pezones demasiado pequeños. Observó cómo le aplicaba los delgados sensores y se vio el polvo blanco del desodorante bajo los brazos, así como el vello incipiente de las axilas. Parecía tener el ombligo sucio. Debería haberse depilado esa noche en lugar de la noche anterior. Debería haberse lavado mejor.

El señor Lamb le colocó otro sensor en el seno derecho. Dejó los dedos un poquito más de lo necesario, y le tocó el pezón. Acto seguido, hizo lo mismo en el seno izquierdo.

Esta vez le tocó el pezón con dos dedos.

Se sintió violada, humillada, avergonzada. Pero algo le impidió abofetearlo y marcharse. No necesitaba el trabajo. No tanto. No lo suficiente para degradarse. Pero se negaba a mostrarle ninguna debilidad, se negaba a darle la satisfacción de saber que la había afectado. Fingió no darse cuenta y se quedó mirando al frente, inexpresiva, para que él creyera que lo consideraba una formalidad rutinaria, que era algo a lo que había accedido ya muchas veces.

El señor Lamb le puso un último sensor en la tripa, se situó junto al carrito y empezó a girar botones y conectar interruptores. La máquina vibró, emitió un zumbido y después unos clics al ponerse en marcha.

Samantha siguió mirando hacia delante, concentrada en la pared opuesta.

El director de personal desplazó el carrito para dejarlo delante de ella y le dirigió una ligera sonrisa.

—Muy bien —dijo—. Ya podemos empezar. Responda sólo las preguntas que le haga, y respóndalas lo más precisa y concisamente que pueda. Por medidas de seguridad, la empresa grabará esta prueba en casete. —Carraspeó—. Solicitante número doscientos doce A —anunció—. Por favor, diga su nombre y su edad.

—Me llamo Samantha Davis. Tengo dieciocho años.

—¿Va al instituto?

—Sí.

—¿Cómo se llama el centro?

—Juniper High... Esto, Juniper Union High School.

—¿La han condenado alguna vez por robo?

—No.

—¿Consume alguna droga?

—No.

—¿Ha consumido alguna vez fármacos ilegales o sin receta?

—No.

—¿Ha vendido o ha estado en posesión de fármacos ilegales o sin receta?

—No. —Inspiró hondo. Estaba nerviosa a pesar de que jamás se había visto involucrada en nada que fuera remotamente ilegal. Se le aceleró el corazón y notó el pulso en la cabeza. ¿Afectaría eso al resultado de la prueba?

El señor Lamb ajustó un botón del polígrafo y alzó la vista para mirarla a los ojos.

—¿Ha practicado alguna vez una felación?

—¿Felación?

—Sexo oral con un hombre.

Lo miró estupefacta.

—¿Lo ha hecho? —insistió Lamb.

Ella negó con la cabeza.

—Por favor, responda las preguntas en voz alta.

—No —dijo en voz muy baja.

—¿Ha practicado alguna vez un cunnilingus?

—¿Cunnilingus?

—¿Le ha lamido la vagina a otra mujer?

—No —contestó.

—¿Ha practicado alguna vez un analingus?

—No. —Ignoraba qué podía ser eso, pero después de la última pregunta, se hacía una idea bastante clara.

—¿Ha infligido alguna vez algún daño mortal o causado daño intencionadamente a otro ser humano?

—No.

Samantha desvió la mirada del señor Lamb para dirigirla a su pecho, a los electrodos que tenía sobre la piel. ¿Qué clase de preguntas eran ésas? No sólo eran extrañas, sino que no parecían tener nada que ver con el puesto de dependienta. Empezó a preguntarse si serían ésas realmente las preguntas que el Almacén hacía a sus posibles empleados o si el señor Lamb se las estaba inventando. A lo mejor era un pervertido. Puede que estuviera grabando la sesión para su disfrute personal y no como documentación para el Almacén.

Pero eso no era posible. Al otro lado de la puerta había una secretaria y unas cuantas personas del departamento de personal. Y era evidente que el Almacén había proporcionado el detector de mentiras y el equipo de grabación al señor Lamb. No podría editar ni manipular los resultados de la entrevista antes de entregarlos.

No, el Almacén estaba al corriente de todo.

—Una última pregunta —agregó el señor Lamb—. ¿Ha soñado alguna vez repetidamente que destripaba a un miembro de su familia?

—¡No!

—Muy bien. —El señor Lamb le dio a un interruptor, lo que inició una nueva serie de clics—. ¿Lo ve? No ha sido tan difícil, ¿verdad?

Empezó a rodear el carrito para quitarle los sensores del polígrafo, pero Samantha no iba a permitir que la tocara otra vez y se apresuró a sacárselos. Cuando llegó a ella, ya se los había quitado todos. Le entregó la maraña de cables y rápidamente alargó la mano hacia el sujetador y la blusa.

—Ya casi estamos —indicó el señor Lamb, que dejó los cables revueltos en el carrito y lo empujó hacia la pared vacía del otro lado de la sala. Entonces, tomó de algún lugar del carrito una botella de cristal que tenía la forma de una garrafa de vino y volvió con ella en la mano—. Necesitamos que nos proporcione una muestra de orina para el análisis de consumo de drogas. Llénela —ordenó mientras le entregaba la botella.

Samantha notó que le ardían las mejillas de la vergüenza, y supo que se había puesto colorada.

—¿Dónde puedo...? —empezó.

—Aquí —respondió el señor Lamb de manera inexpresiva.

Samantha sacudió la cabeza, pensando que no lo había oído bien.

—¿Qué?

—Si se la lleva al baño, me sería imposible autentificarla —dijo Lamb—. Tendrá que hacerlo aquí mismo.

—¿Delante de usted?

—Delante de mí —asintió.

¿Se le habían curvado ligeramente los labios hacia arriba? ¿Estaba intentando ocultar una sonrisa? Samantha se sentía helada. No sólo padecía una vergüenza enorme, sino que también estaba asustada.

Y, de nuevo, nadie la obligaba a hacerlo. Nadie le apuntaba la cabeza con una pistola.

No exactamente.

Pero no le parecía que pudiera levantarse y largarse. Algo la retenía allí, tanto si era la presión psicológica como su incapacidad emocional para defenderse sola, y se le ocurrió que la estaban explotando, que se estaban aprovechando de ella.

Que la estaban acosando sexualmente.

Nunca había imaginado que pudiera pasarle a ella, pero ahora que se encontraba allí, envuelta en esa situación sin saber cómo, comprendió por qué las víctimas podían guardar silencio sobre lo que les había ocurrido, por qué podían mantenerlo en secreto y no contárselo a nadie.

Porque... en realidad, no había ninguna necesidad de contárselo a nadie. Podía manejarlo, podía superarlo, no la marcaría para siempre.

Podía sobrellevarlo.

—Llene la botella, por favor —insistió el señor Lamb.

Samantha asintió, se levantó y tomó la botella que le ofrecía. La dejó en la silla y se metió la mano bajo la falda para quitarse las braguitas, primero una pierna y después la otra para que no viera nada.

—La falda también, por favor.

Lo imaginó muerto, se imaginó dándole patadas en la cabeza en el suelo. Pero asintió, se quitó la falda y la dejó en la silla.

Ya no estaba helada. Hacía calor y una humedad terrible, y estaba sudando. Trató de imaginar qué dirían sus padres si estuvieran en la habitación, pero no pudo.

Se puso de cuclillas sin mirar al señor Lamb y se colocó la botella entre las piernas.

La llenó. Se levantó y se la entregó al señor Lamb.

—Gracias, señorita Davis —dijo éste, ahora sin disimular una sonrisa—. Con esto, finaliza nuestra entrevista. Puede volver a vestirse. La llamaremos y le diremos cuál es el resultado.

Samantha asintió y procedió a ponerse mecánicamente las braguitas y la falda.

No se echó a llorar hasta que estuvo fuera del Almacén y llegó al estacionamiento.

## 2

Otro día de fiesta.

Bill se despertó tarde, fue a hacer *footing*, regresó a casa y se preparó el desayuno. Tomó una ducha, miró un rato la tele, entró en Freelink para leer las noticias destacadas del día y decidió ir a dar una vuelta por la ciudad. No le importaba pasarse todo el día en casa cuando trabajaba, pero en el período de tiempo que transcurría entre un encargo y el siguiente, la casa le daba claustrofobia, y le gustaba salir lo máximo posible.

Fue a la tienda de Street, charló un rato con él y se dirigió después a la de Doane para ver si le había llegado alguna novedad musical.

Cuando abrió la puerta y entró en la pequeña tienda climatizada, Doane estaba al teléfono, de modo que lo saludó con la mano y se acercó a la caja de novedades, cuyos cedés empezó a repasar.

Aunque siempre se había considerado a sí mismo un fan del *rock*, tenía que admitir que la mayoría de sus compras recientes procedían de la sección de *country*: Lyle Lovett, Mary Chapin Carpenter, Robert Earl Keen, Roseanne Cash, Bill Morrissey. Se dijo que el *rock and roll* era una actitud, no un estilo musical concreto, y que si esos artistas hubieran actuado veinticinco años antes, sus discos se habrían incluido en la categoría de *rock* junto a James Taylor, Carole King y Joni Mitchell, pero el caso era que la mayoría de música *rock* que se producía ahora no le interesaba realmente. Sus gustos habían cambiado con los años.

No estaba seguro de que eso le gustara.

Doane acabó su conversación y colgó el teléfono. y Bill dejó de mirar los cedés y alzó los ojos.

—¿Qué tal el negocio? —preguntó.

—De pena —respondió el propietario, sacudiendo la cabeza.

Bill empezó a reír, pero casi al instante se dio cuenta de que Doane hablaba muy en serio.

—¿El Almacén? —dijo.

—Esos cabrones están reventando los precios —asintió Doane—. Pueden vender los cedés por menos de lo que yo le pago al mayorista.

—Pero no tienen tu selección.

—Puede que no tengan un fondo como el mío, pero ponen a la venta los diez más escuchados dos semanas antes de que mi distribuidor pueda siquiera enviármelos. Los adolescentes son los que me dan de comer, ¿sabes? Si no tengo esas novedades en los estantes, los chicos no vienen. —Suspiró—. Y aunque pudiera tener la música en los estantes, es probable que no vinieran. No puedo igualar los precios del Almacén, y mucho menos ponerlos más bajos.

—¿Crees que podrás aguantar? —preguntó Bill.

—Espero que sí, pero no lo sé. Puede que esté paranoico y que me conceda a mí mismo una importancia desmesurada, pero tengo la sensación de que el Almacén está intentando llevarme a la quiebra.

—Para tener el monopolio de la venta de música.

—Sí. Entonces podría aumentar los precios y empezar a obtener beneficios en lugar de soportar pérdidas —explicó Doane con una sonrisa irónica—. Si te estoy conmoviendo, no dudes en comprarme algo hoy.

—Lo haré —aseguró Bill—. Ya pensaba hacerlo.

Terminó comprando un cedé del primer álbum de Cormac McCarthy, un ejemplar en vinilo de *Viva Terlingua!* de Jerry Jeff Walter y un vinilo pirata en concierto de Tom Waits y Leon Redbone en 1979.

—¿Dónde consigues estos discos pirata? —preguntó Bill mientras extendía un talón en el mostrador.

—Tengo mis recursos. —Doane sonrió y adoptó cierto aire de misterio.

Bill salió de la tienda con las compras bajo el brazo. El disco pirata le había costado mucho, y era probable que Ginny se enojara con él, pero era un álbum muy buscado, y lo consideraba todo un hallazgo que valía el elevado precio que había pagado por él. Además, quería apoyar a Doane y ayudarlo como pudiera. Rebuscar en los montones de álbumes de segunda mano era una de sus aficiones favoritas, y no sabía qué haría si la tienda de discos cerraba. Comprar en el Almacén y ver sólo las novedades no era exactamente lo mismo.

Bajó despacio la calle y, al observar por primera vez los pocos peatones que había en el centro de Juniper, cayó en la cuenta de que era posible que algunos de los comercios tuvieran que cerrar.

Ya lo sabía antes, claro, pero entonces se percataba de que cualquiera de aquellas tiendas podía desaparecer en cualquier momento. Aunque nunca se había parado a pensar en ello, había esperado que Juniper se conservara siempre igual, y lo desconcertaba saber que la estabilidad no estaba garantizada y que nada era permanente ni siquiera en una ciudad pequeña. Se habían trasladado a Juniper precisamente porque era una ciudad pequeña. Les gustaba ese ambiente, ese estilo de vida. Querían educar a sus hijas en una comunidad donde los vecinos se hablaran entre sí, donde los tenderos conocieran a sus clientes por su nombre, y habían esperado que la ciudad seguiría siendo así a lo largo de sus vidas, que las familias que habían echado raíces allí no se mudarían a otra parte, que los comercios seguirían abiertos, que nada cambiaría.

Pero ahora todo estaba cambiando.

Se detuvo en el café a tomar una taza rápida y vio a Ben sentado a la barra, comiendo solo, con un cuenco medio vacío de chile con carne de Williamson James delante de él. Se le acercó por detrás, le dio una palmadita en el hombro derecho y se sentó en el taburete que tenía a su izquierda.

—Hola, muchacho —dijo—. Cuánto tiempo sin verte.

—Gilipollas —contestó Ben.

—¡Esa boquita! —advirtió Holly.

Bill pidió café y la camarera se lo sirvió con celeridad. Bill dio un sorbo lento a su taza y sacudió la cabeza con un suspiro.

Ben tomó un bocado de chile con carne y se limpió los labios con la servilleta antes de hablar:

—¿Qué te pasa?

Bill le describió su visita a la tienda de discos.

—Sabía que el Almacén afectaría a los comerciantes locales —dijo luego—. Pero no creía que los efectos se notarían tan deprisa.

—Muchos negocios ya se están resintiendo —apuntó Ben—. La mayoría de las tiendas familiares viven al día, y algo como esto tiene un impacto inmediato sobre ellas. —Sacudió la cabeza—. Steve Miller me dijo que está pensando en cerrar. Esa tienda es propiedad de su familia desde que su abuelo la abrió hará unos sesenta años.

—¿No hay nada que podamos hacer?

—Joe Modesto, del First Western Bank, va a crear un nuevo programa de préstamos para negocios pequeños con la intención de ayudar a los comerciantes locales, pero no creo que vaya a haber demasiados interesados —explicó encogiéndose de hombros—. Creo que la mayoría de gente preferirá cortar por lo sano a incurrir en más deudas. —Sonrió con amargura—. Lo irónico del caso es que el periódico anda muy bien de dinero. El Almacén nos contrata anuncios a toda página desde que abrió sus puertas. Estoy seguro de que te habrás dado cuenta. Esta semana, hasta incluyeron un encarte: un suplemento de dos páginas con vales. Nuestros ingresos por anuncios han aumentado mucho.

—Bueno, supongo que eso es bueno —comentó Bill, vacilante.

—Preferiría que las cosas fueran como antes.

—¿Y quién no?

De vuelta a casa, Bill pasó por el nuevo parque y encontró un campo de béisbol claramente marcado con una valla de protección demasiado grande hecha de tela metálica y dos gradas de metal de tres pisos. Un equipo de trabajadores estaba instalando una valla alrededor de una pista de tenis adyacente al campo de béisbol. Al otro lado de una extensión abierta de césped había una zona de juegos infantiles con columpios, toboganes, estructuras de barras y balancines. A su lado, había más trabajadores que vertían hormigón para hacer una piscina pública.

El parque era bonito. Nuevo, limpio y bien diseñado. Como todo lo relacionado con el Almacén. Pero, al mismo tiempo, se veía artificial, como un regalo demasiado caro que un conocido da para ganarse una amistad inmediata.

A pesar de lo bonito que era el nuevo parque, prefería el antiguo, con su valla de protección combada, hecha de restos de tubos oxidados y de alambrada rota, sus malas hierbas, su neumático a modo de columpio y su primitivo cajón de arena.

¿Tenía que cambiarlo todo en Juniper el Almacén?

Lo primero que hizo al llegar a casa fue poner el ordenador en marcha.

Había recibido un nuevo encargo: redactar las instrucciones para un nuevo paquete contable.

Un paquete contable que se estaba creando específicamente para el Almacén.

Bill se quedó mirando la pantalla sin hacer avanzar el texto, sin imprimir el mensaje, simplemente releyendo el párrafo de introducción que la empresa le había enviado por e-mail. Se sentía extraño, incómodo, intranquilo. Automated Interface era una de las empresas informáticas más grandes del país, y en los últimos años le había encargado que redactara la documentación de sus programas para un montón de empresas importantes: Fox Broadcasting, RJR Nabisco, General Motors, General Foods... Pero aunque el Almacén era una empresa nacional, mantenía con ésta una relación de trato cercano, y le resultaba extraño saber que ayudaría a crear un producto para ella.

Se sentía como si estuviera trabajando para el Almacén.

En cierto sentido, lo estaba haciendo. Y no le gustaba. Ahora sabía cómo se sentían todos aquellos pacifistas que terminaron trabajando en Rockwell, McDonnell Douglas y otras compañías de defensa aeroespacial. Se enfrentaba a un dilema moral. Había racionalizado el hecho de comprar en el Almacén, se había dicho que no estaba traicionando sus principios al hacerlo ni al dejar que su hija solicitara un empleo en él, y se sentía cómodo con ello. Pero aquello era distinto. Releyó el mensaje una vez más antes de hacer avanzar el texto para ver los detalles del encargo.

Sabía que no podía rechazar aquel trabajo. No podía darse el lujo. Si se negaba a hacerlo, Automated Interface lo despediría y contrataría a otro redactor técnico. Así que, en cierto sentido, no estaba en sus manos, no era él quien tomaba la decisión.

Pero se sentía culpable. Se sentía como si tuviera que hacer algo para evitar contribuir a fortalecer el Almacén, y cuando Ginny llegó a casa de trabajar, seguía sentado delante de la pantalla del ordenador, releyendo el encargo.

Esa noche cenaron fuera. Pollo. Él seguía llamando «Coronel Sanders» al restaurante, aunque el coronel llevaba mucho tiempo muerto y años antes se había vendido el negocio a una cadena. En la actualidad, el brillante letrero rojo y blanco que había en la fachada del local rezaba KFC.

Se preguntó cuántos chicos sabrían que KFC significaba Kentucky Fried Chicken.

No demasiados.

Todas sus vidas estaban dirigidas por empresas. Las compañías hacían pruebas de mercado de sus marcas, logotipos y portavoces, celebraban conferencias y reuniones para decidir cómo captar mejor a su público potencial, y basaban sus decisiones en datos demográficos. Se daba a las tiendas de las cadenas nombres étnicos o aspectos campechanos, se intentaba disimular los distintos tentáculos de los enormes conglomerados haciendo que parecieran formar parte de otras empresas más pequeñas. Los verdaderos negocios pequeños, de propietarios locales, estaban empezando a ser algo del pasado.

Mientras estaban en el restaurante, Shannon vio un grupo de amigas suyas en una de las mesas y pidió permiso para reunirse con ellas. Ginny se lo concedió a condición de que estuviera en casa a las diez. Sam había quedado con dos amigas en el cine, así que Ginny y él la dejaron allí al regresar a casa.

—Parece que tenemos por lo menos un par de horas para nosotros solos —comentó Ginny, que se acurrucó a su lado en el coche durante el trayecto de vuelta.

—Eso parece —coincidió Bill.

—¿Te apetece aprovecharlas?

—A mí siempre me apetece —sonrió.

Aunque no le apetecía del todo, y le costó más de lo que había previsto. Apenas tuvieron tiempo de vestirse y hacer la cama antes de que Shannon llegara. Sam apareció veinte minutos después, y las dos se fueron inmediatamente a sus respectivas habitaciones, cuyas puertas cerraron con llave.

Después de tomar sendas duchas, Bill y Ginny vieron el último informativo de Phoenix por televisión y se acostaron. Bill pensaba en lo que Shannon les había pedido esa noche: una tarjeta de crédito propia. Carraspeó antes de hablar:

—¿No te preocupa que las niñas sean demasiado...? —Se le apagó la voz.

—¿Materialistas?

—Sí.

—A veces —admitió Ginny, que se había girado para mirarlo.

—Es nuestro deber, como padres, inculcarles valores —dijo él y, tras una pausa, añadió—: A veces me pregunto si hemos hecho bien nuestro trabajo o si hemos fracasado por completo.

—La sociedad es autocorrectora. Los hijos se revelan contra sus padres, y por eso el péndulo siempre vuelve.

—Pero no creí que serían tan... materialistas.

—Creíste que serían más como nosotros.

—Pues sí.

—Yo también —suspiró Ginny.

Volvieron a quedarse en silencio. Bill pensó en Shannon y Sam, pero lo que en realidad le preocupaba no eran las niñas. Era su nuevo encargo, era la tienda de Doane, era el Almacén, era... todo.

Se durmió intentando pensar en la forma de evitar redactar las instrucciones para el nuevo paquete contable del Almacén.

3

Samantha observó los números decrecientes sobre la puerta del ascensor. Le vino a la cabeza una vieja película del doctor Seuss que había visto cuando era pequeña: *Los 5.000 dedos del Dr. T.* En ella, había una serie de mazmorras, y un ascensorista vestido de verdugo iba cantando las espantosas especialidades de cada planta subterránea a medida que el ascensor bajaba.

El señor Lamb no iba vestido de verdugo, pero la sensación se acercaba mucho a la de la película.

El director de personal la había llamado el día antes para decirle que le habían dado el trabajo. Al oír la voz de aquel hombre por teléfono, empezaron a sudarle las manos y se acordó del detector de mentiras y la muestra de orina. Quería decirle que se fuera al diablo, que se negaba a trabajar en el Almacén. Pero se oyó a sí misma aceptar con una vocecita asustada. Lamb le pidió que se presentase a la mañana siguiente en el Almacén una hora antes de que el establecimiento abriera.

—Tenemos que cumplir unas cuantas formalidades antes de que empiece —indicó el señor Lamb al teléfono—. Una vez acabadas, iniciaremos su formación.

—Allí estaré —dijo ella.

Cuando llegó esa mañana, la zona del estacionamiento reservada para empleados ya estaba llena, pero todavía no había visto a nadie que no fuera el señor Lamb. El interior del edificio estaba a oscuras, y solamente unas tenues luces de emergencia iluminaban vagamente el tenebroso almacén. Lamb la condujo hasta su despacho, donde le pidió que firmara unos formularios de información fiscal y otros de información adicional, así como un juramento de confidencialidad.

—¿Un juramento de confidencialidad? —se sorprendió mientras leía el papel que tenía delante.

—Es sólo una formalidad —explicó Lamb—. Así nos aseguramos de que no utilizará lo que aprenda en el Almacén para ayudar a ninguno de nuestros competidores.

La idea no la convenció, y la expresión «juramento de confidencialidad» le recordó organizaciones clandestinas y sociedades secretas, pero leyó el documento y no logró encontrar nada específicamente ofensivo en él, así que lo firmó y escribió la fecha en la parte inferior.

—Muy bien —dijo el señor Lamb tras recoger los formularios—. Ya casi hemos terminado. Ahora sólo le falta correr baquetas.

—¿Correr baquetas? —preguntó con un escalofrío.

—Será mejor que nos demos prisa —Consultó su reloj—. Nos están esperando. Y el Almacén abre de aquí a cuarenta y cinco minutos. Tenemos que acabar antes.

Se levantó y rodeó la mesa de su oficina. Samantha lo siguió por un corto pasillo hasta un ascensor.

Y ahora estaban allí, descendía despacio en el ascensor, mientras contemplaba cómo se iban iluminando los números a medida que dejaban atrás el sótano y el primer subsótano para llegar al segundo subsótano.

¿Por qué tendría el Almacén dos subsótanos?

No estaba segura de querer saberlo.

Cuando las puertas del ascensor se abrieron, Samantha comprendió por qué no había visto a ningún empleado en la planta baja.

Estaban todos allí abajo.

Un pasillo interminable de cemento se extendía ante ella, de modo que parecía mucho más largo que el edificio de la superficie, y estaba flanqueado por hombres y mujeres vestidos idénticamente con el uniforme verde del establecimiento. La imagen en sí ya era bastante inquietante, pero además los empleados guardaban un silencio absoluto y lucían una expresión seria y adusta.

—Baquetas —anunció el señor Lamb.

Quiso dar media vuelta, quiso regresar a la planta baja y marcharse, y esta vez lo habría hecho, pero las puertas del ascensor se habían cerrado tras ella y el señor Lamb le puso una mano en la espalda para conducirla hacia delante, hacia el pasillo.

La mayoría de las caras que tenía delante eran conocidas, pero la miraban como si no la reconocieran, y se le aceleró el corazón. Intentó captar la mirada de Marty Tyler, y también la de May Brown, que ocupaban el primer lugar a cada lado del pasillo, pero el rostro inexpresivo de ambos la hizo cambiar de idea.

¿Qué esperaban que hiciera? Y ¿para qué? Miró al señor Lamb, que seguía a su lado.

—Desnúdese —ordenó el director de personal—. Debe quedarse en ropa interior.

—No quiero hacer esto —dijo Samantha, sacudiendo la cabeza y con voz asustada—. He cambiado de opinión. No quiero el empleo. No quiero trabajar aquí.

—Ya es demasiado tarde para eso —replicó el señor Lamb—. Desnúdese.

Miró a los empleados que flanqueaban el pasillo, pero seguían callados. Ninguno de ellos había hablado ni hecho el menor movimiento.

—Quédese en bragas y sujetador —exigió el señor Lamb, y esbozó una sonrisa desagradable para añadir—: Si es que lleva sujetador.

—No puedo...

—Desnúdese —ordenó—. ¡El Almacén abre a las ocho! No tenemos tiempo para juegos.

Asustada, se agachó para desabrocharse las zapatillas deportivas. Alzó los ojos, convencida de que se estarían riendo de ella, pero las caras de los empleados seguían imperturbables.

Se quitó la blusa y los pantalones.

Estaba al principio del pasillo en ropa interior, temblando tanto de miedo como de frío. Se tapaba el pecho con el brazo izquierdo y la zona púbica con el derecho. Se volvió hacia el señor Lamb.

—¿Y ahora qué? —preguntó.

—Corra baquetas. Si llega al final, se unirá a la familia del Almacén. Será una de nosotros.

¿Sí?

Miró el pasillo y por primera vez vio que muchos de los empleados tenían algún objeto en la mano. Objeto que podían utilizar a modo de arma.

—¡Corra! —dijo el señor Lamb.

Corrió; notó que le golpeaban las nalgas con una percha, que le atizaban el pecho izquierdo con un matamoscas... El dolor era terrible y se le saltaban las lágrimas, pero siguió concentrada en el final del pasillo y mantuvo el rumbo entre las dos filas de empleados, obligándose a acelerar la marcha. Le clavaron una aguja de tejer en el brazo, y tuvo que contenerse para no gritar.

—¡Eres fea! —le chilló alguien.

—¡No tienes tetas!

—¡No vales nada!

—¡No tienes culo!

—¡Eres idiota!

—¡No sabes hacer nada bien!

Conocía a todas esas personas, pero no podía distinguir quién le gritaba qué. Todo, los golpes y los insultos, era desconcertante, y apenas veía por culpa de las lágrimas, pero se obligó a seguir avanzando. Recibió un puntapié en la espinilla y empezó a sollozar y llorar a gritos, pero siguió adelante.

—¡Fracasada!

—¡Blanca de mierda!

—¡Imbécil!

Llegó al final del pasillo, donde se encontró con una pared de cemento. Inspiró hondo, se secó las lágrimas y se volvió.

El señor Lamb asentía al otro lado del pasillo.

Lo había conseguido.

Se había terminado.

Estaba magullada y ensangrentada, pero todos los empleados la rodearon y la abrazaron.

—Te amamos —dijeron al unísono—. Te amamos, Samantha.

Seguía llorando, pero los abrazos la reconfortaban, y agradeció las palabras cordiales. Devolvió el abrazo a sus nuevos compañeros de trabajo y los besó en la mejilla mientras reía entre lágrimas.

—Te amamos —repetían.

—Yo también os amo —les respondió.

—Felicidades. —El señor Lamb se acercó a ella con una sonrisa para entregarle el uniforme verde del Almacén y un ejemplar de un libro negro que se identificaba con unas letras doradas en relieve como *La Biblia del empleado*—. Ya es de los nuestros.

# Diez

## 1

Se suponía que Jake y ella habían ido de excursión. Hacía un día precioso, la temperatura era cálida y agradable, sin demasiado calor, y el cielo azul estaba cubierto de unas enormes nubes blancas, pero Shannon tuvo el presentimiento de que algo andaba mal. Jake estaba más apagado que de costumbre, no era el mismo, y parecía no preocuparle adónde iban. Normalmente elegía la ruta a seguir, y si ella hacía alguna sugerencia, la rechazaba. Pero ese día aceptaba todo lo que decía, y eso no era propio de él.

La tenía preocupada.

Caminaban en silencio, deteniéndose sólo para beber de las cantimploras. Por lo general andaban juntos, de la mano, deambulando por los senderos que recorrían el bosque, hablando íntimamente. Pero ese día lo hacían en fila india, con ella delante, y era casi como si hubiera ido de excursión sola. Tenía que mirar disimuladamente atrás para asegurarse de que Jake seguía ahí.

Aflojó el paso. No había llegado nunca tan lejos por ese camino. Más adelante, la ladera descendía por una colina hasta un pequeño cañón. A la derecha del sendero, varias charcas de aguas azul verdosas conectadas por un estrecho arroyo cubrían el fondo del cañón. A la izquierda, en el fondo del cañón, había un prado.

—¿Quieres bajar? —preguntó Shannon tras volverse hacia Jake.

Él se encogió de hombros, y Shannon empezó a caminar.

Quince minutos después, estaban en el fondo del cañón y Shannon sentía ganas de llorar. A pesar de que habían descendido muy juntos, no se habían tocado ni tomado siquiera de la mano. Jake no la había ayudado a bajar las partes escarpadas.

No había ninguna duda de que algo andaba mal.

Inspiró hondo y lo miró.

—¿Qué te pasa? —preguntó—. ¿Qué tienes?

—Nada.

—Hay algo. —Se quedó un momento mirándolo—. Oh, Jake —dijo, y se acercó para abrazarlo, pero él le sujetó las muñecas antes de que pudiera hacerlo y la mantuvo a distancia. No la miraba a los ojos, y a Shannon se le cayó el alma a los pies. Sabía lo que iba a ocurrir.

—Creo... que no deberíamos seguir saliendo juntos —anunció Jake.

—Crees que... Yo pensaba que... —dijo con la boca seca y la vista nublada de repente. Carraspeó antes de añadir—: Yo te amo.

—Creo que ha llegado el momento de que empecemos a salir con otras personas —añadió Jake, que seguía sin mirarla a la cara.

—¡Hay otra! Por eso...

—No —replicó Jake—. Ésa no es la razón.

—¿Cuál es entonces?

—Mi trabajo.

Shannon iba a decir algo, pero sacudió la cabeza, insegura de haberlo oído bien.

—¿Qué? —preguntó por fin.

—Tengo prohibido salir con alguien si no está en el Almacén.

—¿Si no está en el Almacén? ¿Quieres decir que tienes que tener tus citas allí? ¿Dónde? ¿En la cafetería? ¿En el departamento de ferretería?

—No. No puedo salir con nadie que no trabaje en el Almacén.

—¡Eso es ridículo! ¡No pueden hacer eso!

Por primera vez, la miró a los ojos, y Shannon no vio nada en los de él: ninguna tristeza, ningún remordimiento, ningún pesar.

—No quiero salir con alguien que no trabaja en el Almacén —aseguró Jake.

—Puedo conseguir un trabajo allí. Puedo...

—No.

Se dio cuenta de que parecía estar desesperada, pero no podía evitarlo.

—Te amo —repitió.

Jake sacudió la cabeza.

—Me temo que vamos a tener que dejar de vernos.

Quería recordarle todo lo que habían vivido juntos, todo lo que habían hecho. Se lo habían montado en ese mismo sendero, un kilómetro más arriba. Habían ido al baile de invierno juntos y habían hecho el amor después. Habían comido del mismo helado con cucurucho: él lo lamía por un lado y ella por el otro. Habían hecho todo lo que las parejas solían hacer. Incluso habían estado a punto de tener un hijo juntos. ¿No significaba nada todo eso para él?

Quería decirle todo esto y mucho más, pero por su mirada vacía y por su expresión impasible, supo que no le serviría de nada. No podía apelar a sus sentimientos. A Jake no le importaba.

Para él, la relación ya había terminado.

Cerró los ojos para intentar no llorar. ¿Por qué había ido de excursión con ella? ¿Por qué no le había dicho de entrada que todo había terminado? ¿Por qué había esperado a estar en medio de la nada para soltarle aquello?

—¿Estás bien? —le preguntó Jake.

—¡Vete a la mierda! —gritó.

Su intención había sido limitarse a asentir, mantenerse digna y fingir que él no significaba nada para ella, que lo que le había dicho no tenía ninguna importancia.

Pero lo amaba.

—¡Vete a la mierda! —repitió.

—Será mejor que volvamos —repuso él con indiferencia.

—¡No volvería contigo aunque fueras la única persona que quedara sobre la faz de la Tierra! ¡Vete al diablo, cabrón! ¡Vuelve tú solo!

—Si es lo que quieres.

Entre lágrimas, vio cómo se alejaba camino arriba. Pensó otra vez en *Sonrisas y lágrimas*, cuando, al final, Rolf entrega a la familia y traiciona así su amor por el bien del partido.

Era como Jake y el Almacén.

—¡Nazi! —le gritó—. ¡Nazi de mierda!

El eco de sus gritos retumbó por el cañón. Pero Jake no se volvió.

## 2

Sábado. Primer día de trabajo de Samantha.

Ginny se levantó temprano para prepararle un desayuno especial. Su favorito: tortilla de patatas. Sin embargo, su hija sólo toqueteó la comida.

—No tendremos otro caso como el de Shannon, ¿verdad? —bromeó Ginny—. Espero que no te vuelvas anoréxica.

—No, mamá —respondió Samantha con una sonrisa mecánica. Dio unos bocaditos a la tortilla de forma teatral, pero cuando le pareció que su madre ya no la miraba, dejó el tenedor.

Ginny frunció el ceño. Tres semanas atrás, la idea de conseguir un empleo en el Almacén tenía a Sam eufórica y de lo más entusiasmada. Pero desde la primera entrevista, parecía... otra. Desde luego, ya no estaba eufórica. La última semana, desde que había empezado a asistir al curso de formación nocturno, parecía muy retraída.

Era como si trabajar en el Almacén fuera algo que hiciera por obligación, algo a lo que se había comprometido pero de lo que hubiera recelado por algún motivo.

Ginny quería decirle a su hija que no tenía que seguir adelante si no quería, que podría encontrar trabajo en otra parte.

Pero no dijo nada.

—Tengo que ir a arreglarme —anunció Samantha—. No puedo llegar tarde el primer día.

Retiró la silla de la mesa y se fue a su cuarto para ponerse el uniforme.

Unas horas después, Ginny fue hasta el Almacén.

Fue sola, sin decírselo a nadie, con la única intención de echar una ojeada a su hija a hurtadillas. Era mejor así. Si Bill la acompañaba, haría una escena. Y Shannon intentaría avergonzar a su hermana a propósito. Seguramente, el mero hecho de verla allí incomodaría a Sam, pero era el primer día de su hija en su primer trabajo, y quería estar presente.

Lo curioso del caso era que Sam era la única persona de su círculo que había conseguido un empleo en el Almacén. Frieda Lindsborg había solicitado un cargo de dependienta en el departamento de moda femenina y Dar, el marido de Sondra Kelly, había pedido trabajar en el de ferretería, pero no habían contratado a ninguno de los dos. En cambio, habían contratado a Bob Franklin, que había sido un borracho y un vago y que ni siquiera había podido conservar un empleo de basurero en la empresa de su cuñado, como «guía», es decir, como uno de los empleados que guiaban a los clientes al pasillo correcto cuando buscaban un producto concreto. Y habían contratado a Ed Brooks, que no era mucho mejor que él, como mozo de almacén. Los había visto a ambos en el Almacén, y tenía que admitir que parecían adecentados y competentes, pero no entendía cómo los habían preferido a Dar o a Frieda, o a cualquiera de los demás solicitantes más capacitados de Juniper.

Lo que la hacía sentir intranquila con respecto a Sam.

Estacionó el coche y entró en el Almacén. El joven que la saludó en la puerta y le ofreció un carrito le pareció algo meloso, y varios de los dependientes y guías que le salieron al paso al recorrer el edificio le resultaron igualmente desagradables. Mientras empujaba el carrito por el departamento de electrodomésticos, un dependiente uniformado apareció a su lado y le preguntó si necesitaba ayuda. Respondió que no, siguió adelante y otro dependiente se le acercó en la sección de calzado femenino para ofrecerse a ayudarla a elegir. Pero ella le explicó que no había ido a comprar zapatos.

No le habían gustado nunca los vendedores, y siempre se había sentido incómoda en los establecimientos cuyos empleados la rondaban y observaban todos sus movimientos. Le gustaba que la dejaran sola para comprar tranquila. Al principio, el Almacén lo hacía de ese modo, pero ahora parecía que aumentaba la presión, que se gastaba más tiempo y energía observando a los clientes.

Eso no le gustaba.

Pensó en la caravana de camiones negros que había visto dirigirse a Juniper aquella noche. No se lo había mencionado a Bill, aunque no sabía muy bien por qué. No lo había olvidado. De hecho, cada vez que había ido al Almacén o siquiera oído mencionar ese establecimiento, el recuerdo de los camiones había acudido de inmediato a su cabeza. A pesar de esto, compraba en el Almacén, había dejado que Sam solicitara un empleo allí y fingía que nada iba mal.

¿Iba algo mal?

No estaba segura, y quizás ésa fuera la razón de que hubiera preferido guardar silencio. Aquella noche había tenido una sensación sobrecogedora, una inquietud indefinida, pero podría deberse a las circunstancias: la oscuridad, la soledad, el hecho de que el resto de su familia estuviera durmiendo. Por aquel entonces, Bill ya estaba bastante paranoico, y no había querido fomentar su obsesión contra el Almacén.

Pero parecía haberla superado, y ahora ella se preguntaba si habría sido justificada. Había algo extraño en el Almacén, algo...

—¡Ginny!

Se volvió al oír la voz. Meg Silva estaba en el pasillo de su derecha, con una pieza de tela en las manos.

Ginny esbozó su mejor sonrisa postiza. Meg era la última persona a la que quería ver en aquel momento, pero saludó con la cabeza a la profesora y se acercó para hablar con ella. Meg la sometió a diez minutos de quejas sobre todo un poco, desde los niños que tenía en su clase ese año hasta la calidad de la tela importada de Tailandia, pero Ginny pudo por fin zafarse de ella aduciendo que tenía que apresurarse a terminar de comprar porque Bill necesitaba el coche.

—Bueno —dijo Meg—, ya nos veremos el lunes, entonces.

—A no ser que me toque la lotería —sonrió Ginny.

—Lo mismo digo.

Ginny se despidió y empujó el carrito hacia la sección de bebés, donde Sam tenía que estar trabajando.

Cuando pasó junto al departamento de ropa de cama, oyó a una pareja que hablaba en el pasillo siguiente.

—Admiten pagos a plazos —comentaba el hombre—. Podemos comprar ese televisor y también la cuna.

—No creo que sea buena idea endeudarnos —contestó la mujer.

Ginny pensó que seguramente tendría razón, pero no dijo nada y siguió andando.

Vio a Sam delante de ella. Su hija miraba en otra dirección, ya que estaba hablando con una mujer que echaba un vistazo a los pijamas de bebé. Ginny dirigió enseguida el carrito hacia un pasillo lateral con la intención de ponerse detrás de Sam y observarla sin que ella pudiera verla. Llegó al final del pasillo, giró a la izquierda y se detuvo detrás de unos estantes altos que contenían diversas sillitas.

—¿Son ignífugos estos pijamas? —oyó preguntar a la mujer.

—No lo sé —contestó Sam.

—¿Lo pone en algún lugar de la etiqueta?

—No lo sé.

—¿Podría ayudarme a encontrarlo?

—No.

Ginny se quedó estupefacta. La actitud de Sam hacia la clienta no sólo era brusca, sino también maleducada, y no era nada propio de ella. Por lo general, era simpática, animada, jovial. Especialmente con los desconocidos. De las dos hijas, era la más serena y fácil de tratar. Shannon era la más desabrida.

—No es asunto mío cumplir sus deberes de madre —indicó Sam—. Yo sólo trabajo aquí. Soy una simple dependienta.

Ginny frunció el ceño. ¿Qué estaba pasando? ¿Qué le ocurría a Sam? No podían haberle dicho que actuara así, ¿verdad? ¿Era eso lo que le habían estado enseñando en el curso de formación nocturno al que había asistido la semana anterior?

Puede.

Ahora que Ginny pensaba en ello, durante las últimas semanas varios empleados del Almacén habían sido groseros con ella. De hecho, en aquel establecimiento jamás la habían tratado normalmente. Los dependientes habían sido empalagosos y serviles, o maleducados y despectivos. No habían sido nunca simplemente corteses o profesionales.

—No me gusta su actitud, jovencita. —Era evidente que la mujer tenía carácter y no iba a tolerar que la trataran de esa forma—. Voy a hablar con su jefe.

Ginny casi pudo oír la indiferencia en la voz de Sam:

—Hágalo.

La mujer se alejó con el carrito, y Ginny hizo lo mismo para marcharse, preocupada, de la sección de bebés.

3

—Venga, cuéntanos cómo te fue —dijo Denny.

—¡Llegó hasta el final, el muy cabrón!

—¡Qué va! —Denny dirigió la mirada de A. B. a Chuck—. No pudo ni tocarle la mano siquiera.

—Palabras mayores, novato —repuso Chuck—. Palabras mayores.

Denny sacudió la cabeza. Los tres estaban sentados a una de las mesas de plástico del restaurante del Almacén, zampando comida basura, diciendo tonterías y mirando las chicas que pasaban por allí. Chuck había salido con Audra McKinley la noche anterior, y aunque por una parte esperaba que su amigo hubiera llegado hasta el final con ella para poder oír los detalles íntimos, por otra esperaba que ella le hubiera dado un bofetón si había intentado tocarla siquiera. Le gustaba Audra, se dejaría cortar un huevo para salir con ella, y pensar que había salido con su amigo en lugar de con él lo ponía muy celoso.

Pero Chuck era valiente. Y se lo había pedido.

A. B. miraba asqueado cómo Chuck se tragaba el último bocado de su perrito caliente.

—Somos lo que comemos, ¿sabes? —le soltó.

—Imposible —sonrió Chuck—. Si fuera así, sería un coñazo.

—Lo eres —rio Denny.

—No, no lo es. Es una salchicha de Frankfurt —añadió A. B.

A su alrededor, otros clientes comían *sushi* y quiche, así como otros platos modernos que el Almacén intentaba endilgarles a todos cuello abajo. Pero los tres se habían puesto firmes y habían dicho que era mejor que el restaurante empezara a servir la misma clase de comida que George's si quería captar sus clientes, y el Almacén había cedido a sus exigencias culinarias incluyendo en la carta hamburguesas con patatas fritas, perritos calientes y batidos.

Ahora Denny y los chicos se pasaban allí todo el tiempo. De hecho, la comida del restaurante era tan buena que ni siquiera recordaba la última vez que habían ido a George's. Aunque le daba lo mismo. El centro de la ciudad estaba muerto. Toda la actividad se concentraba en el Almacén.

Y además, tenía aire acondicionado.

Denny se terminó las patatas fritas y se metió en la boca lo que quedaba de los cubitos en su vaso de cola.

—Vamos a mirar los juegos —sugirió A. B.—. Puede que tengan el nuevo *Doom*.

—O el nuevo *Mortal Kombat* —asintió Chuck.

—Algo.

Denny seguía masticando el hielo. Intentó decir que sí, pero la palabra le salió incoherente, embrollada.

—No se habla con la boca llena —lo riñó Chuck—. ¿No te lo dijo tu mamá?

—Lo hizo la tuya —respondió Denny tras tragarse el hielo—.

Pero no la entendí porque, en aquel momento, yo le estaba llenando la boca a ella.

—Y una polla.

—Exacto.

Los tres se levantaron, dejaron la mesa y salieron del restaurante.

—¿Puedo indicarles el pasillo que buscan?

Los tres dieron un brinco al oír la voz. Denny se volvió y vio que un hombre alto de aspecto intimidatorio, vestido con el uniforme del Almacén, estaba justo detrás de ellos. El hombre sonrió, y Denny tuvo que aclararse la garganta para hablar:

—Estamos buscando los videojuegos...

—Los videojuegos nuevos —especificó A. B.

—Los buenos —añadió Chuck.

El hombre sonrió aún más.

—Acompáñenme —dijo.

Avanzando con facilidad entre los clientes, dejó atrás las cajas y los expositores de productos. Corrieron tras él, en fila india, hasta que estuvieron en el departamento de electrónica.

Sólo que...

Sólo que Denny no recordaba haber estado nunca en ese pasillo.

Había pasado mucho tiempo en ese departamento, como todos ellos, mirando juegos, vídeos, cedés, equipos estéreos y televisores, pero jamás había visto lo que había allí. Repasó los títulos del estante que tenía delante: *Poder blanco*; *Dominio blanco*; *La diversión de los tres agujeros de Sally*; *Matanza de negros*...

—Aquí tienen, muchachos. —El hombre señaló los estantes que había a ambos lados del pasillo—. Espero que encuentren lo que están buscando.

Tras saludarlos con la cabeza, se marchó a grandes zancadas.

—Caramba —dijo A. B. al ver los títulos.

—¡Es genial! —sonrió Chuck.

Denny tomó la caja de un juego: *Violada y asesinada*. Asintió y sonrió.

—Sí —dijo—. Genial.

# 4

Frieda Lindsborg estaba sentada en la silla central de calzado femenino mientras el dependiente iba a ver si tenía las sandalias que ella quería en negro. Se desabrochó y se quitó las zapatillas deportivas, se recostó y cerró los ojos. Estaba cansada. Había estado comprando sin cesar, recorriendo la ciudad desde que había salido del trabajo, y llevaba de pie desde las tres de la mañana, cuando empezaba su turno en la panadería. Después de comprarse los zapatos, iría a alquilar un par de vídeos, regresaría a casa, se tumbaría cómodamente en el sofá y se pasaría el resto de la tarde viendo películas sin hacer nada.

Una mano le tocó el tobillo y empezó a bajarle el calcetín, y al instante abrió los ojos y apartó el pie.

—Encontré las sandalias en negro —dijo el dependiente—. Iba a ayudarla a probárselas.

Estaba sentado en un taburete, delante de ella, con una caja de zapatos que contenía las sandalias abierta en el suelo junto a él, y Frieda se sintió inmediatamente culpable por su pequeño ataque de pánico. Volvió a extender el pie derecho y le permitió que le quitara el calcetín.

—Perdone —se disculpó—. He tenido un día muy largo.

—No se preocupe. —El dependiente dejó caer el calcetín al suelo, le levantó el pie y se lo observó. Lo giró con cuidado hacia la izquierda y, después, hacia la derecha. Con una mano le sujetaba la pantorrilla, y empezó a acariciarle un lado de la pierna con la otra.

—Muy bonito —aseguró—. Muy bonito.

Todavía no le había quitado el otro calcetín, ni siquiera sacado una de las sandalias de la caja. La atención que le estaba prestando a su pie le pareció obsesiva, y se sintió intranquila cuando le siguió suavemente el contorno de los dedos del pie con un dedo. Pero... la situación tenía algo excitante; excitante y sensual.

El dependiente se puso el pie derecho sobre las rodillas y, a continuación, le tomó el otro pie para quitarle con cuidado el calcetín y masajeárselo del mismo modo.

Alzó los ojos hacia ella.

—¿Puedo olerle los pies? —susurró.

Frieda hizo una mueca de asco y trató de separarse de él, pero el dependiente le sujetaba con fuerza la pantorrilla y siguió acariciándole el pie suavemente, con delicadeza. Sin soltarle el pie, se levantó y apartó el taburete para arrodillarse ante ella.

Esta vez Frieda no intentó retirar el pie. Por mucho que detestara admitirlo, le gustaba la postura sumisa que el dependiente había adoptado, le gustaba que tuviera que alzar los ojos para mirarla mientras ella lo observaba desde arriba. Le pareció erótico, y deseó haber llevado falda en lugar de pantalones.

El dependiente no dijo nada, pero la miró con una sonrisa, le rodeó el dedo gordo del pie con la boca y empezó a chupárselo.

Frieda cerró los ojos, echó la cabeza hacia atrás y trató de ofrecerle mejor el pie. No había experimentado nunca nada parecido. Era una sensación deliciosa, y arqueó la espalda mientras intentaba no gemir.

El dependiente le chupó, uno a uno, todos los dedos del pie.

De ambos pies.

Finalmente, Frieda abrió los ojos y miró a su alrededor. Había gente hablando trás de los estantes de zapatos de salón que había delante de ella, y más gente pasaba por el pasillo principal empujando carritos, pero el dependiente y ella estaban solos en las sillas, y nadie los había visto.

El dependiente le sonrió con picardía.

—¿Le gustaría probarse ahora las sandalias, señora?

—Humm, no —contestó, todavía jadeante—. No será necesario.

Se levantó con los pies descalzos, se arregló el pelo y se alisó los pantalones.

—Me llevaré dos pares —afirmó.

# Once

## 1

Bill no lo habría dicho nunca, pero se había vuelto adicto a la política local. Ahora iba a todas las sesiones públicas: de la Comisión de Urbanismo, del distrito sanitario, del ayuntamiento... Nunca se había dado cuenta de lo poco implicada que estaba la mayoría de la gente en su gobierno. En teoría, la política local era el ámbito en el que más voz tenía la gente. Sus representantes eran más sensibles a las preocupaciones individuales porque se hallaban cercanos al pueblo. Aun así, la gente estaba más familiarizada con los políticos nacionales, incluso con los políticos nacionales de otras partes del país, que con los cargos electos locales.

Quizá pudieran controlar más la política local que la nacional, pero también les interesaba menos.

Hasta hacía poco tiempo, él mismo había sido uno de los que no se implicaba. Había votado en todas las elecciones, pero su voto se había basado en percepciones generales más que en conocimientos concretos. Había seguido aquello de «si va bien, no lo cambies», y si no existían evidencias sobre la mala actuación de un concejal o un supervisor del condado, suponía que estaba haciendo bien su trabajo.

Pero ya no pensaba así. Si algo había aprendido al asistir a aquellas sesiones era que constantemente se tomaban decisiones que afectaban de forma negativa a la vida de las personas, pero que la mayoría de ellas no se enteraba nunca.

Y ésa era una de las razones de que le interesara tanto asistir a las sesiones.

Eso, y el hecho de que le resultaban fascinantes.

El pleno municipal no empezaba hasta las seis, pero a menos cuarto él ya ocupaba su asiento habitual junto a Ben. El director del periódico era la única persona que había en el salón de plenos y estaba concentrado señalando asuntos del acta del día que podría ampliar después para sus artículos. Tenía una bolsa abierta con un bocadillo de atún a medio comer en el regazo.

—Esto te parecerá interesante —comentó Ben, que señalaba un asunto del acta del día rodeado con un círculo—. Al parecer, el Almacén no sólo está construyendo el nuevo parque, sino que también será responsable de su mantenimiento. El ayuntamiento va a echar a uno de sus empleados de mantenimiento.

—¿A quién? —preguntó Bill.

—A Greg Lawrence.

—No lo conozco.

—Supongo que esta noche lo sabremos seguro —comentó Ben a la vez que sacudía la cabeza—, pero se dice que los empleados del Almacén se encargarán de limpiar el parque, de podar los árboles, de regar y segar el césped; de todo.

—Se quedan con los empleos de todas partes —gruñó Bill.

—Es el estilo de vida americano.

Quince minutos después, se abrió la sesión. Como de costumbre, el salón de plenos no estaba ni medio lleno. Sólo estaban Ben, él, un puñado de jubilados y de criticones, y varias personas que tenían temas pendientes con el ayuntamiento.

Después del juramento a la nación, la oración y las demás formalidades iniciales, la sesión abordó el tema del mantenimiento del parque. Tras leerse en acta, fue secundado y como se consideraba «un asunto antiguo», no hubo oportunidad de debatirlo públicamente. El pleno acordó de forma unánime aceptar lo que el concejal Bill Reid denominó «el gentil y generoso ofrecimiento del Almacén» de efectuar el mantenimiento del nuevo parque.

Greg Lawrence fue despedido.

El mismo alcalde presentó el primer punto de los «asuntos nuevos»: el déficit municipal previsto para el siguiente año fiscal. Leyó en voz alta un breve resumen del director financiero de Juniper en el que se afirmaba que si los gastos de explotación de la ciudad se mantenían al nivel actual, Juniper se quedaría sin dinero antes de llegar a la mitad del año fiscal.

—Evidentemente —dijo el alcalde—, tendremos que abrocharnos un poco el cinturón. Como todos sabemos, el condado tiene problemas financieros y se ha quedado con una gran parte de los ingresos de los impuestos sobre propiedades que solía asignar a los municipios.

—Debería asignarse a los municipios —dijo Bill Reid.

—Exacto —coincidió el alcalde—. Y la consecuencia es que nos hemos quedado solamente con los ingresos por los impuestos sobre las ventas. Y con el cambio de base fiscal y el impacto que el reciente reajuste económico de Juniper ha tenido en los comercios del centro de la ciudad, los ingresos por impuestos sobre las ventas se han reducido considerablemente.

El alcalde carraspeó.

—También tenemos un importante gasto imprevisto al que tendremos que hacer frente a lo largo del próximo presupuesto fiscal. Si lo recuerdan, como parte de nuestro paquete de incentivos para atraer al Almacén a Juniper, prometimos facilitar el acceso de todos los vehículos al estacionamiento del Almacén. Inicialmente, el Almacén quería un carril adicional de entrada, construido en el lado oriental de la carretera, pero llegamos al acuerdo de redistribuir los carriles existentes en ese tramo de carretera con la promesa de construir el carril más adelante si fuera necesario.

»Bueno, pues un representante del Almacén nos ha remitido formalmente una solicitud por escrito para la construcción del nuevo carril, y nuestro estudio del tráfico ha confirmado que la redistribución es insuficiente para el flujo de tráfico que el Almacén genera. —Volvió a carraspear—. Lo que es una forma elegante de decir que estamos legalmente obligados a construir un carril de acceso que vaya desde el kilómetro 260 de la carretera hasta la entrada del Almacén.

—¿De dónde sacaremos el dinero para ello? —preguntó Hunter Palmyra.

—Se ha propuesto que reduzcamos el mantenimiento de las calles, los parques y los programas de ocio, así como otros servicios que no son básicos. Además, deberíamos plantearnos aumentar el importe de las licencias de obras y de las licencias para la tenencia de perros, así como asumir los gastos por llamadas al servicio de bomberos y policía, y deberíamos estudiar la posibilidad de externalizar servicios concretos que actualmente efectúan empleados municipales.

—A mí, particularmente, me gustaría ver un desglose de cada aumento impositivo propuesto, y cuánto ahorraríamos con la eliminación de cada programa, servicio o puesto de trabajo —indicó Palmyra—. No creo que ninguno de nosotros disponga ahora mismo de la información suficiente para poder abordar este tema con conocimiento de causa, y mucho menos para tomar ninguna decisión al respecto.

—Presento una moción para posponer el debate sobre el déficit municipal hasta la próxima sesión —sugirió Bill Reid—, y que el personal municipal nos proporcione los informes adecuados.

—Secundo la moción —dijo Palmyra.

—Sometámoslo a votación —asintió el alcalde—. ¿A favor? Los cinco miembros del pleno levantaron la mano.

—¿En contra?

Nadie.

—Se ha aprobado la moción por unanimidad.

Ben se inclinó hacia su amigo.

—Esto significa que en la próxima sesión será un «asunto antiguo» —susurró—. El público asistente no podrá comentarlo. Inteligente, ¿verdad?

Bill no respondió. Toda la sesión, la forma en que se había celebrado, los asuntos que se estaban tratando, nada de ello le gustaba. Aquellos cinco hombres (dos agentes de la propiedad inmobiliaria, un constructor que se había instalado en Juniper tres años antes, un funcionario del Estado jubilado procedente del este y un supervisor jubilado de la compañía telefónica AT&T) estaban suprimiendo empleos, despidiendo a trabajadores locales, cambiándole totalmente la cara a la ciudad para complacer al Almacén. No estaba bien, no debería permitirse que ocurriera. Quería levantarse y hacer un discurso apasionado en nombre de los ciudadanos de Juniper para defender sus derechos y sus preocupaciones, pero no sabía qué decir ni cómo decirlo, así que se quedó sentado en silencio.

El alcalde bajó los ojos hacia uno de los papeles que tenía delante.

—¿Hay alguna moción sobre el carril de acceso? —preguntó.

—Sí —asintió Dick Wise—. Presento una moción para que aceptemos la resolución tal como está redactada y corramos con los gastos de terminar la construcción de la carretera que se nos está exigiendo contractualmente, y que se adjudique la obra mediante un concurso público.

—Secundada —anunció Bill Reid.

La moción fue aprobada por unanimidad.

El alcalde revolvió los papeles que tenía en la mesa.

—De forma algo relacionada con ello, tengo aquí una solicitud firmada por los comerciantes del centro de la ciudad. Todos los de las calles Main y Allen. —Se volvió a derecha e izquierda para mirar a los miembros del pleno que lo flanqueaban en el estrado—. Confío que tendrán una copia. —Todos asintieron—. Muy bien. La petición solicita que suprimamos nuestra actual ordenanza sobre letreros o que permitamos exenciones temporales a esa ordenanza. En concreto, nos piden que permitamos que se coloquen carteles en la parte delantera de las tiendas o los negocios, en las fachadas o en las farolas.

Bill echó un vistazo alrededor de la sala.

—¿Cómo es que no hay ningún comerciante? —preguntó a Ben—. ¿Dónde está Street?

—¿Cómo es que no está en el acta del día? —terció el director del periódico, sacudiendo la cabeza—. Están intentando hacer un chanchullo. Pues ya tengo noticia. Voy a desenmascararlos.

El alcalde dirigió una mirada a Ben.

—De acuerdo con el apartado cuarto —dijo—, párrafo quinto de la Carta Municipal de Juniper, presento una moción para que la solicitud de cambios, exenciones y/o variaciones de la ordenanza sobre letreros se añada al acta del día.

—Secundada.

Aprobada.

—Someteremos este asunto a debate público —indicó el alcalde.

Un hombre anodino, que había estado sentado discretamente en silencio al fondo de la sala, se levantó y se dirigió al atril.

—Por favor, diga su nombre y su dirección —pidió el alcalde.

—Me llamo Ralph Keyes. Estoy aquí como representante del Almacén, situado en el número 111 de la carretera 180. —La voz del hombre era suave, segura, sin ningún acento perceptible—. Me gustaría manifestar para que constara en acta que conceder exenciones a la actual ordenanza sobre letreros implicaría un trato preferente a ciertos comercios y constituiría una competencia injusta. Si el ayuntamiento adoptara semejante acción, nos veríamos obligados a protestar y a litigar por este asunto. En nuestra opinión, la ciudad no debe promocionar ni defender determinados negocios. —Extendió los brazos y esbozó una sonrisa nada sincera—. Se supone que estamos en un país libre con un sistema de mercado libre. Por su propia naturaleza, algunos negocios prosperarán y otros no. El gobierno no debe interceder por determinados comerciantes simplemente porque son incapaces de mantenerse a flote en el mercado. —Keyes asintió respetuosamente en dirección al alcalde—. Gracias, señor alcalde.

Regresó a su asiento en el fondo de la sala, y el alcalde echó un vistazo al escaso público asistente.

—¿Desea alguien más hablar sobre este asunto? —preguntó.

Bill se levantó para acercarse al atril.

No pensó lo que hacía, simplemente lo hizo, y ni siquiera estaba seguro de lo que quería decir.

—Me llamo Bill Davis —anunció por el micrófono—. Vivo en el número 121 de Rock Springs Lane. He oído lo que ha dicho el señor Keyes, y comprendo su postura y la postura del Almacén, pero debo decirles que estoy en total desacuerdo con él. Según han admitido ustedes mismos, el ayuntamiento proporcionó incentivos al Almacén para que se instalara en Juniper. Se flexibilizaron o se ignoraron normas, se concedieron exenciones. Creo que lo único que están pidiendo los negocios locales es que se les ofrezca la misma flexibilidad, que se les permita competir a un mismo nivel. A ver, están construyendo carreteras para el Almacén. Lo mínimo que pueden hacer es dejar que algunos de nuestros comerciantes locales cuelguen carteles delante de sus tiendas para que la gente sepa qué venden, qué ofrecen, de qué disponen. No es una petición disparatada. Y en cuanto a la idea de la intervención del gobierno municipal, éste fue elegido por el pueblo de Juniper para hacer lo mejor para la ciudad. Eso significa que debería tender una mano amiga a nuestros negocios locales del mismo modo que hizo con esta empresa de ámbito nacional. Eso sería en interés de sus electores. Para eso los votaron.

—Gracias, señor Davis —asintió el alcalde—. A mí también me gustaría manifestar mi apoyo incondicional a nuestros comerciantes y negocios locales. No hay duda de que son la columna vertebral de nuestra ciudad. Pero, por desgracia, nuestro Plan Rector prohíbe específicamente la exhibición de letreros y carteles de la clase que se incluye en esta solicitud.

—¡El Almacén no tuvo que ajustarse a ninguna de las determinaciones que contiene el Plan Rector! —protestó Bill.

—No, eso era un caso especial. Hicimos una excepción a la norma. Pero no cambiaremos la norma simplemente porque hicimos esa excepción. Y debo añadir que el Almacén es en este momento el mayor empleador de Juniper. No creo exagerar si digo que nuestra economía local depende de lo bien que le vaya al Almacén. Sabíamos que iba a ser así, y por ello le ofrecimos los incentivos. Para fortalecer la economía de nuestra ciudad.

—Pero acaba de decir que la ciudad tiene menos dinero, que

va a tener que recortar programas y despedir gente. Los negocios locales están agonizando...

—Se le acabó el tiempo, señor Davis —anunció al alcalde—. Gracias por sus comentarios.

—No he terminado.

—Sí que ha terminado.

—Me gustaría que me concedieran un poco más de tiempo —insistió Bill.

—Denegado. Siéntese, por favor, señor Davis, y ceda el turno para que los demás puedan hablar.

Pero nadie más quiso hablar. Después de un rápido debate entre ellos, los miembros del pleno votaron para denegar la solicitud de los negocios locales.

—Democracia en acción —sonrió Ben con cinismo.

—Imbéciles —dijo Bill a la vez que sacudía la cabeza.

Permaneció sentado el resto de la sesión, que trató sobre asuntos rutinarios que no ofendían ni afectaban a nadie, y que se despacharon rápidamente. Al término de la sesión, se apresuró a levantarse y se dirigió hacia las sillas del fondo. Quería hablar con Keyes, el representante del Almacén.

Sin embargo, aunque no había visto que nadie abandonara el salón, aunque no se había abierto o cerrado ninguna puerta, no había rastro de Keyes.

Bill salió a toda velocidad y repasó el pequeño estacionamiento con la mirada, pero estaba vacío.

El hombre había desaparecido.


## 2

Bill se sentó ante su ordenador, dándole vueltas al asunto.

Se quedó mirando la página de instrucciones que acababa de terminar. El programa para el que estaba redactando la documentación iba a dejar a muchas personas sin trabajo. Puede que suprimiera un departamento entero, demonios. Aquel sistema contable podían llevarlo dos personas, un supervisor y un operador de entrada de datos, en lugar del grupo de personal contable de las oficinas centrales del Almacén.

Saber que su trabajo contribuía a las «reducciones de plantilla», las «reestructuraciones» y las «externalizaciones» del país, el hecho de que se ganara la vida a costa de los demás era algo que siempre le había preocupado. Los sistemas diseñados por su empresa estaban creados para sustituir personas por programas informáticos, para reducir los costes de las nóminas y aumentar los márgenes de beneficios, para incrementar los dividendos que se pagaban a los accionistas sin ninguna consideración por los individuos que trabajaban para una empresa.

Pero, en realidad, nunca había pensado detenidamente en ello hasta entonces.

Lo que realmente le había hecho caer en la cuenta de la oblicuidad de Automated Interface era su relación con el Almacén. Lo irónico era que, aunque él estaba indirectamente contribuyendo a dejar a gente sin empleo, su trabajo era de lo más superfluo. En teoría, la documentación era necesaria. Había que proporcionar instrucciones y descripciones de los programas a los clientes que los compraban para que pudieran instalarlos en sus ordenadores y utilizarlos. Pero, en los tiempos que corrían, los programas no precisaban demasiadas explicaciones, las personas que los compraban solían ser duchos en informática, y los usuarios que tenían problemas solían llamar al servicio gratuito de atención al cliente para pedir ayuda al personal técnico.

La mayoría de la documentación que él redactaba permanecía intacta dentro de gruesas carpetas en los estantes de los clientes.

Era una situación deprimente, de la que se sentía culpable, pero no podía hacer gran cosa para cambiarla. Era su trabajo. Tenía una familia a la que ayudar a mantener (sin duda, no podrían sobrevivir solamente con el sueldo de Ginny), y no tenía otras aptitudes, desde luego, ninguna que pudiera proporcionarle un trabajo remunerado en Juniper. Como mínimo, tendrían que trasladarse a una ciudad más grande, a algún sitio donde pudiera incorporarse a una empresa importante. Era poco probable que otra compañía le permitiera trabajar a distancia desde su casa.

Además, le gustaba su trabajo.

Eso también lo hacía sentir culpable.

No estaba de ánimo para seguir trabajando en instrucciones informáticas, así que grabó lo que había redactado en el disco duro y en un disquete, y se dispuso a comprobar sus e-mails.

Tenía un mensaje de Street.

¡Qué grande eres, amigo mío! Me he enterado de lo del pleno municipal, y quiero que sepas que, en el centro de la ciudad, estamos todos muy impresionados por la forma en que nos defendiste. ¡Especialmente para ser alguien que siempre iba a comprar a Phoenix!

Gracias por presentar nuestro caso. Todo ayuda.

¿Quieres sumarte a la iniciativa legislativa popular?

¿Qué tal una partida de ajedrez esta noche?

Sonrió al leer el mensaje. Quizá no fuera un traidor después de todo.

Envió un mensaje a Street para aceptar una partida virtual y apagó el ordenador. Mientras contemplaba la pantalla negra, se preguntó qué pasaría si Street perdiera su tienda. ¿Podría encontrar un trabajo en la ciudad o tendría que trasladarse? Ya no era una simple especulación. La economía de Juniper había sufrido un cambio drástico, un cambio que sería permanente. El Almacén no iba a marcharse, y cualquier negocio que no pudiera coexistir con él estaría condenado a desaparecer.

Quizá Street lograra salir adelante, porque su tienda ofrecía una gran variedad de material electrónico de poca salida que al Almacén no le resultaría rentable. Pero muchos de los comerciantes locales vendían una pequeña selección de productos de uso mayoritario, y el Almacén no sólo los vendía más baratos, sino que ofrecía una gama más amplia. Esos negocios no lo conseguirían.

Sonó el teléfono.

Era Williamson James.

—Gracias —dijo—. Gracias por colgar mi anuncio en Internet.

—¿Qué pasó?

—Encontré un comprador para el café.

—Eso es fantástico. ¿Quién es?

—No te lo vas a creer.

—¿Quién?

—El Almacén.

Bill no dijo nada.

—¿Sigues ahí? —preguntó el propietario del café—. ¿Bill?

—Estoy aquí —contestó Bill, y procuró que su voz no reflejara ninguna emoción.

—Y además, me va a pagar muy bien. He tenido mucha suerte. Muchísima suerte.

—Sí —dijo por fin Bill, con los ojos cerrados mientras aferraba con fuerza el teléfono—. Mucha suerte.


3


Ginny salió del cuarto de baño secándose el pelo y se quedó mirando a Bill, que estaba tumbado en la cama, apoyado contra la cabecera y con un libro abierto en el regazo. Su mirada era distante, lejana, y parecía no ver las páginas que tenía delante. Ginny lanzó la toalla al cesto de la ropa y se acercó a él.

—Oye —dijo—. ¿Qué tienes?

Bill alzó los ojos hacia ella. Sacudió la cabeza y dejó el libro boca abajo en la mesita de noche.

—Nada —contestó.

—Tienes algo —insistió Ginny mientras se sentaba a su lado en la cama y tomaba un frasco de crema hidratante que había en la mesita—. Cuéntamelo.

—No es importante.

—Como quieras.

—¿Cómo te fue el día, cariño? —preguntó Bill con su mejor sonrisa de marido enamorado.

Ginny empezó a ponerse crema hidratante en la cara.

—Excepto por los alumnos y por Meg, bien —dijo.

—Me alegro.

—¿Sabes qué? —comentó tras un instante—. Es extraño. Los chicos llevan más o menos una semana que parecen otros. Desde las vacaciones de Semana Santa. Sólo estuvieron unos días sin clases, pero es como si hubiera sido un año. Ahora se visten todos como si formaran parte de una banda, con los pantalones amplios, la ropa holgada...

—Las modas cambian. Ya lo sabes —rio él entre dientes—. Parece que la influencia de la MTV se deja sentir por fin en nuestra pequeña ciudad.

—No es eso. Es... —Sacudió la cabeza—. No sé cómo explicarlo, pero algo ha cambiado. No sólo se visten diferente, también se portan de otra forma.

—Venga...

—Tú no los conoces. Yo sí.

—Perdona.

—Sus padres les compraron exactamente las mismas prendas. Esas prendas.

—Si se las compraron aquí, es natural que compraran lo mismo. No hay mucho donde elegir.

—De eso se trata. No son prendas de Juniper, Arizona. Son prendas de Nueva York. Prendas de Los Ángeles. Y no es sólo una moda. Es más bien como si llevaran... uniforme. No es como si quisieran vestir así, es como si tuvieran que hacerlo, como si sus padres, sus amigos y todo lo que los rodea les obligara a ello, se lo exigiera. La presión del grupo que de repente se impone por completo. —Suspiró y empezó de nuevo a aplicarse crema hidratante en la cara—. No me gusta.

Bill estuvo callado un momento.

—Nos equivocamos —reflexionó; el tono de su voz era serio—. No deberíamos haber permitido nunca que Sam trabajara en el Almacén.

Ella había estado pensando lo mismo, pero le resultó extraño oírselo decir a su marido, y se sintió obligada a defender a su hija.

—Es lo que quiere hacer —dijo—. Además, tiene dieciocho años. Es mayor de edad. Tiene que vivir su propia vida.

—Puede que tenga dieciocho años —repuso Bill—, pero todavía es una niña. Y mientras viva en nuestra casa, bajo nuestro techo, seguirá nuestras normas.

—¿Así que quieres que deje su empleo?

—¿Tú no? —preguntó Bill, mirándola con los ojos muy abiertos.

—Creo que yo no soy quién para tomar esa decisión.

—Tienes razón —suspiró Bill, que se recostó en la cabecera y alzó los ojos al techo—. No sé qué hacer.

Ginny dejó el frasco de crema hidratante y se acurrucó a su lado en la cama. Le puso una mano en la pierna.

—Tal vez deberíamos hablar con ella —dijo.

—No. Tiene que ganar dinero para la universidad. Además, si le prohibimos que trabaje, se molestaría con nosotros. Incluso podría hacer algo... no sé, drástico.

—¿Estás seguro de que no la confundes con Shannon? —sonrió Ginny.

—Cada vez se parece más a ella.

Ginny también lo había notado. Pensó en la forma en que Sam había tratado a aquella clienta en el Almacén, en la actitud más bien malhumorada que había adoptado últimamente en casa. Semejante conducta no era propia de su hija, y eso la preocupaba.

—Quizá lo decida por sí misma —sugirió—. A lo mejor deja el empleo por su cuenta.

—A lo mejor —dijo Bill, poco convencido—. Eso espero.

—Yo también —aseguró Ginny. Un escalofrío le recorrió la espalda al pensar en la caravana negra, y se arrimó más a Bill—. Yo también.

# Doce

## 1

Aaron Jefcoat estaba sentado en su coche patrulla, en el estacionamiento de Len's Donuts, comiéndose un buñuelo de manzana antes de empezar su ronda de medianoche por la ciudad. Había tenido más de una semana para pensar en ello, pero seguía indeciso sobre qué le parecía que su mujer trabajara. Echó un vistazo a la foto de Virginia que había puesto en un marco de plástico transparente pegado al salpicadero. Se la había hecho hacía mucho tiempo, antes de que nacieran los niños, y estaba estupenda. Pensó que todavía estaba estupenda, pero la foto era de su mejor momento y mostraba el aspecto que tenía cuando se casaron. Le recordaba, por si alguna vez se le olvidaba, cómo ella le había cambiado la vida.

Cuando se conocieron, ella trabajaba. Era camarera del Big Daddy's Diner, un restaurante de comida rápida con servicio para coches al que acudían los adolescentes antes de que lo demolieran en los años setenta y construyeran en su lugar un KFC. Pero cuando se casaron ella dejó de trabajar para dedicarse a las funciones de ama de casa, encargándose de las tareas domésticas y después de los hijos, mientras él llevaba el dinero a casa.

Había sido una división justa del trabajo, y había funcionado durante más de veinticinco años. Pero la semana anterior, sin previo aviso, Virginia había decidido que quería volver a trabajar. Quería conseguir un empleo en el Almacén.

La primera reacción de Aaron había sido negarse. Sabía que el último año había estado algo aburrida, algo inquieta desde que los chicos se habían independizado, y ya no tenía demasiado que hacer, pero estaba seguro de que se acostumbraría. Le había dicho que era un período de transición y que seguramente tardaría un poco de tiempo en adaptarse.

Pero ella le había respondido que no quería adaptarse. Quería trabajar.

A Aaron esa idea no le gustaba, pero no se lo había dicho ni le había prohibido trabajar. Diez años atrás lo habría hecho. Pero hoy en día las mujeres no actuaban como antes. Las cosas habían cambiado. Bastaba con ver lo que le había pasado a su amigo Ken. Su situación era casi idéntica a la suya. Hacía aproximadamente un año, la hija de Ken se había marchado a la universidad y su mujer sentía un enorme vacío a causa de ello. Había intentado empezar a trabajar, pero él se lo había prohibido, y a partir de entonces sólo habían tenido disgustos y quebraderos de cabeza. Finalmente, su mujer amenazó con abandonarlo, y Ken accedió a su deseo de trabajar.

Aaron no quería que ocurriera lo mismo con Virginia, así que no puso impedimentos cuando le explicó sus intenciones de buscarse un trabajo.

Y seguía sin estar seguro de cómo se sentía al respecto.

Se terminó el buñuelo, se limpió los dedos con la servilleta que tenía en el regazo y arrancó el coche.

Era el momento de hacer la ronda.

Al principio, cuando le habían asignado el turno de noche, conocido como «turno mortal» en el departamento, lo detestaba. Había llevado fatal el cambio de horario y se pasaba todo el día tumbado en la cama, despierto, cuando debería estar durmiendo, y daba cabezadas la mitad de la noche en el coche patrulla cuando tenía que estar de servicio. Aunque no importaba demasiado si dormía. Juniper se encerraba en casa a las seis y, a todos los efectos, la ciudad estaba muerta tras el anochecer. Len's Donuts estaba abierto toda la noche, aunque habitualmente él era su único cliente, y muy rara vez veía algún vehículo que no fuera el suyo después de que el cine cerrara a las diez.

Suponía que el turno de noche le había acabado gustando por eso. Estaba mejor pagado que el turno de día, y había mucho menos trabajo que hacer. De este modo incluso podía pasar más tiempo que antes con su familia, y si alguna vez echaba una cabezadita durante la madrugada, bueno, no pasaba nada.

Conducía despacio, con calma, por las calles de Juniper. Como de costumbre, no vio a nadie, ningún coche, ningún movimiento. Todo el mundo dormía en sus casas, y sonrió al pasar ante su casa y pensar en Virginia, acostada, roncando ligeramente de esa forma tan graciosa que a él tanto le gustaba. Recorrió la calle con la mirada. En algún que otro porche habían dejado la luz encendida para ahuyentar a posibles merodeadores, y a través de las cortinas podía verse la luz azul parpadeante de los televisores encendidos.

Mientras patrullaba por las calles, sentía que protegía la ciudad, como si fuera un padre orgulloso y todas las personas fueran sus hijos. Era una sensación reconfortante y, en esas ocasiones, le alegraba haberse opuesto a los deseos de sus padres para convertirse en agente de policía.

Recorrió el límite oriental de la ciudad y se dirigió al norte por Creekside Acres para tomar la carretera. Una vez allí, al girar a la izquierda, vio la sombra negra del Almacén.

Pensó que era una lástima que hubieran construido allí el edificio. En su opinión, habría sido más lógico construirlo en el solar vacío que estaba junto a la tienda de neumáticos Tire Barn, y tal vez derribar algunas de esas caravanas tan horrorosas que estaban instaladas en él. Pero, en cambio, lo habían construido en el prado donde solía llevar a sus citas antes de conocer a Virginia. Incluso habían demolido la colina donde le gustaba extender la manta para el picnic.

La siguiente generación no sabría que el prado había existido.

Era una lástima.

Y ahora Virginia quería trabajar allí.

Entró en el estacionamiento del Almacén con la intención de dar una vuelta rápida antes de seguir hacia Main Street.

De pronto, vio algo que lo hizo reducir la velocidad casi hasta detener el coche. Las luces del estacionamiento estaban apagadas, aunque había luna llena y podía ver con claridad unos bultos inmóviles en el asfalto: animales muertos. Había oído hablar de ello antes, pero no lo había creído. Forest Everson, quien se había encargado del caso de ese forastero fallecido, le había contado que aparecieron muchos bichos muertos en el solar durante la construcción del Almacén, pero Aaron seguía sin dar demasiado crédito a aquellas historias. Imaginaba que eran historias absurdas, como las que decían que se producían más crímenes cuando había luna llena. Él sabía que no era cierto.

Pero esa noche había luna llena.

Y había animales muertos en el estacionamiento.

Avanzó con el coche patrulla y observó los cadáveres por la ventanilla. Había una zarigüeya, un perro, lo que parecía una cría de pecarí, dos cuervos y un lince. Era un grupo increíblemente diverso de animales, y todos ellos parecían ilesos e intactos. Era como si se hubieran arrastrado hasta el estacionamiento para morir.

Forest también le había contado eso, aunque él no le había hecho el menor caso en aquel momento. Sin embargo, mientras contemplaba los cuerpos inertes de los animales, sintió un hormigueo extraño en los pelos de la nuca.

Miedo.

Era miedo. No era una emoción en toda la extensión de la palabra, como las que provocaba una situación que pusiera en peligro la vida, sino la ligera inquietud que sentía un niño cuando oía ruidos extraños en la oscuridad. Pero aun así era miedo, y Aaron se sorprendió y se avergonzó de sí mismo.

Siguió adelante, hacia la inmensa masa negra del edificio del Almacén sin dejar de descubrir animales con la mirada. Otro perro. Una ardilla. Un gato atigrado.

Un gato atigrado.

Detuvo el coche.

*¿Annabelle?*

Abrió la puerta del vehículo y bajó para examinar el animal. Sí que era *Annabelle*. Pero ¿cómo diablos habría llegado hasta allí? Su casa estaba a unos cinco kilómetros por lo menos. ¿Habría recorrido esa distancia o la habría capturado alguien para matarla y después dejar allí su cuerpo? Ninguna de aquellas explicaciones tenía sentido, y, con un nudo en el estómago, se agachó para tocar el cuerpo de la gata.

Estaba frío.

Virginia se afligiría mucho. Y también los chicos, maldición. *Annabelle* había formado parte de la familia los últimos siete años. Era casi como una hermana menor para ellos.

Él tampoco se sentía demasiado bien, y miró la cara de la gata, emocionado. Parecía tranquila y tenía los ojos y la boca cerrados. Le rodeó una pata delantera con los dedos.

Y las luces del Almacén se encendieron de repente.

Aaron dio un brinco y casi se cayó de espaldas. Enseguida se incorporó y desenfundó el revólver. El Almacén no tenía ventanas, sólo las puertas correderas de cristal en la entrada, pero en la penumbra de la noche, las luces eran penetrantes. Desde la entrada del edificio iluminaban una franja de asfalto del estacionamiento hasta la carretera, desprendiendo largas sombras de los restos de los animales y haciendo que la luz brillante de la luna pareciera tenue ante su potencia.

Aaron enfundó de nuevo el arma, avergonzado de su reacción inicial de pánico, y regresó deprisa al coche patrulla, subió y cerró la puerta de golpe. Puso el vehículo en marcha y recorrió el estacionamiento hacia la entrada del edificio. El corazón le latía con fuerza, y tenía los nervios a flor de piel debido al subidón de adrenalina. Era probable que no ocurriera nada fuera de lo común, y se trataría de algún equipo de limpieza nocturno u otros empleados que estarían realizando su trabajo. Pero a esas horas, en mitad de la noche, después de ver los animales, después de ver a *Annabelle*, el encendido repentino de las luces era sorprendente.

No, no era sorprendente.

Era espeluznante.

Sí. Por embarazoso que fuera admitirlo, se sentía un poco asustado. Incluso allí, en el coche patrulla, con su emisora de radio, la escopeta y el revólver. Por ningún motivo racional en particular, ni siquiera por un motivo irracional que pudiera identificar. Era, simplemente, una reacción instintiva sobre la que no tenía el menor control.

Sin embargo, se obligó a hacer caso omiso de su inquietud y detuvo el coche patrulla delante de la entrada del Almacén. Tomó la linterna de debajo del salpicadero y bajó del vehículo sin apagar el motor. En realidad, no necesitaba la linterna. Parecía que hasta el último centímetro del Almacén estaba totalmente iluminado. Pero el estacionamiento seguía a oscuras, y después de medianoche, ya no había demasiada luz. Además, la linterna podía hacer también las veces de porra, y estaba más que preparado para utilizarla de ese modo si era necesario.

Se acercó a las puertas de cristal y miró dentro. Al principio no vio nada, sólo pasillos de productos y un grupo de cajas registradoras vacías. Captó un movimiento con el rabillo del ojo, y centró su atención en el fondo de un pasillo.

Vio unas figuras vestidas de negro.

Aaron sujetó con más fuerza la linterna. Las figuras avanzaban en abanico desde el fondo y recorrían los pasillos, caminando entre los estantes. Pensó que no podían ser empleados. Era imposible que aquellos individuos vestidos de forma tan extraña estuvieran allí para hacer alguna clase de trabajo legítimo. Llevaban capuchas y gorras, y parecían una variación del concepto cinematográfico de un ladrón de guante blanco. Lo que significaba que seguramente habrían ido a saquear o a destrozar la tienda, a cometer algún tipo de delito. Lo que significaba que tendría que enfrentarse con ellos e impedir que se cometiera el delito.

Pero eran muchos, los suficientes para que llamara y pidiera refuerzos. El problema era que, aparte de él, sólo Dirkson estaba de servicio esa noche, y Dirkson tardaría por lo menos diez o quince minutos en despertar a los demás agentes y enviarlos al Almacén.

Diez o quince minutos era mucho tiempo.

De noche.

A oscuras.

Entonces vio el logo del Almacén estampado en la parte posterior de una reluciente prenda negra. ¿Era una chaqueta o una camisa? Era difícil saberlo, pero una de las figuras se había vuelto y había visto claramente las palabras negras sobre fondo negro bajo la luz fluorescente.

De modo que eran empleados.

Aaron respiró aliviado, y se percató entonces de que había estado conteniendo el aliento. Observó a través de las puertas cerradas de cristal cómo las figuras se separaban y se dirigían hacia los distintos departamentos del Almacén.

Figuras.

¿Por qué seguía pensando en ellos como «figuras» en lugar de considerarlos «personas»?

Porque no parecían seres humanos.

Así era. Aquellas figuras tenían algo extraño: su complexión, su aspecto, sus movimientos, algo que a su entender no era natural.

Se apartó de la entrada e intentó confundirse en la oscuridad para evitar que lo vieran. Desde ese punto de observación privilegiado, contempló cómo se movían por la tienda. Bajo las capuchas y las gorras negras, sus rostros eran blancos, y su piel color alabastro tenía algo anormal, una cualidad indefinible que la piel corriente (la piel humana) no poseía.

Pero no era posible. Aquello no tenía sentido. Los animales muertos lo habían afectado, y había estado asustado desde entonces. Allí no ocurría nada inusual, nada fuera de lo corriente. Eran sólo personas, trabajadores del turno de noche, como él mismo, personas que intentaban hacer su trabajo.

El «turno mortal».

Volvía a tener ideas absurdas.

¿O no lo eran? ¿Qué trabajo estaban haciendo aquellas personas? Deambulaban por la tienda, pero no parecían hacer nada. Desde luego, no estaban fregando el suelo ni cambiando fluorescentes. No estaban haciendo inventario. Estaban sólo... recorriendo el edificio. Eso no era ningún trabajo.

Una figura se situó ante la puerta.

Aaron dio un brinco, retrocediendo un poco más hacia las sombras. La figura permaneció dentro detrás del cristal, mirando hacia fuera. Movió la cabeza de izquierda a derecha, como si examinara el estacionamiento. Desde ese ángulo, sus movimientos parecían más extraños, menos naturales aún, y la piel de su rostro se veía más blanca de lo que podía ser cualquier piel.

Aaron notó que el corazón se le desbocaba y que tenía la boca completamente seca.

La figura volvió de golpe la cabeza y sus ojos se encontraron.

De repente, la noche le pareció mucho más oscura.

La figura se lo quedó mirando y sonrió de un modo extraño, antes de hacerle señas para que se acercara.

Aaron dio media vuelta y corrió hacia el coche patrulla. Subió, cerró la puerta de golpe, puso primera y arrancó el vehículo. No se estaba cometiendo ningún delito, por lo que no había razón alguna para que se quedara. Técnicamente, estaba cometiendo un allanamiento de morada. No había ningún motivo, ninguna sospecha, nada que pudiera sostenerse ante un tribunal si intentaba explicar por qué estaba rondando el edificio del Almacén en mitad de la noche.

Contempló por el retrovisor la forma negra del edificio mientras giraba bruscamente hacia la carretera. Podía ver un rectángulo de luz donde estaba la entrada.

Y una silueta negra en mitad del rectángulo.

Estaba decidido: con o sin peleas, con o sin problemas, Virginia no trabajaría. No en el Almacén. Se divorciaría antes de permitirle solicitar un empleo en ese sitio.

Aceleró y bajó a toda velocidad la carretera hacia Main Street, sin mirar por el retrovisor hasta que los árboles le taparon el edificio del Almacén.

No estuvo tranquilo hasta que aparcó delante de Len's Donuts y contempló la tienda bien iluminada y a su jovial propietario por el parabrisas.

La polaridad se había invertido.

Al principio, Bill no había estado seguro de si el cambio en su racha de victorias significaba que el resultado de las partidas de ajedrez volvería a la aleatoriedad normal o si, por el contrario, implicaba que Street y él intercambiarían la pauta de victorias y derrotas.

Era evidente que había sido esto último.

Había empezado a detestar el juego, pero, como antes, se sentía obligado a jugar, impulsado a seguir hasta el final.

El día anterior, habían jugado una partida virtual. Y Street había ganado.

Hoy, él estaba ganando la partida con el tablero.

Mejor dicho, había ganado la partida de ese día con el tablero.

—Jaque —dijo mientras movía el alfil—. Mate.

Street examinó la posición de las piezas en el tablero y las derribó al suelo de un manotazo.

—¡Mierda! —exclamó.

—Dos de dos —anunció Ben.

—Necesito una cerveza —asintió Street—. ¿Alguien más quiere una?

Tanto Bill como Ben levantaron la mano.

—Budweiser para todos —corroboró Street, antes de meterse en la cocina y volver a salir un momento después con tres latas. Lanzó una a cada uno de ellos y abrió la suya para tomar un buen trago. Luego, volvió a sentarse y empezó a recoger las piezas de ajedrez del suelo.

Bill se agachó para ayudarlo.

—Puedo hacerlo yo —dijo Street.

—No me importa.

—Si de veras quieres ayudar... —A Street se le fue apagando la voz. Se enderezó, dejó caer las piezas en la caja y bebió de nuevo—. Joder.

—¿Qué pasa? —preguntó Bill con el ceño fruncido.

—Ya sabes que no me gusta abusar de la amistad —dijo Street

después de suspirar—. Nunca he intentado hacer que os sintiérais obligados a comprarme nada, nunca he intentado obligaros ni engatusaros para que lo hicierais. Pero ahora os lo pido: ¿podríais comprarme algo?

—Te va realmente mal, ¿verdad? —dijo Ben con voz tranquila.

—El Almacén me está matando —asintió Street. Miró primero a Ben y después a Bill—. No estoy pidiendo caridad, pero mirad en vuestra casa o en vuestra oficina para ver si necesitáis algo de mi tienda. Me iría bien para el negocio.

—¿Estás...? —Bill carraspeó—. ¿Crees que podrás aguantar?

Street se encogió de hombros y se terminó la cerveza antes de contestar.

—Espero que sí, pero vete a saber. Por lo menos, ya no tengo que pagar pensión alimenticia. Y, por lo menos, la casa está totalmente pagada. Supongo que si pasa lo peor, siempre puedo declararme en quiebra. —Rio entre dientes—. Y, cuando mi tienda esté ya cerrada y no pueda permitirme comprar comida, puedo cazar ardillas y cocinarlas en la chimenea.

Bill se quedó serio.

—No estará tan mal la cosa, ¿no?

—Aún no.

Todos se quedaron callados. Street regresó a la cocina para coger otra lata de Budweiser.

—¿Qué me dicen, caballeros? —soltó a su regreso—. ¿Algún plan para esta noche?

Ben consultó su reloj.

—La Comisión de Urbanismo —dijo—. De hecho, la sesión empieza en quince minutos. —Se tragó el resto de la cerveza—. Será mejor que vaya tirando.

—¿Y tú, Bill?

—Lo mismo.

—Pero ¿qué dices? Sé por qué va Ben a estos actos. Es su trabajo. Tiene que hacerlo. Pero... ¿tú?

—Me gusta saber qué ocurre en mi ciudad.

—¿Desde cuándo? —gruñó Street.

—Desde que me enteré de lo poco fiable que es el periodicucho que publica nuestro amigo, aquí presente.

—¡Oye! —exclamó Ben—. ¡No me ofendas!

Street soltó una ruidosa carcajada.

—¿Por qué no vienes con nosotros? —agregó Bill.

—Paso. —Street tomó el mando a distancia y encendió el televisor—. Estoy seguro de que será fascinante, pero hoy ponen por cable una película estupenda sobre una cárcel de mujeres. El erotismo gana siempre a la responsabilidad ciudadana.

—Hablarán sobre el Almacén —indicó Ben.

—Sí. Eso es justamente de lo que quiero pasarme la noche oyendo hablar.

—Me han dicho que pedirán que se apruebe una recalificación y una construcción. Quieren vender comestibles.

—Conseguirán la aprobación —se limitó a decir Street—. Tienen a la puta Comisión de Urbanismo en el bolsillo. Igual que al ayuntamiento, joder.

—Tal vez deberías pronunciarte en contra —sugirió Bill—. Podría ayudar.

—No sé hablar en público —repuso Street a la vez que rechazaba la idea con un ademán—. Además, por si no te has dado cuenta, ahora mismo estoy demasiado alegre. A los comerciantes locales sólo les faltaría que un vendedor de material y equipo electrónico con un pie en la bancarrota que hablara por ellos. —Presionó el volumen del mando a distancia—. Voy a ver el cable mientras todavía pueda pagarlo.

Ben se levantó y le dio unas palmaditas en la espalda.

—Tómatelo con calma, entonces —le dijo—. Ya te contaré cómo va. Y mañana me pasaré por tu tienda. El periódico necesita protectores de sobretensión. Los que tenemos se están haciendo viejos.

Bill también se levantó y dejó la lata a medio terminar sobre la mesa.

—Todavía tengo el tocadiscos estropeado —anunció—. Te lo llevaré para ver si puede arreglarse.

—Gracias, chicos —asintió Street, agradecido.

—Oye, somos amigos —dijo Ben.

—También he dejado la mitad de la cerveza —sonrió Bill—. Es toda tuya si no te importa que haya babas. Me gusta sorberla y volver a escupirla dentro.

—No hay problema. —Street alargó la mano por encima de la mesa para tomar la lata y se tomó el contenido de un solo trago.

—Eres asqueroso —soltó Bill con una mueca.

—Gracias.


Fuera, la noche era cálida. Había luna, aunque todavía estaba baja, situada en algún punto por debajo del nivel de los pinos ponderosa, y su luz se difuminaba por el cielo meridional. Ben había ido andando, pero Bill había llevado el *jeep*, y ninguno de los dos habló mientras se acercaban al vehículo por la grava ruidosa del camino de entrada.

—Deberíamos intentar ayudarlo —sugirió Ben cuando estuvieron en el interior del vehículo.

—Sí —convino Bill.

Hicieron el resto del trayecto en silencio.

Como estaba previsto, el Almacén fue el principal tema de conversación durante la sesión. Aparte de ellos, sólo había dos personas más como público, y aunque la Comisión de Urbanismo se había reunido en el salón de plenos, podría haberlo hecho tranquilamente en una pequeña sala de reuniones.

Fred Carpenter, el presidente de la comisión, leyó en voz alta el texto de la propuesta para permitir que el Almacén construyera un anexo al edificio actual a fin de abrir un departamento de alimentación.

El Almacén estaba calificado de modo que sólo podía vender productos no comestibles, y habría que recalificarlo para poder efectuar el cambio propuesto.

El presidente terminó de leer la propuesta.

—Someteremos ahora la cuestión a debate —anunció.

Leander Jacobs levantó la mano.

—El presidente da la palabra al señor Jacobs.

—No creo que debamos conceder la recalificación solicitada —dijo Jacobs—. Es evidente que el Almacén tuvo la intención de vender comestibles desde un principio. Decisiones como ésta no se toman sin pensar. Se toman con mucha antelación, en las oficinas centrales. La comisión y el pleno deberían haber conocido desde el comienzo esta intención. Creo que nos engañaron adrede, y no creo que a estas alturas debamos recalificar los terrenos.

—Todo eso está muy bien —repuso el presidente—. Pero, como sabe, nos han dado un ultimátum. El Almacén ha amenazado con irse de la ciudad si no lo recalificamos.

A Bill se le aceleró el corazón.

—Pues que se vaya —sentenció Jacobs.

El presidente lo miró.

—¿Habla en serio? —preguntó sorprendido.

—No se irán. Han invertido demasiado. Dejemos que cumplan su amenaza si quieren —concluyó Jacobs.

«Eso —pensó Bill—. Que se les vea el plumero.» Miró a Ben, y sus ojos se encontraron. Había adoptado su actitud de periodista objetivo, pero Bill estaba razonablemente animado. Por primera vez, los poderes fácticos se oponían al Almacén, y vio una oportunidad en ello. Quizá no pudieran hacerlo retroceder, pero tal vez podrían detener su avance.

Graham Graves alzó la mano.

—El presidente da la palabra al señor Graves.

—Secundo la propuesta de recalificación. Permitir una ampliación al Almacén es lo mejor para Juniper. Este nuevo departamento de alimentación supondrá quince nuevos puestos de trabajo. Cinco de ellos a jornada completa.

—Y eliminará treinta —resopló Jacobs—. Venga, Graham. Sabes tan bien como yo que llevará a la quiebra a Jed. Buy-and-Save no puede aguantar esa clase de competencia.

—Pues tendrá que rebajar sus precios. Si sus comestibles son más baratos, la gente irá a comprar a su tienda.

—En primer lugar, deberías abstenerte de votar —añadió Jacobs—. Se la tienes jurada a Jed desde que rompió con Yolanda.

—Eso es mentira y tú lo sabes.

—¡Señores! ¡Señores! —El presidente dio unos golpecitos con el martillo—. No estamos aquí para discutir precios, estrategias de mercado o asuntos personales. Estamos aquí para abordar la cuestión de si debería permitirse o no al Almacén vender comestibles.

Bud Harrison, el miembro más discreto de la Comisión de Urbanismo, tomó la palabra.

—¿Podemos ver los planos del anexo?

—Iba a sugerir eso mismo —dijo el presidente, que se levantó y bajó del estrado para acercarse a un proyector situado sobre una base móvil junto a la pared. Lo hizo girar e indicó a Graves con un gesto que apagara la luz. En la pared opuesta se proyectó un plano del Almacén y sus terrenos.

Carpenter echó un vistazo alrededor del salón, como si buscara a alguien, y en ese momento se abrió la puerta. Un joven vestido con un traje caro de tres piezas recorrió a zancadas el pasillo central, saludó con la cabeza al presidente, a quien dirigió una sonrisa, y se sacó un lápiz del bolsillo. Carpenter regresó a su asiento, y el hombre, que se identificó como el «señor McBride, representante del Almacén», dedicó la siguiente media hora a repasar los planos y a explicar los planes de ampliación de su empresa.

—Gracias, señor McBride —dijo Carpenter cuando el representante del Almacén hubo terminado de responder las preguntas de la comisión.

El señor McBride asintió, hizo una reverencia y salió inmediatamente del salón.

—¿No va a quedarse para ver cómo acaba la cosa? —susurró Bill.

—Es extraño —admitió Ben.

Carpenter miró a sus compañeros de comisión.

—Hemos oído toda la información que necesitamos —dijo—; sugiero que lo sometamos a votación.

Bill se puso en pie.

—¿No van a someter el asunto a debate público? —preguntó.

—No creí que los asistentes fueran a comentar nada —se excusó el presidente con los ojos puestos en él.

—Pues se equivocó.

Carpenter tensó la mandíbula. Iba a replicarle, pero, al parecer, se lo pensó mejor y asintió.

—Muy bien, señor Davis. Tiene tres minutos.

Bill bajó la vista hacia Ben, que le dirigió una mirada de ánimo.

—Según estos planos, parece que van a construir el anexo detrás del edificio existente —comentó.

—Exacto.

—Creía que el Almacén colindaba con las tierras del bosque nacional.

—Así es —corroboró Carpenter—. Pero, como parte del programa federal de canje de tierras, hemos cedido a la Oficina de Administración de Tierras quince hectáreas que poseíamos junto a Castle Creek a cambio de veinticinco hectáreas adyacentes a los terrenos del Almacén.

—¿Y ahora las venderán al Almacén?

—No. A cambio de la generosa oferta del Almacén de efectuar el mantenimiento del parque así como financiar y organizar los programas de ocio juvenil, el ayuntamiento planea donar las tierras a la empresa.

—¡Esto es un escándalo! —Bill echó un vistazo a la sala en busca de apoyo. Ben estaba escribiendo frenéticamente en su libreta y las otras dos personas que había de público lo miraban sin comprender nada. Se volvió de nuevo hacia los comisionados—. ¿Me está diciendo que Juniper está ayudando deliberadamente al Almacén a costa de Jed McGill y que, encima, le dice a Jed que debería rebajar sus precios si no quiere ir a la quiebra?

—En absoluto —replicó Carpenter.

—Pero están regalando tierras al Almacén, van a recalificar sus terrenos y, como dijo Leander, el hecho de que el Almacén guardara sus planes en secreto y no les contara sus intenciones desde el principio no va a tener consecuencias... Jed ha llevado honestamente su tienda desde... desde que yo vivo en la ciudad, que es más tiempo que la mayoría de ustedes, y ahora van a jugársela.

—¿Desea dar algún argumento válido, señor Davis? —sonrió Carpenter con indulgencia—. ¿Qué objeciones legales concretas hace al plan de recalificación?

—No creo que deban concederse privilegios especiales al Almacén.

—El Almacén está amenazando con irse de Juniper...

—Como dijo Leander, que se vaya.

—... y es el principal empleador de la ciudad. Está reaccionando por prejuicios personales, señor Davis. Tenemos que examinar la normativa sobre edificación y las ordenanzas sobre recalificación, y decidir qué es lo mejor para toda la ciudad, no sólo para unas cuantas personas concretas. —Señaló a Bill con la cabeza—. Se le acabó el tiempo, señor Davis. Gracias por su aportación —dijo, y tras echar un vistazo a sus compañeros de comisión, concluyó—: Caballeros, sugiero que lo sometamos a votación.

La Comisión de Urbanismo accedió a recalificar los terrenos del Almacén para que pudiera vender comestibles por cuatro votos a uno.

—¡Qué sorpresa! —soltó Ben cuando salían.

—Veo posibilidades para un artículo —le dijo Bill.

—Y lo escribiré. Pero ya sabes lo bien que sientan mis artículos. Me amenazan con darme una patada en el culo y cancelar su suscripción. —Esbozó una sonrisa burlona—. Por suerte, tenemos un monopolio.

—Que lo escriba Laura.

—¿Cae mejor ella que yo?

—Pues sí, ¿no?

—Sí, pero no soporto que me lo digan.

—¿Alguna novedad sobre Newtin?

—¿Qué pasa con él?

—¿Ya no te pide que le lamas el culo al Almacén?

—Creo que sigue siendo nuestra política oficial, pero últimamente no la he seguido demasiado. Y creo que mientras sigan cobrando de los anuncios, en realidad no le importa un comino lo que contengan los artículos.

Bill llevó a su amigo a casa en el *jeep*.

—¿No te cabrea todo esto? —preguntó al director del periódico cuando bajaron del vehículo.

—No sólo me cabrea, sino que también me asusta —respondió Ben. Empezó a subir el camino hacia su caravana—. ¡Adiós! —gritó mientras lo saludaba con la mano.

—Adiós.

Bill subió a su coche y se marchó.

«Me asusta.»

También lo asustaba a él, y puso la radio del *jeep* para oír algo y no tener que hacer el trayecto de vuelta a casa en silencio.


En su sueño, el Almacén ampliaba el estacionamiento de modo que cubría toda la ciudad. El bosque había desaparecido, las montañas y las colinas estaban peladas, y no había asfalto suficiente para pavimentar el terreno limpiado, de modo que una asfaltadora, una máquina que parecía una trilladora gigante, avanzaba despacio por la orilla del estacionamiento mientras una fila de empleados del Almacén uniformados se iban pasando cadáveres de personas de la ciudad para lanzarlos a una tolva de la máquina, que expulsaba una mezcla de huesos triturados y alquitrán por una serie de bocas situadas en la parte posterior. Él estaba de pie, en la carretera, y observaba la escena horrorizado cuando veía que se pasaban a Ginny, seguida de las niñas. Sam todavía llevaba puesto el uniforme del Almacén, pero eso no la había eximido de su destino, e iba pasando de un empleado a otro, hacia la tolva de la asfaltadora.

Bill empezaba a cruzar corriendo el estacionamiento, hacia la máquina, pero los pies se le quedaban atascados en el pavimento pegajoso.

Echaban a Ginny en la tolva.

Echaban a Shannon.

Y a Sam.

De las bocas posteriores salía asfalto negro hecho de huesos.

—¡No! —gritaba.

Y la máquina seguía funcionando.

# 3

El timbre de la puerta despertó a Jed McGill.

Se incorporó y salió tropezando de la cama, consciente de que el timbre llevaba un rato sonando, aunque no sabía cuánto. Había incorporado el sonido a su sueño, y la realidad le retumbaba como un eco mientras alargaba la mano hacia el batín, todavía medio atontado.

Miró el reloj digital que tenía cerca de la entrada.

Las dos de la mañana.

¿Quién podría ser a esas horas?

Ring ring.

Bostezando, con los ojos aún medio cerrados, palpó el marco de la puerta y utilizó la pared para guiarse por el pasillo hacia el salón.

Ring ring.

Se frotó los ojos hasta que logró abrirlos. Había algo en la insistencia pausada de la visita, en los intervalos regulares del timbre que lo alertó todavía más. Incluso medio dormido se percató de que quienquiera que estuviera fuera llevaba un buen rato allí, esperando más de lo normal, pulsando pacientemente el timbre cada treinta segundos.

Ring ring.

Se acercó con cautela a la puerta. Estaba nervioso. Y eso que Juniper no era exactamente Nueva York, donde había psicópatas, criminales y bandas merodeando a cualquier hora de la noche. Y él no era ningún alfeñique. Medía metro noventa, pesaba noventa kilos y hacía pesas. Estaba en buena forma.

Aun así, cuando tocó el pomo de la puerta con la mano, estaba inquieto, casi asustado. Era probable que se tratara simplemente de alguien a quien se le había averiado el coche y quería usar su teléfono para llamar a una grúa. Se apoyó en la puerta para echar un vistazo por la mirilla y vio a un hombre con un traje de tres piezas.

Eso debería haberlo tranquilizado. No era un matón, ni un chiflado, sino un hombre de negocios. Pero, por alguna razón, verlo lo inquietó aún más. ¿Por qué estaría un hombre de negocios llamando a su puerta a esas horas de la noche? No tenía sentido. No parecía lo bastante agobiado ni lo bastante molesto como para que se le hubiera averiado el coche, de modo que esa teoría se iba al traste. Pero si había ido a su casa para hablar de negocios, podría haber esperado hasta la mañana. Y debería haber llamado antes por teléfono.

Había algo extraño en todo aquello.

El hombre siguió pulsando el timbre tranquilamente.

Ring ring.

Jed descorrió el cerrojo, hizo girar la llave y abrió la puerta. El hombre del umbral le sonrió, pero a Jed no le gustó su sonrisa.

—Buenas noches, señor McGill.

Jed lo miró en silencio.

Sin esperar respuesta, el hombre entró en el salón.

—Bonita casa —comentó.

Quería decirle que se fuera, que saliera de su casa. Pero sólo pudo volverse y contemplar cómo el hombre rodeaba el sofá y la mesa de centro para sentarse en el sillón de cara al televisor. El hombre, que no había dejado de sonreír ni un segundo, hizo un gesto a Jed para que se acomodara en el sofá, y Jed supo entonces lo que no le gustaba de aquella sonrisa. Era falsa, sí, pero no era eso lo que lo ponía tan nervioso. Era la amenaza que dejaba entrever, la agresividad que se ocultaba tras ella.

Se dijo que no debería haber abierto la puerta. Ahora, lo que tuviera que pasar, pasaría. Ya era demasiado tarde para impedirlo.

¿Lo que tuviera que pasar?

Miró al hombre trajeado que le sonreía desde el sillón.

Sí.

Desearía haber llevado la escopeta con él, pero se la había dejado en el dormitorio, apoyada en el rincón, junto al tocador. Y tenía los rifles guardados en el armero.

—Siéntese —pidió el hombre.

Jed avanzó despacio y se detuvo detrás del sofá.

—¿Qué quiere? —preguntó.

—Sólo quiero hablar, Jed. ¿Le va bien?

—Pues a las dos de la mañana, no mucho.

—Fui a su tienda hoy. Buy-and-Save. Bonito nombre. Bonita tienda.

—No sé quién es ni qué pretende —dijo Jed, tenso de repente—, pero no voy a permitir que irrumpa en mi casa en mitad de la noche y se burle de mi tienda.

—Cálmese, Jed. Cálmese. —La sonrisa del hombre se volvió más amplia—. No estoy criticando su tienda. Me gustó. Era un buen establecimiento. —Se detuvo un momento—. Mientras duró.

—¿Qué...?

—El Almacén venderá comestibles —explicó el hombre—. Esta noche Buy-and-Save cerrará sus puertas.

Jed rodeó el sofá para acercarse al hombre.

—Escúcheme —soltó, enojado—. No sé qué se cree que está haciendo, pero no puede amenazarme ni asustarme. Salga de mi casa de inmediato o no me hago responsable de lo que suceda.

El hombre se puso en pie, aún sonriente.

—Jed, Jed, Jed...

—¡Márchese de mi casa!

—Temía que se lo tomara así.

Oyó un ruido detrás de él, y al volverse vio cómo varios hombres cruzaban la puerta abierta. Eran altos y pálidos, y llevaban prendas de reluciente cuero negro y botas militares. Sus rostros eran impenetrables, desprovistos de expresión, y tenían algo de inhumano. Lo primero que pensó Jed era que se trataba de vampiros, aunque no parecían serlo exactamente.

Pero se acercaban bastante. Sin duda, se acercaban bastante.

Los hombres siguieron ocupando su casa.

Había seis.

Ocho.

Doce.

Cruzó corriendo la habitación hacia el armero, pero los pálidos intrusos vestidos de negro se le adelantaron y se colocaron delante de él. Se volvió, pero estaban detrás de él y a los lados.

Estaba rodeado.

—El Almacén venderá comestibles —repitió el primer hombre—. Esta noche Buy-and-Save cerrará sus puertas.

—¡Y una mierda va a cerrarlas! —le gritó Jed.

El hombre se abrió paso hacia él. Su sonrisa era ahora de auténtica satisfacción, y la hostilidad era evidente en su semblante.

—¡Y una mierda no va a cerrarlas! —exclamó.

Luego retrocedió y los hombres vestidos de negro se acercaron a Jed.

Ni siquiera pudo chillar.


4


Ginny se despertó tarde.

Tras incorporarse y desperezarse, vio que Bill no estaba en la cama. Oyó un ruido fuera y fue hasta la ventana del dormitorio para echar un vistazo a través de las cortinas. La noche anterior, antes de acostarse, habían hablado de ordenar el garaje, de donar algunos muebles viejos y baratijas al mercadillo baptista y de desprenderse de la basura inútil que habían ido acumulando con los años para poder entrar en el garaje. Ya habían hablado de ello un millón de veces y nunca habían llegado a cumplirlo, así que tampoco esperaba que fueran a hacerlo entonces. Pero Bill ya estaba despierto, y cuando se asomó a la ventana vio que había varias cajas en el camino de entrada y que Bill sacaba otra del garaje. Dio unos golpecitos en el cristal, y él se señaló un reloj imaginario en la muñeca para indicarle que se hacía tarde y que debería salir a ayudarlo.

Ginny se puso unos pantalones cortos y una camiseta y fue a la cocina a servirse una taza de café. Sam ya se había ido a trabajar, y Shannon estaba tumbada en el suelo del salón mirando la tele con un vaso de zumo de naranja vacío a su lado.

—¿Por qué no estás ayudando a tu padre? —preguntó Ginny.

—¿Y tú? —respondió su hija sin alzar siquiera los ojos para mirarla.

—Mira, lista, si encuentro algo tuyo en el garaje, lo donaré.

Shannon se incorporó.

—¡Ni se te ocurra! —exclamó. Cuando vio que su madre sonreía, añadió—: ¡Papá!

Ginny salió de la casa riendo. Bill se estaba secando el sudor de la frente con el dorso de la mano.

—Ya era hora —dijo.

—Dormía lo que necesito para estar guapa —se excusó.

—No funcionó —repuso su marido con una sonrisa burlona, y levantó las manos para protegerse al ver que su mujer se le acercaba por la grava—. Me lo has puesto en bandeja.

—¿Estás loco o qué? —dijo ella, dándole un puñetazo amistoso en el brazo.

Bill se irguió, orgulloso.

—Sí. Estoy loco por... la informática.

Ginny echó un vistazo a las cajas.

—¿Qué tiramos? ¿Qué guardamos? ¿Has encontrado algo de lo que estés dispuesto a desprenderte?

—Bastante, en realidad. —Señaló una caja junto a un abeto—. Ahí hay algunas de tus cosas. No sabía qué querías y qué no, así que pensé que querrías revisarlas.

Ginny se dirigió a la caja para mirar su contenido. Había una vieja placa de la asociación de madres y padres de alumnos que le habían dado cuando Sam estaba en primaria, un joyero que la madre de Bill le había regalado y que nunca le había gustado, un mantel a cuadros rojos y blancos doblado. Se agachó y empezó a revisar los objetos de modo que los movía hacia un lado o los cambiaba de sitio, pero sin sacar nada. Entre un libro de recetas de Betty Crocker y un calendario del Club Sierra de 1982, encontró una fotografía, una vieja instantánea Polaroid, y la cogió.

—¿Cómo llegó esto aquí?

En la foto se la veía a ella de adolescente, en algún momento de los años setenta, vestida según la absurda moda de la época. Estaba en algún concierto o en alguna concentración, y su mejor amiga, Stacy Morales, estaba a su lado posando delante de un puñado de chicas...

La concentración por la igualdad de derechos de las mujeres.

Lo recordó todo de golpe. Fue en la primavera de 1976: Su último año de secundaria. Stacy, ella y otras chicas de Cortez habían ido en la furgoneta de la madre de Stacy a la Universidad Estatal de Arizona, donde el centro de mujeres del campus había organizado una concentración para apoyar la Enmienda de Igualdad de Derechos. Había sido la primera vez que había estado en contacto con la vida universitaria, y los estudiantes, el campus, las ideas y los estilos de vida le habían causado una enorme impresión. Había vuelto sintiéndose revitalizada y fortalecida, como si pudiera hacer cualquier cosa. Fue como si se le hubiera abierto la puerta de un mundo totalmente nuevo. Al día siguiente, regresó a su instituto sintiéndose mucho mayor que sus compañeros, y sus notas mejoraron ese último semestre porque estudió más para asegurarse de poder acceder a una buena universidad.

Ahora, al mirar la foto, sintió una punzada de nostalgia. Detrás de Stacy había una estudiante que llevaba una camiseta en la que podía leerse, medio tapado, el eslogan: «Es bueno encontrar un hombre duro.» Junto a ella, había una joven pechugona con la blusa levantada para mostrar las tetas a la cámara mientras gritaba llena de alegría. En aquella época, el sexo se consideraba una liberación, y habían tenido la impresión de que se estaba iniciando una nueva era. Los hombres ya no podrían dominar sexualmente a las mujeres. La píldora les había dado libertad, les había dado el control sobre su propio cuerpo, y el sexo iba a ser algo en lo que las mujeres participaran, no algo a lo que se las sometía.

Pero de eso hacía mucho tiempo. En la actualidad, muchas de las feministas eran tan malas como los machistas de antes. El movimiento tenía ahora una mojigatería, un miedo a la sexualidad que era más reaccionario y retrógrado que las actitudes de la mayoría de los hombres actuales. ¿Qué había pasado con los avances que habían hecho entonces? ¿Qué había pasado con la idea de «liberación»? Hoy en día, mujeres que se llamaban a sí mismas «feministas» abogaban por restricciones y censuras para intentar inhibir la libertad en lugar de ampliarla.

Se habían vuelto como las personas a las que estaban combatiendo.

Bill se acercó y miró la fotografía.

—¿Qué es? —preguntó.

—Nada —contestó Ginny.

—Allí hay otra caja para ti.

—Enseguida la miraré —asintió Ginny.

Volvió a echar un vistazo a la foto, se la metió en el bolsillo
derecho de los pantalones cortos y siguió a Bill al garaje.


Tenía hora en la peluquería a la una, pero terminaron de ordenar el garaje a media mañana, y luego acompañó a Bill a la iglesia
baptista y al basurero antes de volver para preparar el almuerzo.
Comieron fuera, en la terraza, y después él lavó los platos mientras
Ginny se daba una ducha rápida y se cambiaba de ropa. O, mejor
dicho, él pidió a Shannon que lavara los platos. Porque cuando Ginny salió del baño, él estaba en su despacho, delante del ordenador,
mientras Shannon terminaba de aclarar el fregadero en la cocina.

—Me dio dos dólares —explicó la niña.

—He estado trabajando toda la mañana —gritó Bill desde su
habitación.

—La próxima vez, yo te daré tres dólares si te niegas para que
los lave él —dijo Ginny a su hija.

—¿Tres dólares por no hacer nada? —rio Shannon—. Trato
hecho.

—¡Cuatro! —gritó Bill.

—¡Tres dólares por no trabajar son mejor que cuatro dólares
por hacerlo! —replicó Shannon—. ¡Lo siento, papá!

—Adiós —dijo Ginny tras sacudir la cabeza.

Por lo general, a Ginny le gustaba ir a la peluquería. Le gustaba hablar con las demás mujeres, ponerse al día de los rumores
que se perdía en la escuela. Pero ese día el ambiente en Hair Today era lúgubre. Aunque siempre había visto a Rene alegre, la
peluquera parecía realmente triste esa tarde. Apenas hablaba, y
cuando lo hacía su voz era seca, brusca.

Los rumores volaban entre las mujeres del salón. Kelli Finch, cuyo marido era propietario del Walt's Transmission and Tuneup, había oído que el Almacén iba a abrir un taller mecánico y empezaría a hacer reparaciones, además de vender piezas de recambio. Maryanne Robertson, que trabajaba a tiempo parcial en The Quilting Bee, comentó que corría el rumor de que el Almacén iba a vender edredones contra reembolso.

Rene no dijo nada al principio, pero finalmente admitió que más de una clienta le había dicho que, en poco tiempo, el Almacén abriría un salón de belleza al lado de la cafetería.

—Muy pronto el centro de la ciudad estará totalmente muerto —aseguró con amargura.

Era algo que Ginny había observado pero de lo que todavía no era consciente. Y cuando Rene lo mencionó, le pareció que Main Street estaba excepcionalmente tranquila. Casi no había peatones, y sólo algún que otro coche pasaba por delante del escaparate. Hasta la peluquería parecía menos concurrida de lo habitual, aunque ello no podía atribuirse al Almacén.

Por lo menos, aún no.

—Quizá deberías montar una nueva peluquería al otro lado de la carretera, delante del Almacén —sugirió Maryanne—. Así, a la gente le sería cómodo ir. No tendrían que desviarse de su camino.

—¿Con qué? —respondió Rene con una mueca—. Ya estoy endeudada. ¿Cómo voy a conseguir el dinero suficiente para abrir otra peluquería? —Negó con la cabeza—. No, es esto o nada.

—Yo seguiré viniendo —prometió Ginny, y las demás mujeres se apresuraron a secundarla.

Se hizo un momentáneo silencio. El único ruido era el de las tijeras de Rene y el del agua del grifo que Doreen utilizaba para aclararle el pelo a Kelli.

—¿Os habéis enterado de lo de Jed? —preguntó Maryanne—. ¿Jed McGill?

Las que podían hacerlo, negaron con la cabeza.

—Ha desaparecido —agregó Maryanne.

—¿Desaparecido? —se sorprendió Ginny.

—Creen que se ha ido de la ciudad. Hace una semana que

nadie lo ve, y en Buy-and-Save no saben si cobrarán el sueldo este mes.

—¿Qué ocurrirá entonces? —quiso saber Kelli.

—No lo sé.

—Buy-and-Save no puede cerrar. No hay ninguna otra tienda que venda comestibles —dijo Ginny.

—Está Circle K —sugirió Rene.

—Sí, claro —resopló Maryanne.

—Bueno, pues espero que el Almacén se dé prisa en abrir su departamento de alimentación. —Doreen cruzó el salón con Kelli y le indicó que se sentara en la silla que había al lado de Ginny—. Tenemos que comprar la comida en algún sitio.

—Pero ¿de verdad querrías comprar los comestibles en el Almacén? —preguntó Ginny.

—Tenemos que comprar la comida en algún sitio —repitió Doreen.

Ginny esperó un momento, pero nadie más contestó. Pensó en volver a preguntarlo, pero no estaba segura de querer oír la respuesta y lo dejó correr.

De vuelta a casa, pasó por el nuevo parque.

Un grupo de veinte o treinta niños hacía cola delante de la malla de protección. Detrás de las gradas y a la izquierda, habían instalado una gran pancarta azul que colgaba entre dos palos con la leyenda: «Apuntaos a la Liga de *softball* del Almacén.»

Echó un rápido vistazo, pero vio que todos los niños parecían llevar el mismo uniforme de béisbol, y ese uniforme le resultó extraño. Demasiado oscuro. Vagamente militar. Le pareció que estaba fuera de lugar que lo vistieran niños tan pequeños. Le pareció mal.

Había dejado atrás el parque y era demasiado tarde para reducir la velocidad y mirar mejor, pero tendría que contarle a Bill lo de ese uniforme.

Y lo del taller mecánico.

Y lo de la peluquería.

Y lo de Jed McGill.

# Trece

## 1

Llovió tres días seguidos, en lo que era el primer chaparrón de la primavera. Los meses anteriores, había habido algunas nubes bajas y una ligera niebla, pero hasta entonces el clima había sido seco, y necesitaban desesperadamente las precipitaciones.

Sólo que no tantas.

La tormenta fue violenta, con viento y rayos, no sólo lluvia, y hacia la mitad del día cayó granizo. La piedra había agujereado los arbustos y había matado las verduras que acababan de brotar en el jardín de Ginny, además de cubrir todo el terreno de blanco durante una hora más o menos.

Al tercer día de lluvias, lunes, el camino se había convertido en un lodazal, y un tramo de la carretera que llevaba a la ciudad había sido arrastrado por el agua. Se habían cancelado las clases, y aunque normalmente las niñas (y Ginny) habrían estado encantadas, ya llevaban demasiado tiempo encerradas en casa, y cuando les anunciaron telefónicamente que el instituto iba a estar cerrado se deprimieron todavía más.

—Esta tarde tenía que trabajar —comentó Samantha—. ¿Cómo voy a ir?

—No vas a ir —le dijo Bill.

—Tengo que ir.

—Explica lo que ha pasado, cambia el turno con alguien, llama para decir que estás enferma. Me da lo mismo. No irás. Ni siquiera el *jeep* podría circular por esa carretera con esta lluvia.

—No puedo llamar para decir que estoy enferma.

—Sí que puedes —remachó Bill con una ligera sonrisa—. Yo lo hacía constantemente cuando tenía tu edad.

—Pero yo no puedo hacerlo.

—Bueno, pues tendrás que hacer algo, porque esta tarde no irás a trabajar.

Samantha se volvió hacia su madre, y Bill percibió la mirada que intercambiaban, pero decidió ignorarla en lugar de convertir la conversación en una discusión.

Regresó a su despacho para comprobar si había recibido e-mails y leyó las noticias de la mañana. No se captaba ninguna emisora de radio que no fuera la de Juniper, y cuando iba a ponerse un viejo casete de Rick Wakeman, Ginny asomó la cabeza por la puerta.

—Malas noticias —dijo—. Vuelve a haber goteras en el lavabo.

Bill hizo girar la silla para mirarla.

—¡Pero si reparé el techo el pasado otoño! —exclamó.

—No, intentaste repararlo. Es evidente que no lo hiciste. Hay goteras.

—Mierda. —Se levantó de la silla y la siguió pasillo abajo hacia el lavabo. Había una enorme mancha oscura en el techo, encima del retrete. A intervalos de tres segundos, caían gotas de agua en un cacharro que Ginny había situado en el suelo, al lado de la taza.

—¿No podría estar diez centímetros más a la izquierda? —comentó Bill, a la vez que sacudía la cabeza—. ¿Sería demasiado pedir?

—Sería demasiado fácil. Además, ¿qué sería una gotera sin un cacharro en el suelo? —Señaló la pared de detrás del retrete—. Ahí también hay humedad. Está bajando por la pared.

—No puedo reparar nada hasta que deje de llover.

—Pero puedes poner una lona impermeable o algo allá arriba, para que no se filtre por toda la casa.

—Iré a la tienda de Richardson —asintió Bill con un suspiro—. Compraré la lona impermeable y algo de cartón alquitranado para cuando deje de llover. —Salió del lavabo quejándose—: Maldita sea, no soporto tener que hacer esto cada año.

—Quizá deberíamos rehacer el tejado —sugirió Ginny—. Contratar a un profesional para que lo haga.

—No podemos permitírnoslo. No ahora —repuso él antes de pasar ante ella y recorrer el pasillo hacia el dormitorio. Tomó la cartera y las llaves que estaban sobre el tocador y se puso la gabardina—. Mira si hay más goteras mientras voy a la tienda. Volveré en una media hora.

Entró un momento en su despacho para apagar el ordenador.

—Compra bastante para poder cubrir todo el tejado —dijo Ginny.

—No te preocupes.

La carretera estaba peor de lo que había esperado, y tuvo que poner el *jeep* en tracción a las cuatro ruedas para poder pasar por un par de sitios, aunque tuvo suerte y la lluvia amainó un poco mientras llegaba a la zona asfaltada y bajaba la calle Granite hacia la ferretería.

Cuando llegó a Richardson's, el único vehículo que había en el pequeño estacionamiento era el del propietario, cerca del costado del edificio. Bill detuvo el *jeep* delante de la puerta y entró corriendo justo cuando empezaba a caer otro chaparrón fuerte. Se secó las botas en el felpudo para no resbalar en el suelo encerado de la tienda.

—¿Te has mojado? —Richardson le sonreía irónicamente junto a la caja registradora. En el mostrador tenía una bolsa enorme de tornillos y tuercas que estaba separando en montoncitos.

—Esto no es nada —aseguró Bill—. Pero el tejado de mi casa no opina lo mismo. —Echó un vistazo a su alrededor—. ¿Dónde tienes las lonas impermeables?

Richardson bajó los ojos hacia los tornillos y carraspeó avergonzado.

—En ningún sitio, porque no vendo lonas impermeables —dijo.

—¿Cómo?

—Bueno, si hubiera podido prever la tormenta, habría pedido muchas cosas de ese tipo. Pero la verdad es que ya no puedo permitirme reponer demasiado las existencias, Bill. El Almacén se está llevando la mayoría de mi negocio. Me agobian las deudas, y sólo pido lo que sé con certeza que podré vender. —Levantó una tuerca—. Tornillos y tuercas, cerrojos y clavos. Tacos expandibles. Tubos y tablas de madera.

Bill echó un vistazo a su alrededor y se dio cuenta de que los estantes de muchos de los pasillos estaban vacíos, lo mismo que los expositores.

—¿No tienes ninguna clase de láminas de plástico que pueda usar para cubrir el techo? ¿Ningún rollo de nada? —preguntó.

—No. —Richardson cambió el peso de un pie a otro—. Me gustaría poder ayudarte, Bill. De verdad. Pero estoy pasando por un mal momento. —Señaló a su alrededor para indicar lo tranquila que estaba la tienda—. Como verás, no se puede decir que haya demasiada actividad.

—Pero el Almacén no tiene sección de ferretería, ¿no?

—No tienen tablas de madera, pero sí todo lo demás. Y están reventando los precios —añadió con un gesto de desdén con la mano—. Estoy seguro de que ya lo has oído antes.

—Es lo triste del caso —asintió Bill—. Ya lo he oído antes.

—Sabía que podía perjudicar mi negocio, ¿sabes? Pero no creí que fuera a ocurrir tan deprisa. Joder, llevo aquí desde 1960. He capeado muchas crisis. —Sacudió la cabeza y alzó los ojos—. Y creía que la gente sería más leal. No espero lástima ni caridad, pero siempre había considerado amigos a mis clientes, y creía que eso serviría de algo. No pensaba que me abandonaran por unos centavos de diferencia en el precio. Duele, ¿sabes?

Permanecieron en silencio un momento, lo único que se oía era la lluvia en el tejado de cinc.

—¿No tienes nada para ayudarme con las goteras? —insistió Bill.

—Podría pedir unas lonas impermeables. Las tendría aquí en media semana, tal vez cinco días.

—Me gustaría esperar —aseguró Bill—, pero es una emergencia. Las necesito ahora.

—Adelante —suspiró Richardson—. Ve al Almacén. Todo el mundo lo hace.

—¿Sabes qué? —dijo Bill tras reflexionar un momento—. Esperaré a que recibas las lonas impermeables y el cartón alquitranado. ¿Por qué no los pides? Tampoco voy a arreglar el tejado enseguida. Tendré que esperar a que se seque. Compraré lona barata en el Almacén para repeler el agua hasta que deje de llover. Será un apaño provisional.

—Eres un tipo legal —declaró Richardson, agradecido.

—No —sonrió Bill—, pero puedo fingir que lo soy.

El Almacén tenía una buena selección de lonas impermeables y láminas de plástico. Incluso había un impermeable para el hogar: una monstruosa lona diseñada específicamente para cubrir el tejado de una casa. Pero Bill compró cuatro paquetes de las lonas más baratas que pudo encontrar, no aprovechó la oferta de dos por uno de rollos de cartón alquitranado y volvió rápidamente a casa, donde se subió al tejado y se pasó las dos horas siguientes intentando sujetar las lonas con piedras que encontró en el bosque adyacente a su casa.

Pero logró su objetivo y, cuando entró en el cuarto de baño, las goteras habían cesado.

—¡Lo arreglé! —anunció.

—De momento —repuso Ginny.

—He encargado material para el tejado a Richardson. Cuando deje de llover, lo repararé.

—Eso ya lo he oído antes.

Le dio una palmadita cariñosa en el trasero a Ginny, que dio un brinco. Luego, antes de que ella pudiera devolverle el golpe, se metió en el dormitorio para ponerse ropa seca.

Ginny y las niñas se pasaron la tarde mirando telenovelas y tertulias en el salón mientras él se recluía en su despacho y entraba en Freelink. La semana anterior se había producido un tiroteo en un Almacén de Nevada, y Bill había estado informándose acerca de tiroteos relativos a diversos establecimientos del Almacén en los últimos seis meses. A pesar de que redactaba documentos para un sistema de esta empresa, jamás se había molestado en mirar su historia.

Hasta entonces.

Accedió a la base de datos de información empresarial de Freelink y se descargó todo lo que pudo encontrar sobre el Almacén.

Y se lo leyó todo.

Según varios artículos del *Wall Street Journal*, *Business Week*, *Forbes*, el *Houston Chronicle* y *American Entrepreneur*, el Almacén había empezado como una pequeña sociedad mercantil en el oeste de Tejas a finales de los años cincuenta. Newman King era propietario de un único establecimiento situado en un camino de tierra prácticamente intransitado, a kilómetros de la ciudad más cercana. Gracias al boca a boca y, finalmente, a varias vallas publicitarias que erigió en las principales carreteras, el Almacén se convirtió en un lugar turístico, en una parada obligada para las personas que iban al Oeste de vacaciones desde el otro extremo del país. De entrada, a la gente le divertía el insulso nombre de la empresa y la incongruencia entre su ubicación en un lugar tan desierto y su oferta de los productos más actuales, pero aun así compraba a mansalva. King mantuvo los precios bajos y una amplia variedad de productos, y su combinación de visión comercial y autopromoción hizo que los ingresos se dispararan. Con el tiempo, abrió otro almacén, también en una pequeña carretera secundaria.

A mediados de los sesenta, poseía una cadena regional y su nombre se había incorporado a la lista de los millonarios de Tejas que han forjado su propia fortuna. Se habían producido algunas quejas sobre competencia desleal (sobornos e intimidación, prácticas comerciales ilegales), pero no había nada que pudiera demostrarse.

King siguió el ejemplo de Sam Walton y Wal-Mart, y abrió establecimientos grandes y modernos en poblaciones en las que antes sólo había pequeños mercados locales. No se instalaba en una ciudad donde hubiera un Wal-Mart, un Kmart o un establecimiento de alguna cadena dedicada a la venta de artículos a bajo precio como Woolworth o Newberry, sino en poblaciones en las que sólo hubiera competencia local, y deslumbraba a los residentes con productos de máxima actualidad, prendas de última moda y objetos que antes sólo podían adquirir por catálogo.

Y compraban.

En las siguientes dos décadas, King desapareció de escena. Con los años se fue recluyendo, y las conferencias de prensa que solía organizar cada vez que inauguraba un nuevo almacén se redujeron a cuatro, a dos, y finalmente una al año.

Hubo ex empleados que acusaron al Almacén de ser una secta más que un lugar de trabajo, de exigir pruebas de acceso extrañas para conseguir un empleo, de obligar a todos los aspirantes a puestos de dirección a participar en rituales turbios. El Almacén fue criticado por tomar represalias hostiles contra cualquiera de sus empleados que intentara abandonar el puesto, así como por hacer pública información poco halagüeña sobre la empresa. King siguió oculto, sin rebatir públicamente ninguna acusación, pero jamás se presentaron cargos, y muchos de los acusadores acabaron desacreditados o desaparecieron. Tras el breve aluvión inicial de críticas, los subsiguientes empleados ya no volvieron a presentar quejas.

A mediados de la década de los ochenta, las oficinas centrales del Almacén se trasladaron de un edificio corriente de El Paso a un enorme rascacielos negro de veinte plantas en Dallas al que amigos y enemigos apodaron La Torre Negra. Aun así, el Almacén no intentó ampliar su base, que siguió sin instalarse en ciudades grandes o zonas metropolitanas.

La excentricidad y la misteriosa vida privada de King no sólo estuvo rodeada de misticismo (se rumoreaba que vivía solo en un búnker de hormigón bajo el desierto, por miedo a someterse a la acción de los rayos ultravioleta debido al agujero de la capa de ozono y a respirar otra cosa que no fuera aire especialmente filtrado), sino que también se nutrió del inagotable interés por los ricos extravagantes al estilo de Howard Hughes. En Wall Street se especulaba que todo era un montaje de King para adquirir reconocimiento y lanzarse a otras iniciativas, pero siguió su lento progreso por todo el país abriendo establecimientos sólo en pequeñas poblaciones.

Y ahora el Almacén se había instalado en Juniper.

Bill dejó de leer y se frotó los ojos cansados. Los artículos eran sobre todo de publicaciones de economía, y se concentraban en los elementos básicos del negocio, de modo que no hacían hincapié en los trapos sucios ni en el interés humano, y no contenían nada abiertamente negativo sobre Newman King o el Almacén. Pero, aun así, captó entre líneas algo que lo puso en guardia.

¿Sobornos? ¿Amenazas e intimidación? ¿Una secta? Si los artículos que se concentraban en el mundo financiero mencionaban esos aspectos, significaba que eran algo más que meras especulaciones infundadas o acusaciones aisladas. Y aquello, sumado a sus ideas y sensaciones acerca del Almacén, perfilaba una imagen aterradora.

El teléfono sonó y Bill dio un respingo antes de coger el auricular.

—¿Diga?

—La ferretería de Richardson se ha incendiado —dijo la voz de Ben.

—¿Qué?

—Acabo de volver de tomar fotografías. Los bomberos todavía están allí. Aunque ha ido bien que lloviera, las tablas de madera estaban tapadas y el edificio ha ardido como un polvorín.

—¿Está...?

—Richardson ha muerto. Quedó atrapado en el fuego.

—Dios mío.

—Cuando llegaron donde estaba y pudieron sacarlo, ya había fallecido.

—¿Cuál fue la causa del incendio? —preguntó Bill—. ¿Se sabe?

Ben no contestó.

—¿Un rayo? —insistió Bill esperanzado, aunque no había oído truenos ni visto relámpagos en toda la tarde.

Se produjo un silencio.

—No —repuso Ben al cabo, con una nota en la voz que a Bill no le gustó nada—. Fue provocado.


—Se está apoderando de todo —comentó Bill mientras caminaba arriba y abajo delante de la cama.

—¿Quién? —Ginny alzó los ojos de la revista.

—Lo sabes muy bien. El Almacén. Sus competidores desaparecen. O sus tiendas se incendian. —La miró—. ¿No crees que resulta un poco sospechoso?

—No me grites.

—¡No te grito!

Pero sabía que lo estaba haciendo. Se estaba desahogando con ella, aunque no fuera el objeto de su enfado en absoluto. Se sentía asustado. Antes había estado preocupado, enfadado, inquieto... pero la presencia física de aquella tienda ennegrecida, todavía humeante, le hacía percatarse de la muerte y la destrucción que podía provocar el Almacén.

¿El Almacén?

Pensaba en el Almacén como en un organismo, como en un monstruo monolítico. Pero no lo era, ¿verdad? Era una empresa, una serie de almacenes de descuento esparcidos por el país y que empleaba a personas corrientes.

No. Era una organización creada para que Newman King pudiera permitirse sus caprichos.

Así era como él lo veía.

Pero ¿por qué? ¿Cuál era la razón de todo ello? ¿Cuál era su finalidad?

Eran preguntas que ni siquiera podía esperar contestar.

Reflexionó un momento antes de abrir la puerta del dormitorio y salir al pasillo.

—¡Samantha! —llamó.

Ginny salió enseguida tras él.

—¿Qué haces? —preguntó angustiada.

—¡Samantha! —volvió a llamar Bill antes de abrir la puerta del cuarto de su hija y entrar.

Era evidente que su hija dormía, porque se incorporó aturdida.

—¿Qué?

—No vas a trabajar más en el Almacén.

Aquello la despertó de golpe.

—No voy a... —empezó.

—Trabajar más en el Almacén —concluyó su padre.

—Pues voy a seguir haciéndolo —dijo Sam a la defensiva.

—Me temo que no.

—Tengo dieciocho años. No puedes decirme qué tengo que hacer.

—Mientras vivas en mi casa, puedo hacerlo.

—¡Pues dejaré de vivir en tu casa!

Ginny se situó entre ambos.

—Venga —pidió—. No nos demos ultimátums ni nos acorralemos. Vamos a tranquilizarnos todos.

—No vas a trabajar más en el Almacén —sentenció Bill.

—Me gusta trabajar allí —se defendió la joven.

—¿Quieres echar un vistazo a lo que he leído sobre el Almacén? ¿Quieres saber lo que he oído?

Sam se encogió de hombros de una forma que pretendía enfurecerlo, y lo consiguió.

—No especialmente —aseguró.

Bill quería abofetearla, decirle que se largara de casa y no volviera. Sentía una rabia casi cegadora, y darse cuenta de ello, de que estaba reaccionando de una forma totalmente exagerada, hizo que volviese a la realidad.

Miró a Sam, que lo observaba sujetando las sábanas a la altura del mentón. ¿Qué le pasaba? ¿En qué estaba pensando? No había pegado nunca a las niñas. Nunca. Y, hasta ese momento, no había tenido nunca la tentación de hacerlo.

Era algo de lo que no podía culpar al Almacén.

¿O sí?

Shannon asomó la cabeza por la puerta.

—¿Qué pasa? —preguntó—. ¿A qué viene tanto jaleo?

—Vuelve a la cama —le pidió Ginny.

—Quiero saberlo.

—No es asunto tuyo. Vuelve a la cama.

Bill estaba avergonzado.

—Lo siento —le dijo a Samantha.

—No me extraña —contestó la chica.

—Pero sigo sin querer que trabajes allí.

—Eso sólo puedo decidirlo yo. Necesito el dinero, y me gusta mi trabajo.

—Ya hablaremos de ello por la mañana —sugirió Ginny antes de sacar a su marido de la habitación.

—Lo decidiré yo —repitió Sam.

—Como dijo tu madre, ya hablaremos de ello por la mañana. —Bill cerró la puerta y siguió a Ginny hacia el dormitorio.

## 2

Shannon entró en la habitación de su hermana después del desayuno. Aunque estaba despierta, todavía no se había levantado, y Shannon sabía que era porque no quería enfrentarse a su padre.

—¿De qué iba lo de anoche? —preguntó la hermana menor.

—Se le fue la cabeza —contestó Samantha.

—Pero ¿de qué iba?

—No es asunto tuyo.

—Vamos —insistió Shannon—. No me salgas tú también con eso.

—No quiere que trabaje.

—¿Por qué no?

—Vete a saber —dijo Sam encogiéndose de hombros.

—Tiene que ser por algo.

—¿Ah, sí? —Sam la miró—. ¿Por qué estoy hablando contigo? Sal de mi cuarto.

—Estaba pensando en conseguir un empleo en el Almacén este verano.

—No me digas.

—De verdad.

—¿No te dije que salieras de mi cuarto?

—Creí que tal vez querrías hablar...

—¿Contigo?

—Perdona. Se me olvidó lo bruja que eres. Es culpa mía. —Shannon se volvió, salió de la habitación y cerró la puerta de golpe tras ella.

# Catorce

## 1

Había pasado mucho tiempo. El próximo mes de julio haría quince años de la muerte de Cash, y no había estado con ningún hombre desde entonces. Pero no se quejaba. Nunca había querido a nadie más. Cash había sido su marido, y en lo que a ella respectaba, le sería infiel si hacía el amor con otro hombre.

Aun así, a veces lo echaba de menos.

Flo recorrió el pasillo con la mirada para asegurarse de que no hubiera nadie observando, y echó un vistazo a la selección de masajeadores y vibradores que había en el estante delante de ella. Había uno que se sujetaba a la mano y otro que parecía una pelota de goma sobre una barrita, pero se fijó en el vibrador de la derecha, el que recordaba el pene de un hombre.

—Disculpe, señora. ¿Puedo ayudarla?

Dio un brinco al oír la voz y se volvió avergonzada para ver a un hombre joven con el uniforme verde del Almacén. Abrió la boca para decir algo, pero no le salió ningún sonido.

—Estos modelos son muy bonitos —indicó el joven, señalando los vibradores—. Y son productos de altísima calidad. A precios rebajados.

—No... no los estaba mirando —dijo Flo.

—Sí que los miraba —la corrigió el joven con una sonrisa que no tenía nada de sarcástica, de autosuficiente o de ofensiva. Tampoco era lasciva.

¿Lasciva?

Flo era lo bastante mayor como para ser su abuela.

—Yo... —empezó a decir.

—Buscaba un vibrador. —Tomó el modelo del centro, el de la barrita—. Puede que éste sea el mejor si quiere masajearse los músculos de la espalda y esos lugares a los que resulta difícil llegar. Por otra parte, si lo que busca es complacerse sexualmente a sí misma...

—¡No! —Casi había gritado, y notó que se ponía colorada de la vergüenza. Echó un vistazo rápido a su alrededor, pero seguían solos en el pasillo.

—Si fuera el caso, no es asunto nuestro. Y no es nada de lo que deba avergonzarse, señora. Estamos aquí para ofrecerle los productos que necesita, no para juzgar su estilo de vida. Nuestra política consiste en asegurarnos de que todo el mundo encuentre lo que quiere y que ningún cliente se sienta avergonzado o violento por ello. Si la he hecho sentir así, lo lamento de verdad.

—No, perdone —se disculpó Flo después de inspirar hondo—. He reaccionado de forma exagerada.

El joven le puso una mano amistosa en el hombro.

—Aquí, en el Almacén, tenemos una relación confidencial con nuestros clientes —declaró—. Como los sacerdotes y los abogados, no revelamos lo que se nos dice en privado. Todo queda entre el cliente y nosotros. Es una de las reglas fundamentales que figuran en *La Biblia del empleado*, y por eso podemos atender al cliente de un modo tan eficaz.

Flo no dijo nada.

—Así que todo lo que diga quedará entre nosotros. Y punto —concluyó el empleado. Dejó el vibrador de la barrita y señaló los demás que estaban en el estante—. Pero, si lo que está buscando es un relajante muscular...

—No —lo interrumpió Flo.

—Ya me lo parecía —sonrió el joven.

Flo lo miró. Era simpático, servicial, agradable y resultaba fácil hablar con él. Se sentía cómoda con aquel joven. Confiaba en él.

—Quizá deberíamos volver a empezar —sugirió—. Desde el principio.

—Muy bien —asintió el joven. Se marchó por el pasillo, dio media vuelta y regresó con una sonrisa—. ¿Puedo ayudarla, señora?

—Sí —respondió Flo—. Me gustaría comprar un vibrador.

—Como verá, tenemos varios modelos distintos entre los que puede elegir.

—Ya sé cuál quiero.

—Y ¿cuál es, señora?

—Ese de ahí —dijo a la vez que lo señalaba—. El que parece una polla.


## 2

Holly echaba de menos el café.

Pero no era la única. Muchos de sus clientes habituales parecían perdidos, sin saber qué hacer ahora que ya no tenían una silla ni un taburete donde sentar el trasero.

Ella, por lo menos, tenía trabajo. Como parte del acuerdo de compra, el Almacén había prometido a Williamson que conservaría a todos los empleados del café. Supuso que eso significaba que seguiría con su antiguo puesto. Pero el Almacén había cerrado el café y la había trasladado, junto con los cocineros y las demás camareras, a los *snack-bars* que había en el Almacén.

No, no eran *snack-bars*.

Eran locales de comida.

No era lo mismo. Aparte de los platos llamativos y los antipáticos compañeros de trabajo, aquel sitio estaba muy cargado y no se sentía cómoda, no tenía espacio para moverse. Tampoco le gustaba ver gente comprando todo el día.

Y el Almacén no admitía propinas.

Ésa era su queja más grande.

Vernon Thompson la había seguido desde el café. La cafetería del Almacén no era exactamente lo mismo, y el hombre mayor se quejaba de... bueno, se quejaba de todo. Pero ella estaba allí, y él también, y por lo menos eso le daba cierta sensación de continuidad, como si estuviera en casa.

Pero el compañero de Vern ya no iba. El Almacén había logrado lo que nada había logrado: terminar con su duradera amistad. Por lo que había oído, Buck se pasaba ahora los días en un taburete del bar de Watering Hole. No sabía muy bien qué había ocurrido ni por qué (y no quería fisgonear), pero sabía que Vern echaba de menos a su amigo, y daba pena ver al hombre mayor solo y triste en una de aquellas diminutas sillas de plástico, intentando entablar conversación con los demás clientes que solían tener prisa y estar demasiado ocupados para saludarlo siquiera.

Holly culpaba a Williamson. ¿Por qué había tenido que vender el café el muy hijo de puta?

Le dio unas palmaditas en la espalda a Vern mientras volvía a llenarle la taza de café y empezó a recoger la mesa vacía que tenía a su lado. Para su sorpresa, cuando alzó los ojos vio a Buck con su sombrero de vaquero y un viejo abrigo, avanzando por el pasillo central hacia la cafetería.

Miró a Vern, que también lo había visto, y los dos amigos cruzaron la mirada. Ninguno supo si era algo bueno o malo, si Buck había ido a pasar el rato o a crear problemas, de modo que esperaron inmóviles a que llegara tambaleándose hasta ellos.

—¡Vernon! —exclamó Buck—. ¿Cómo estás, cabroncete?

Los compradores que estaban en el pasillo y los clientes de la cafetería se volvieron hacia él, pero Buck no les prestó atención.

Vern pareció no inmutarse.

—No puedo quejarme —contestó—. ¿Por qué no acercas un taburete y te sientas conmigo?

—Sí, sí. —Se volvió hacia Holly—. ¡Holly! ¡Mi camarera favorita! ¡Esto es como en los viejos tiempos!

—Siéntese —le pidió Holly—. Le traeré un poco de café para que se despeje. Invita la casa.

—¡No quiero café!

—Baje la voz. La gente nos mira —le susurró la camarera.

—¡Me da igual!

Holly miró a Vern buscando auxilio.

—Vamos —dijo Vern a su amigo—. No hagas una escena.

—Yo... —Buck parpadeó, al parecer aturdido, pero se recuperó enseguida—. ¡Quiero ver al director! —anunció.

—No, Buck —repuso Holly, tras echar un vistazo rápido a su alrededor—. Está borracho. Si no se sienta y se calla, tendrá que irse ahora mismo a casa.

—¡Exijo ver al director!

—¿Hay algún problema? —Un hombre bajo y de aspecto obsequioso había aparecido de golpe junto a Holly. Dirigió una mirada burlona a Buck—. ¿Puedo hacer algo por usted, señor?

—Sí, maldita sea. Puede llevarme a ver al director de este establecimiento.

—Por supuesto.

Holly se humedeció los labios, nerviosa de repente. No había visto nunca al director del Almacén. Hasta donde ella sabía, nadie lo había visto. No era algo de lo que se hablara o que se sacara a colación; por un acuerdo tácito, jamás se mencionaba al director.

No sabía por qué.

Y el hecho de que fueran a llevar a Buck a verlo le provocó una sensación casi de pánico.

—¡Está borracho! —exclamó.

El hombrecillo se volvió hacia ella. No lo había visto nunca, pero la etiqueta de identificación que llevaba en el traje indicaba que se trataba del señor Walker.

—Ya lo sé —contestó.

—¡Quiero ver al director! —exigió Buck—. ¡Ahora mismo!

—Pero que esté borracho no significa que no tenga derecho a ver al director —añadió Walker.

Buck sonrió de oreja a oreja.

—Sígame, por favor. Lo llevaré con el señor Lamb. Él lo acompañará a ver al director.

Holly observó, con la cafetera todavía en la mano, cómo

Buck seguía al señor Walker por el pasillo hasta una puerta situada en la pared de enfrente. Cuando la puerta se abrió de par en par, vio una escalera que conducía al piso superior, y luego la puerta se cerró. En lo alto de la pared, cerca del techo, había una ventana de cristal tintado que no recordaba haber visto.

La oficina del director.

Se estremeció.

—¿Qué pasará? —preguntó Vern casi en voz baja. Holly se dio cuenta de que él también estaba asustado, y tuvo más miedo todavía.

—No lo sé —contestó.

—¿Podría atenderme alguien? —se quejó un hombre detrás de ella.

—Enseguida —dijo Holly con la mano levantada. Dejó la cafetera en la mesa de Vern e instintivamente empezó a recorrer el pasillo hacia la oficina del director. Vern la siguió.

Cuando casi habían llegado a la puerta, ésta se abrió y apareció el señor Walker, que salió disparado hacia los pasillos del departamento de ferretería.

Unos segundos después, el señor Lamb también salió. Repasó rápidamente con la mirada el pasillo que tenía ante él y fijó los ojos en los de Holly.

—¿Es amigo suyo el hombre que quería ver al director? —le preguntó.

Holly asintió en silencio.

La voz del señor Lamb sonaba seria, aunque las comisuras de sus labios parecían ocultar una sonrisa.

—Llame a una ambulancia —añadió—. Creo que le ha dado un infarto.


3


—Todas las familias están locas —dijo Diane.

—No tanto como la mía —suspiró Shannon sacudiendo la cabeza.

Iban recorriendo el camino a través del bosque que se extendía desde la calle Granite hasta el estacionamiento del Almacén. Hacía calor, como si ya fuera verano, y a Shannon le hubiera gustado pararse en George's a tomar una cola o algo antes de empezar el trayecto. Se moría de sed, y el camino parecía mucho más largo de lo que Diane le había hecho creer.

Pero, por lo menos, tenían ocasión de hablar.

—Mi padre nos hace rezar antes de las comidas —prosiguió Diane—. Jo es cleptómana, mi hermano es un drogata, pero mi padre cree que dar gracias al Señor por nuestros alimentos compensará de algún modo sus malas aptitudes como progenitor de modo que todos nos convertiremos en personas perfectas.

Shannon soltó una carcajada.

—No tiene gracia —añadió su amiga.

—Un poquito sí que tiene.

—Bueno, puede que un poquito —sonrió Diane—. Pero la cuestión es que, comparada conmigo, no tienes nada de qué quejarte.

—Yo no diría eso.

—Yo sí. De modo que el Almacén saca un poco de quicio a tu padre. Ya ves. Podría ser mucho peor.

Más adelante, a través de los árboles, se veía un claro. Parabrisas reflejando la luz del sol; asfalto negro y ladrillos marrones... El Almacén.

—Por fin —dijo Shannon—. La civilización.

—¿Te imaginas cómo debió de ser vivir en la época de los pioneros? ¿Viajando meses sin ver a ninguna otra persona? ¿Vivir con una gota de agua de cantimplora al día?

—No quiero ni imaginármelo —aseguró Shannon a la vez que sacudía la cabeza.

Salieron de entre los árboles situados en un costado del estacionamiento y, tras deslizarse por un pequeño terraplén de tierra, llegaron al asfalto. Serpentearon en fila india, Diane delante y ella detrás, entre las hileras de coches aparcados hacia la entrada del Almacén.

De repente, Diane se detuvo en seco.

—¡Oh, Dios mío!

—¿Qué pasa? —preguntó Shannon tras casi chocar con ella. Diane señaló la hilera que tenían justo delante.

—Es Mindy.

Mindy Hargrove, con el pelo enmarañado y totalmente desaliñada, corría hacia ellas desde el Almacén llorando desconsoladamente. Shannon y Diane la miraron sin saber qué hacer. Hacía mucho tiempo que no veía a Mindy. Durante el último semestre apenas había ido a clase, y el último mes no había aparecido por el instituto. Corría el rumor de que no iba a aprobar el curso y que tendría que repetirlo. A todo el mundo le daba pena por lo que le había pasado a su padre, pero al mismo tiempo siempre había sido una bruja, de modo que nadie lo sentía demasiado.

Por primera vez desde que había ocurrido, Shannon recordó el día que se había encontrado con Mindy en la calle al volver del instituto.

«Está construido con sangre.»

No habían vuelto a hablar desde entonces, aunque se habían visto un par de veces en el pasillo, y Shannon suponía que Mindy estaría tan avergonzada por su arrebato que no querría que se lo recordara. Shannon se había reafirmado en su teoría de la crisis nerviosa, diciéndose que simplemente estaba buscando un chivo expiatorio por la muerte de su padre.

Pero, por primera vez, se le ocurrió que quizás el Almacén tuviera algo malo. Tal vez su padre y Mindy no estaban tan equivocados.

Desechó la idea de inmediato. Era absurdo, infantil.

Diane salió de entre los coches y avanzó hacia el carril de paso del estacionamiento.

De repente, Mindy chilló a voz en grito y corrió hasta la puerta del conductor de un viejo Buick.

—¿Qué está haciendo? —preguntó Diane.

Shannon no respondió. Observó cómo Mindy, todavía gritando, se sacaba unas llaves del bolsillo derecho y empezaba a buscar una. Sus gritos incontrolados habían captado la atención de un puñado de personas que estaban en el estacionamiento, y todas la observaban con nerviosismo.

—Esto es espeluznante —soltó Diane—. Larguémonos de aquí.

Shannon asintió y se deslizaron entre los automóviles para acercarse a la parte delantera del edificio.

Oyeron tras ellas un chirrido inconfundible de metal contra metal, y al volverse vieron que el Buick había rascado el costado de un Volkswagen cuando aceleraba para salir del estacionamiento en dirección a la carretera. Unos segundos después, rodeó la última fila de automóviles y regresó por el carril que conducía hacia la entrada del Almacén. Cuando iba por la mitad, aceleró.

—¡Oh, Dios mío! —exclamó Shannon—. Va a estrellarse contra el edificio.

El Buick ganó velocidad mientras el motor rugía con fuerza, dirigiéndose como una flecha hacia las puertas delanteras. Mindy gritaba con la cara colorada y contraída, e incluso desde aquella distancia, Shannon pudo ver su expresión de determinación fanática.

El coche chocó violentamente, con un ruido parecido al de una explosión. Shannon sintió la sacudida en el estómago y bajo los pies, como un estampido sónico. El parachoques y el panel delantero del automóvil golpearon el ladrillo y quedaron destrozados, y el resto del vehículo se incrustó en la puerta, rompiendo el cristal hacia el interior del edificio.

Se oyeron gritos por todas partes, tanto dentro como fuera del edificio, y Shannon fue consciente de repente de que ella y Diane corrían hacia el lugar del accidente. Mindy estaba inclinada sobre el volante, completamente inmóvil, sujeta por el cinturón de seguridad, y daba la impresión de estar muerta, pero volvió a moverse con una especie de convulsión, y el coche, cuyo motor no había dejado de funcionar, dio un bandazo hacia atrás separándose del edificio con un nuevo chirrido, y a punto estuvo de llevarse por delante a las personas que se habían congregado detrás.

Por la ventanilla del conductor, Shannon vio el rostro de Mindy. Aunque estaba cubierto de sangre, mantenía aquella expresión de determinación alocada, y observó estupefacta cómo la muchacha hacía retroceder el Buick para intentarlo de nuevo.

Esta vez, Mindy falló totalmente y el coche chocó contra la pared de ladrillo. Rebotó, dio una vuelta y se detuvo con el motor humeante, mientras no dejaban de caer piezas de metal de los bajos. Todo pareció detenerse de repente; los gritos de la multitud se apagaron, y Shannon echó un vistazo por la ventanilla rota del coche para ver si Mindy seguía gritando. En lugar de su cara, esta vez sólo pudo ver el soporte del volante que se le había clavado en ella.

Un agente uniformado llegó y se abrió paso entre la multitud de mirones, y trató de abrir sin éxito la puerta del conductor. Incapaz de mover esa puerta ni la del copiloto, metió una de sus manos fornidas por la ventanilla rota y la apoyó en el cuello de Mindy para buscarle el pulso. Miró hacia atrás y negó con la cabeza.

—¿Está...? —empezó Diane.

—Está muerta —asintió el policía.

# Quince

## 1

Bill oyó el ruido de las sierras cuando despertó. Las sierras y las excavadoras.

El Almacén se estaba ampliando.

Se levantó, se puso unos pantalones cortos y una camiseta y salió para hacer su *footing* matinal.

Efectivamente, se había empezado a construir la ampliación aprobada, y un ejército de hombres y máquinas trabajaban duro para demoler el grupo de árboles situados detrás del edificio. Era evidente que no eran obreros locales (lo supo por el equipo moderno y personalizado), pero no había ningún cartel en el solar que indicara el nombre del contratista. Dejó la carretera para entrar en el estacionamiento vacío, y al acercarse más al costado del edificio, pudo ver claramente el logotipo en el lateral de un *bulldozer* negro. El logotipo mostraba un carrito de la compra lleno de productos, y la leyenda: «Constructora El Almacén - Una división de la empresa El Almacén.»

Ben también había llegado al solar, y se hallaba tras la valla de tela metálica provisional tomando fotos para el periódico. Bill lo vio agachado junto a una grúa, con la cámara apuntada hacia la parte trasera del Almacén.

—¡Hola! —lo llamó.

El director del periódico levantó la cabeza, lo saludó con la mano y siguió tomando fotos. Bill rodeó la grúa hacia una maraña de árboles talados que unos diez o doce hombres equipados con sierras eléctricas estaban cortando. Bill se mantuvo al otro lado de la valla, observando, esperando. Finalmente, el director del periódico terminó el carrete y pasó junto a un camión, salió de detrás de la valla y accedió al estacionamiento.

Bill se acercó para saludarlo. Tuvo que gritar para que lo oyera por encima del rugir de las sierras.

—¿Por qué estás aquí tomando fotos tan temprano? —le dijo—. Creía que dejabas el trabajo pesado a tus subordinados.

—¿Trabajo pesado? En Juniper, esto es lo que se considera un trabajo de categoría. Ellos cubrirán el partido de la Liga Menor de esta tarde y la reunión del consejo escolar de la noche. Yo cubro el Almacén.

—Que tiemble Dan Rather en la CBS.

—Vete a la porra.

Bill soltó una carcajada, y los dos cruzaron despacio el estacionamiento para dirigirse hacia la parte delantera del Almacén, donde Ben tenía su automóvil. Bill dirigió los ojos hacia la derecha mientras caminaban. El día anterior habían reparado la fachada del edificio, y entonces había supuesto que lo habían hecho obreros locales. Pero ahora ya no estaba tan seguro. Hizo un gesto hacia los obreros que trabajaban en el solar posterior.

—¿Repararon ellos la fachada del edificio?

—Sí —confirmó Ben.

—Y ¿están construyendo la ampliación sin ayuda de nuestros trabajadores locales?

—Exacto.

—Por lo menos, el ayuntamiento podría haber insistido en que utilizaran contratistas locales —comentó Bill sin dejar de sacudir la cabeza—. Me parece bastante chungo, la verdad. El sector de la construcción era el único que se beneficiaba de la presencia del Almacén...

—Aparte del periódico —le recordó Ben.

—Aparte del periódico —reconoció Bill.

—Adiós a la teoría del incremento de empleos, ¿no crees?

—Me parece que se lo merecen por ser tan ingenuos y tan crédulos...

—Especialmente, después de que tú se lo hubieras advertido.

—... pero los demás también estamos pagando las consecuencias. —Miró a su amigo—. Imbécil.

—Venga, hombre. ¿No crees que te estás ofuscando demasiado con este tema?

—¿Y tú no?

—Es mi trabajo. Soy periodista.

Habían llegado al coche de Ben.

—¿Quieres que te lleve a casa? —preguntó el director del periódico mientras abría la puerta.

—No, gracias —respondió Bill—. Necesito hacer ejercicio. —Echó un vistazo atrás y sólo pudo ver el extremo de la valla de construcción detrás del costado sur del edificio. Se oyó un estruendo cuando cayó otro pino ponderosa—. No estarán contentos hasta haber talado todos los árboles de Juniper.

—Como en la canción «Big Yellow Taxi» de Joni Mitchell.

—*Hippy*.

—Ya admití serlo.

Se miraron unos segundos por encima del techo del coche mientras oían el ruido de las sierras.

—No hay nada que podamos hacer al respecto, ¿verdad? —preguntó Bill por fin.

—Es el progreso. Súbete al carro o quítate de en medio, coño.

Bill alzó los ojos hacia el cielo azul despejado y se pasó una mano por el pelo.

—¿Alguna pista sobre la tienda de Richardson? —preguntó.

—¿Tú qué crees?

—Sólo preguntaba.

—¿Quieres saber lo que creo que pasará?

—¿Sobre qué?

—Sobre la situación de Buy-and-Save.

—Pues no —soltó Bill—. Pero dímelo.

—Su desaparición final coincidirá con la inauguración del departamento de alimentación del Almacén. —Señaló las obras con la mano—. Aguantará hasta entonces —sentenció antes de mirar de nuevo a Bill, que permanecía al otro lado del vehículo—. ¿Qué te apuestas?

—Nada —respondió Bill. Inspiró hondo, se despidió con la mano y empezó a correr. Quería estar enojado e indignado; se habría conformado con estar asustado. Pero sólo se sentía cansado y desanimado. Y así se sintió mientras salía del estacionamiento y cogía la carretera para dirigirse a su casa.

El ruido de las sierras lo siguió todo el camino.


## 2


Ginny solía pasar los descansos en el aula (sólo duraban diez minutos, lo que, de hecho, no le dejaba tiempo para mucho), pero ese día se sentía inquieta y nerviosa. Después de acompañar a sus alumnos al patio, volvió enseguida a la sala de profesores para tomarse una taza de café.

En la sala sólo estaba Lorraine Hepperton, que se hallaba sentada en el sofá tarareando una canción. Ginny sonrió a la otra profesora mientras se acercaba a la máquina de café.

—Caray, hoy estamos de muy buen humor —comentó.

—Sí, señora —confirmó Lorraine tras devolverle la sonrisa.

Ginny soltó una carcajada. Cogió su taza de café y se dirigió al sofá para sentarse con su amiga.

—¿Cómo te va? —preguntó.

—¿En la escuela o en mi vida real?

—¿Hay alguna diferencia?

—Ahora sí. —Lorraine rebuscó en el bolso, que tenía a su lado—. ¿Quieres ver lo que compré?

—Claro... —empezó a decir, pero Lorraine ya había encontrado lo que estaba buscando y lo sostenía en alto para que lo viera. Era una muñeca fea, especialmente repugnante, de color naranja, con un aspecto aparentemente humano pero con el pelo erizado que le salía en mechones extraños de una cabeza deforme y con una cara descentrada formada de retazos de tela negra cosidos entre sí. La figura estaba desnuda, y una vulva exagerada le sobresalía en la entrepierna.

—¿Qué es? —preguntó Ginny con una mueca.

—Un muñeco vudú. Lo compré en el Almacén.

—¿Para qué?

—Para probarlo. Supongo que no tiene nada de malo —comentó, y tras soltar una risita, añadió—: Lo llamo *Meg*.

—¡Lo dirás de broma! —soltó Ginny, horrorizada.

—No, hablo en serio. —Dirigió una mirada nerviosa hacia la puerta para asegurarse de que no entrara nadie en la habitación y sacó un alfiletero del bolso. Tomó un alfiler y lo clavó hasta el fondo en el pecho izquierdo del muñeco.

Se rio. Ginny notó que un escalofrío le recorría la espalda. No podía imaginar que una cadena de almacenes de ámbito nacional vendiera algo así, ni siquiera como artículo de broma, y se preguntó dónde estaría expuesto el muñeco en el Almacén.

Lorraine introdujo otro alfiler en el vientre del muñeco.

«La caravana negra.»

Sintiéndose perturbada, Ginny se levantó y se alejó del sofá. Una vez estuvo ante la máquina de café, se volvió para preguntar:

—No creerás que realmente funciona, ¿verdad? ¿O acaso crees en esas cosas?

Lorraine giró el muñeco y le mostró la etiqueta.

—*Made in Haiti*.

Ginny seguía sin estar segura de si la otra profesora hablaba en serio o no. La voz de Lorraine era agradable, de tono suave, pero no parecía hablar en broma. Era como si estuvieran teniendo una conversación normal, como si estuvieran comentando la calidad de la tela de una blusa nueva.

Lorraine sacó otro alfiler, lo presionó directamente en la gigantesca vulva y, acto seguido, guardó el alfiletero y la muñeca en el bolso. Un segundo después, otra profesora cruzó la puerta abierta de la sala de profesores.

—Hola, Meg —dijo Lorraine con dulzura.

# Dieciséis

## 1

—El curso casi se ha acabado —comentó Ginny.

Bill la miró.

—¿Contenta?

—Sí. Lo estoy. Ha sido un curso muy largo.

—¿Algún otro muñeco vudú últimamente?

Ella sacudió la cabeza.

—¿Algún aquelarre? ¿Algún ritual satánico? —insistió Bill.

—No tiene gracia —se quejó Ginny.

—No, supongo que no —suspiró su marido.

Permanecieron callados unos momentos. La casa estaba tranquila, en silencio. Sam y Shannon habían salido con sus respectivos amigos, y el único ruido que se oía era el zumbido apagado de la nevera en la cocina.

—Tendrá que dejar el trabajo después del verano —discurrió Ginny—. Cuando se vaya a la universidad.

—No estaba pensando en eso.

—Y un cuerno.

—Tienes razón —admitió Bill, que se recostó en el sofá y miró al techo—. Quizá pueda conseguir un trabajo de verano en el campus e irse antes.

—Ni siquiera ha decidido adónde irá. Primero tiene que elegir universidad.

—Depende de cuál ofrezca más facilidades económicas.

Volvieron a quedarse callados, y Bill cerró los ojos. Se sentía cansado. Últimamente había estado muy cansado, aunque no sabía muy bien por qué. No había reducido sus horas de sueño ni hecho más trabajo que de costumbre. Suponía que era debido al estrés. Tenía muchas cosas en la cabeza. Demasiadas.

—Ya no nos sentamos nunca fuera —dijo de improviso Ginny.

Bill abrió los ojos y se volvió hacia ella.

—¿Qué?

—Que ya no nos sentamos nunca fuera. ¿Te has fijado? Ya no nos sentamos nunca juntos en la terraza. Tú estás siempre con el ordenador, y yo viendo la tele.

—Nos sentamos juntos. Lo estamos haciendo ahora.

—Pero no fuera. Antes salíamos después de cenar a mirar las estrellas. ¿Te acuerdas?

—Eres tú quien no quiere salir por la noche. Los bichos se te comen viva.

—No me refiero a eso. —Se acercó más a él y le pasó un brazo por encima de los hombros—. Ya no pasamos tanto tiempo juntos como antes.

Bill cayó en la cuenta de que Ginny tenía razón. No había pensado en ello, pero a pesar de que trabajaba en casa y ella solía llegar de la escuela antes de las cuatro, el único tiempo que parecían dedicarse el uno al otro era el que pasaban en la cama. Era como si vivieran dos vidas independientes bajo el mismo techo. Aunque no había sido siempre así. Tiempo atrás, pasaban todos sus ratos libres juntos. Como Ginny había comentado, se sentaban en la terraza, acurrucados, y hablaban del pasado o planeaban su futuro. Suponía que el cambio se debía, en parte, a las niñas. Cuando ellas estaban en casa, era bastante difícil tener intimidad.

Pero no podía culparlas de todo.

—Tienes razón —dijo al fin—. Deberíamos pasar más tiempo juntos.

—Ya es casi verano. Hace bastante calor para sentarse en la terraza.

—¿Quieres que salgamos a mirar las estrellas?

—Todavía tenemos esperanza —aseguró Ginny tras darle un beso.

—¿Lo dudaste alguna vez? —preguntó Bill.

—No —contestó ella despacio, con una voz sorprendentemente seria—. Nunca.


2


Tenían que asistir todos juntos a la graduación de Sam.

Como una familia.

Shannon había querido sentarse con sus amigas, que estaban apretujadas en el rincón derecho de las gradas, cerca de la puerta por la que saldrían los estudiantes, pero sus padres le dijeron que se trataba de un evento familiar y que la familia iba a celebrarlo junta.

Sus abuelos habían venido para la ocasión, y ahora Shannon se encontraba sentada entre sus dos abuelas en el banco de metal. Su padre llevaba la cámara de vídeo, y a ella le habían dado la Nikon con el encargo de que tomara fotografías. Por lo menos, tenía algo que hacer. Quería mucho a sus abuelos y todo eso, y se sentía contenta de verlos, pero era un rollo tener que pasar el rato con ellos mientras sus amigas podían estar juntas y moverse a sus anchas.

Vio que Diane saltaba la barandilla de las gradas y salía disparada hacia Zona Marsden, que estaba en la banda, sentada a la derecha de las sillas plegables preparadas para los estudiantes. Las dos chicas hablaron un momento con las cabezas pegadas y se echaron a reír. Diane regresó deprisa por el campo y desapareció por un lado de la grada inferior.

Shannon pensó en preguntarle a su padre si podía ir con Diane, argumentando que podría obtener mejores fotografías de Sam si estaba sentada allí abajo, pero cuando se disponía a hacerlo, la banda comenzó a tocar una especie de marcha y unos acomodadores con chaqueta roja empezaron a conducir a los profesores y a los directivos de la escuela hacia la primera fila de sillas plegables.

—¡Asegúrate de tomar una foto de Sam cuando salga al campo! —le gritó su padre, que se dirigía al pasillo para bajar por la grada con la cámara de vídeo preparada para grabar.

—Sí. —Shannon se levantó, pasó por delante de su abuela Jo y de su abuelo Fred, y siguió a su padre por los peldaños de metal hasta la parte inferior de la grada, donde podría tomar mejor las fotos.

Los adultos ya estaban sentados, y empezaron a salir los primeros estudiantes. Lo hacían por orden alfabético, y la clase no era demasiado grande, de modo que Sam aparecería bastante al principio. Shannon quitó la tapa del objetivo y enfocó la cámara para apuntar y disparar cuando su hermana apareciera.

—¡Ahí viene! —avisó su padre.

Shannon tomó una foto en cuanto Sam y su compañera de fila salieron al campo; otra cuando se acercaba a las sillas plegables, y una tercera cuando se sentaba.

Ella haría lo mismo el año siguiente. Seguramente no tendría la borla amarilla adicional, porque sus notas no eran tan buenas como las de Sam, pero se estaría graduando. Volvió la vista hacia sus abuelos. Los cuatro estaban sonriendo, y sabía que estaban contentos, pero parecían tensos, como si sufrieran y tuvieran que esforzarse para estar alegres. De repente, se percató de lo mayores y frágiles que eran sus abuelos, y se le ocurrió que quizás el año siguiente no estuvieran todos en su graduación. Alejó al instante aquella idea terrible de su mente, como si el mero hecho de considerar la posibilidad pudiera hacer que se volviera realidad.

Volvió a su asiento y no se movió hasta que terminó la ceremonia. Durante el transcurso de las oraciones y los discursos, descansó sus cálidas manos en los brazos fríos y delgados de su abuela. Su padre no se movió del sitio para grabarlo todo.

Empezaron a entregar los diplomas y Shannon bajó de nuevo a la parte inferior de la grada para colocarse junto a su padre. Tomó una fotografía cuando Sam se levantó de la silla, y otra cuando esperaba recibir su diploma en primera posición. Cuando anunciaron el nombre de Samantha Davis por los altavoces, no pudo evitar soltar gritos de júbilo mientras tomaba una foto de su hermana recibiendo el diploma de manos del director.

Numerosas personas la aclamaron y aplaudieron. Sam era una de las alumnas más populares del instituto, y aunque eso a menudo molestaba a Shannon, ese día se sentía muy orgullosa de ser su hermana.

Después de la ceremonia, se tomaron fotografías delante del cartel del instituto de Juniper. Mientras Samantha posaba entre sus dos pares de abuelos, Diane llegó corriendo sin aliento. Saludó con la mano a Sam y con la cabeza a sus padres, y se dirigió a Shannon.

—Necesitan que dos personas preparen el ponche de frutas en la fiesta de graduación —comentó—. ¿Quieres hacerlo?

—¿Qué?

—Han pillado a Smith y a Jimmy tratando de llevarse una botella de whisky al gimnasio. Supongo que iban a añadirlo al ponche de frutas. Pero en la fiesta no puede haber alcohol, así que los echaron automáticamente, y ahora están buscando a dos personas para reemplazarlos. El señor Handy dijo que podíamos ser nosotras si queremos.

Shannon miró esperanzada a su madre.

—Adelante —dijo Ginny con una sonrisa.

—¡Sí! —Diane levantó el puño y sonrió de oreja a oreja—. Le diré que aceptamos. —Y echó a correr de vuelta al gimnasio por la pendiente cubierta de hierba.

—¿Dónde y cuándo? —gritó Shannon.

Diane se volvió y siguió corriendo, ahora hacia atrás.

—¡Reúnete conmigo en el gimnasio cuando acabes!

—¡Vamos a comer fuera!

—¡A las ocho, entonces!

Shannon asintió, saludó con la mano y Diane desapareció entre la multitud de padres todavía arremolinados.

A Shannon la cena le pareció algo deprimente. Fueron al Castle Creek Steakhouse, lo más parecido a un restaurante decente en aquella zona, pero coincidieron con la mitad de la clase que se graduaba. Y, aunque Sam se pasó casi toda la cena yendo a la mesa de sus amigos y hablando con otros chicos, era evidente que no tenía novio. La mayoría de las chicas, salvo las que eran un completo desastre, estaban comiendo con sus familias y novios. Aunque Shannon sabía con certeza que por lo menos seis chicos le habían pedido a Sam que fuera su pareja en la fiesta de graduación y ella había preferido ir sola, no era lo mismo tener a alguien especial con quien compartir aquella noche tan señalada.

Shannon echaba de menos a Jake.

A eso se reducía todo, en realidad, y se encontró preguntándose si ella tendría novio o bien acabaría yendo a cenar con sus padres, su hermana y sus abuelos el día de su graduación.

Quizá ni siquiera con sus abuelos.

¡Por Dios, qué deprimente estaba resultando la velada!

Pero las cosas mejoraron mucho después de cenar. Regresaron a casa y ella y Sam se pusieron ropa de fiesta; una y dos veces hasta que sus atuendos resultaron aceptables para sus padres, y Bill las llevó de vuelta al instituto.

Cuando se quedaron solas, Shannon le entregó tímidamente a su hermana un regalo especial de graduación que le había comprado ella misma. Había contribuido al PC y a la impresora, como toda la familia, pero había querido ofrecerle a Samantha algo más personal, menos práctico. Algo que fuera sólo de ella. Así que había ido a la tienda de Ellen y, con el dinero de las pagas y de los canguros que había estado ahorrando todo el año, le compró un broche antiguo a su hermana.

—Sé que te gustan estas cosas —le comentó al dárselo—. Y pensé que sería un buen regalo de graduación.

—¡Es un regalo maravilloso! —Sam la abrazó, incómoda pero agradecida—. Muchísimas gracias —dijo, y se lo puso de inmediato en la blusa—. ¿Qué les pareció a mamá y papá?

—No saben nada. Es un regalo mío para ti, así que quería que fueras la primera en verlo.

—Puede que a veces no lo parezca —sonrió Sam—, pero estoy muy contenta de que seas mi hermana.

Shannon desvió la mirada, avergonzada.

—Yo también —respondió.

Después se separaron. Sam se acercó al punto de encuentro de los alumnos de último curso, donde sus amigos se reunían por última vez, y Shannon se dirigió directamente al gimnasio, donde Diane ya estaba llenando vasos de papel con ponche de frutas colorado.

—Ya era hora —dijo—. Ayúdame a llenar los vasos antes de que empiecen a llegar.

Ese año, el Almacén patrocinaba la fiesta de graduación, incluido el refrigerio y las decoraciones, incluso había pagado el espectáculo. Una pancarta enorme que colgaba sobre la puerta anunciaba: ¡BIENVENIDOS A LA PRIMERA FIESTA DE GRADUACIÓN ANUAL DEL ALMACÉN!

Shannon supuso que era un detalle, pero también significaba que tenían que seguir las normas y las regulaciones que imponía el Almacén. Tradicionalmente, las fiestas de graduación de Juniper duraban desde el anochecer hasta el alba, y había padres y profesores que vigilaban a los chicos en el interior del gimnasio, y policías que controlaban el estacionamiento y las calles colindantes para asegurarse de que no hubiera problemas. Ese año, sin embargo, se había suprimido la vigilancia de los padres y los profesores. El Almacén había proporcionado su propia seguridad. Y era probable que la policía no tuviera demasiado que hacer en el estacionamiento o en las calles porque, una vez que los alumnos llegaban a la fiesta de graduación, no podían salir del gimnasio.

Con ello, se pretendía reducir los problemas y contener a los alborotadores, pero Shannon creía que confería a la celebración un ambiente inquietante. Los profesores y directivos seguían estando presentes, pero habían sido relegados a aspectos secundarios: hacer anuncios patéticos desde el escenario entre una canción y otra, o ayudar a los alumnos a servir el refrigerio. En cambio, los estoicos vigilantes del Almacén, con sus uniformes verdes, ocupaban puestos muy visibles alrededor del gimnasio para supervisar el comportamiento de los chicos y bloquear las posibles salidas. Los vigilantes no eran personas de la ciudad, sino que formaban parte del grupo inicial de empleados que el

Almacén había llevado a Juniper desde sus oficinas centrales. Nadie los conocía, y ellos no conocían a nadie, lo que resultaba algo perturbador. Se trataba de una fiesta de graduación para celebrar que se dejaba atrás la escolarización obligatoria, pero parecía más bien un baile en una cárcel, y mucho antes de la medianoche, Shannon lamentaba haber aceptado ayudar. Tenía la impresión de que la observaban y controlaban todo el rato, y era una sensación que no le gustaba.

Vio a Sam varias veces al principio de la noche, acompañada de distintas parejas de baile, pero al final Shannon la perdió de vista, y la siguiente vez que la vio, unas horas después, estaba con un grupo de vigilantes del Almacén a la izquierda de la tarima donde tocaba la banda.

Durante una pausa musical, mientras el señor Handy entregaba premios de broma que tenían que ser divertidos pero que eran simplemente embarazosos, Shannon hizo una visita rápida al cuarto de baño. Sam estaba allí con un puñado de chicas, y le puso una mano en el hombro a su hermana.

—Me han ascendido —anunció—. Este verano seré líder del departamento de electrodomésticos. Ya no estaré en bebés. Supongo que les gusto.

—¿Qué significa ser líder? —preguntó Shannon.

—Es el vendedor principal. El director del departamento seguirá estando por encima de mí, pero seré la segunda al mando. Seré la jefa de todos los empleados a tiempo parcial del departamento.

—¿Quién te lo dijo? ¿Uno de esos tipos que vigila la puerta?

—Sí. Ray.

—Oh, nos llamamos por el nombre de pila —sonrió Shannon, burlona—. ¿Está pasando algo que deba saber?

—¿Con Ray? —Sam rio—. Más bien no.

—Bueno, me alegro por ti —aseguró Shannon—. Es fantástico.

Pero no era fantástico, y se preguntó por qué su hermana parecía tan orgullosa y entusiasmada por algo tan trivial. Sam siempre había despreciado a las chicas del instituto cuyas aspiraciones profesionales se limitaban a ser camarera o dependienta. Ella estaba resuelta a marcharse de la ciudad, estudiar en la universidad y pasar a formar parte de lo que ella denominaba «mundo real». No parecía propio de Sam sentirse honrada porque un guardia de seguridad le hubiera dicho que le habían concedido un ascenso poco importante en su insignificante trabajo a tiempo parcial.

Shannon se preguntó si debería contarle a sus padres lo que pensaba, pero decidió que sólo serviría para poner nervioso a su padre. Ya estaba bastante mosqueado con el Almacén, y aquello sólo empeoraría las cosas. Así que se despidió de Sam, trató de no pensar en ello y, para cuando regresó a la mesa donde se servía el refrigerio, lo había olvidado por completo.

# Diecisiete

## 1

La ampliación estaba terminada.

La inauguración del nuevo departamento de alimentación del Almacén sería al día siguiente.

Era imposible creer que se hubiera hecho todo tan deprisa. El terreno se había limpiado hacía sólo un mes. Cuando las fotos de ese día que obtuvo Ben aparecieron en el periódico, ya habían quedado anticuadas. La construcción había avanzado tan rápido que, según el ayuntamiento, los diversos inspectores de Juniper a duras penas podían seguir su ritmo.

Bill había ido a hacer *footing* esa mañana, y al pasar por el Almacén vio que ya habían colgado las pancartas y atado los globos de helio en su sitio. El sábado había aparecido en el periódico una página con anuncios de productos a precios escandalosamente baratos, como lechuga a un centavo y filete de siluro a cincuenta y cinco centavos el kilo. El Almacén sobornaba a la gente para que comprara en su departamento de alimentación, y Bill sabía que los sobornos funcionaban porque Ginny y él irían a comprar un montón de comestibles. Si podían sobornarlos a ellos, podían sobornar a cualquiera.

Deseaba que hubiera alguna otra tienda en la ciudad donde comprar productos alimenticios. Pero Ben había tenido razón: Buy-and-Save iba a cerrar la semana siguiente, justo después de que el departamento de alimentación del Almacén abriera sus puertas. La tienda ya se veía abandonada. Había bajado en coche por Main Street y redujo la velocidad cuando pasó por delante. Los cristales estaban sucios y oscurecidos, y sólo había dos vehículos en el estacionamiento. Seguramente, automóviles de empleados.

Cuando Buy-and-Save cerrara, sólo quedaría el Almacén. Le hubiera gustado saber qué le pasó a Jed. Según los rumores, había huido de la ciudad, dejando facturas sin pagar, pero no conocía a nadie que se hubiera tragado esa historia. No era nada propio de Jed, y Bill tenía la sensación de que la verdad era algo mucho menos corriente y mucho menos benigna.

Y estaba relacionada con el Almacén.

Pasó ante el café vacío. Los cristales estaban del mismo modo deslustrados y abandonados, igual que en la mayoría de comercios de la ciudad.

Era martes, el día del subsidio, y la cola delante de la oficina del paro era larga. Incluso más que cuando había cerrado el aserradero. Serpenteaba a lo largo del edificio de ladrillo marrón, doblaba la esquina y llegaba al estacionamiento. Al final de la cola vio a Frank Wilson, uno de los viejos amigos de Hargrove, y aunque una pequeña parte de él quería regocijarse porque tenía lo que se merecía, realmente no podía sentirse bien por ello.

La venganza no era siempre dulce.

Había bastantes obreros de la construcción en la cola, y bajo las letras de metal que identificaban eufemísticamente el edificio como Departamento de Seguridad Económica de Arizona, vio a Ted Malory. Lo saludó con la mano, pero Ted no lo vio, y prefirió seguir adelante sin llamar la atención.

Según la mujer de Ted, el Almacén lo había estafado en la construcción del tejado del edificio, ya que le había deducido dinero por errores y descuidos imaginarios de la cantidad acordada inicialmente. Desde entonces, no había tenido ningún otro trabajo, y había tenido que echar a todo su equipo, y Charlinda dijo que seguramente irían a la quiebra. Además, hacía poco habían pillado a su hijo y a otros chicos tirando petardos en los retretes de la escuela, de modo que Ted y Charlinda tenían que cubrir también los desperfectos que eso había ocasionado junto con los padres de los demás chicos.

Los problemas no llegaban nunca solos, como solía decir su abuelo, y desde luego, lo parecía.

Especialmente por aquel entonces.

La tienda de Street seguía abierta, así que se dejó caer por allí y compró una aguja de diamante para el tocadiscos, aunque no la necesitaba. Luego se acercó a la tienda de discos.

Doane lo saludó con la cabeza al entrar.

—Hola —dijo Bill.

—Hola.

—Tal vez no debería preguntarlo —comentó Bill mientras se dirigía hacia el expositor de cedés de segunda mano—, pero ¿cómo va todo hoy?

—Bueno, ¿te enteraste de lo que pasó con la emisora de radio?

—No, ¿qué? —quiso saber.

—El Almacén la compró.

Dejó de andar y se volvió de cara al propietario de la tienda.

—Mierda.

—Sí. Lo mantenían en secreto, pero supongo que la semana pasada cerraron el trato. La emisora ha cambiado de manos esta mañana. —Sonrió sin alegría—. Incluso le han cambiado el nombre. Ahora se llama ALMA-CN.

—¿Por qué?

—Supongo que quieren controlar lo que oímos además de lo que compramos —dijo Doane tras encogerse de hombros. Luego, se acercó al mostrador para poner en marcha su receptor. De inmediato, empezó a oírse un grupo de rap detestable por los altavoces—. ¿Sabes eso de que la gente no sabe lo que le gusta, sino que le gusta lo que conoce? Bueno, pues eso es especialmente cierto en cuanto a la música. Ése fue el motivo de todos aquellos escándalos sobre sobornos hace años. Ésa es la realidad: si la música suena en la radio, si la gente la oye bastante a menudo, empieza a gustarle. —Apagó el receptor—. El Almacén no tendrá problema en vender sus existencias.

—Pero ¿por qué vendieron Ward y Robert? La emisora tenía que estar ganando dinero.

—Según se rumorea, el Almacén les hizo una oferta que no podían rechazar.

—¿Qué quiere decir eso?

Doane se encogió de hombros.

—¿Significa que les ofrecieron mucho dinero? ¿O que les amenazaron?

—Puede que ambas cosas. —Levantó un dedo antes de que Bill pudiera reaccionar—. Sólo repito lo que he oído. No sé nada más.

A Bill no le apetecía discutir. Debería estar despotricando, echando pestes. Pero no. Se sentía agotado, exhausto. Recordó su sueño sobre la asfaltadora. Eso era lo que el Almacén le parecía: una fuerza imparable, totalmente resuelta a pasar por encima de las gentes y costumbres de la ciudad como una apisonadora.

—Como viste, ya han cambiado los formatos —prosiguió Doane—. Ponen los cuarenta más escuchados. Y punto. Nada de *country*.

—¿Nada de *country*?

—Ya no.

—La gente de esta ciudad no lo aceptará.

—No hay más remedio que hacerlo. Además, la gente es básicamente pasiva. Se cabreará y se quejará un tiempo, pero se acostumbrará. Se adaptará. Le será más cómodo escuchar la música que le ofrecen que escribir una carta, hacer una llamada telefónica o hacer algo para cambiar la situación. Es humano.

Bill sabía que tenía razón. Era deprimente, pero cierto. Se suponía que la capacidad del ser humano de adaptarse a casi todo era una de sus mayores virtudes, pero también era una de sus mayores debilidades. Lo volvía sumiso, vulnerable a ser explotado.

—Prométeme algo. —Doane sonrió tímidamente—. Si te toca la lotería, si ganas, pongamos por caso, treinta millones de dólares jugando, compra la emisora y pon algo de música decente.

—Trato hecho —dijo Bill, que se obligó a devolverle la sonrisa.

No había nada nuevo en la tienda, nada que quisiera o necesitara realmente, pero compró en formato cedé varios álbumes que ya tenía en vinilo. Era probable que hubiera gastado más en la tienda de Doane durante los últimos tres meses que en todo el año anterior, pero Ginny parecía comprender por qué lo hacía, y no creía que fuera a objetarle las compras de ese día.

Al volver a casa, se desvió para pasar por delante del Almacén. A diferencia de las calles desiertas del centro de la ciudad, el estacionamiento del Almacén estaba abarrotado.

A pesar de que era un día laborable.

A pesar de que era media tarde.

Pasó sin reducir la velocidad, mirando por la ventanilla del copiloto. Había desaparecido hasta el último rastro del prado original. El contorno y la topografía del claro estaban totalmente cambiados, y daba la impresión de que el Almacén hubiera estado siempre allí.

Tomó el desvío que conducía hacia Creekside Acres y siguió la carretera de tierra hacia su casa.

Pasó el resto de la tarde trabajando en la documentación para el paquete contable del Almacén.


2


Verano.

Shannon se despertó tarde, tomó un desayuno copioso y se pasó el resto de la mañana tumbada en la cama mirando al vacío y escuchando la radio. No soportaba el verano, aunque no sabía desde cuándo le pasaba eso, no sabía cuándo había cambiado de modo de pensar. Antes le encantaba esa estación. Cuando era pequeña, no había nada mejor que tres meses sin escuela, y los días largos estaban llenos de infinitas posibilidades. Cada mañana se despertaba temprano, cada noche se acostaba tarde, y se pasaba las horas jugando con sus amigos.

Pero ya no jugaba, y ahora los días se extendían inacabables ante ella, convertidos en un período enorme de tiempo sin nada que hacer.

No habría sido tan aburrido si hubiera podido verse con sus amigas, pero ese verano tenían trabajo o se habían ido de vacaciones con sus familias. Hasta Diane trabajaba, y se pasaba los días tras la caja registradora de la gasolinera de su padre.

Habría sido distinto si hubiera tenido novio. Entonces habría agradecido la libertad. Ni siquiera le habría importado la ausencia de sus amigas. Habría tenido muchas cosas que hacer con su tiempo.

Jake.

Todavía lo echaba de menos. A veces se había portado como un imbécil. De hecho, muchas veces, pero echaba de menos tener a alguien con quien hablar, con quien acurrucarse, con quien estar.

Le seguía costando acostumbrarse al hecho de que a alguien que lo había significado todo para ella, que afirmaba amarla y con quien había compartido secretos íntimos y temores no le importara si estaba viva o muerta. Era algo difícil de aceptar, un cambio enorme, y pensó que eso era lo que debía de sentirse cuando se moría alguien a quien amabas. El retraimiento emocional era el mismo.

Respiró hondo y miró por la ventana de su cuarto. Era uno de esos días tranquilos de verano tan frecuentes en Arizona. Cielo azul sin nubes. Bochorno. Aire caliente, sin brisa. Podría llegar a ser soportable si tuvieran aire acondicionado, pero no lo tenían, y el ventilador que tenía sobre el tocador sólo creaba una débil corriente caliente que apenas llegaba a la mitad de la habitación.

Pensó en Sam, trabajando en el Almacén. Aire acondicionado. Gente. Música. Ruido. Vida. De repente, le pareció genial, y en ese momento decidió que, en lugar de desperdiciar el verano vegetando y viendo culebrones y tertulias televisivas, ella también trabajaría. No había nada que quisiera comprar, ningún motivo concreto por el que necesitara ganar dinero, pero podría ingresar en el banco lo que sacara ese verano y empezar a ahorrar para cuando fuera a la universidad.

Ilusionada y con fuerzas renovadas, se levantó de la cama y recorrió el pasillo hacia el despacho de su padre. La puerta estaba cerrada pero la abrió sin llamar.

—¿Papá?

—¿Qué sucede, mi queridísima hija? —preguntó su padre tras alzar los ojos del ordenador.

—Deja de hacer el payaso.

—¿Para esto has invadido mi privacidad? ¿Para insultarme?

—No. Quiero trabajar.

A Bill le cambió la cara.

—¿Dónde? —exclamó con una expresión más dura.

—Pensaba solicitar empleo en el Almacén.

—No quiero que trabajes allí —dijo, muy serio.

—¿Por qué? Todo el mundo lo hace. Sam lo hace.

—Sam es mayor que tú. —Esperó un momento antes de proseguir—: Además, tampoco me gusta que ella trabaje allí.

—Muy bien. Pues buscaré trabajo en otra parte. Aunque, por si no te has dado cuenta, los negocios no van exactamente bien en Juniper.

—Y ¿por qué quieres trabajar? Es verano. Pásatelo bien. Ya trabajarás el resto de tu vida. Podrías disfrutar del verano mientras todavía eres pequeña.

—La Tierra a papá: tengo diecisiete años. Ya no soy ninguna niña.

—Siempre serás mi niña del alma —sonrió su padre con dulzura.

—Alerta de payaso.

—Aún no me has contestado. ¿Por qué quieres trabajar?

—Me aburro. Mis amigos están trabajando o se han ido. No tengo nada que hacer.

—Siempre hay algo que hacer.

—No quiero un discurso inspirador. Quiero trabajar.

—Adelante —dijo Bill—. Tienes mi bendición. —La miró a los ojos—. Siempre que no sea en el Almacén.

Shannon asintió, empezó a cerrar la puerta para marcharse y, entonces, volvió a asomarse al despacho.

—¿Puedo usar el coche? —preguntó.

—Tu madre tiene el *jeep* y Sam se llevó el Toyota. Pero si encuentras un tercer automóvil en el garaje, puedes utilizarlo.

—Se me olvidó —comentó tímidamente.

—Que vaya bien el paseo, y no olvides cerrar la puerta al salir.

Shannon cerró la puerta del despacho de su padre y recorrió el pasillo hacia la cocina, donde sacó un refresco de la nevera. Se planteó olvidarse de la idea. O, por lo menos, esperar otro día. Hacía un calor terrible, y acabaría empapada de sudor si iba a la ciudad a pie. Las probabilidades de que alguien contratara a una chica sudorosa y maloliente de diecisiete años eran bastante bajas.

Pero una tarde inacabable se extendía ante ella, y ya había tenido bastantes como ésa durante las últimas semanas. Necesitaba salir de casa, encontrar algo que hacer. Además, ese día nadie la entrevistaría. Por la tarde recogería los formularios de solicitud, los traería a casa para rellenarlos y los llevaría de vuelta por la mañana.

Y ya sabía dónde iba a solicitar el trabajo.

En el Almacén.

Era probable que en cualquier otro sitio le concedieran una entrevista al instante y le dijeran enseguida si la aceptaban o no. El Almacén era la única empresa lo bastante grande como para ser impersonal, y a pesar de la promesa que le había hecho a su padre, era el único sitio donde quería trabajar.

Sabía que, por alguna razón, a sus padres no les gustaba el Almacén, pero no sabía exactamente por qué. Algunas de las normas para los empleados parecían extrañas, como la prohibición de salir con gente ajena a la empresa (¿no era normalmente al contrario?), y pensar en Mindy y en los guardias de seguridad del Almacén vigilando a los alumnos como si fueran ganado durante la fiesta de graduación la seguía haciendo sentir incómoda, pero realmente no parecía que hubiera nada en ese establecimiento que generara la clase de odio extraño que sentían sus padres, y muy especialmente, su padre.

Lo más probable es que fuera algo político.

Sus padres estaban muy metidos en esas cosas.

Fue a su cuarto y tomó el bolso, por si acaso necesitaba identificarse.

—¡Me voy! —gritó.

—¡Buena suerte! —gritó a su vez su padre.

Dejó que la mosquitera se cerrara de golpe a su paso y bajó por el largo camino de entrada hasta la carretera, donde dos de los caballos del señor Sutton la observaban con tristeza desde detrás de la cerca. Cruzó corriendo la carretera de tierra, saltó la cerca y abrazó a los caballos a la vez que les murmuraba palabras tranquilizadoras. Si los hubiera visto desde el porche, les habría llevado unos terrones de azúcar de la cocina, pero ahora no quería regresar y les dio unas palmaditas, con la promesa de llevarles algo la próxima vez. Los animales también estaban acalorados, abatidos por la falta de aire, e intentaban mantenerse en la sombra. Se estaba acercando la parte más calurosa del día, y aunque era evidente que los caballos querían tener compañía, debía irse, de modo que les dio un rápido abrazo de despedida antes de volver a saltar la cuneta hacia la carretera para dirigirse a la ciudad.

Cuando llegó al Almacén, parecía que hubiera corrido una maratón. Tenía la blusa y los pantalones cortos pegados a la piel, y el pelo apelmazado le formaba mechones húmedos alrededor de la cara. Como no podía pedir un formulario de solicitud con aquella facha, se compró una lata de cola de la máquina recién instalada junto a la puerta y se sentó en el banco que había de cara al estacionamiento para tratar de refrescarse.

Echó un vistazo alrededor. Estaba justo donde Mindy había estampado el coche contra la pared, y aunque no había pensado en ello en varias semanas, de repente recordó el soporte del volante, lleno de sangre, incrustado en la cara de Mindy.

«Está construido con sangre.»

Inspiró hondo y notó que un ligero escalofrío le recorría el cuerpo. Quizá lo que sentían sus padres no fuera tan infundado.

Pero entonces miró el estacionamiento y vio a una mujer que empujaba alegremente un carrito hacia la entrada mientras su hijo, sentado en su asiento, cantaba a voz en cuello.

No había nada extraño en el Almacén. Era un almacén de descuento normal. Puede que lo hubiera rodeado algo de mala suerte, que hubiera habido algunas coincidencias negativas, pero esa clase de cosas ocurrían continuamente en todas partes.

La mujer pasó junto al banco y el niño saludó con la manita a Shannon.

—¡Hola! —le dijo.

—Hola —le respondió Shannon con una sonrisa.

Unos minutos después, como ya se había refrescado lo suficiente y había dejado de sudar, entró en el Almacén y sintió una agradable ráfaga de aire frío al cruzar las puertas. Un guía sonriente le preguntó si necesitaba ayuda. Ella le dijo que había ido a buscar un formulario de solicitud de empleo, y el hombre le indicó dónde estaba el mostrador de atención al cliente. La mujer que atendía ese departamento, a la que Shannon recordaba de Buy-and-Save, le entregó un impreso y un bolígrafo y le indicó que se situara en un extremo del mostrador para rellenar la información.

—No nos quedan demasiadas vacantes —le informó—, pero tienes suerte: hay un puesto de dependiente disponible en el departamento de jardinería.

—Lo acepto —dijo Shannon.

—Rellena la solicitud y ya veremos —sonrió la mujer.

Shannon lo hizo, devolvió la hoja y recorrió el Almacén en busca de Sam. La encontró detrás de la caja registradora del departamento de electrodomésticos, bostezando ostensiblemente mientras una mujer mayor la sermoneaba por no haber sido servicial con ella.

Shannon fingió mirar vajillas y cuberterías hasta que la mujer se marchó, indignada.

—Lo que tenemos que aguantar —sonrió Samantha mientras miraba el pasillo que ocupaba Shannon—. ¿También han venido mamá y papá?

—Sólo yo —contestó Shannon a la vez que negaba con la cabeza.

—¿A qué debo el honor?

—He solicitado un empleo en el Almacén.

A Sam se le ensombreció la expresión.

—Pensé que podrías ayudarme —añadió Shannon.

—No puedes trabajar aquí —soltó su hermana.

—Sí que puedo.

—No, no puedes.

—Mira, sólo quería pedirte que me recomendaras. Pero si te parece demasiado, olvídalo. Dios mío, no creía que fueras a darle tanta importancia.

—Se lo diré a papá.

Shannon se quedó mirando a su hermana.

—Gracias. Muchas gracias —le espetó.

—No creo que...

—Ya entregué la solicitud. Si no quieres ayudarme, no pasa nada. Pero voy a conseguir trabajo aquí.

—¿Ya la entregaste?

—Sí.

Sam inspiró hondo, y su semblante reflejó algo difícil de precisar. «¿Miedo?», se preguntó Shannon.

—Muy bien. Me encargaré de ello —aseguró al cabo la hermana mayor.

—¿De qué?

—Hay unos tests que se tienen que pasar antes de que te contraten, pero veré qué puedo hacer para librarte de ellos. Creo que puedo.

—Gracias —repuso Shannon a regañadientes tras asentir con la cabeza.

Sam parecía descompuesta, casi enferma físicamente.

—Vete a casa —dijo—. No deberían vernos juntas.

—¿Por qué?

—Vete. Hablaré con ciertas personas, y esta noche te diré lo que haya. —Sonrió, pero su sonrisa era forzada, más bien una mueca, lo que hizo que Shannon recordara de nuevo a Mindy.

«Está construido con sangre.»

Miró a su hermana fijamente.

—Gracias —repitió.

Sam asintió.

Shannon se marchó bastante intranquila, aunque no sabía por qué.

Cuando llegó a casa, su madre ya había llegado. Estaba corrigiendo un montón de deberes en la mesa de centro del salón, pero alzó los ojos cuando entró.

—Tu padre dijo que habías ido a buscar trabajo.

—Sí.

—¿Dónde lo solicitaste? —preguntó Ginny.

—¿Dónde no lo solicité? —dijo la niña con sorna.

—¿Tuviste suerte?

—No sé —respondió encogiéndose de hombros—. No parece que haya demasiados sitios en Juniper que busquen gente ahora mismo.

—La escuela de verano empieza el lunes. Me iría bien una ayudante.

Shannon resopló burlonamente.

—Son diez dólares a la semana —insistió Ginny—. Y te quedaría bien en el currículum de cara a la universidad.

—Ya veremos. Si no consigo ningún trabajo, quizá lo acepte.


Samantha llegó tarde a casa. Fue directamente al cuarto de su hermana y cerró la puerta detrás de ella.

—Estás contratada —anunció—. Preséntate mañana. A las diez. Pregunta por el señor Lamb.

—Gracias.

Sam asintió.

Shannon pensó que parecía cansada. Y pálida. Enferma.

—¿Estás bien? —preguntó.

—Sí —respondió con brusquedad su hermana.

—Sólo era una pregunta.

—¿Qué les dirás a papá y mamá?

—Algo se me ocurrirá.

—A mí no me metas.

—De acuerdo. —Shannon observó cómo su hermana se volvía y salía en silencio de la habitación. Unos momentos después, oyó el agua de la ducha en el cuarto de baño. Pensó en contarle a sus padres que había conseguido un empleo (tenía que decírselo si empezaba a trabajar al día siguiente), pero no sabía cómo hacerlo y necesitaba algo de tiempo para idear un plan.

Pondrían el grito en el cielo si sabían que iba a trabajar en el Almacén.

Se quedó tumbada en la cama, leyendo una revista, y cuando Sam terminó de ducharse, esperó diez minutos más a que el vaho desapareciera del cuarto de baño para entrar ella a bañarse.

Tapó el desagüe y tras abrir el grifo para que corriera el agua, comprobó con los dedos que estuviera a la temperatura adecuada. Se desnudó, abrió la cesta de la ropa sucia para meter en ella la blusa y los vaqueros y vio las braguitas de Sam sobre las demás prendas. Estaban manchadas de sangre, y aunque al principio no le dio ninguna importancia, segundos después recordó que a su hermana no le tocaba el período hasta dentro de dos semanas.

Se quedó parada un momento. Pensó en lo cansada y enferma que Sam parecía esa noche, y se planteó preguntarle si le pasaba algo, pero se limitó a contemplar unos instantes la ropa interior de algodón manchada de sangre antes de poner encima la suya, dejar caer la tapa de la cesta, meterse en la bañera y sumergirse en el agua.

Después del baño, habló con sus padres.

Estaban sentados en el sofá, viendo la tele, de modo que entró en el salón y se puso delante de ellos. Había pensado sincerarse y contarles la verdad, había pensado prepararlos poco a poco para la noticia, pero finalmente decidió que lo más fácil, lo único que podía hacer en este caso, era mentir.

—Tengo trabajo —dijo.

—¡Qué bien! —sonrió su madre—. ¿Dónde?

—¿Cuándo te enteraste? —preguntó su padre. Su voz transmitía seriedad, no apoyo, y Shannon notó que empezaba a fruncir el ceño.

—Ahora mismo.

—¿Cómo?

—Me llamaron —respondió.

—No oí sonar el teléfono.

—Sonó. Y contesté. Me dieron el trabajo.

—¿Dónde? —repitió su madre.

—Sí —intervino su padre—. ¿Dónde?

¿Era recelo lo que había detectado en el rostro de su padre? Tragó saliva con fuerza, tratando de sonreír.

—En George's —dijo—. En la hamburguesería.

A la mañana siguiente, el señor Lamb la esperaba junto al mostrador de atención al cliente. Había ido en el coche con Sam, y había llegado media hora antes a la cita, pero el señor Lamb la estaba esperando igualmente, y sonrió al estrecharle la mano. Tenía la piel fría al tacto y una sonrisa gélida, y deseó que Sam se hubiera quedado con ella mientras el director de personal le describía brevemente sus obligaciones. Hizo una pequeña pausa en su discurso ensayado, como si le hubiera leído los pensamientos:

—Sí —dijo—. Ha tenido mucha suerte de tener una hermana como Samantha. Es toda una mujer. —Su sonrisa se hizo más amplia—. Toda una mujer.

A Shannon se le heló la sangre. Pensó que debería haber hecho caso a Sam y a sus padres. No debería haber solicitado un empleo en el Almacén.

Había sido un error.

De repente, un verano tumbada en la cama leyendo revistas y escuchando la radio le pareció más agradable que aburrido, le pareció que debería ser así como pasara el tiempo, y por un breve instante, se planteó rechazar el empleo, dejarlo y largarse de allí.

Pero el señor Lamb se la llevaba de la zona de atención al cliente para enseñarle el Almacén, y ya era demasiado tarde. Había dejado escapar la oportunidad.

¿Demasiado tarde?

¿Por qué era demasiado tarde?

No sabía por qué, pero lo era, y lo siguió por los pasillos y departamentos, mientras le explicaba la distribución y el funcionamiento del Almacén.

Se le pasó el miedo, y su intranquilidad fue remitiendo con la misma rapidez con que la había invadido. El señor Lamb le mostró la sala de descanso y el vestuario, la llevó a la enorme sala donde se almacenaban las mercancías, la condujo a una habitación llena de pantallas de vídeo con las que Jake y sus compañeros de seguridad controlaban el edificio.

Jake, gracias a Dios, no estaba allí.

Se preguntaba qué haría si se lo encontraba en la sala de descanso o en algún otro sitio. ¿Cómo manejaría la situación? Procuró decirse que el hecho de que Jake trabajara en el Almacén era otra razón por la que no debería haber solicitado un empleo allí, pero en el fondo sabía que era una de las razones por las que lo había hecho. A pesar de lo que decía a los demás, a pesar de lo que fingía, de algún modo seguía convencida de que podrían volver a salir juntos.

El señor Lamb era definitivamente extraño, pero el escalofrío inicial que había sentido en su presencia había desaparecido, y cuanto más se adentraban en el edificio y más empleados sonrientes le presentaba el señor Lamb en su recorrido por él, más a gusto se sentía en el Almacén. Podría trabajar allí. Podría adaptarse.

Bajaron en un pequeño ascensor hasta un pasillo con las paredes de hormigón que tenía aspecto de búnker, y el señor Lamb le mostró una sala de reuniones y una sala de formación. Se detuvo delante de una puerta arqueada con los bordes dorados.

—Y esto de aquí es la capilla —indicó.

Shannon le echó un vistazo desde la puerta. Por un breve instante, volvió a quedarse helada. Había bancos dispuestos en filas, lamparillas aromáticas encendidas en huecos idénticos en las paredes laterales, pero delante de la capilla, en lugar de un púlpito o un altar, había un retrato enorme de Newman King, ribeteado de terciopelo rojo.

—Aquí es donde los directores de departamento celebran sus reuniones todas las mañanas. Antes de abrir la tienda, rezan al señor King para tener un día lucrativo.

¿Rezaban al señor King?

Había visto al fundador del Almacén por televisión, en las noticias, y aunque era un hombre evidentemente rico y poderoso, no era ningún dios, y la idea de que el hombre o la mujer bajo cuyas órdenes estaría trabajando bajara allí cada mañana a rezar de modo ritual ante un retrato de un millonario le puso los pelos de punta.

Siguieron adelante, de vuelta al ascensor para regresar a lo que el señor Lamb llamó «la Planta». Había compradores y mirones deambulando por los pasillos, sentados en el restaurante de *sushi* y en la cafetería, y Shannon pensó que había tenido mucha suerte de encontrar trabajo en el Almacén.

—Eso es todo por ahora —dijo el señor Lamb—. Recibirá clases equivalentes a una semana de formación para aprender a manejar las cajas registradoras, a tratar con los clientes y cosas así, la tendremos dos semanas a prueba y después ya formará parte de nuestra plantilla. —Le entregó una hoja fotocopiada con los horarios de las clases de formación—. Su primera clase será esta noche, en la sala de formación de la planta inferior. No falte.

—Humm, gracias —contestó Shannon.

—Dé las gracias a su hermana —sonrió el señor Lamb, y tras repasarla con la mirada de arriba abajo, asintió satisfecho—. Creo que será una empleada modelo del Almacén.

—Lo intentaré —aseguró Shannon.

El señor Lamb empezó a rodear el mostrador de atención al cliente, pero en el último momento se detuvo y se volvió hacia ella.

—¿Quiere un consejo? —soltó—. Pierda esa gordura infantiloide. Está un poco rechoncha. No nos gusta tener a zorras gordas trabajando en el Almacén. No da buena imagen.

Sonrió, la saludó con la mano y se metió en una oficina.

¿Zorras gordas?

La había dejado estupefacta, sin saber cómo reaccionar, sin saber siquiera qué sentir. Se lo había dicho de una forma tan despreocupada, tan a la ligera, que no estaba segura de haberlo oído bien.

No. Sabía que lo había oído bien.

No era nada profesional decir una cosa así, pensó Shannon. Una persona que ostentaba un cargo de autoridad no debería hablar de esa forma.

Su siguiente reacción fue ir al departamento de moda femenina para mirarse en un espejo.

Gordura infantiloide.

Rechoncha.

¿De verdad pesaba demasiado? El señor Lamb se había fijado en eso, se lo había dicho sin venir a cuento, prácticamente le había ordenado que adelgazara si quería conservar el trabajo, de modo que no era una manía suya, sino una realidad.

Tenía un problema.

Se sentía más indignada que dolida, más enojada que avergonzada, pero cuando se miró en el espejo, el instinto de conservación la abandonó.

El señor Lamb tenía razón.

Se giró hacia la izquierda y hacia la derecha, se miró el trasero por encima del hombro.

Tendría que dejar de comer tanto. Su madre se pondría histérica, le soltaría el sermón sobre la anorexia y la bulimia, pero esta vez se mantendría en sus trece.

Se lo había confirmado un tercero.

Estaba gorda.

—¿Puedo ayudarla en algo?

Se volvió y vio que una mujer delgada de mediana edad con el uniforme del Almacén le sonreía amablemente.

—No —contestó—. Gracias.

Dio media vuelta y recorrió el pasillo principal hacia la entrada.

Decidido. Iba a saltarse el almuerzo.

Y tal vez la cena.

Cruzó la puerta delantera.

Tal vez debería suprimir siempre el desayuno.

# Dieciocho

## 1

La ciudad estaba arruinada.

Por primera vez desde que Bill había empezado a asistir a los plenos municipales, el salón estaba lleno, con todas las sillas ocupadas. Ben lo había estado comentando en el periódico, incluso había enviado a Trudy a entrevistar a Tyler Calhoun, el presidente de la cámara de comercio, y a Leslie Jones, el supervisor del condado, para hablar de lo que ocurriría en la ciudad y en el condado si Juniper se veía obligada a declararse en quiebra. Era evidente que los artículos habían despertado cierto interés entre los residentes y que había incitado a muchos de ellos a asistir a la sesión de aquella noche.

Bill ocupaba su silla habitual, junto a Ben, que sonreía de oreja a oreja.

—Menuda concurrencia, ¿verdad? —dijo el director del periódico.

—¿Te estás atribuyendo el mérito?

—Por supuesto.

—Es impresionante —admitió Bill.

—No te animes demasiado. He estado escuchando las conversaciones de la gente, y en la parte de atrás hay firmes partidarios del Almacén. No todos los presentes son ciudadanos descontentos.

—Pero no puede gustarles la idea de ir a la quiebra.

Antes de que Ben pudiera responder, se llamó al orden, y ambos guardaron silencio como todos los demás presentes mientras se cumplían los requisitos formales y el pleno debatía y votaba un montón de asuntos triviales.

El presupuesto municipal era el último punto del acta del día, y era evidente que el alcalde había esperado que la cantidad de asistentes se hubiera reducido para entonces, que por lo menos una parte se hubiera ido a casa, pero aunque ya pasaban de las nueve, nadie había abandonado el salón, y los residentes esperaban, expectantes, a que se les informara de la situación financiera de Juniper.

El alcalde miró a los demás miembros del ayuntamiento, tapó el micrófono situado ante él con la mano y susurró algo a Bill Reid antes de dirigirse a la sala.

—Como es probable que sepan —dijo—, esta semana el ayuntamiento recibió un informe actualizado del director financiero de Juniper, y las previsiones para el nuevo año fiscal no son buenas. De hecho, son peores de lo que nos temíamos. Para intentar atraer al Almacén a Juniper, le ofrecimos incentivos fiscales y de otros tipos que ahora estamos obligados por contrato a hacer efectivos. La mayoría implica el ensanchamiento de la carretera y la reurbanización de la zona adyacente al Almacén. Y si bien esto mejora muchísimo la calificación de solvencia financiera y las perspectivas económicas de la ciudad a largo plazo, el resultado neto es que a corto plazo, a pesar de nuestra austeridad económica, seguimos teniendo déficit. —Carraspeó antes de añadir—: Dicho de modo sencillo: estamos al borde de la quiebra.

Un murmullo recorrió la sala.

—Sin embargo, la situación no es tan mala como han estado diciendo los periódicos —aseguró el alcalde, que fulminó a Ben con la mirada—. Sin ánimo de ofender.

—Tranquilo —sonrió Ben.

—La situación es grave. No voy a engañarles. Pero no es el fin del mundo. De hecho, hemos estado toda la semana estudiándola, e incluso podríamos decir que no hay mal que por bien no venga. Creo que tenemos la oportunidad de reinventar nuestro gobierno local para que sea más reducido y gaste menos dinero...

—¡No puede gastar menos! —gritó alguien.

Los miembros del pleno soltaron una carcajada, como todos los demás presentes.

—Bueno, bueno —respondió el alcalde—. Estamos juntos en esto. No empecemos a buscar culpables. Como dije, no sólo tenemos la oportunidad de mitigar esta crisis financiera temporal, sino también de corregir los problemas estructurales que la han causado.

—¡Agárrate! —susurró Ben.

—Ya hemos empezado a pensar en externalizar o privatizar programas o servicios no básicos. Nuestro acuerdo con el Almacén sobre el mantenimiento del parque no sólo ha resultado un éxito sino que es, además, muy rentable, y creo que debería servirnos de modelo para iniciativas futuras. Ya hemos aumentado algunas tarifas de usuarios y reducido los horarios laborales, de modo que hemos eliminado todas las horas extra, pero seguimos sin poder compensar el déficit y, solamente con estas medidas, no lo lograremos nunca. El gasto más importante de la ciudad es el de personal: sueldos y prestaciones. Propongo que el personal administrativo y de apoyo que trabaja a jornada completa pase a trabajar media jornada o a tiempo parcial, lo que nos permitirá eliminar gastos de seguridad social y de planes de pensiones. Deberíamos plantearnos la posibilidad de externalizar servicios básicos.

Los asistentes reaccionaron negativamente a las palabras del alcalde.

—Buena solución —soltó Ben—. Dejar a más gente sin empleo.

—Tiene razón —añadió una mujer detrás de él.

—En un momento daremos la palabra a los asistentes —indicó el alcalde con el ceño fruncido—. Pero antes, ¿desea añadir algo sobre el asunto algún miembro del pleno?

—Creo que es una medida lamentable pero necesaria —intervino Bill Reid—. Las situaciones desesperadas requieren medidas desesperadas.

—También deberíamos plantearnos la opción de utilizar a voluntarios para desempeñar algunos trabajos —afirmó Dick Wise—. En esta ciudad hay mucho talento desaprovechado. Y el voluntariado es una tradición estadounidense. Nuestro país se basó en la idea de un gobierno voluntario.

Los otros miembros del pleno no dijeron nada. Hunter Palmyra sacudió la cabeza.

—¿Algún comentario más? —preguntó el alcalde, echando un vistazo a los miembros del pleno—. Muy bien. Someteremos la cuestión a debate público.

Un hombre pálido y anodino se levantó de los concurridos asientos del centro del salón, salió al pasillo y avanzó hacia el atril con un fajo de papeles en la mano. A Bill le sonaba, pero le llevó un momento recordar de qué lo conocía.

El hombre del Almacén. El gancho que había hablado en contra de eximir del cumplimiento de la ordenanza sobre letreros a los comerciantes locales.

Bill dirigió una mirada a Ben, que arqueó las cejas y empezó a escribir en su libreta.

—Diga su nombre y su dirección, por favor —pidió el alcalde.

El hombre se inclinó hacia el micrófono para hablar.

—Ralph Keyes. Representante del Almacén, situado en el número 111 de la carretera 180. —Dejó los papeles en el atril, los revolvió y carraspeó para proseguir—: El Almacén conoce la actual situación económica de la ciudad. Y nos gustaría mitigar parte de su carga financiera declinando los beneficios fiscales que se nos ofrecieron y financiando las diversas mejoras de la carretera adyacente. Pero, legalmente, no podemos hacerlo. Sin embargo, el Almacén puede ayudar a la ciudad de otras formas. Podemos ofrecer a Juniper nuestros propios incentivos. Podríamos llamarlos «contraincentivos». —Rebuscó entre el montón de papeles—. He traído conmigo una propuesta redactada por los abogados del Almacén. En ella, detallamos cómo la ciudad puede privatizar el cuerpo de policía sin que haya problemas. El Almacén se ofrece a financiar y a mantener el cuerpo, a seguir prestando todos los servicios policiales y asumir todos los costes.

Los presentes empezaron a discutir entre ellos.

Al parecer, bastantes personas eran policías, bomberos y otros empleados municipales. Pero en el salón también había empleados del Almacén, y los dos bandos empezaron a debatir en voz alta los pros y contras de la propuesta. Los empleados municipales censuraron, enojados, la idea de la privatización, y los partidarios del Almacén intervinieron en defensa del plan.

—¡Orden! —gritó el alcalde—. ¡Orden! Si tienen algo que decir, pueden subir al estrado a expresar su opinión. Pero no pueden interrumpir a la persona que tiene la palabra.

Keyes esperaba tranquilamente detrás del atril con una ligera sonrisa en los labios.

—¡No podemos tener un departamento de policía privado! —bramó Aaron Jefcoat—. ¡La policía está para hacer cumplir las leyes y servir a los ciudadanos, no para seguir las órdenes de una empresa!

Forest Everson se dirigió al pleno:

—¡Somos un cuerpo de policía, no una milicia privada!

—No habría ningún cambio en la estructura o el personal del departamento —dijo el alcalde—. La diferencia sería sólo sobre el papel. En lugar de financiarse de los contribuyentes, el departamento de policía recibiría del Almacén el dinero necesario para su funcionamiento. —Miró a Keyes—. ¿No es así?

El representante del Almacén asintió.

—¡Es como tiene que ser! —soltó un hombre voluminoso al que Bill no reconoció—. ¿Por qué tenemos que pagar la policía entre todos si no todos nosotros delinquimos?

—¡Porque la policía protege a todo el mundo! —replicó Forest—. ¡Incluido usted!

—¿Tenemos que pagar para que nos protejan? ¿Acaso son ustedes la mafia?

—¡Orden! —gritó el alcalde.

Pasados unos minutos más de discusiones e intercambios verbales, el alcalde logró por fin que los asistentes se callaran. Keyes entregó copias de la propuesta a todos los miembros del pleno y se sentó.

Nadie lo atacó.

Nadie habló con él.

Bill miró al representante del Almacén, y el hombre pálido lo vio. Y le sonrió.

Bill desvió rápidamente la mirada.

Un montón de personas subieron al estrado para censurar, en su mayoría, la propuesta de privatización, y unos cuantos para defenderla. Bill se planteó intervenir, pero todos los argumentos que quería dar ya habían salido a colación, y no había nada realmente nuevo que pudiera aportar a la discusión. Pero le agradó que hubiera tanta gente que quisiera hablar. Ya era hora de que los ciudadanos de Juniper empezaran a implicarse en aquel asunto, que empezaran a responsabilizarse por lo que estaba pasando en su comunidad.

Esperaba que el asunto se trasladara a la siguiente reunión. Era un tema importante, una decisión crucial. Pero una hora después, el alcalde leyó en voz alta la propuesta que Keyes había presentado y, sin discutirlo más, dijo:

—Presento una moción para que aceptemos la propuesta como está.

—Creo que deberíamos dedicar algo de tiempo a estudiar la propuesta —comentó Palmyra—. Deberíamos, por lo menos, pedir al departamento de finanzas y al jefe de policía que la examinen y nos digan si tienen algo que añadir o modificar.

El alcalde no le hizo caso.

—¿Alguien la secunda?

—Secundo la moción —dijo Bill Reid.

—Votemos.

La resolución fue aprobada por cuatro votos a uno, con el voto negativo del concejal Palmyra.

Bill no salía de su asombro. ¿Ya estaba decidido? ¿Una votación rápida y el Almacén se encargaba a partir de entonces del departamento de policía de la ciudad? No parecía posible. No parecía ético. No parecía legal.

La reacción de los asistentes fue contenida. Bill lo habría llamado «el silencio de los corderos», pero no sabía si se debía a la impresión o al miedo. Estaban viviendo un momento histórico: El desmantelamiento del gobierno local, del gobierno electo, el traspaso de poder del pueblo al Almacén.

No le sorprendió que Keyes volviera a acercarse al estrado.

—Ralph Keyes —dijo—. Representante del Almacén, en el número 111 de la carretera 180. —El hombre pálido revolvió otra vez sus papeles—. Según nuestros cálculos, la ciudad se ahorraría más dinero si externalizara asimismo el cuerpo de bomberos. He traído conmigo una propuesta por la que el Almacén acepta financiar el cuerpo de bomberos de Juniper y asumir todas sus tareas administrativas sin tocar los programas existentes de prevención y extinción...

Esta vez el debate no fue tan sonoro, ni tan largo, y un momento después de que el diálogo entre los asistentes hubiese terminado y de que Keyes hubiese vuelto a ocupar su asiento, Bill temió que nadie se levantara para hablar en contra de la nueva propuesta.

Entonces Doane se puso en pie y se acercó al estrado.

No sabía que el propietario de la tienda de discos estuviera en la sesión, pero al ver cómo el hombre de pelo largo se dirigía resuelto hacia la parte delantera del salón se sintió orgulloso. Doane no tenía miedo, estaba más que dispuesto a decir lo que pensaba y a expresar su opinión sobre cualquier tema, y era muy capaz de cantarle las cuarenta al pleno. Bill sonrió mientras Doane inclinaba el micrófono hacia arriba para adaptarlo a su estatura y se apartaba un mechón de pelo de los ojos. Era uno de los suyos, y no se había sentido nunca tan integrado en la ciudad como en aquel momento.

—Me llamo Doane Kearns —anunció en voz alta, contundente—. Vivo en la parcela 22 de Creekside Acres...

—Creekside Acres no forma parte del municipio —lo interrumpió el alcalde—. Usted no vive en Juniper y, por lo tanto, no puede comentar los asuntos de la ciudad.

—Trabajo en Juniper. Soy propietario de un comercio en la ciudad.

—Lo siento. Las normas establecen claramente que...

—A la mierda las normas —soltó Doane.

El salón se quedó en silencio.

—Tengo algo que decir y voy a decirlo, señor alcalde. —Lo señaló con un dedo para sentenciar—: Usted está traicionando a esta ciudad.

—Su comentario está fuera de lugar, señor Kearns.

—De hecho, creo que vendería el culo de su madre a convictos infectados de sida si el Almacén se lo pidiera.

El alcalde se puso colorado y se le contrajo el rostro, pero su voz siguió tranquila, regular, y sólo dejó entrever un poco su rabia.

—¿Jim? —Hizo un gesto al único policía uniformado que había junto a la puerta—. Acompaña al señor Kearns fuera, por favor.

Habían cortado el micrófono a Doane, pero éste siguió hablando cada vez más alto para que pudieran oírlo por encima del murmullo creciente de los asistentes:

—Les está permitiendo comprar nuestro gobierno. Creía que estábamos en una democracia. Creía que la gente era quien decidía cómo debería recaudarse el dinero, cómo debería gastarse, cuál es la función del gobierno municipal...

El policía, que había llegado donde estaba Doane, le pidió a regañadientes que se fuera.

—¡Ya me voy! —bramó Doane—. ¡Pero recuerden esto! ¡Me hicieron callar! ¡El Almacén y sus títeres me hicieron callar e impidieron que participara en una democracia participativa!

—Yo lo recordaré —aseguró Ben en voz baja mientras escribía en su libreta.

El policía condujo a Doane fuera del salón.

El alcalde y los demás miembros del pleno ni siquiera preguntaron si alguien más quería hablar. El alcalde presentó su moción, se votó la propuesta sin discutirla y el cuerpo de bomberos pasó a manos del Almacén.

—Se levanta la sesión —concluyó el alcalde.

A la salida de la sesión, se formaron algunas discusiones acaloradas en el estacionamiento, y es probable que se hubieran vuelto violentas de no ser por la presencia de policías. Forest Everson detuvo una pelea entre un vigilante del Almacén y un bombero fuera de servicio. Ken Shilts se interpuso entre dos mujeres cuando iban a llegar a las manos.

Bill acompañó a Ben hasta su coche.

—¿Cómo puede alguien apoyar al Almacén después de esto?

—El Almacén es la empresa con más empleados de la ciudad —contestó el director del periódico a la vez que se encogía de hombros.

—¿Y?

—Es la vieja teoría de «la marea creciente eleva todas las barcas».

—Una analogía —se desesperó Bill—. No soporto las analogías. ¿Qué ocurre si no estoy de acuerdo con que la economía sea como una marea y que las personas sean como las barcas? ¿Y si no creo que sean comparaciones válidas? ¿O si acepto la de la marea pero considero que las personas son más bien como chozas al borde del agua que quedarán destruidas si la marea crece?

—No puedes usar la lógica. Las analogías no la tienen. Hacen creer a los simplones que son lógicas, pero sólo sirven para transformar ideas complejas en escenarios que resulten fáciles de entender a los lerdos.

—Y ¿qué pasará ahora? —preguntó Bill cuando llegaron junto al vehículo de Ben.

—No lo sé —admitió el director del periódico—. En una gran ciudad, los sindicatos de policía y de bomberos tomarían cartas en el asunto. Presentarían peticiones e informes legales desde ya mismo para intentar que los tribunales impidieran que la decisión se hiciera efectiva. En Juniper, el departamento de policía y el cuerpo de bomberos suman juntos unos veinte hombres, como mucho. No tienen poder suficiente. Ni tampoco influencia suficiente.

—Pero todos los demás empleados...

—A la gente sólo le preocupan los cuerpos de policía y bomberos. Son los más importantes. Todos los demás son prescindibles. Y la intuición me dice que, como ahora mismo el Almacén asegura que va a conservar todos los puestos de trabajo, nadie querrá crear problemas. Tendrán demasiado miedo de perder su empleo.

—Es un círculo vicioso, coño.

—Sí, lo es —corroboró Ben, que levantó la libreta—. Pero todavía está el poder de la prensa. «La pluma es más poderosa que la espada» y todas esas estupideces.

—¿De verdad te lo crees?

—No —respondió el director del periódico—. Pero tenemos que depositar nuestras esperanzas en algo.


Cuando llegó a casa, Ginny estaba dormida, pero encendió la lámpara del dormitorio para desnudarse y la despertó.

—¿Qué pasó? —preguntó aturdida.

Bill le contó lo ocurrido en la sesión.

—El ayuntamiento le está lamiendo tanto el culo al Almacén que ni siquiera respira y la falta de oxígeno les ha afectado a todos al cerebro —concluyó mientras se acurrucaba a su lado.

—¿Y ahora qué pasará? —quiso saber Ginny.

—No lo sé —contestó él tras besarle la mejilla y rodearla con un brazo—. No lo sé.


## 2

No tuvo ni un solo cliente.

En todo el día.

Doane leyó el periódico de Phoenix, barrió el suelo, inventarió una partida de cedés nuevos, estuvo detrás del mostrador mirando al vacío, repasó la correspondencia, leyó una revista, tocó la guitarra.

No iba a poder aguantar mucho más.

Estaba perdiendo la batalla.

Salió de la tienda y recorrió Main Street con la mirada. No

vio ningún coche, ningún transeúnte. En diagonal, al otro lado de la calle, junto a la tienda de material y equipo electrónico de McHenry, The Quilting Bee había pasado finalmente a mejor vida, y el día antes, Laura se había llevado todas sus cosas. Según se decía, seguiría vendiendo desde su casa, pero Doane lo dudaba. Últimamente parecía agotada y resentida, enojada con sus antiguos clientes por no ir cuando los necesitaba; todavía debía un mes de alquiler y no le sorprendería que lo hubiera dejado para siempre.

Sabía cómo se sentía.

Todos los comerciantes del centro de la ciudad lo sabían. Los ciudadanos hablaban siempre de boquilla sobre los pequeños empresarios y sobre el gran espíritu emprendedor de Estados Unidos. Lamentaban la pérdida de la tienda de la esquina y se quejaban de lo impersonales que eran las grandes empresas, de los excesos de los grandes negocios. Pero a la hora de la verdad, elegían la comodidad antes que el servicio, el precio antes que la calidad. Ya no había lealtad, y la gente ya no tenía sentido comunitario.

La ciudad estaba tomando partido por el Almacén, por Newman King y su empresa multimillonaria.

Y dando la espalda a los comerciantes locales.

Como él.

Sabía que era por las oportunidades. Y si él fuera un simple consumidor, puede que hiciera exactamente lo mismo. Pero no podía evitar sentirse resentido por una actitud que consideraba egoísta y con poca visión de futuro.

Consumidor.

No se había percatado nunca de lo agresiva que era esa palabra. Le evocaba la imagen de un monstruo insaciable que lo devoraba todo a su paso y cuyo único objetivo, cuya única razón de existir era consumir todo lo que pudiera.

Miró por el escaparate y pensó en aquella vieja canción de Randy Newman: «It's money that matters». Sí, lo que importaba era el dinero, ¿no? Sacudió la cabeza. El mundo había cambiado. Hacía veinte años, incluso diez, la gente habría mirado con recelo y desconfianza a un hombre rico que se gastara millones de dólares para salir elegido en un cargo público. Pero en 1992, los ciudadanos habían votado mayoritariamente a Ross Perot, porque se habían tragado totalmente su imagen de «hombre corriente», porque creían que el multimillonario se parecía más a ellos que cualquiera de sus dos oponentes, o porque respetaban y admiraban su enorme riqueza.

Doane sospechaba que se trataba más bien de esto último.

Las prioridades del país estaban muy jodidas.

Después de la sesión plenaria del otro día, una mujer mayor se le había acercado muy enojada en el estacionamiento del ayuntamiento y lo había llamado obstruccionista.

—Son las personas como usted las que impiden el progreso y arruinan a esta ciudad —le había espetado la mujer.

Supuso que por «progreso» se refería a la extinción de su negocio y a la demolición del centro de Juniper.

Porque era eso lo que iba a ocurrir.

Se alejó del escaparate y volvió a situarse tras el mostrador, donde se pasó la siguiente hora mirando un catálogo de música y leyendo una lista de cedés que iban a editarse próximamente y que no podría encargar. Después, se metió en la trastienda y se calentó unos fideos precocinados para cenar.

El horario que indicaba el letrero del escaparate era de diez a diez, pero a las ocho y media, Doane tenía muy claro que podía cerrar la tienda. Durante las diez horas anteriores no había entrado nadie, y era muy poco probable que alguien fuera a hacerlo ahora. Especialmente con la calle tan oscura.

Miró a través del cristal. Todas las demás tiendas estaban cerradas, y su luz era la única que podía verse en la calle. La ciudad no había llegado a instalar nunca farolas, y aunque eso antes no importaba demasiado, sobre todo cuando Buy-and-Save estaba abierto, ahora confería a Main Street el aspecto de una ciudad fantasma.

Doane suspiró y cerró con llave la puerta trasera, guardó el dinero de la caja registradora en la caja fuerte y apagó todas las luces salvo la pequeña bombilla de seguridad situada sobre el mostrador. Salió de la tienda por la puerta delantera y cerró.

Al volverse, vio una fila de hombres altos entre él y su coche.

Trató de ignorarlos pero no pudo; pensó en rodearlos para llegar a su automóvil, pero no quería demostrar que tenía miedo. Sus rostros eran muy pálidos, y llevaban lo que parecían ser impermeables negros: unas chaquetas largas de un material reluciente más oscuro que la noche, más oscuro que las sombras, pero que de algún modo reflejaba ambas cosas. Se preguntó por qué vestían impermeables, ya que no llovía, ni siquiera estaba nublado, y la elección de aquella prenda no sólo parecía extraña, sino también amenazadora.

Dio un paso hacia su coche, y las figuras dieron un paso hacia él.

—Oigan —dijo—. ¿Qué creen que están haciendo?

No obtuvo respuesta.

Ni una palabra, ni un gruñido, ni una risa entre dientes.

Sólo silencio.

—Apártense —ordenó.

Pero no se movieron.

Se planteó volver a entrar en la tienda y llamar a la policía, pero para eso tendría que encontrar la llave en el llavero y abrir la puerta, y no quería perder de vista a aquellos seres ni por un segundo.

¿Seres?

Se percató entonces que no podía ver sus caras. Parecían vagas masas pálidas en la oscuridad.

Demasiado pálidas para ser humanas.

Aquello era absurdo.

Las figuras empezaron a avanzar.

—¿Qué quieren? —preguntó Doane. Intentó que la voz le sonara enojada, pero le salió asustada.

Las figuras no le respondieron. Siguieron andando en silencio hacia él, y vio entonces que eran nueve.

Quería correr. El silencio, los impermeables, las caras pálidas, todo parecía estrafalario, espeluznante. Pero no quería dejarles ganar, no quería darles esa satisfacción, así que se mantuvo firme y se metió la mano en el bolsillo en busca de su navaja.

Como en respuesta a este movimiento, las figuras sacaron armas.

Cuchillos.

A la mierda. Se volvió y echó a correr. Bajo la luz difusa, los pósteres del escaparate de su tienda tenían un aspecto fantasmagórico. Jim Morrison, Jimi Hendrix, Kurt Cobain... Se dio cuenta entonces de que todos los músicos que tenía en el escaparate estaban muertos.

Corrió lo más rápido que pudo hacia el costado del edificio. Si lograba llegar a la parte trasera, había una zanja profunda que colindaba con los árboles y que no se veía en la oscuridad. Podía saltarla antes de que sus perseguidores rodearan el edificio. Ellos no la verían, caerían en ella y se romperían el cuello.

Si tenía suerte.

Iba jadeando y le faltaba el aliento.

¿Quiénes eran aquellos hombres y qué coño querían de él?

Doane llegó a la esquina del edificio y en ese momento las figuras lo alcanzaron. Lo empujaron contra la pared y el ladrillo le arañó la cara. Un cuchillo se le clavó en el costado derecho, y gritó mientras caía al suelo.

Seguía gritando cuando alzó los ojos hacia el círculo de borrosas caras pálidas y apagadas hojas plateadas que lo rodeaba.

Las figuras se agacharon y los cuchillos empezaron su tarea. Cuando la sangre empezó a salirle a borbotones, comprendió de repente por qué llevaban impermeables.

Iban a mojarse.

# Diecinueve

## 1

Había una reunión de personal media hora antes de la apertura del Almacén, y Shannon iba tarde. Fue la última en llegar, y vio la mirada de desaprobación que el señor Lamb le dirigía mientras, resoplando y jadeando, Shannon ocupó su lugar en la fila.

Pero se sentía bien. Durante los últimos cinco días había perdido algo más de un kilo sin despertar las sospechas de su madre. Siguiendo el consejo del señor Lamb, había empezado a vomitar después de comer en lugar de saltarse las comidas, y le estaba funcionando de maravilla.

Si las cosas seguían a ese ritmo, habría logrado el peso deseado a final de mes.

Todos los empleados que tenían turno esa mañana estaban erguidos, con las manos juntas a la espalda y los pies separados a la altura de los hombros para adoptar la postura oficial del Almacén, mientras el señor Lamb les informaba de que ese día se inauguraba un nuevo almacén en Hawk's Ridge, Wyoming. Esto situaba en trescientos cinco la cantidad de establecimientos del Almacén en Estados Unidos. Y, según dijo, trescientos cinco era una cantidad fuerte y espiritualmente importante.

Les explicó que allí, en el Almacén de Juniper, habría un día de rebajas en alimentos horneados en el departamento de alimentación, así como una promoción de líquido refrigerante y anticongelante que duraría toda una semana en el de recambios para el automóvil.

Terminó de hablar y entonces llegó la parte que Shannon detestaba.

El canto.

El señor Lamb se puso delante de ellos, los miró uno a uno y señaló a May Brown, que estaba en el centro de la fila. Todos los que estaban a la izquierda de May se dirigieron al otro lado de la sala de hormigón, de modo que el señor Lamb quedó entre los dos grupos de empleados.

—Muy bien —dijo—. Repitan conmigo: ¡Soy leal al Almacén!

—¡Soy leal al Almacén!

—Antes que mi familia, antes que mis amigos, está el Almacén.

—¡Antes que mi familia, antes que mis amigos, está el Almacén!

Shannon veía a su hermana delante de ella, al otro lado de la habitación, tres personas más abajo. Sam cantaba con toda el alma, transportada como si fuera una fanática religiosa, y ver a su hermana tan metida en el papel la inquietó un poco.

A Shannon no le gustaban aquellos cánticos, sentía el mismo desprecio que sus padres por cualquier tipo de pensamiento gregario, y el hecho de que Sam reaccionara de forma tan evidente a aquella emoción impuesta, a aquel compañerismo forzado, la incomodaba.

Terminaron con el tradicional «¡Viva el Almacén!» y subieron a la Planta en grupos de cinco personas para prepararse para abrir.


Ocurrió justo antes de mediodía.

La pillaron.

En cierto sentido, fue un alivio. Se pasaba todas las horas que trabajaba en la Planta preocupada por si su madre o su padre entraban y la veían. No había sido tan malo mientras estaba en alguna de las áreas cerradas al público, pero desde el primer día había vivido con el temor que le provocaba la certeza de que sus padres se enterarían de que había conseguido un empleo en el Almacén y no en la hamburguesería George's.

Por suerte, Sam estaba con ella cuando sucedió. Su hermana había ido a pedirle veinticinco centavos para la máquina de refrescos de la sala de descanso, y Shannon empezaba a rebuscar en la calderilla de su monedero cuando alzó los ojos y vio que sus padres avanzaban resueltos por el pasillo hacia ella.

De inmediato, se quedó sin saliva en la boca.

Sus padres se detuvieron ante la caja registradora. Los labios de Bill estaban tan contraídos que formaban una fina línea en su rostro.

—Nos mentiste, Shannon —la reprendió.

No sabía qué decir, no sabía qué hacer. Sus padres no le habían pegado nunca, apenas la habían castigado, pero entonces les tuvo miedo. ¿Por qué había hecho semejante estupidez? ¿En qué estaba pensando? Bajó los ojos hacia sus manos, que no le temblaban porque las tenía extendidas sobre el mostrador.

—¿No habíamos hablado sobre esto? —insistió su padre. Ella alzó la mirada y asintió mansamente, como una tonta—. Quiero que dejes el trabajo —añadió Bill mirándola fijamente a los ojos. Ginny asintió—. Los dos lo queremos.

—No tiene que hacerlo —intervino Sam.

—Yo digo que sí —sentenció su padre.

—¿Por qué no le preguntas qué quiere hacer?

Shannon volvió a mirarse las manos. No quería dejar de trabajar, pero tampoco quería contravenir a sus padres, y no podía lograr las dos cosas a la vez. Era imposible. Suponía que crecer era eso: desprenderse de los padres.

«Antes que mi familia, antes que mis amigos, está el Almacén.»

—Me gusta trabajar aquí —se aventuró a decir.

—A mí no. —Esta vez fue su madre quien habló—. No es un lugar de trabajo sano.

—Es diabólico —agregó su padre.

Shannon echó un vistazo alrededor para asegurarse de que nadie los estuviera oyendo.

—Por Dios, papá —susurró—. Baja la voz. Pareces un loco.

—¿Diabólico? —rio Sam—. Es un almacén de descuento, no una iglesia satánica.

—Tú tampoco deberías trabajar aquí.

—Por favor.

Shannon miró intranquila a su padre y a su hermana, sin saber qué pensar de sus palabras. La combatividad de Sam era de lo más sorprendente. Parecía tomárselo personalmente, y aunque Shannon estaba agradecida de que la apoyara, quería pedirle a su hermana que se tranquilizara, que no se lo tomara tan en serio. Sólo era un trabajo a tiempo parcial. Ya buscaría otro si era necesario.

Shannon pensó que aquella conducta no era propia de Sam. Aunque, bien mirado, Sam había estado algo extraña desde que había empezado a trabajar en el Almacén. Siempre había sido una santita: nunca se metía en problemas, nunca hacía nada malo, y ahora parecía totalmente decidida a romper con esa imagen.

El problema era que no parecía contenta con ello. No parecía que fuera algo que quisiera hacer. Parecía algo que se viera obligada a hacer.

Vaya, empezaba a pensar como sus padres.

«Antes que mi familia, antes que mis amigos, está el Almacén.»

—Mirad —dijo Shannon finalmente—. Tengo que trabajar hasta las cinco, y voy a hacerlo. Castigadme, reñidme, haced lo que queráis. Pero no voy a ir a casa hasta que termine mi turno. Podemos hablar de todo esto después. —Miró a su padre—. ¿De acuerdo?

Para su sorpresa, sus padres accedieron, aunque fue más cosa de ella que de él. Bill parecía ansioso por discutir, deseando que se quitara el uniforme y se marchara con ellos, pero aceptó esperar hasta la tarde para discutir la situación, y dejó que su mujer se lo llevara del edificio.

Shannon se volvió hacia su hermana.

—Gracias —le dijo—. Me salvaste.

—Sí —contestó Sam—. ¿Me das esos veinticinco centavos?

## 2

Poco antes de las cinco, Shannon llamó a casa para explicar que la chica que tenía que trabajar el turno de tarde en su departamento estaba enferma y tenía que reemplazarla. Cuando ella y Samantha llegaron por fin a casa, Bill estaba jugando al ajedrez en línea con Street. Las dos chicas se apresuraron a ponerse a salvo refugiándose en los cuartos de baño, y cuando Bill terminó su partida y salió del estudio no las encontró.

—Dales un poco de tiempo —sugirió Ginny—. No te abalances sobre ellas en cuanto salgan por la puerta.

—Han tenido toda la tarde. Ya lo hemos pospuesto bastante. Ha llegado el momento de discutirlo en familia.

Después del baño, Shannon se fue directamente a su cuarto y cerró la puerta. Bill y Ginny le dieron tiempo para que se vistiera, pero no volvió a salir, de modo que fueron juntos hasta su puerta y la abrieron.

Shannon estaba acostada con la luz apagada, y fingía dormir.

Bill encendió la luz y la chica se tapó la cabeza con las sábanas.

—Estoy cansada —protestó.

—Me da igual —replicó Bill—. Vas a hablar con nosotros.

Shannon suspiró, apartó las sábanas y se incorporó.

—¿Qué?

—¿Qué quieres decir con ese «qué»? Dijiste que querías trabajar durante el verano y te dije que de acuerdo. La única condición fue que no trabajaras en el Almacén. Y ¿qué hiciste tú? Aceptaste un trabajo en el Almacén y me mentiste al respecto.

—No te mentí...

—Me dijiste que ibas a trabajar en George's. ¿No es eso mentira?

Shannon se quedó callada.

—¿Por qué mentiste? —preguntó Ginny.

—No lo sé —respondió la niña a la vez que se encogía de hombros.

—No trabajarás más en el Almacén —aseguró Bill. Pero Shannon no contestó—. Quiero que dejes el empleo. Mañana.

—No puedo —dijo en voz baja.

—Lo harás.

—No lo hará. —Bill se volvió y vio a Samantha de pie en el umbral, con las piernas separadas y las manos en las caderas, vestida sólo con un *negligé* transparente—. Se comprometió y tiene que cumplirlo.

Bill procuró no quedarse mirando a su hija. Su primera reacción fue decirle que se pusiera algo encima, pero no quería que supiera que se había fijado. Podía verle claramente los pechos y el vello púbico a través del fino tejido, y se sentía incómodo. Pero, aunque no estaba excitado, no podía evitar verla desde un punto de vista sexual, y no supo qué decir ni cómo reaccionar.

Ginny fue menos prudente.

—¿Qué coño llevas puesto? —le preguntó a la chica.

—Un camisón —contestó Sam a la defensiva.

—Ponte un pijama. No permitiré que vistas así en mi casa.

—Me lo compré con mi dinero.

—¿En el Almacén? —quiso saber Bill.

—Me hacen el quince por ciento de descuento por ser empleada.

—Ponte un pijama —repitió Ginny—. O ponte una bata encima.

Bill se volvió hacia Shannon.

—Dejarás el empleo.

—El señor Lamb no le permitirá dejarlo —comentó Sam.

—¿Quién es el señor Lamb?

—El director de personal —aclaró Shannon.

—No le permitirá dejarlo —insistió Sam.

«No le permitirá dejarlo.»

Bill notó que un escalofrío de miedo le recorría el cuerpo, pero trató de ignorarlo.

—Hablaré con el señor Lamb —aseguró—. Y voy a decirle que ninguna de las dos trabajará más en el Almacén.


A la mañana siguiente, Bill llegó al Almacén cuando abrió sus puertas.

Ginny había querido acompañarlo, pero le pareció que quizá sería mejor ir solo y tener una charla de hombre a hombre con el director de personal. Tras hablar con la chica del mostrador de Atención al Cliente, se enteró de que el señor Lamb todavía no había llegado, de modo que se paseó un rato por el establecimiento mientras lo esperaba.

Últimamente había evitado ir al Almacén, procurando ir sólo si necesitaba comprar algo concreto. Ya no iba a mirar y comprar impulsivamente como durante las primeras semanas, a menos que fuera preciso.

Hacía más de un mes que no deambulaba por allí y, mientras recorría los concurridos pasillos del departamento de juguetería, vio productos que le helaron la sangre. Juguetes que tendrían que haber desaparecido de los estantes hacía décadas. Juguetes que estaba prohibido vender en Estados Unidos.

Juguetes peligrosos.

Tuvo una corazonada y repasó deprisa el resto del establecimiento. En el departamento de bebés, había a la venta pijamas que no eran ignífugos. En ferretería, ningún paquete advertía que contuviera productos químicos tóxicos. En farmacia, no había medicamentos con tapones a prueba de niños. En el departamento de alimentación, parecía que hubieran eliminado de los estantes todos los alimentos saludables. No había productos sin grasa y colesterol. El beicon y la manteca de cerdo estaban de oferta.

Recorrió el pasillo situado a la izquierda de los jabones y los detergentes. ¿No deberían estar ahí los champús? Miró los productos que tenía ante él: líquido de embalsamar e hilo de sutura.

—¿Puedo ayudarle en algo, señor?

Casi dio un brinco al oír la voz y, al volverse, se encontró con un guía joven que le sonreía burlón.

—¿Dónde está el champú? —preguntó Bill.

—Aquí, señor. —El joven sonriente lo condujo al pasillo siguiente y lo guió hasta donde estaban los productos normales: champú, espuma, suavizante, loción anticanas Grecian...

—La próxima vez pida ayuda, por favor —comentó el joven—. A veces es peligroso intentar hacer las cosas solo.

¿Peligroso?

Se quedó mirando la parte posterior del uniforme verde del joven mientras se alejaba. Cuanto más sabía sobre el Almacén, menos le gustaba. Regresó al mostrador de Atención al Cliente para ver si el señor Lamb ya había llegado.

Lo había hecho.

El director de personal era un hombre repulsivo y empalagoso que encajaba a la perfección con el estereotipo cinematográfico de un vendedor de coches de segunda mano. Bill lo detestó en cuanto lo vio.

El señor Lamb no se levantó cuando entró en su despacho, sino que se limitó a dirigirle una sonrisa forzada y le pidió que se sentara delante de su escritorio.

—¿Qué puedo hacer por usted, señor Davis?

—No quiero que mis hijas trabajen en el Almacén.

—¿Y sus hijas son?

—Samantha y Shannon Davis.

—Ah, las hermanas Davis. —La sonrisa del señor Lamb se agrandó de una forma maliciosa que no le gustó nada a Bill.

—Mis hijas ya no van a trabajar más en el Almacén.

El señor Lamb extendió las manos a modo de disculpa.

—Me gustaría ayudarlo, señor Davis. De verdad. Pero sus hijas son unas empleadas excelentes, y no tenemos ningún motivo para permitir que se vayan. La política de la empresa nos prohíbe prescindir de ningún empleado sin justificación.

—No le estoy pidiendo que las despida. Le estoy diciendo que ya no trabajarán más aquí.

—Me temo que lo seguirán haciendo.

—No. No lo harán.

El director de personal soltó una carcajada.

—Señor Davis, esto no es una guardería. Usted no matriculó aquí a sus hijas, y no puede llevárselas cuando se le antoje. Tanto Samantha como Shannon tienen un contrato de trabajo con el Almacén, y están legalmente obligadas a cumplir sus términos.

—Soy su padre. No sé nada sobre ese supuesto contrato, y no di mi consentimiento.

—Lo comprendo, señor Davis. Pero Samantha tiene dieciocho años. Es legalmente adulta. Shannon todavía no lo es legalmente, pero cuenta con la protección del Almacén ante cualquier intento de violar sus derechos o libertades civiles, ya sea de clientes, compañeros de trabajo o de familiares.

—Sandeces —exclamó Bill levantándose.

—No, señor Davis. —El señor Lamb había entornado los ojos y su mirada se había endurecido—. Negocios.

—Quiero hablar con el director.

—Me temo que yo estoy al mando de todos los asuntos relacionados con el personal.

—Quiero hablar con alguien por encima de usted.

—No será posible.

—¿Por qué no?

—El director de nuestro Almacén ha sido trasladado a otro, y todavía no se ha nombrado un sustituto. Hasta que no tengamos un nuevo director, yo estoy al mando aquí.

—Pues quiero hablar con el director del distrito, entonces.

—Muy bien. —El señor Lamb abrió el cajón superior derecho de su escritorio y sacó una tarjeta—. Ésta es la tarjeta del señor Smith. En ella encontrará sus números de teléfono y de fax —dijo, y esperó un momento antes de proseguir—: Pero si cree que podrá intimidar o convencer de algún modo al señor Smith para que libere a Samantha y Shannon de sus contratos de trabajo, está muy equivocado. Como yo, el señor Smith no establece las normas, las cumple. Lo que le he explicado no es decisión mía. Es la política de la empresa —aseguró con una sonrisa de lo más falsa—. Si por mí fuera, no dudaría en liberarlas de sus obligaciones, por supuesto.

—Sandeces —repitió Bill, que se dirigió a la puerta—. Tendrá noticias de mis abogados. Mis hijas no trabajarán aquí y ya está.

—No está, señor Davis. —La voz del director de personal era autoritaria. Bill se detuvo y se volvió—. El contrato que sus hijas firmaron es legalmente vinculante.

—Eso lo decidirá un tribunal.

—Eso ya lo ha decidido un tribunal. Ventura contra la empresa El Almacén. El caso llegó hasta el Tribunal Supremo en 1994. Ganamos con el voto favorable de cinco de los siete magistrados. —El señor Lamb le dirigió una mirada fría—. Puedo proporcionarle documentación de ello si lo desea.

—Sí —contestó Bill. Creía al señor Lamb, estaba seguro de que el director de personal le estaba diciendo la verdad, pero quería causarle todas las molestias posibles a aquel imbécil, aunque sólo fuera la fotocopia de un informe legal.

El señor Lamb abrió otro cajón, sacó un fajo de hojas grapadas y se lo entregó desde detrás del escritorio.

Bill se acercó y lo recogió.

—Las fuerzas de seguridad locales están siempre dispuestas a hacer cumplir la ley —aseguró el director de personal—. Dicho de otro modo: la policía podría obligar a sus hijas a trabajar. No creo que ninguno de nosotros quiera que eso ocurra, ¿verdad?

Bill no contestó. Si Juniper hubiera dispuesto de un departamento de policía independiente, habría mandado a ese hombrecillo a la mierda. Pero el caso era que ahora el ayuntamiento había privatizado el departamento de policía y el Almacén controlaba su financiación, de modo que probablemente la policía hiciera todo lo que el Almacén le ordenara.

—Creo que nuestra reunión ha terminado —indicó el señor Lamb, sonriendo de nuevo—. Gracias por venir. Que tenga un buen día.

Cuando llegó a casa, Bill entró en Internet y tecleó en el buscador: «Ventura contra la empresa El Almacén.»

Había sido exactamente como Lamb había explicado.

Efectuó una búsqueda en línea para encontrar todos los juicios en los que el Almacén hubiera sido demandante o demandado, y obtuvo la friolera de seiscientos cincuenta y cuatro casos que habían llegado a los tribunales.

No era extraño que el sistema judicial del país estuviera tan saturado. El Almacén estaba acaparando la mitad del tiempo disponible de los tribunales.

En aquel momento no tenía tiempo para leer los detalles de cada juicio, así que simplemente obtuvo una lista de los juicios que el Almacén había ganado.

La empresa había triunfado en los seiscientos cincuenta y cuatro.

Un asterisco junto a los números de los juicios indicaba que otros doce, además del de Ventura, habían llegado hasta el Tribunal Supremo.

¿Cómo podía esperar luchar contra algo así? Salió de Internet, apagó el PC y se dirigió abatido hacia la cocina. Shannon estaba tumbada en la alfombra del salón, viendo una tertulia en la tele. Alzó los ojos con timidez.

—¿Todavía tengo trabajo? —preguntó.

Bill asintió en silencio porque no confiaba que pudiera responder sin pasar al ataque.

—Te lo dije —soltó Sam desde la puerta.

Su padre la miró con ganas de abofetearla.

Samantha sonrió.

# Veinte

## 1

Una hora antes de la sesión plenaria, Bill y Ben pasaron por casa de Street.

Esta vez no jugaron al ajedrez, sino que sólo se tomaron una cerveza.

Según Street, Doane había desaparecido y hacía casi una semana que nadie lo veía. Y Kirby Allen, de Paperback Trader, iba a cerrar su tienda a final de mes. Al parecer, ya nadie quería comprar o intercambiar libros de segunda mano si podía obtener libros nuevos tan baratos en el Almacén.

—Todo el centro de la ciudad está desapareciendo, joder —se quejó.

—¿Y Doane? —preguntó Bill—. ¿Qué opináis de eso? No es propio de él desaparecer así, sin más.

—¿Como Jed McGill? —insinuó Ben en voz baja.

Los tres se quedaron callados, y lo único que se oía era el canto de los grillos procedente del exterior.

Street empezó a decir algo, carraspeó y sorbió ruidosamente la cerveza mientras mascullaba algo incoherente entre dientes.

—¿Crees que Doane puede estar muerto? —preguntó Bill.

—¿Y tú? —repuso Ben.

—No lo sé.

—¿De qué estamos hablando? —Street sacudió la cabeza y

dejó la lata de cerveza con fuerza en la mesa de centro—. ¿De verdad creéis que en los Estados Unidos de América, en la década de los noventa, un grupo de empleados de un almacén de descuento mataría al propietario de una tienda de comestibles y al de una tienda de discos para ganar algo más de dinero?

—No suena tan inverosímil como te parece a ti —aseguró Ben.

—No —admitió Street—. Tienes razón.

Bill se volvió hacia él.

—¿Te han abordado de alguna forma? ¿Te ha presionado alguien del Almacén para que lo dejes o ha intentado sacarte del negocio?

—No.

—¿Ni siquiera con indirectas?

—Puede que sea demasiado tonto para captarlas.

—Se te podría incendiar la tienda —comentó Ben—. Como le pasó a Richardson.

—Gracias por tus palabras de aliento.

Volvieron a quedarse callados.

—¿Os dais cuenta de lo que está pasando? —preguntó Ben por fin.

—¿Qué?

—A efectos prácticos, ya sólo se puede comprar en un sitio. Y no sé si os habéis fijado, pero desde su inauguración, el Almacén ha reducido considerablemente la oferta de productos que vende.

—Me he fijado —admitió Bill.

—Yo lo llamo fascismo empresarial —manifestó Ben, que concentró la mirada en su lata de cerveza—. Juniper se está convirtiendo en la ciudad de una empresa; depende casi por completo del Almacén, no sólo para proveerse de alimentos y productos, sino también para trabajar. Podríamos comprar en otro sitio, podríamos ir al valle, a Flagstaff o a Prescott, pero somos holgazanes y no lo hacemos. Así que nos vemos obligados a comprar lo que el Almacén nos ofrezca. El Almacén decide cómo comemos, cómo nos vestimos, qué leemos, qué escuchamos, casi todos los aspectos de nuestra vida.

—No es tan malo como lo pintas —dijo Bill negando con la cabeza.

—¿Ah, no?

—¿Fascismo empresarial? —resopló Street—. El Almacén es más bien un vampiro empresarial. Está chupándole la sangre a esta ciudad y se está fortaleciendo gracias a ella.

—Y ¿qué vamos a hacer? —suspiró Bill.

Ben consultó su reloj y se terminó la cerveza.

—Vamos a ir al pleno. —Se volvió hacia Street—. ¿Vienes?

—Sí —asintió Street—. Contad conmigo.

—No —intervino Bill—. Lo que preguntaba era qué vamos a hacer con respecto al Almacén.

—¿Qué podemos hacer? —preguntó Ben.

—¿Rezar? —Street sonreía irónicamente.

—No tiene gracia —se quejó Bill—. No tiene ninguna gracia.


La sesión plenaria volvió a contar con una asistencia bastante exigua y transcurrió de forma rutinaria y tranquila. Hacia el final, Hunter Palmyra, con una voz baja y apagada, totalmente distinta a su voz habitual, presentó una moción para añadir un punto al acta del día.

—Me gustaría presentar una moción para añadir el siguiente punto en los «asuntos nuevos» del acta del día —dijo. Carraspeó y leyó un papel que tenía en la mano—: «Por la presente, el pleno revoca la Resolución 84-C, que concede una licencia de duración indefinida a los productores de alimentos para la venta de sus productos en el denominado mercado agrícola. Se ha averiguado que el mencionado mercado agrícola viola las regulaciones sanitarias del municipio y del condado con respecto a la venta de comestibles y no constituye legalmente un negocio de acuerdo con las definiciones de Juniper debido a la ausencia de un propietario único.»

Palmyra alzó los ojos hacia el alcalde y asintió.

Bill observó que el concejal era incapaz de mirar a los asistentes. Estaba demasiado avergonzado para enfrentarse al público.

—No pueden deshacerse del mercado agrícola —susurró Street, estupefacto.

—Pueden y lo harán —respondió Ben.

—Nosotros compramos ahí —explicó Bill—. Es donde Ginny compra la mayor parte de las verduras. No pueden pretender que lo compremos todo en el Almacén. Sus productos alimenticios son todavía peores que los que vendía Buy-and-Save.

El pleno votó para añadir el punto en el acta del día.

—Están utilizando las leyes para acabar con la competencia —dijo Street—. Están intentando ilegalizar los pequeños comercios de la ciudad. —Miró a Ben y Bill—. Voy a subir al estrado y decirles lo que pienso a esos cabrones.

—Muy bien —comentó el alcalde—. Creo que no es necesario que debatamos este asunto. Sometámoslo a votación. Se ha presentado una moción para revocar la licencia al denominado mercado agrícola. ¿Alguien la secunda?

—Secundada.

Street se levantó.

—¡Un momento! —exclamó.

—Siéntese —le ordenó el alcalde con frialdad—. Si no lo hace, haré que lo expulsen de la sala.

—Debería haber un turno abierto de palabras.

—Se decidió que no habría turno abierto de palabras —indicó el alcalde—. Si hubiera estado prestando atención, lo sabría. —Echó un vistazo a derecha e izquierda a los demás miembros del pleno—. Sometámoslo a votación. ¿A favor?

Todas las manos se levantaron.

—¿En contra?

Ninguna.

—Queda aprobado que los productores locales no pueden vender sus frutas y sus verduras directamente al público en un mercado agrícola.

—Me gustaría proponer una adenda —anunció Dick Wise.

—¿Sí? —asintió el alcalde.

—Como esto podría poner en apuros económicos a algunos de nuestros agricultores y ganaderos, propongo que les permitamos vender sus productos a un negocio legítimamente autorizado —sonrió de oreja a oreja—. De este modo, la gente podría seguir adquiriendo sus deliciosas frutas y verduras, y ellos podrían seguir ganándose el sustento.

—Secundado —dijo Palmyra.

Votaron otra vez, de nuevo sin permitir que los asistentes hablaran.

La adenda quedó aprobada.

—Muy bien —intervino el alcalde—. Queda proclamado que los productores locales no pueden vender sus frutas y sus verduras directamente al público, pero que pueden vender sus productos al Almacén. —Miró directamente a Street con una sonrisa burlona—. Supongo que esto nos satisface a todos.

—Supone mal, cabrón.

El alcalde no perdió la sonrisa mientras le hacía un gesto al policía que estaba junto a la puerta.

Street se puso en pie voluntariamente.

—Ya me voy —dijo—. No quiero pasar ni un segundo más en esta guarida de hipócritas.

El alcalde se volvió hacia Bill.

—¿Es amigo suyo? —preguntó.

—Pues sí —contestó Bill con orgullo—. Lo es.

La reunión terminó unos minutos después, y cuando salieron, encontraron a Street caminando arriba y abajo por el estacionamiento, echando pestes.

—Hijos de puta —soltó.

—Bienvenido al maravilloso mundo del gobierno municipal —comentó Ben con una sonrisa.

—No puede ser verdad —exclamó Street—. No pueden deshacerse del mercado agrícola así, sin más, ¿no? ¿Con una simple votación?

—Ya lo creo que es verdad —resopló Ben—. Y sí que pueden. Acaban de hacerlo.

—La gente no lo consentirá.

Ben le puso una mano en el hombro de forma condescendiente.

—Sí que lo consentirá. ¿Quieres saber qué ocurrirá? Lo escribiré en el periódico y todo el mundo lo leerá y sacudirá la cabeza, dirá que es una vergüenza y seguirá desayunando sus cereales.

Street no dijo nada.

—Tiene razón —corroboró Bill—. Ya lo he visto antes.

—Propongo que esperemos a esos cabrones. Que esperemos a que salgan de esa sala y les demos una paliza aquí mismo, en el estacionamiento. Démosles una lección.

—Yo no se lo aconsejaría.

Se volvieron y vieron que detrás de ellos había un policía uniformado.

—Les sugiero que se marchen de aquí y se vayan a casa —agregó el policía a la vez que señalaba el automóvil de Street—. Se acabó el espectáculo.

—¿Y si no queremos irnos? —preguntó Street con agresividad.

—Los detendré por merodear y los llevaré a comisaría para que pasen la noche en la cárcel. ¿Cómo lo ven?

—Mal —aseguró Ben, que sujetó a Street por el brazo—. Venga, vámonos.

—Muy bien —replicó Street, y se soltó del director del periódico para sacar las llaves y dirigirse al coche—. Muy bien.

El policía les sonrió mientras observaba cómo se iban.

—Que pasen una buena noche —dijo.

Ninguno de los tres respondió, y siguieron oyendo la risa burlona del policía mientras se subían al automóvil y se marchaban.


2


Bill se pasó la mañana trabajando en la documentación, pero seguía intranquilo, incluso después de hacer una pausa para almorzar, y decidió ir a pie a la ciudad. Pidió a Ginny que lo acompañara, pero estaba ocupada plantando flores en el jardín, así que fue solo.

Main Street estaba muerta, sin coches ni peatones, y mientras recorría la acera sucia hacia la tienda de material y equipo electrónico no pudo evitar pensar que si el pleno municipal hubiera estado formado principalmente por comerciantes en lugar de por constructores y propietarios de inmobiliarias, la situación sería totalmente distinta.

Recordó que en las últimas elecciones, un par de comerciantes se habían presentado como candidatos a la alcaldía, pero estaba bastante seguro de que no los había votado.

¿Por qué no se había interesado antes por la política?

Llegó a la tienda de material y equipo electrónico y entró. Street estaba jugando al Tetris en una Gameboy, apoyado en el mostrador de cara a la puerta. No había clientes, y Street alzó los ojos esperanzado cuando Bill entró.

—Oh, eres tú —dijo decepcionado.

—Te engañé. Creías que era un cliente de verdad, ¿no?

—No me lo restriegues por las narices. —Street acabó la partida y dejó el aparato a un lado—. ¿Vas de camino al mercado agrícola?

—Muy gracioso.

—¿Viniste de compras al bonito centro de Juniper, entonces?

Bill rodeó el mostrador, sacó una silla plegable y se sentó.

—¿Qué pasó con aquello de la iniciativa legislativa popular? —preguntó—. ¿No ibais a reuniros para empezar a recoger firmas?

—Eso dijeron.

—¿Qué pasó?

—No lo sé. No prosperó. Pete iba a encargarse, pero decidió vender la tienda y todo se vino abajo.

—Quizá deberíamos relanzar la idea.

—Yo estaba pensando lo mismo —admitió Street.

Sacó un bolígrafo y una libreta de la trastienda, y Bill empezó a escribir el texto de la iniciativa contra la gestión del alcalde y los otros cuatro miembros del pleno. Cuando estaban redactando el segundo borrador, sonó el teléfono.

—¿Diga? —contestó Street, y tras un instante se volvió hacia

Bill—. Es Ben —anunció. Bill paró de escribir—. Sí, está aquí. Muy bien. Nos vemos en un minuto. —Colgó el teléfono y miró a Bill con las cejas arqueadas—. Viene para acá. Dice que tiene una noticia importante. No quiso adelantármela por teléfono.

Bill se puso en pie, se acercó a la puerta y vio que Ben cruzaba la calle a toda prisa.

—Debe de ser importante.

—Os traigo una noticia increíble —aseguró Ben al entrar.

—¿De qué se trata?

—El alcalde ha dimitido.

Bill se quedó de piedra. Dirigió una mirada a Street, que sacudía la cabeza incrédulo.

—¿Hablas en serio?

—Los demás miembros del pleno también —asintió Ben—. Todos.

—¿Todos?

—¿Qué pasó? —quiso saber Street.

—Nadie lo sabe. O mejor dicho, nadie lo cuenta. Pero es efectivo de inmediato. En este momento carecemos de gobierno municipal. —Soltó una risita—. Aunque no es que me queje.

—Entonces, ¿habrá elecciones anticipadas?

—Por supuesto. Pero tienen que presentarse candidatos y hay que idear la logística. Llevará un mes más o menos.

—Qué extraña coincidencia —comentó Street—. Estábamos preparando una iniciativa legislativa popular para intentar echarlos del ayuntamiento.

—Bueno, ya no será necesario. Ya no están, se fueron, son historia.

—No entiendo por qué habrán dimitido —dijo Bill—. Especialmente todos a la vez.

—El mundo es muy extraño.

—¿Crees que los presionaron?

—¿Quién, el Almacén?

—¿Quién, si no?

—Diría que es muy posible —respondió Ben tras reflexionar un momento.

—Pero ¿por qué? El pleno aprobaba todo lo que el Almacén quería.

—Quizá no fueron lo bastante lejos —sugirió Street—. Quizás el Almacén quería que hicieran aún más.

Era una idea aterradora, y los tres guardaron silencio mientras pensaban en ello.

—¿Crees que ahora presentarán a su propia gente? —preguntó Street.

—Es probable —contestó Ben—. Pero ahora también tenemos una oportunidad de la que antes carecíamos. Podemos presentar a personas de las nuestras. Y el periódico apoyará a los candidatos que antepongan los intereses de la ciudad a los del Almacén. Creo que tenemos una oportunidad de recuperar la ciudad.

—Podemos tener el periódico —comentó Bill—. Pero ellos tienen la emisora de radio.

—Cierto. Pero sigo pensando que tenemos una oportunidad.

—Ellos tienen más dinero.

—El dinero no lo es todo.

—¿Ah, no?

—¿Recuerdas aquellos anuncios de televisión de los setenta, con bellos paisajes y escenas de animales que patrocinaban las compañías petrolíferas? Pretendían que creyéramos que las compañías petrolíferas no dañaban el medio ambiente, sino que contribuían a conservarlo. La naturaleza se enfrentaba a toda clase de problemas, y las compañías petrolíferas lo solucionaban y lo limpiaban todo. Se gastaron millones de dólares en esa campaña publicitaria porque no sólo querían que compráramos sus productos, sino que apreciáramos a las compañías. —Se detuvo un instante—. Pero ¿se tragó alguien esas estupideces? Después de todo el dinero invertido, toda la propaganda y de todo el tiempo de emisión, ¿hay alguien en este país que crea que perforar para obtener petróleo es beneficioso para el medio ambiente?

—¿Y tú crees que puede ocurrir lo mismo en este caso?

—¿Por qué no?

—Supongo que no eres tan cínico como finges ser.

—Es todo fachada —sonrió Ben—. Debajo de este exterior tan brusco, soy Pollyanna.

Bill miró por la puerta abierta.

—Pero el Almacén todavía tiene muchos partidarios —dijo—. Trajo muchos puestos de trabajo a Juniper.

—Y eliminó otros tantos.

Una camioneta pasó a toda velocidad; una abollada Ford roja llena de adolescentes que quemaba neumáticos al dirigirse zumbando a la calle Granite.

—¡A la mierda el Almacén! —gritó un chico desde la camioneta mientras hacía un corte de mangas.

Bill sonrió y se volvió hacia Ben.

—Tal vez tengas razón —dijo.


Debería haber terminado la documentación hacía una semana, pero lo había estado demorando a propósito. Por lo general, le gustaba terminar los trabajos que le asignaban lo más rápido posible, pero esa vez tenía intención de esperar hasta la fecha límite.

No quería ayudar al Almacén más de lo que se viera obligado.

Cerró los ojos y se recostó en la silla. Tenía un dolor de cabeza terrible. No sabía si se estaba poniendo enfermo o si era simplemente estrés, pero durante la última hora se había estado concentrando más en el martilleo de su cabeza que en el trabajo que tenía delante.

Estaba oscureciendo. Hacía rato que los pinos ponderosa que veía por la ventana se habían convertido en una irregular masa negra, y a medida que la luz a su alrededor se iba apagando, el texto de la pantalla cobraba más brillo. Podía oír a Ginny en la cocina sacando los platos del armario, y las noticias de la noche a todo volumen en el televisor del salón.

Grabó el trabajo de esa tarde en un disquete y, cuando se disponía a apagar el PC, sonó el teléfono. El sonido penetrante del timbre intensificó el dolor que sentía en la frente, y cerró los ojos mientras esperaba a que Ginny contestara, deseando que no fuera para él.

—¡Bill! —lo llamó su mujer un momento después.

Mierda. Descolgó el teléfono del despacho:

—¿Diga?

—Soy yo —dijo Ben.

—¿Qué ocurre?

—El alcalde y los demás miembros del pleno. Están muertos —anunció Ben—. Todos ellos. —Se detuvo un momento, y Bill oyó cómo soltaba el aire—. No había visto nunca nada igual.

—Espera. ¿Dónde estás? ¿Qué ha pasado? ¿Los asesinaron?

—Se suicidaron. Te hablo desde el móvil, y los estoy mirando. Tienes que venir. Tienes que ver esto.

—¿Dónde estás? —preguntó Bill, aunque temía saber la respuesta.

—En el estacionamiento del Almacén —contestó Ben—. Será mejor que te des prisa. Acaba de llegar la ambulancia.

No quería ir. O una parte de él no quería. Pero otra parte de él quería ver qué había ocurrido, así que tomó la cartera y las llaves del *jeep* y le dijo a Ginny que volvería en media hora más o menos.

—¿Adónde vas? —preguntó ella—. Es casi la hora de cenar.

Bill no respondió. Salió rápidamente de la casa, se metió en el *jeep* y se marchó.

Cinco minutos después, cruzaba a toda velocidad el estacionamiento del Almacén hacia las centelleantes luces de los coches patrulla. Un policía que acordonaba la zona con una cinta amarilla le impidió seguir avanzando.

Aparcó el *jeep*, bajó y el mismo policía trató de detenerlo, pero Ben acudió a rescatarlo.

—¡Es mi reportero! —gritó el director del periódico—. ¡Viene conmigo!

El policía asintió, le hizo un gesto para que pasara y Bill siguió a su amigo por el asfalto, entre la ambulancia y los coches patrulla.

Hasta donde estaban el alcalde y los demás miembros del pleno.

No sabía muy bien qué había esperado encontrar, pero desde luego no era aquello. No había sangre, ni pistolas, ni armas de ningún tipo; sólo los cuerpos desnudos del alcalde y los demás miembros del pleno, tumbados boca arriba en círculo, tomados de la mano. Todos miraban hacia el cielo con los ojos abiertos, y en ellos se reflejaba la luz de las farolas del estacionamiento.

Por primera vez desde hacía mucho tiempo, pensó en el ciervo, en los animales, en el forastero.

—¿Suicidio? —le preguntó a Ben.

—¿Qué podría ser, si no? —repuso el director del periódico encogiéndose de hombros—. Imagino que pastillas. O veneno. Pero no lo sabrán con certeza hasta hacerles la autopsia.

Bill sacudió la cabeza.

—No creo que fueran pastillas —aseguró—. Y tampoco veneno.

—¿Qué, entonces?

—No lo sé —contestó, y se estremeció.

Ben guardó silencio unos instantes.

—Pero fue un suicidio. Algo así tuvo que ser deliberado. ¿Verdad?

Bill lo miró.

—No lo sé —repitió.


Esa noche, el programa *20/20* ofreció un reportaje sobre Newman King y su creciente imperio del Almacén. Hubo algunas referencias al rosario de tiroteos que habían asolado los establecimientos del Almacén el año anterior, pero el reportaje era básicamente insustancial, y no mostraba a King como un loco, sino como un hombre práctico que, gracias a su esfuerzo, había llegado a ser millonario.

O multimillonario.

No podían confirmarse las cifras exactas.

King no había querido concederles una entrevista, pero había permitido que las cámaras de *20/20* lo siguieran durante un «típico día de trabajo», y el reportero había asistido con él a varias reuniones en la Torre Negra y lo había acompañado a inspeccionar por sorpresa un almacén en Bottlebrush, Tejas, a visitar a una fábrica que producía productos genéricos para el Almacén y a celebrar una sesión de negocios con un fabricante textil.

Por último, al final del día, King regresaba a su casa, pero la cámara no podía seguirlo hasta allí, y la última toma del reportaje mostraba a King subiéndose a una limusina delante de la Torre Negra.

Saludaba con la mano mientras sonreía con sencillez a la cámara.

—Que Dios bendiga a América —decía.

# Veintiuno

## 1

Doreen Hastings cerró los ojos mientras sujetaba a Merilee contra su pecho. El bebé succionaba feliz, y Doreen pensó en lo distinto que era cuando lo hacía Clete. Claro que eso era algo sexual, y esto no. Pero el acto físico era básicamente el mismo. Ahora, sin embargo, le salía leche por el pezón para alimentar a su hija, y de algún modo ese vínculo hacía que el acto fuera más íntimo, más satisfactorio, más pleno. El sexo parecía infantil comparado con eso, como un juego de niños, y supo que su relación con Clete, a pesar de lo buena que era, jamás podría ser tan importante ni gratificante emocionalmente para ella como su relación con el bebé.

No estaría nunca tan unida a Clete como lo estaba a Merilee.

Abrió los ojos. Era tarde, pasada la medianoche, y la habitación del hospital estaba sumida en la penumbra. Hasta el pasillo estaba oscuro, ya que los fluorescentes habían reducido su potencia para no molestar a los pacientes que dormían. No se oía mucho ruido, pero tampoco había silencio, con el murmullo de fondo de la actividad ininterrumpida del hospital: máquinas, enfermeras, pacientes, médicos.

Volvió a cerrar los ojos y sonrió cuando los deditos de Merilee se apretujaron instintivamente contra la forma voluminosa de su pecho.

—Señora Hastings —dijo una voz grave de hombre—. Habitación 120.

Doreen abrió los ojos y miró hacia la puerta.

Le dio un vuelco el corazón.

Fuera, en el pasillo, había cinco hombres vestidos completamente de negro, hombres pálidos que la miraban con rostros inexpresivos.

Iban acompañados del señor Walker del Almacén.

Walker le sonrió y le dio al interruptor que había junto a la puerta al entrar en su habitación. Las luces del techo parpadearon, pero no iluminaron bien las figuras que seguían al director del departamento de Atención al Cliente hacia su cama. Sus prendas eran más que negras, su piel tan pálida como si se la hubieran espolvoreado con harina.

El señor Walker seguía sonriendo, pero había algo en esa sonrisa que la incitó a pulsar el timbre que tenía junto a la cama para llamar a la enfermera.

Sujetó con más fuerza a Merilee.

—¿Es la recién nacida? —preguntó el director de Atención al Cliente. Se detuvo junto a la cama mientras los hombres vestidos de negro la seguían rodeando.

Doreen siguió pulsando frenéticamente el timbre de llamada mientras sujetaba con fuerza a Merilee con la otra mano.

Los dedos fuertes y fríos del señor Walker apartaron los suyos del timbre.

—No va a venir nadie —aseguró—. El hospital sabe por qué estamos aquí.

—¿Por qué? —Doreen echó un vistazo a las caras que rodeaban su cama y sólo vio expresiones vacías y rostros de piel blanca como la nieve.

—Hace unos meses, su marido y usted compraron un microondas en el Almacén y se acogieron para ello a uno de nuestros generosos planes de pagos a plazos. Se llevaron el microondas, pero no han cumplido los pagos de los dos últimos meses.

—¡Clete se quedó sin trabajo! —exclamó Doreen con una voz aguda, chillona—. Íbamos a tener la niña...

—Nos llevamos la niña.

El corazón le latía con tanta fuerza que parecía que le iba a explotar. De repente, no podía respirar.

—La niña es nuestra —aseguró Walker.

—No —dijo Doreen tras lograr inspirar.

—Sí —afirmó Walker.

—¡No! —gritó—. ¡No!

—Era parte del acuerdo que firmaron —indicó Walker. Se sacó de detrás de la espalda una copia del plan de pagos a plazos y señaló un párrafo en letra pequeña en mitad de la página—. En el caso de que no se efectúe el desembolso a tiempo —leyó—, el Almacén aceptará el hijo primogénito del abajo firmante como pago del importe pendiente de...

—¡No! —Doreen trató de incorporarse, pero los hombres de negro le sujetaron los brazos y las piernas de modo que la dejaron inmovilizada.

Walker alargó la mano hacia Merilee y la tomó.

—¡Socorro! —chilló Doreen sin dejar de forcejear con las manos que la retenían—. ¡Me están robando a la niña! ¡Están secuestrando a mi hija! ¡Enfermera! ¡Enfermera!

—Es un acuerdo legalmente vinculante —aseguró Walker—. No hay nada que una enfermera pueda hacer. —Entregó el bebé a uno de los hombres de negro.

—¡Clete! —gritó Doreen mientras las lágrimas de rabia y frustración le nublaban los ojos y le resbalaban por las mejillas—. ¡No dejes que se lleven a nuestra hija!

Levantó la cabeza cuando el hombre de negro que cargaba a Merilee salía por la puerta. Entre lágrimas, le pareció ver que había médicos con bata blanca y enfermeras en el pasillo que lo observaban todo en silencio.

—¡Llévense el microondas! —soltó. Tenía demasiada saliva en la boca, de modo que escupía y no podía pronunciar bien las palabras—. ¡No lo queremos! ¡Llévenselo!

—Debieron cumplir los pagos —dijo Walker.

—¡Les enviaremos el dinero! ¡Con intereses! ¿Cuánto quieren?

—Ya tenemos lo que queremos. —Walker asintió, hizo un gesto con la mano y entró un médico del pasillo—. Está histérica —le indicó—. Sédela.

—¡No! —bramó Doreen, pero notó el pinchazo de una aguja en el brazo y empezó a perder fuerzas de inmediato.

El médico retrocedió y desapareció.

Cuando se le empezaban a cerrar los ojos, sintió que la presión de las manos que la sujetaban se relajaba. Con las pocas fuerzas que le quedaban, volvió a abrir los ojos y vio borrosamente que el señor Walker salía de la habitación tras las figuras oscuras.

«¡Merilee!», quiso gritar, pero ni siquiera tuvo fuerzas para decir el nombre de su hija.

Y se desvaneció.


## 2

Shannon recorría arriba y abajo los pasillos del departamento de jardinería para ordenar los estantes antes de que el Almacén abriera. Como siempre, muchos estaban desordenados. El día anterior había trabajado hasta la hora de cierre y lo había dejado todo en su sitio antes de irse, pero el personal de limpieza o alguien debía de haber ido después y movido las cosas.

Eso la fastidiaba mucho.

Siguió caminando y se detuvo sorprendida. El personal de limpieza no había dejado nada bien el suelo. Se les había pasado una mancha marrón rojiza en las baldosas blancas junto a las macetas italianas. Parecía...

¿Sangre?

Frunció el ceño y se agachó. La noche anterior, esa mancha no estaba ahí. Estaba segura de ello porque se le había caído un caramelo mientras repasaba el pasillo antes de cerrar. Lo había recogido muy cerca del punto donde estaba ahora la mancha, y sólo había visto las baldosas blancas. Aunque era posible que no se hubiera fijado en la mancha, en la sangre, porque no la estaba buscando, pero era bastante evidente como para no haberla visto entonces.

«Está construido con sangre.»

Se incorporó y se alejó deprisa hacia los fertilizantes, situados al fondo, para subir después por el pasillo de las semillas y regresar a la caja registradora. Incluso de día, incluso con las luces encendidas, incluso con otras personas en el Almacén, seguía teniendo miedo allí dentro.

Se preguntaba cómo sería el interior sin ventanas del Almacén tras el anochecer, cuando se apagaban las luces, cuando el edificio estaba vacío.

Se estremeció y volvió enseguida a la seguridad de la caja registradora.

No era la única que se cuestionaba qué ocurría en la tienda fuera del horario laborable. Holly le había contado el día anterior que Jane, del departamento de lencería, se había dejado sin querer el bolso en la taquilla por la noche y que, cuando llegó a la mañana siguiente, los dos tampones que llevaba dentro por si tenía alguna urgencia estaban fuera de su envoltorio y manchados de sangre.

Sangre.

Un día, también había oído hablar a dos mujeres en la sala de descanso, y una le explicaba a la otra que la noche anterior había sido la última empleada en irse del Almacén y que había oído, a través de las puertas cerradas del ascensor, gritos apagados que procedían de las plantas inferiores.

Y, por supuesto, se contaban historias sobre los directores nocturnos.

Los directores nocturnos.

Era un tema que los empleados no comentaban. Por lo menos, abiertamente. Pero desde el primer día de trabajo había oído cuchicheos, insinuaciones y rumores sobre ellos.

Directores nocturnos.

Hasta el nombre era aterrador, y aunque nadie podía afirmar haberlos visto, los directores nocturnos tenían cierta fama. Shannon ni siquiera estaba segura de que existieran de verdad.

Ni el señor Lamb, ni el señor Walker, ni ninguna otra de las fuentes oficiales había mencionado o admitido su existencia. Y, hasta donde ella sabía, sólo el personal de limpieza trabajaba fuera del horario de apertura al público. ¿Por qué iba a necesitar el Almacén que hubiera directores cuando estaba cerrado?

Pero los empleados cuchicheaban sobre ellos después del trabajo, los mencionaban a escondidas en el estacionamiento cuando se dirigían hacia sus automóviles. Se decía que los directores nocturnos vigilaban a todos los mozos de almacén, directores y vendedores, inspeccionaban las zonas de trabajo por la noche, repasaban los comprobantes de caja y elaboraban informes.

¿Y si no les gustaba lo que encontraban?

A Shannon se le puso la carne de gallina. Se rumoreaba que había desaparecido un chico del departamento de deportes. No sabía quién era ni cuándo había ocurrido, pero se decía que le habían pedido que se quedara después de cerrar el establecimiento para hablar con los directores nocturnos.

Y no se le había vuelto a ver.

Al día siguiente, habían contratado a otra persona para ocupar su puesto.

No sabía si la historia era cierta. Nadie lo sabía. Pero tanto si los directores nocturnos existían como si no, eran como Santa Claus o como el coco, algo con lo que había que contar. Ejercían poder, a pesar de que no existieran, y todo el mundo los temía.

Shannon abrió la caja registradora y empezó a contar los billetes. Cuando había acabado los de cinco, los de diez y los de veinte y llevaba por la mitad los de uno, el señor Lamb se le acercó resuelto, con las manos a la espalda y una sonrisa. La saludó con la cabeza.

—Abrimos en cinco minutos —dijo—. ¿Cómo va todo por el departamento de jardinería? ¿Está todo pulcro y en su sitio? ¿Todo el mundo atento y preparado para tener otro día próspero?

¿Todo pulcro y en su sitio?

Pensó en la mancha del suelo.

La sangre.

Asintió y sonrió al director de personal.

—Todo va bien —afirmó.

# Veintidós

## 1

Bill se dirigió al Roundup y aparcó el *jeep* en el estacionamiento de tierra del achaparrado edificio sin ventanas. Cuando entró en el bar, permaneció unos segundos en la puerta para esperar a que sus ojos se adaptaran a la luz tenue del interior.

Ben estaba en la barra, donde habían quedado, con un vaso lleno y una botella medio vacía de J & B delante de él.

Bill rodeó la concurrida mesa de billar y pasó ante la máquina de discos, donde un par de vaqueros discutían qué canción elegir. El bar era uno de los pocos negocios de la ciudad que no se estaba resintiendo. Ahora que lo pensaba, era probable que el Almacén solicitara permiso para la venta de consumiciones alcohólicas, abriera un bar junto al restaurante de *sushi* y hundiera el Roundup.

«Un vampiro empresarial.»

Ben lo había llamado hacía quince minutos, ya medio bebido, y le había dicho que quería verlo en el bar. Bill quiso saber por qué, pero su amigo no había querido decírselo, añadiendo que era «importante», y aunque a Bill no le apetecía ir, ya que prefería seguir viendo la tele con Ginny, había captado la urgencia en la voz de Ben y se había obligado a levantarse del sofá, ponerse los zapatos y conducir hasta el Roundup.

«Importante.» Podía ser bueno o podía ser malo.

Bill imaginaba que sería malo.

Se acercó a la barra y se sentó en el taburete que estaba al lado de Ben.

—¿Qué pasa? —le preguntó a su amigo mientras pedía una cerveza al camarero—. ¿Cuál es esa noticia tan importante?

—Me han despedido —contestó Ben.

Bill parpadeó, atónito, dudando de haberlo oído bien.

—¿Qué?

—Me han despedido. Echado. Dejado en el paro. Newtin vendió el periódico. —Sonrió con ironía—. ¿Adivinas a quién?

—¿Al Almacén?

—¡Bingo! —exclamó Ben mientras se servía otro whisky.

—Pero ¿por qué? Sólo hay un periódico en la ciudad. Tenía el monopolio. Todo el mundo tenía que anunciarse en él...

—Eso no importa. —Ben hizo un gesto de desdén—. En Juniper no puede ganarse dinero de verdad. Es un negocio para cubrir gastos, como mucho. Hacía años que Newtin intentaba deshacerse de él —añadió mientras sacudía la cabeza—. Supongo que por fin encontró comprador.

—¿Cómo te enteraste?

—Por fax. ¿Crees que Newtin vendría hasta Juniper sólo para decirme que se había vendido el periódico y que estaba despedido? ¡Qué va! Además, ese desgraciado es demasiado cobarde para enfrentarse conmigo.

—¿Y te despidieron?

—Es lo primero que hicieron. Ascendieron a Laura a directora, y a mí me echaron a la calle. Se han quedado con Herb, Trudy, Al y todo el personal de producción. Traidores lameculos.

—¿Te despidieron? ¿No te bajaron de categoría?

—Exactamente.

—Mierda.

—Adiós a las elecciones —soltó Ben tras beberse el whisky.

—¿Tú crees?

—Como dijiste, ellos tenían la emisora de radio y nosotros, el periódico. Ahora tienen las dos cosas.

—¿Crees que lo compraron por eso?

—No —contestó Ben, sarcástico. Cada vez articulaba peor las palabras—. No tienen el menor interés en controlar las noticias y la información en esta ciudad. Quieren patrocinar y subvencionar el cuarto poder por la bondad de su corazón empresarial.

El camarero dejó un vaso de cerveza delante de Bill, que sacó su cartera y pagó con un billete. Luego dio un sorbo y se volvió hacia Ben.

—¿Y qué vas a hacer? —preguntó.

—Bueno. Tengo la caravana totalmente pagada. Puedo sobrevivir cierto tiempo.

—Pero ¿qué vas a hacer?

—Trabajaré como *free lance*. —Miró alrededor y bajó la voz—. Estoy pensando en hacer un reportaje sobre el Almacén. Seguramente, podría venderlo al *Wall Street Journal*, a *Time* o a *Newsweek*. Es oportuno. Es de interés nacional. El Almacén es una empresa prometedora. Newman King es un hombre muy misterioso, y ya sabes cómo toda esta mierda fascina al público. Creo que podría ser un artículo realmente bueno —aseguró en tono grave mientras se servía otro whisky—. Además, tengo muchas cuentas que saldar.

Se quedaron sentados un rato, bebiendo, sin hablar, escuchando las canciones nostálgicas que los vaqueros habían elegido en la máquina de discos. Bill se terminó la cerveza y pidió otra. Ben se terminó la botella y dejó el dinero para que le trajeran otra.

—Tómatelo con calma —sugirió Bill—. Ya estás como una cuba y media.

—Quiero estar como dos cubas. —Se sirvió otro whisky y se lo tomó de un trago—. Deberíamos haberles fastidiado los planes —soltó—. Deberíamos haber clavado puntas de hierro en algún árbol, saboteado algún aparato, echado azúcar en algún depósito de gasolina.

—Los primeros obreros de la construcción eran de Juniper —le recordó Bill.

—A la mierda. Las pérdidas económicas habrían sido para el

Almacén, no para nuestros chicos. —Cerró los ojos y siguió hablando—. Nuestros chicos. Había árboles en ese solar que ya eran viejos cuando sus tatarabuelos no eran más que esperma con aspiraciones, ¿lo sabías? Es probable que ese maldito montículo tuviera millones de años. ¡Y lo demolieron hombres que habían nacido hace menos de veinticinco!

—Estás borracho —comentó Bill—. Y estás empezando a gritar.

—¡No me importa!

—Ven. Te llevaré a casa.

—No quiero ir a casa.

El camarero se acercó y le confiscó la botella y el vaso.

—Su amigo lo llevará a casa —dijo—. Ya ha bebido bastante.

Ben asintió dócilmente. Al levantarse del taburete casi se cayó, y entonces se concentró en andar hacia la puerta. Bill lo siguió, preparado para sostenerlo si era necesario. Tampoco estaba totalmente despejado, pero no estaba bebido, así que condujo a Ben hacia el *jeep*, lo sentó en el asiento del copiloto y lo llevó a casa, donde esperó a que hubiera entrado en la caravana antes de marcharse.

Cuando llegó a su casa, hacía un buen rato que la película había acabado, y Ginny había apagado las luces de la parte delantera de la casa y estaba en el dormitorio haciendo bicicleta estática. Le dijo que se preparara para acostarse, pero él no estaba cansado y le contestó que tenía que trabajar un poco.

Volvió a su despacho, se sentó delante del ordenador y entró en Freelink. Reflexionó un momento, abrió la ventana para dejar un mensaje en el tablón de anuncios y tecleó en el asunto: «El Almacén». En el espacio reservado para el texto, escribió: «¿Hay alguien más que haya tenido problemas con la cadena El Almacén?» No puso nombre pero dejó su dirección de correo electrónico. Se dirigió entonces a la cocina, donde se calentó un poco de café y se sentó de nuevo ante el ordenador.

Ya había recibido cinco mensajes.

Se le aceleró el corazón. Había ido a buscar café porque creía que le serviría para mantenerse despierto, pero ahora ya no necesitaba la cafeína, así que dejó la taza a un lado y accedió a su correo electrónico.

El primer mensaje era de alguien que se hacía llamar Big Bob y describía lo que le había costado que le abonaran un aspersor como algo a medio camino entre *1984* y *Trampa 22*. El segundo mensaje era de una mujer hispana que conservaba el anonimato y que afirmaba que el Almacén discriminaba a las minorías. Aseguraba que no sólo se habían negado a contratarla, sino que también le habían prohibido comprar en sus establecimientos. El motivo de que no pudiera darle su nombre ni el de su ciudad era, según explicaba, que había demandado al Almacén y tenía razones para creer que tenía las líneas telefónicas intervenidas y que el Almacén escuchaba sus conversaciones y leía lo que escribía en línea.

Un escalofrío recorrió el cuerpo de Bill mientras leía el mensaje de la mujer. En otras circunstancias, seguramente lo habría considerado una serie de acusaciones infundadas de una paranoica histérica. Pero creía hasta la última palabra que la mujer había escrito, y se empezó a preguntar si su teléfono estaría intervenido, si el personal de seguridad del Almacén estaría escuchando sus conversaciones o leyendo sus mensajes en línea. Echó un vistazo alrededor de la habitación. De repente, su despacho le pareció más oscuro y lleno de sombras, y deseó haber encendido las luces en lugar de la lamparita del escritorio.

Abrió el tercer mensaje. Éste era de un periodista, Keith Beck, que aseguraba que en su ciudad, el Almacén no sólo había diezmado económicamente la zona, eliminando los comercios locales, sino que había instigado enemistades entre los habitantes locales. Afirmaba que el Almacén ejercía una influencia negativa, y que estaba cambiando totalmente el carácter de la ciudad. Añadía que el Almacén había construido su edificio en una parcela ecológicamente sensible sin esperar a que se hubiera elaborado un informe sobre el impacto medioambiental mediante la colaboración de cargos electos a los que había comprado.

Era exactamente lo mismo que había pasado en Juniper. Bill no podía creer su buena suerte. Era lo que había estado buscando, y deseó que Ben estuviera ahí para verlo. Lo imprimió y envió un mensaje de respuesta a Beck donde describía las actividades del Almacén en Juniper. No incluyó las cosas extrañas (las muertes y las desapariciones), pero sí el incendio provocado de la tienda de Richardson, y explicó asimismo los problemas con los que se había encontrado al intentar arrancar a sus hijas de las garras del Almacén. También le contó a Beck lo sucedido a Ben.

Después de enviar el e-mail, imprimió el resto de los mensajes que había recibido, que ya ascendían a ocho. Todos ellos contaban historias terribles de relaciones con el Almacén que habían dado lugar a negocios rotos, despidos, demandas y toda clase de problemas personales.

Bill imprimió el último mensaje y comprobó una vez más la bandeja de entrada. Beck ya le había contestado.

Abrió el mensaje con impaciencia. El periodista se mostraba comprensivo con los problemas de Juniper, afirmaba comprender lo que estaba ocurriendo, pero no lo animaba demasiado a seguir intentando combatir contra el Almacén.

«Nosotros intentamos, como buenamente pudimos, luchar contra el Almacén —había escrito—, pero nos derrotó. El resultado de nuestra batalla era previsible. El Almacén es un enemigo poderoso.»

Bill le envió otro mensaje.

«¿Alguna sugerencia?», tecleó.

La respuesta fue breve y concisa:

«Los gobiernos municipal, condal y estatal no disponen de los recursos económicos suficientes para combatir al Almacén. El gobierno federal debería implicarse, pero durante las dos últimas décadas se han desactivado las regulaciones interestatales sobre el comercio, y asignar recursos a perseguir a un empleador importante no es políticamente viable en estos tiempos liberales, contrarios a las intervenciones de los gobiernos. Está solo.»

Está solo.

Las palabras le impactaron y resonaron en su cabeza. Al parecer, Beck había intentado seguir los canales adecuados en su lucha contra el Almacén, y había agotado esas posibilidades sin conseguir nada.

¿Qué quedaba? ¿Usar las mismas tácticas que el Almacén? ¿Incendio provocado? ¿Terrorismo?

Bill se quedó mirando un momento la pantalla. Era evidente que el periodista estaba quemado y desanimado, pero quizás habría otras personas por ahí, en otras comunidades con contextos distintos, que tendrían ideas y sugerencias.

Decidió volver a intentarlo, enfocando el asunto de otra forma, y dejó otro mensaje en el tablón de anuncios.

«Estoy buscando información relativa a actividades y a prácticas de la cadena El Almacén —tecleó—. Concretamente, estoy buscando formas de impedir que el Almacén se apodere totalmente de la ciudad de Juniper, Arizona. Si alguien tiene alguna idea, le agradeceré que me la comunique.»

Envió el mensaje, la pantalla se quedó en blanco varios segundos ydespués apareció un letrero de una sola línea:

«Esta comunicación ha sido eliminada.»

¿Cómo? Frunció el ceño. ¿Cómo era posible que se hubiera eliminado el mensaje? No tenía ningún sentido.

Volvió a teclear las palabras e intentar dejarlas en el tablón de anuncios, y de nuevo apareció el letrero:

«Esta comunicación ha sido eliminada.»

Pensó en la mujer hispana que aseguraba que el Almacén espiaba las conversaciones que mantenía en Internet, y envió rápidamente una nota a Keith Beck para preguntarle si le había pasado algo parecido.

Un nuevo mensaje apareció en pantalla:

«Esta comunicación no puede transmitirse. Viola el Apartado 4 de su contrato con el servicio en línea de Freelink.»

¿Contrato con el servicio en línea?

Rebuscó en el estante que tenía sobre la mesa hasta encontrar la caja que contenía los disquetes y el manual de instrucciones de Freelink. Sacó el manual, lo abrió y antes de encontrar siquiera el apartado 4, vio en el interior de la cubierta, en letras diminutas, unas palabras que no había observado nunca, pero que ahora le helaron el corazón.

Apagó de inmediato el PC.

Con la boca seca y el corazón latiéndole con fuerza, volvió a leer el aviso que incluía la cubierta del manual: «Freelink es una filial de la empresa El Almacén.»

En su sueño, el Almacén estaba vivo y sentía, caminaba con unas enormes piernas de ladrillo, y lo hacía agachado, buscando entre otros edificios, buscando tras las colinas.

Buscándolo a él.

## 2

El martes, a las cinco de la tarde, había reunión del consejo escolar. Aunque Ginny solía asistir sólo durante las negociaciones salariales, le habían llegado rumores de que el distrito iba a pasar grandes dificultades económicas, de nuevo, el siguiente año escolar, y que se estaba planteando efectuar despidos.

Bill se había pasado todo el día enclaustrado en su despacho, trabajando, así que asomó la cabeza y le avisó de que él y las niñas cenarían solos porque se marchaba a la reunión. Él asintió distraído, y Ginny no supo si había escuchado lo que le dijo, pero supuso que lo deduciría cuando empezaran a sonarle las tripas. Así que tomó las llaves del coche y gritó un «¡Adiós!» que no obtuvo respuesta.

La sede del distrito estaba situada en una extensión de terreno llano, cubierto de hierbajos, entre el centro de enseñanza primaria y el de secundaria.

El reducido estacionamiento ya estaba lleno de automóviles y camionetas de otros profesores, así que aparcó en su lugar habitual en la escuela y se acercó a pie.

La sala de juntas estaba abarrotada. Todas las sillas plegables se hallaban ocupadas, y Eleanor Burrows y los demás empleados del comedor y de las oficinas estaban sentados en unas sillas de plástico demasiado pequeñas que habían llevado de algún aula y habían situado junto a la pared, en el pasillo lateral.

Todavía había algunas sillas para niños vacías, pero Ginny prefirió quedarse de pie, a la izquierda de la puerta, donde otros dos profesores de secundaria, ambos hombres, ya estaban apoyados en la pared revestida con paneles baratos.

El consejo escolar entró inmediatamente en materia. En cuanto abrió la sesión, Paul Fancher, el superintendente escolar, anunció que si no se adoptaban medidas drásticas, habría despidos masivos de profesores de los tres centros docentes.

—Sencillamente, no podemos seguir como hasta ahora —explicó.

—Adiós a nuestro aumento de sueldo —soltó alguien.

Se oyeron unas cuantas carcajadas nerviosas.

—Tenemos varias opciones —indicó Fancher—. Todo el mundo puede asumir una reducción de sueldo del diez por ciento... —Un coro de palabras airadas estalló entre los empleados reunidos—. Ya lo sé —aseguró el superintendente levantando la voz—. A mí tampoco me parece justo. Pero es una opción que nos estamos planteando. Otra opción sería reducir los servicios. Eliminar el autobús escolar, por ejemplo, y obligar a los padres a proporcionar transporte a sus hijos. O podríamos eliminar puestos cuidadosamente elegidos y aumentar el volumen de trabajo de los empleados de más antigüedad, sin horas extra ni otra retribución adicional, por supuesto. —Esperó un momento antes de proseguir—: O podríamos privatizar la educación y externalizar todos los puestos no docentes.

Ahora la gente gritaba a los miembros del consejo escolar, que guardaban silencio con una actitud petulante mientras observaban la conmoción que habían provocado sus planes y, al parecer, la disfrutaban.

Fancher levantó una mano para pedir silencio.

—Son decisiones difíciles que hemos de tomar para el siguiente año escolar —dijo por encima del ruido de los asistentes—. Por eso nos hemos reunido hoy.

Ginny sintió náuseas. Dirigió la mirada a Eleanor, que rondaba los sesenta años y había trabajado en el centro de enseñanza primaria de Juniper desde sus inicios. La mayoría de los miembros del consejo escolar, incluido Fancher, tenían poco más de treinta años y llevaban en Juniper menos de cinco. ¿Cómo se atrevían a eliminar los puestos de trabajo de personas que habían dado los mejores años de sus vidas a los colegiales de la ciudad?

Había otro hombre sentado a la izquierda del consejo escolar, en su misma mesa; un hombre bastante joven, vestido con traje, que miraba distraído al techo, evidentemente aburrido. Ginny no sabía quién era, pero se le había hecho un nudo en el estómago porque estaba bastante segura de saber los intereses de quién representaba.

Efectivamente, después de una acalorada discusión entre Fancher, otros dos miembros del consejo escolar y la mayoría de empleados más ruidosos, el superintendente llamó al orden. Dijo que el Almacén ya había presentado al distrito una propuesta de privatización que satisfacería a ambas partes.

Fancher presentó al hombre sentado en el extremo de la mesa como el señor Keyes, y Ginny vio cómo el representante del Almacén se levantaba, se plantaba delante de la mesa y se dirigía a los empleados reunidos.

Así que ése era el famoso señor Keyes. Ése era el hombre contra el que Bill había clamado y vociferado.

En voz alta y clara, Keyes explicó la propuesta de privatización. Comentó que, por ahora, sólo se externalizarían los servicios de comedor y transporte. Y, como el Almacén no disponía de empleados cualificados, conservaría en sus puestos actuales a todos los que ya trabajaban en los centros escolares. La única diferencia que notarían sería un tecnicismo: El Almacén pasaría a pagarles el sueldo en lugar del distrito.

El tono enojado de los asistentes remitió.

Si la crisis financiera se prolongaba, el Almacén tenía planes de contingencia para financiar todas las operaciones del distrito.

Pero recalcó que sólo aportaría fondos y no intentaría influir en las asignaturas ni en el plan de estudios.

Keyes sonrió de modo tranquilizador, y Ginny quiso lanzarle un tomate en mitad de esa cara tan petulante y artera.

—¿Y los planes de pensiones? —Ginny no pudo ver a la mujer que hablaba, pero reconoció la voz de Meg—. Si el Almacén asume el control, ¿seguirá destinando dinero a nuestro fondo de pensiones? Y ¿será el mismo importe que aporta ahora el distrito?

—Me temo que ya no habrá fondo de pensiones —contestó Keyes sin perder la sonrisa—. Ese dinero cubrirá nuestros gastos de explotación. Les animamos a contratar planes de pensiones individuales.

Se inició otro debate. Ginny lo escuchó unos instantes y después se marchó sigilosamente. La reunión podría durar horas.

Y daba lo mismo.

El consejo escolar ya había tomado su decisión.

Cuando volvió a casa, las niñas no estaban, y Bill estaba preparando arroz precocinado.

—¡Es el colmo! —exclamó mientras dejaba furiosamente el bolso en la encimera.

Bill alzó los ojos.

—¿Qué pasa? —preguntó.

—¡El consejo escolar va a dejar que se haga con el control del distrito!

—¿A quién? —dijo, aunque sabía a quién se refería exactamente.

—¡Al Almacén! —Abrió la nevera, tomó una cola *light*, la abrió y dio un largo trago—. Se acercan las elecciones, y están apoyando una reducción de impuestos, lo que dejará sin fondos al distrito. Y para ahorrar dinero, están pensando en externalizar no sólo el transporte y el comedor, sino también los puestos administrativos y docentes. El Almacén, por supuesto, se ha ofrecido gentilmente a financiar esos servicios, sin ningún compromiso.

—¿Cómo ha reaccionado la gente? —preguntó Bill, tenso.

—Lo han presentado como la única opción posible. Ya está decidido.

—Maldita sea. El mantenimiento del parque, el mantenimiento de las calles, el cuerpo de bomberos, el departamento de policía, los centros docentes... El Almacén se ha adueñado de Juniper. —Sacudió la cabeza—. Se acabó. Voy a presentarme a las elecciones municipales.

A Ginny se le aceleró de repente el corazón.

—No —objetó—. No te presentes. Que lo haga Ben. O Street.

—¿Por qué?

—Tengo miedo.

Se quedó callado mirándola, y Ginny se dio cuenta de que él también lo tenía.

—No podemos dejar que nos intimiden —aseguró Bill en voz baja.

Ginny dejó la cola *light* en la encimera, se acercó a él, lo abrazó con fuerza y escondió la cara en su hombro.

—Estoy tan cansada de todo esto —comentó.

—¿Y quién no?

—Parece que no hay nada que podamos hacer.

—Puede que no lo haya —admitió Bill—. Pero eso no significa que dejemos de intentarlo.

—No podemos permitir que controlen la educación.

—No lo haremos.

Estar así, abrazándolo, la hacía sentir bien, la tranquilizaba, y alargó la mano para bajar el fuego de la cocina y que no se le quemara la cena.

Seguían abrazados cuando las niñas regresaron a casa.

# Veintitrés

## 1

### VOTE POR EL ALMACÉN
### VOTE A LAMB-KEYES-WALKER

Ben arrancó el cartel del poste telefónico, y lo rompió por la mitad antes de tirarlo al contenedor que había delante de la tienda de Street.

A esto se reducía todo en esta ocasión: los candidatos partidarios del Almacén y los candidatos contrarios al Almacén.

Y la mayoría de la gente parecía estar de parte del Almacén.

La política estadounidense había experimentado un cambio radical desde la primera vez que se había presentado a unas elecciones municipales a finales de los setenta. Entonces, había perdido por un amplio margen, y eso lo había mantenido alejado desde entonces, pero había perdido ante un hombre al que respetaba, un hombre que resultó ser un concejal decente y, después, un alcalde decente.

Por aquel entonces, la gente admiraba el activismo ciudadano, estaba a favor de que las personas se implicaran en causas en las que creían.

Pero ahora se veía con malos ojos, se consideraba un ejemplo de política de «intereses especiales» y el respeto se reservaba para aquellos que hablaban de finanzas, no de ideas.

Y por esa razón, era probable que ganaran los candidatos del Almacén.

No entendía por qué la perspectiva de que el Almacén controlara el gobierno municipal no asustaba más a la gente. Desde luego, su aportación de recursos económicos y sus promesas de reducción de impuestos y programas de financiación con fondos privados en lugar de públicos resultaban atractivos a primera vista, pero incluso un examen superficial revelaba sus defectos. Porque quien controlaba el dinero, controlaba el poder. Si los servicios se financiaban con fondos públicos, si se destinaban cuotas concretas a proyectos específicos que decidían los ciudadanos, de ese modo mandaban ellos. Como tenía que ser. Pero si el Almacén era quien pagaba las facturas, entonces el Almacén estaría al mando.

Y eso le resultaba realmente aterrador.

Recelaba asimismo de la idea de que el pleno municipal constara sólo de tres personas. Siempre había creído que cuanta más diversidad, mejor. Cuantas más voces se oyeran en un gobierno, en cualquier gobierno, mejor sería la representación. Pero la semana anterior se había celebrado una reunión en el instituto, y una abrumadora mayoría había votado reducir la cantidad de miembros del pleno de cinco a tres. A petición del Almacén, por primera vez en la historia de Juniper, se había modificado la Carta Municipal, y Ben no lo consideraba una buena señal.

Dio marcha atrás a su coche por la calle vacía y miró el escaparate pintado de la tienda de material y equipo electrónico:

¡CAMBIE SU VIDA: VOTE!
VOTE A ANDERSON, MCHENRY Y MALORY

Sonrió para sí. Se le había ocurrido el eslogan «Cambie su vida: Vote», y le parecía gracioso su doble significado, su crítica de la apatía de la ciudad, y aunque a Bill no le había parecido inteligente insultar a los votantes a los que estaban intentando convencer, Ben opinó que la mayoría no lo pillaría.

Todavía lo opinaba.

Siguió marcha atrás hasta la otra acera para observar el cartel y tratar de decidir su eficacia. Fue de un extremo de la manzana al otro, mirando por encima del hombro, fingiendo que conducía su coche, y regresó a la tienda. Le gustaba cómo había quedado. La pintura del escaparate era brillante, y el mensaje resaltaba mucho en medio de los tonos apagados del centro de Juniper.

Los carteles que habían colgado por toda la ciudad y en la carretera también se veían bien, pero Ben sabía por experiencia que eso no bastaría.

El Almacén tenía la radio.

Y el periódico.

Pensar en el periódico lo fastidiaba.

Entró en la tienda.

—¿Qué tal se ve? —quiso saber Street.

Ben levantó los dos pulgares en señal de aprobación.

—Excelente, aunque esté mal que lo diga yo.

—¿Crees que servirá de algo?

—No.

Ben se acercó a la caja registradora, recogió su taza de café y la apuró. Cuando él, Street y Ted Malory habían decidido presentarse juntos a las elecciones, el Almacén había respondido con una lista de candidatos alternativa. Se preguntaba ahora si había sido un error presentarse juntos. Quizá deberían haber hecho campaña por separado, como personas individuales, y no vincular sus destinos tan estrechamente entre sí.

—¿Crees que tenemos alguna posibilidad? —le preguntó Street.

Ben sacudió la cabeza.

—Puede que no acabemos tan mal —dijo—. A lo mejor logramos que entre uno de nosotros.

—Lo dudo.

—Y el Almacén controlará el ayuntamiento.

—De nuevo.

—Esta vez será incluso peor. No tendrá que sobornar a nadie. No necesitará que ningún intermediario le haga el trabajo sucio. Se encargarán ellos mismos, y habrán sido elegidos democráticamente.

—Ya lo sé —asintió Ben, que se volvió para mirar de nuevo el escaparate pintado—. Que Dios nos ayude.


## 2

No iba a ser una fiesta para celebrar la victoria. Lo sabían. Sería la fiesta de los derrotados, una reunión para lamentarse, un velatorio.

Aun así, el gimnasio estaba más concurrido de lo que Bill había previsto, y eso mantuvo viva en él una pequeña brizna de esperanza. A lo mejor había más gente de lo que creían consciente de lo que el Almacén estaba haciéndole a Juniper. A lo mejor los habitantes de la ciudad eran demasiado listos para que la publicidad ostentosa y las promesas exageradas del Almacén los engañara.

Pensó en la famosa foto de Harry Truman sujetando un periódico con un titular erróneo que indicaba que Dewey había ganado las elecciones.

A veces, los analistas se equivocaban. A veces, triunfaba el más débil.

A veces.

Ginny y él entraron en el gimnasio tomados de la mano, echando un vistazo a su alrededor. Era evidente que quien se había encargado de la decoración tenía sentido del humor. De las gradas y los marcadores colgaba papel crepé negro, y unas coronas de flores adornaban las mesas con los refrigerios y las bebidas, situadas en la pista central. Había bastante gente congregada: la mayoría de los comerciantes y los propietarios de negocios del centro de la ciudad que formaban la cámara de comercio, empleados municipales relegados, obreros de la construcción en paro... Se mostraban simpáticos, habladores, no especialmente tristes, pero el ambiente general era lúgubre.

Los otros candidatos aguardaban los resultados de las elecciones y celebraban su fiesta en el Almacén. No se había reparado en gastos, y el restaurante de *sushi* y la cafetería del interior del establecimiento ofrecían un bufé libre a todos sus partidarios. El Almacén había cerrado al mediodía para que los empleados pudieran decorar y despejar una zona del edificio destinada a celebrar la fiesta, y estaba previsto efectuar una transmisión en directo por la radio.

Irónicamente, y de modo bastante irritante, tanto Sam como Shannon trabajaban en la fiesta. No se habían ofrecido voluntarias, sino que se lo habían asignado, y Bill no podía evitar pensar que había sido adrede. El Almacén sabía que, a pesar de que él no se presentaba personalmente a las elecciones, era uno de los artífices de la oposición, y sin duda, Lamb y su gente querían restregárselo por las narices.

Seguía sin comprender por qué no había más gente en contra del Almacén. Era evidente para cualquiera que, desde que el Almacén había llegado a Juniper, el centro de la ciudad se había muerto, el paro se había disparado y los empleos que estaban ahora vacantes ofrecían sueldos mucho más bajos que los de antes. El Almacén estaba acabando con la ciudad, y aun así, había demasiada gente que no se daba cuenta o a quien no le importaba. Sin contar los hechos misteriosos que habían ocurrido desde su llegada, la gente debería rechazar al Almacén por motivos puramente personales o económicos.

Y, sin embargo, no lo hacía.

Bill no alcanzaba a entender por qué.

Street se acercó a ellos. Había bebido más de la cuenta, y le dio a Ginny un molesto abrazo antes de apoyarse tambaleándose en el hombro de Bill.

—¡*Mayday*! ¡*Mayday*! ¡Nos caemos! —comentó.

—No pareces demasiado abatido por ello —repuso Bill.

—Llega un momento en que sólo puedes reírte —dijo Street mientras se encogía de hombros.

Ben, Ted y su mujer, Charlinda, se abrieron paso entre la gente hacia ellos. Comenzaron a hablar y al cabo Ginny y Charlinda se dirigieron a las mesas donde estaban los refrigerios, dejando solos a los hombres.

—¿Por cuánto creéis que vamos a perder? —preguntó Bill.

—¡Nos van a dar una paliza! —exclamó Street.

Bill no le hizo caso y se volvió hacia Ted.

—¿Tú qué crees? Conoces a mucha gente en esta ciudad. No eres un paria como Ben ni un payaso como Street...

—¡Oye, no me ofendas! —se quejó Street.

—¿Cómo ves la situación? —prosiguió Bill con una sonrisa.

—No lo sé —admitió Ted—. No hacéis más que quejaros, pero toda la gente con la que he hablado nos apoyaba bastante. Hay muchas personas resentidas con el Almacén. Puede que les dé miedo admitirlo, pero a la mayoría no le gusta. Tal vez esté loco pero creo que tenemos posibilidades de ganar, y toco madera.

«Les da miedo admitirlo.»

—¿Por qué tendría que darles miedo admitirlo? —preguntó Bill tras humedecerse los labios.

—Bueno, ya sabes —contestó Ted, incómodo.

Y ése era el problema. Lo sabía. Los tres lo sabían. Se miraron entre sí con esa idea en la mirada hasta que Street sugirió que fueran a la mesa de las bebidas para mojar el gaznate.


Las urnas cerraron a las ocho, y el recuento se inició casi de inmediato. Los integrantes de las mesas electorales estaban en el ayuntamiento para repasar los votos y, si bien en las grandes ciudades podía tardarse toda la noche en conocer los resultados, la cantidad reducida de votantes de Juniper prácticamente garantizaba que todo hubiera terminado antes de las diez.

La emisora de radio tenía una unidad móvil en el ayuntamiento, así como en la fiesta del Almacén, y Street había conectado un receptor con el sistema de megafonía del gimnasio para que todos pudieran oír la transmisión.

—¿Por qué no han enviado una unidad móvil aquí? —preguntó Ben con sequedad desde una punta de la mesa donde estaban las bebidas—. ¿No les interesa nuestra reacción?

Todo el mundo se rio.

A lo largo de la velada, Bill sólo había escuchado de vez en cuando la emisión, pero cuando fue evidente que el recuento casi había finalizado y faltaba poco para que anunciaran a los ganadores, Ginny y él se acercaron junto con los demás hasta el receptor de Street, que descansaba sobre una mesa sin adornos junto a la entrada del vestuario. El aparato no emitía sonido alguno, ya que éste procedía de los altavoces ocultos en las altas vigas del gimnasio, pero simbólicamente era el origen de la transmisión, y a medida que se acercaba el momento del anuncio, cada vez más gente fue reuniéndose alrededor de la caja negra de metal para quedarse mirando los números azules del dial.

Cuando Ben estaba describiendo por enésima vez en la noche lo distinto que habría sido el resultado de esas elecciones si todavía dirigiera el periódico, la gente reunida empezó a levantar la mano y a taparse los labios con un dedo para pedir silencio.

—¡Chsss!

—¡Chsss!

—¡Chsss!

Todos se inclinaron hacia el receptor, como si eso fuera a permitirles oír con más claridad los resultados. Street subió el volumen y Bill hizo una mueca cuando Ginny le sujetó la mano con una fuerza inusual.

—Ya es oficial —dijo el locutor, cuya voz retumbó por el enorme gimnasio—. Una vez recontados todos los votos, el señor Lamb, director de personal del Almacén, es el ganador de las elecciones y es, por lo tanto, el nuevo alcalde de Juniper. El señor Walker, el director de Atención al Cliente del Almacén, y el señor Keyes, representante del Almacén, también han sido elegidos para formar parte del pleno municipal.

—¿No tienen nombre de pila esos cabrones? —gruñó Ben.

—Ben Anderson, Ted Malory y Street McHenry han sufrido una derrota abrumadora —prosiguió el locutor—. Recuento final: Lamb, mil trescientos votos; Walker, mil ciento setenta y dos votos; Keyes, mil sesenta votos; Malory, novecientos noventa y nueve; McHenry, novecientos ochenta y siete votos; Anderson, ochocientos cincuenta votos.

—Un resultado bajo —asintió Ginny—. Interesante.

—¿Una derrota abrumadora? —soltó Ted—. A mí me parece que nos ha ido bastante bien.

—¡A ver si se nos oye! —gritó alguien—. ¡Hip, hip, hurra!

—¡Hip, hip, hurra! ¡Hip, hip, hurra! —corearon los demás.

La transmisión radiofónica se desplazó al instante a la fiesta de los ganadores en el Almacén. A pesar de lo precario que era el sonido del sistema de megafonía del gimnasio, la cantidad y el entusiasmo de las personas reunidas en el establecimiento eran impresionantes. Los vítores procedentes de la radio empequeñecieron su modesto cántico, haciendo que sus partidarios parecieran cansados y lastimeros.

Bill pensó que Sam estaba allí. Y Shannon.

A medida que empezaba a marcharse, la gente se acercaba para dar unas palmaditas de ánimo a los perdedores y prometerles sin mucho entusiasmo proseguir la lucha. Varios partidarios fueron hasta la mesa donde estaban las bebidas alcohólicas, pero la mayoría se dirigió a la salida para regresar a sus casas.

Bill y Ginny escucharon junto a Ted y Charlinda, Ben y Street cómo el señor Lamb daba su discurso de aceptación por la radio. Empezó agradeciendo con una hipocresía pasmosa el compromiso y esfuerzo de sus bienintencionados aunque desencaminados adversarios, y soltó después una alabanza igualmente falsa sobre los partidarios reunidos.

Cada una de sus palabras era acogida con una aclamación desmesurada.

—Creo que voy a vomitar —dijo Street.

—Sí, es vomitivo —coincidió Bill.

—No. Creo que voy a vomitar. —Street salió disparado hacia los lavabos.

El señor Lamb ya estaba hablando sobre algunos de los planes que quería llevar a cabo en la ciudad de Juniper una vez hubiera accedido al cargo.

—Últimamente ha habido quejas sobre la frescura de los productos alimenticios del Almacén —comentó el nuevo alcalde, que soltó una risita antes de continuar—: Me han llegado rumores.

—Los asistentes se rieron—. Lo primero que haremos será aprobar una resolución que obligue a todos los agricultores y ganaderos locales a ceder un veinte por ciento de su producción al Almacén. Esto garantizará la calidad y la frescura de los productos alimenticios del Almacén.

—Ojalá lo hubiera dicho antes de las votaciones —comentó Ted—. Podríamos haber ganado.

—A partir de ahora todos los empleados municipales tendrán que llevar uniforme para trabajar. El Almacén ha contratado al fabricante de sus uniformes para que les confeccione un atuendo especial.

Una gran aclamación.

—También habrá un aumento del impuesto sobre las ventas en Juniper.

Quejidos.

—Ya lo sé, ya lo sé —prosiguió el señor Lamb con alegría—. Prometimos una reducción fiscal, y me gustaría poder cumplir esa promesa, pero este impuesto sobre las ventas es necesario para terminar con una injusticia que comete actualmente el sistema. En estos momentos, el Almacén está financiando la mayoría del funcionamiento diario de Juniper, así como sus próximos proyectos. Y lo hace con mucho gusto. Como empresa, creemos que es nuestra obligación apoyar a las comunidades que nos reciben, y el hecho de reinvertir el dinero que ganamos en las ciudades donde lo obtenemos es beneficioso para las economías locales. Sin embargo, es injusto esperar que el Almacén asuma totalmente esta carga financiera mientras a los demás comercios y negocios les sale gratis. Estamos pagando su parte, lo que supone una penalización para nosotros. Por lo tanto, se aumentará el impuesto sobre las ventas de tal modo que todos los negocios locales empiecen a contribuir por igual a la grandeza de nuestra próspera ciudad. —Hubo algún que otro aplauso y algunos vítores poco entusiastas—. La buena noticia es que este aumento no se aplicará al Almacén. El Almacén ya está asumiendo la mayoría de la carga, de modo que hacernos contribuir a este incremento de los ingresos sería gravarnos dos veces. Lo que es una forma enrevesada de decir que puede que los demás comercios suban los precios, pero el Almacén seguirá ofreciendo productos de la mejor calidad a los precios más bajos posibles.

Vítores, aplausos y gritos eufóricos.

Ben bajó el volumen del receptor.

—Mierda propagandística —suspiró a la vez que sacudía la cabeza—. Por lo menos, Ted casi lo consiguió.

—Y tú tienes el honor de haber quedado el último —sonrió Bill.

—Si, bueno, ya lo he vivido antes —aseguró Ben con indiferencia—. No es ninguna novedad.

—¿Y ahora qué?

—¿Ahora qué? Nos quedaremos cruzados de brazos mientras más negocios locales se van al carajo y el Almacén se apodera totalmente de la ciudad.

Se quedaron callados.

—¿Me perdí algo importante? —preguntó Street, que se acercó a ellos a trompicones a su regreso del cuarto de baño.

—Sólo el golpe de gracia a la democracia y la legitimación del ilimitado poder empresarial en Juniper —dijo Ben.

—Sigues siendo un *hippy* —bromeó Bill con amargura.

El director del periódico lo miró a los ojos.

—Como dijo Grace Slick de Jefferson Airplane: «Es un nuevo amanecer.»

# Veinticuatro

## 1

Se veían más vagabundos que antes en las calles de Juniper. Siempre había habido cierta cantidad de hombres barbudos, harapientos y ariscos en la ciudad (mineros que bajaban de las montañas, cazadores de osos que iban a proveerse de suministros...), pero últimamente parecía haber más, y no estaba seguro de que fueran personas que elegían ese estilo de vida adrede.

Al bajar despacio en coche por la calle Granite hacia la carretera, Bill vio a un hombre mayor que dormía tumbado en una manta sucia bajo un abeto, y un hombre joven sentado a la puerta de una tienda vacía.

Juniper era una ciudad pequeña, pero no conocía a todo el mundo, y como muchos negocios habían ido a la quiebra a raíz de la llegada del Almacén, era posible que fueran personas en el paro que deambulaban por la ciudad en busca de trabajo.

Era posible, pero no probable.

La mayoría tenía un aspecto sucio y parecía vagar sin propósito, y Bill imaginó que no tenían adónde ir.

Juniper tenía un problema de indigencia.

Era algo extraño. La indigencia solía ser una enfermedad de las grandes ciudades. Las ciudades pequeñas tenían forasteros de paso, pero básicamente eran sociedades cerradas, donde cualquier cambio o desviación de la norma se apreciaba al instante.

No eran lo bastante anónimas como para ofrecer un lugar a los marginados de Estados Unidos.

No había calles donde pudieran vivir las personas que viven en la calle.

Pero allí estaban.

Bill llegó a la carretera, se detuvo un momento aunque en el cruce no había semáforo ni señal de *stop,* y giró a la derecha, hacia el Almacén. Se le tensaron los músculos y sujetó el volante con más fuerza. No había ido al Almacén desde las elecciones, y el mero hecho de pasar por ese tramo de carretera le hacía sentir como si entrara en un campamento enemigo durante una guerra. Mentalmente, sabía que sólo era una cadena de establecimientos, el lugar donde sus hijas y media ciudad tenían su trabajo, y que los pasillos amplios y modernos estarían llenos de hombres, mujeres y niños corrientes haciendo sus compras cotidianas. Pero había demonizado tanto al Almacén que, emocionalmente, se preparaba como si fuera a entrar en el infierno.

Pero no tenía más remedio.

Necesitaba cinta para la impresora.

Había terminado el manual.

La fecha límite de entrega era al cabo de dos días, y pensaba enviar su trabajo como siempre hacía a Automated Interface, pero le gustaba imprimir antes los manuales en papel para repasarlos. Se le daba mejor trabajar sobre el papel que en la pantalla.

Entró en el estacionamiento y tuvo la suerte de encontrar una plaza vacía cerca de la entrada del edificio. Sabía que necesitaría la cinta y debería haberla comprado la semana anterior cuando habían ido a Phoenix, pero no se le había ocurrido y ahora no tenía elección. El Almacén era el único establecimiento de la ciudad que vendía cinta para impresora.

Bajó del *jeep* y cerró la puerta con llave. Mientras recorría el estacionamiento en dirección al edificio, notó que se le hacía un nudo en el estómago. Ni Sam ni Shannon trabajaban esa mañana, y eso lo tranquilizaba. Contempló la extensión de pared sin ventanas ante él, y no pudo evitar pensar que el Almacén lo había visto, que sabía de su llegada y le tenía algo preparado.

No quería que sus hijas lo presenciaran.

Entró, ignoró al guía que le ofrecía ayuda con una sonrisa satisfecha y se fue directamente al pasillo que contenía los accesorios de ordenador, impresora y máquina de escribir. Mientras caminaba, notó algo raro en los demás pasillos. ¿Qué había ocurrido con la variedad infinita que ofrecía el Almacén? ¿Dónde estaban todos los productos? Observó que los estantes seguían llenos de artículos, pero no había variedad. No había marcas conocidas a nivel nacional, ni envoltorios reconocibles.

Había una sola marca: El Almacén.

Para todos los productos.

A medida que recorría el pasillo donde tenían que estar las cintas de impresora, su temor aumentó.

Tenían que estar.

Sin embargo, los estantes estaban llenos de cajitas y botellas de plástico. Miró atentamente los productos: polvos de estornudar, polvos de picapica, bombas fétidas...

Productos relacionados con cómics.

Loción para masturbarse. Aceite para una pasión ardiente. Gel para aumentar el volumen de los pechos. Crema para alargar el pene.

Frunció el ceño. ¿Qué coño era todo eso?

—Estamos reorganizando la tienda. —Alzó los ojos y vio al mismo empleado con la sonrisa de satisfacción que le había hablado al entrar—. Lo habría sabido si hubiera aceptado la ayuda que le ofrecí.

¿Había agresividad en la voz del guía? ¿Suponía una amenaza implícita la forma en que invadía su espacio personal?

—Está buscando cintas de impresora, ¿no? —prosiguió el empleado.

¿Cómo podía saberlo? Bill se quedó helado, pero mantuvo una expresión impenetrable y miró al hombre joven a los ojos.

—No —mintió.

El empleado pareció sorprendido, como si lo hubiera pillado desprevenido.

—¿Qué está buscando entonces?

—Oh, nada —le sonrió Bill—. Sólo estoy mirando.

Bill se marchó antes de que el tipo pudiera reaccionar. No sabía si vendría siguiéndolo, pero no iba a darle a ese cabrón la satisfacción de volverse para comprobarlo. Mantuvo la vista puesta al frente y, cuando alcanzó el pasillo central que cruzaba todo el establecimiento e iba desde el departamento de recambios de coche al de lencería, torció a la derecha y se dirigió con decisión hacia el otro lado del edificio.

En el centro del Almacén, donde se encontraban los dos pasillos transversales, habían instalado un mostrador con un cartel encima que le recordó el puesto de psiquiatra de Lucy en la vieja tira cómica de *Snoopy*.

ÚNETE AL CLUB DEL ALMACÉN, decía el cartel.

Reconoció a dos personas que estaban delante del mostrador, Luke McCann y Chuck Quint, y aflojó el paso al llegar a su altura.

—¿El Club del Almacén? —preguntaba Chuck al dependiente que atendía el mostrador.

—Si es miembro del club —asentía el dependiente—, podrá comprar productos a precio de coste sin pagar impuestos sobre ventas. Y hay muchas ventajas más. —Bajó la voz—. Mejor salud, mayor esperanza de vida, aumento de la libido...

Bill no quiso oír más y se alejó.

Aprovechó la ocasión para mirar disimuladamente hacia atrás. No había ni rastro del guía y se relajó. Echó entonces un vistazo a su alrededor para intentar averiguar dónde habrían trasladado los suministros para impresoras. Un cartel independiente, situado en el extremo del pasillo, ofrecía ¡EXCELENTES OFERTAS! ¡AUTOMÓVILES A PRECIOS DE OCASIÓN! Bajo una fotografía de un Saturn rojo tomando una curva de una carretera de montaña, el texto afirmaba que el Almacén vendería coches por encargo a través de un nuevo catálogo y que, gracias al acuerdo al que había llegado con los principales fabricantes de automóviles, podría vender los vehículos a precios bajísimos y entregarlos directamente en las casas de los compradores.

«Adiós al concesionario de Ford de Chas Finney», pensó Bill.

Miró la parte posterior del cartel y vio una oferta de la agencia de viajes del Almacén.

Adiós a la agencia de viajes de Elizabeth Richard.

Seguía sin haber el menor indicio de los suministros para impresoras, pero un niño con algo que parecía una alfombrilla para el ratón del ordenador accedió al pasillo central desde un lateral, y Bill lo siguió.

En el pasillo había, efectivamente, estantes y expositores con accesorios de ordenador y máquina de escribir. Llegó hasta el final de la sección y repasó los envoltorios de las cintas de impresora que colgaban de unos ganchos en un expositor medio escondido. Todas eran de la marca El Almacén, pero había un catálogo colgado de la parte central del expositor, y comprobó las referencias para encontrar una compatible con su modelo.

—¿Tienen vídeos de niños desnudos? —Bill alzó los ojos, estupefacto—. ¿Vídeos de niños jugando al aire libre y divirtiéndose al sol?

La voz le llegaba del pasillo de al lado, y se dirigió rápidamente al final para doblar la esquina y ver quién hablaba.

El reverendo Smithee, el pastor baptista, estaba junto a un dependiente.

—Reverendo —dijo el dependiente tras sacudir la cabeza y chasquear la lengua en señal de desaprobación—. Me sorprende.

Smithee se sonrojó pero no se amedrentó.

—Me han dicho que tienen.

—¿Es eso lo que le gusta?

—No. Sólo...

—Esos vídeos son ilegales, ¿sabe?

—No deberían serlo —aseguró el pastor con la cara más colorada todavía—. Todo el mundo está desnudo bajo la ropa. Es algo natural. No he entendido nunca por qué se pueden mostrar asesinatos pero no se puede mostrar un cuerpo sin ropa. Asesinar es mucho peor.

—También tenemos vídeos *snuff* —indicó el dependiente.

Smithee se humedeció los labios.

—¿Vídeos *snuff*? ¿Dónde? —preguntó.

—Por aquí, reverendo —dijo el dependiente con una sonrisa más amplia.

—¿No va a... denunciarme?

—Nuestro objetivo es satisfacer las necesidades de nuestros clientes y tenerlos contentos.

El dependiente empezó a andar, seguido del pastor, y sonrió con complicidad a Bill cuando ambos pasaron ante él. Bill no pudo evitar pensar que el Almacén había querido que oyera la conversación, que viera al reverendo Smithee desde esa perspectiva, y lo había dispuesto así.

Helado, encontró la cinta compatible con su impresora, tomó cinco y se apresuró a pasar por caja y salir de allí.

# Veinticinco

## 1

Bill solía disfrutar de su tiempo libre entre un trabajo y el siguiente, pero esta vez estaba inquieto, desasosegado, como si padeciera claustrofobia. Juniper parecía encerrarlo, y daba igual dónde fuera o lo que hiciera, tenía la impresión de que el Almacén estaba siempre allí, como un telón de fondo, supervisando sus movimientos, observándolo. Notaba la presencia del Almacén incluso cuando iba de excursión por el bosque, por los cañones o las colinas.

Tenía que alejarse de Juniper.

La idea de que su documentación en esos momentos estaba siguiendo los pasos que la llevarían de Automated Interface a las oficinas centrales del Almacén, y que iba a distribuirse a todos los establecimientos que esta cadena poseía en Estados Unidos, lo intranquilizaba sobremanera. No había nada que hubiera podido hacer, ninguna forma de evitarlo, pero le daba mucha rabia haber trabajado indirectamente para el Almacén, haber contribuido, aunque fuera a menor escala, a la eficiencia de su funcionamiento.

Una noche, Bill y Ginny estaban acostados después de haber hecho el amor, mucho después de que las niñas se hubieran ido a dormir, y el único ruido que se oía en la casa era al murmullo bajo del televisor del dormitorio. Se recostó de lado para mirar a Ginny.

—Creo que deberíamos irnos de vacaciones —sugirió.

—¿De vacaciones? ¿Por qué lo dices?

—Creo que tenemos que irnos de aquí, alejarnos un tiempo...

—¿Alejarnos del Almacén?

Él asintió.

—¿Adónde quieres ir? —continuó Ginny.

—¿Qué tal a las cuevas de Carlsbad?

—Me parece bien. Pero ¿y las niñas?

—Se vienen con nosotros.

—Sam no vendrá. Y a estas alturas, no estoy segura de que podamos obligarla.

—Samantha vendrá. Te garantizo que podemos convencerla.

Ginny se quedó callada.

—¿Qué piensas? —preguntó su marido.

—¿Y si el Almacén no la deja ir?

Bill sacudió la cabeza y se incorporó.

—Hemos sido demasiado blandos —dijo—. Ése es el problema. Deberíamos haberla presionado más. O quizá deberíamos haber hablado con ella como si fuera mayor, y contarle lo que está pasando realmente, coño. Creo que la seguimos tratando, que las seguimos tratando a las dos como si fueran niñas pequeñas. Seguimos intentando protegerlas de cosas...

—Es lo que hacen los padres.

—Ya lo sé. Pero lo que digo es que deberíamos haber intentado convencerlas de que dejaran ellas el trabajo. El Almacén nos denunciará y nos perseguirá si intentamos obligarlas a que lo hagan, pero si lo hacen ellas, las dejará ir.

—¿De veras lo crees? —Ginny alzó los ojos para mirarlo—. ¿Después de todo lo que ha pasado?

—No lo sé —respondió—. Pero vale la pena intentarlo.

—Sí —convino Ginny. Le puso una mano con suavidad en la tripa—. Pero es probable que Sam no lo haga.

—Es probable.

—¿Y si el Almacén no deja que Shannon vaya con nosotros?

—Nos la llevaremos igualmente.

—¿Qué haremos si el Almacén nos persigue?

—Nos enfrentaremos a ese problema cuando sea necesario —dijo mirándola a los ojos.


Sacaron el tema durante el desayuno.

Sam manifestó al instante y con rotundidad que tenía obligaciones y responsabilidades, que el Almacén había depositado su confianza en ella y que no podía defraudar a la empresa. No iba a tomarse unos días de fiesta.

Salió de la cocina sin esperar respuesta.

—Tengo que arreglarme para ir a trabajar —les informó.

Bill se volvió hacia Shannon, que estaba sorbiendo el zumo de naranja fingiendo ser invisible.

—Tú vendrás con nosotros, señorita —le dijo.

—¡Papá!

—No me repliques.

La niña dejó el zumo de naranja en la mesa.

—No puedo. Me despedirán —alegó.

—De todos modos, tendrás que dejarlo cuando empiecen las clases.

—No, ni hablar —replicó Shannon, indignada.

—Claro que sí.

—Formas parte de esta familia y vendrás de vacaciones con nosotros —intervino Ginny.

—¡No quiero ir!

Bill se inclinó hacia ella por encima de la mesa.

—Me da igual lo que quieras. Vas a venir.

—¿Por qué puede quedarse Sam en casa? —protestó la niña.

—Sam es mayor que tú.

—¿Y qué?

—Que tiene dieciocho años.

—¡Vaya mierda!

Ginny le dio un manotazo.

No fue un puñetazo, ni siquiera le dio con fuerza, pero fue un bofetón sonoro en plena cara que los dejó atónitos a todos, especialmente a Ginny. Jamás había abofeteado a sus hijas, y Bill notó que se había arrepentido al instante de hacerlo. Pero no tuvo la reacción habitual. No abrazó enseguida a Shannon para disculparse entre lágrimas. Se quedó allí plantada, mirando a su hija, y fue Shannon quien se echó a llorar y se levantó de un salto para rodear con los brazos a su madre pidiéndole perdón.

—¡Perdóname! ¡Perdóname, mamá!

Ginny le devolvió el abrazo y la hizo volverse.

—A quien deberías pedir disculpas es a tu padre.

Shannon rodeó la mesa.

—Perdona, papá. No... No sé por qué dije eso.

—Ya he oído antes esa palabra —sonrió Bill. Shannon se sonó la nariz y soltó una carcajada—. Pero vendrás con nosotros —insistió—. Nos vamos todos de vacaciones. Como una familia.

—De acuerdo —asintió Shannon esta vez—. De acuerdo.


2


Shannon se acercó, atemorizada, al señor Lamb. No había hablado a solas con el director de personal desde que la habían contratado, y le daba miedo tener que hacerlo. Estaba delante del mostrador de Atención al Cliente, hablando con una mujer. Shannon echó una mirada nerviosa al reloj de pared que había sobre el mostrador, marcando los minutos de su descanso. Aunque no quería que su jefe pensase que se tomaba un descanso demasiado largo, esperó mientras Lamb y la mujer conversaban.

Observó cómo el director de personal hablaba con la mujer. Siempre la había intimidado, y todavía más desde que lo habían elegido alcalde. Él nunca mencionaba su cargo en las reuniones, y tampoco lo hacía nadie más, pero todo el mundo lo sabía y era algo que siempre estaba ahí, latente, otorgándole más poder del que ya ostentaba.

Durante la fiesta de la noche electoral, el Almacén había servido comida y bebida gratis, y había ido más gente por ese motivo que para celebrar los resultados de las elecciones. Shannon había ayudado a Holly a ofrecer dulces y caramelos, y la fiesta se había ido descontrolando a medida que avanzaba la noche. La señora Comstock, la bibliotecaria, se había quitado la ropa y había bailado desnuda en el pasillo de papelería; el señor Wilson, el jefe de correos, se había peleado con Sonny James en moda juvenil, y un grupo de mujeres escandalosas había dejado un charco de vómito en electrodomésticos. Pero el señor Lamb se había mantenido frío y distante, totalmente sobrio y al mando, y el recuerdo más vivo que tenía Shannon de aquella noche era el de hombres y mujeres borrachos que se gritaban y atacaban entre sí mientras el señor Lamb se los miraba sonriente, sin hacer nada.

No había contado a sus padres lo ocurrido aquella noche, pero, cuando se lo comentó a Diane, su amiga le sugirió que dejara su empleo en el Almacén.

—Sólo trabajas allí porque te aburres —le dijo—. No necesitas el dinero. ¿Por qué no encuentras otra cosa que puedas hacer?

Ese verano, cada vez veía menos a Diane, y no era sólo porque tuvieran horarios distintos. Desde que trabajaba con su padre, Diane había adoptado una actitud contraria al Almacén parecida a la de sus padres, y el mismo espíritu de contradicción que había incitado a Shannon a defender a la cadena de almacenes ante sus padres la había llevado a hacer lo mismo con su amiga.

—Me gusta trabajar en el Almacén —le dijo a Diane con frialdad—. Prefiero mil veces hacer lo que yo hago a lo que tú haces.

Lo cierto era que no le gustaba trabajar en el Almacén. Y preferiría trabajar para el padre de Diane que hacerlo para el señor Lamb. Pero por algún motivo extraño, era incapaz de admitirlo en voz alta. Ni siquiera a Sam, que se lo había preguntado directamente en más de una ocasión.

Por esa razón Diane y ella estaban enemistadas.

Por esa razón se había peleado con sus padres por las vacaciones.

Volvió a alzar los ojos hacia el reloj; las manos le sudaban debido a los nervios.

Ojalá no hubiera solicitado nunca un empleo en el Almacén.

El señor Lamb terminó por fin de hablar con la clienta y, mientras la mujer se alejaba, se volvió sonriente hacia Shannon.

—Shannon —dijo—, le quedan exactamente cinco minutos y medio de descanso. ¿En qué puedo ayudarla?

Había practicado mentalmente las palabras que le diría, pero de repente se había quedado en blanco. No conseguía recordar qué quería decir ni pensar cómo pedirle unos días de fiesta. Empezó a dar rodeos.

—Verá... Yo... ¿Podríamos...? ¿Podríamos hablar en su oficina?

—Por supuesto —asintió el señor Lamb tras mirarla de arriba abajo—. Todavía le quedan cuatro minutos y medio.

Mientras lo seguía al otro lado del mostrador, Shannon pensó que a lo mejor tendría suerte y la despediría.

¿Suerte? ¿Era tener suerte que te despidieran?

Con los ojos puestos en la espalda del director de personal pensó que sí lo era.

El señor Lamb entró en su oficina, se sentó tras el escritorio y le indicó con la mano que ocupara la silla que estaba al otro lado de la mesa. Shannon obedeció.

La puerta de la oficina se cerró tras ella y giró la cabeza para ver quién la había cerrado, pero no había nadie.

—¿Qué quiere? —preguntó el señor Lamb. La pátina de simpatía que tenía su voz cuando estaban fuera, en la Planta, había desaparecido, y tanto sus palabras como su actitud reflejaban ahora dureza.

A Shannon no sólo la ponía nerviosa, sino que la asustaba pedirle lo que había ido a pedirle, y de repente deseó haberlo intentado en cualquier otro lugar, en cualquier otro momento.

—Sé que no le estoy avisando con demasiada antelación, señor Lamb —dijo tras carraspear—, pero mi familia se va a ir de vacaciones a las cuevas de Carlsbad la semana que viene, y quería preguntarle si podría tomar tres días de fiesta. Estaré fuera cinco días, pero no trabajo los lunes, y Gina dijo que podía cambiarme el viernes, de modo que sólo necesitaría el martes, el miércoles y el jueves.

—Oh, se va a ir de vacaciones con la familia —exclamó el señor Lamb con una sonrisa falsa en los labios. —Shannon asintió, y la sonrisa del señor Lamb desapareció al instante—. Es usted una vaga —dijo—. Una vaga de mierda. ¿Cree que puede ir y venir a su antojo mientras los empleados leales y trabajadores del Almacén se parten el culo para cubrir la vagancia de una puta como usted?

La violencia de sus palabras y la vehemencia con que las dijo la pillaron desprevenida, dejándola anonadada y llena de miedo. Se encogió en la silla y sintió aún más miedo cuando el señor Lamb se inclinó sobre la mesa hacia ella.

—Tenemos que modificar y suspender temporalmente nuestras normas y reglas, nuestro trabajo y nuestras responsabilidades porque una putita de mierda que trabaja a tiempo parcial no puede cumplir bien sus funciones. ¿Es eso lo que me está diciendo? —añadió Lamb.

—Lo... Lo siento —se disculpó Shannon, que sacudía mansamente la cabeza—. No quería...

—Deje de gemir —ordenó el hombre.

Ella se calló de golpe y el señor Lamb se recostó de nuevo en la silla, juntando las manos para fingir que pensaba.

—El Almacén no es una organización benéfica —continuó—. Deme una buena razón por la que deba permitirle irse de vacaciones para trotar por el país cuando tendría que estar trabajando.

—No hay ninguna buena razón —contestó Shannon—. Perdone que se lo haya pedido. Créame que no era mi intención molestarlo...

De repente, el señor Lamb se echó a reír. Hizo girar la silla y la señaló con un dedo para exclamar:

—¡La pillé!

Shannon parpadeó, desconcertada. Como el señor Lamb la seguía mirando sin dejar de reír, trató de esbozar una sonrisa, aunque no sabía muy bien por qué.

—Ya sabía por qué quería hablar conmigo antes de que viniéramos a la oficina —comentó—. Está todo solucionado. Tiene los turnos cubiertos para esos días. Puede irse de vacaciones con su familia.

—¿Cómo...? —se sorprendió Shannon.

—¿... lo sabía? —terminó la frase el señor Lamb—. Su hermana vino a verme antes de su turno y me lo contó todo.

—¿Sam?

—Oh, sí —contestó el señor Lamb y, de repente, su voz había perdido toda la alegría. Seguía esbozando una sonrisa, pero ahora contenía cierta malicia, algo desagradable que hizo que Shannon se retorciera en el asiento—. Samantha y yo tuvimos una buena charla a primera hora de la mañana, antes de que el Almacén abriera.

Sacó unas braguitas de un cajón de su mesa.

Unas braguitas manchadas de sangre.

Eran de Sam.

Shannon las reconoció, y se sintió como si acabaran de destriparla. Las últimas Navidades, la abuela Jo había enviado el mismo regalo a las dos: unas braguitas idénticas estampadas de acebos y ositos. Ella no había querido ponérselas porque le había dado vergüenza que Jake pudiera verla con algo tan cursi, pero a Sam no le había importado y se había quedado las dos.

Shannon se quedó mirando la mancha entre marrón y colorada que oscurecía el osito alegremente vestido de la prenda.

El señor Lamb jugaba distraídamente con las braguitas, y las extendía y replegaba con dos dedos.

—Es una buena hermana —comentó—. Se preocupa mucho por usted, y la apoya en todo. Debería considerarse afortunada.

Shannon asentía distraída, incapaz de concentrarse.

¿Qué había pasado? ¿Y por qué? ¿Qué le había hecho el señor Lamb a Sam?

¿Qué le había dejado Sam que le hiciera?

No. Samantha no dejaría nunca que aquel gusano le tocara siquiera un pelo.

¿O sí?

Sintió náuseas. Dolor, ira y temor, todo a la vez. Observó con odio al director de personal.

Éste devolvió las braguitas al cajón y lo cerró.

—Puede irse de vacaciones con su mamá y su papá —indicó con una voz cantarina y afectada. Pero a continuación, su tono se volvió serio y su sonrisa cruel—. Y puede agradecérselo a su hermana. Ahora mueva el culo y vuelva a su puesto, inútil. Se le acabó el descanso.

3

Salieron temprano, antes del alba. Bill había preparado el equipaje la noche anterior, lo cargó todo en el coche y puso el despertador a las cuatro. Le habían dado a Sam una llave adicional del *jeep*, además de una copia de su itinerario: la lista de los moteles donde se iban a hospedar, los números de teléfono y las horas aproximadas de llegada.

—Pórtate bien —le dijo Ginny.

Sam casi parecía lamentar no ir con ellos: lucía una expresión de pesar mientras se mantenía sujeta la bata y los despedía con la mano desde la puerta, y Bill lo consideró una señal prometedora.

Todavía había esperanza.

Antes de salir de la ciudad, se detuvieron en la tienda de Len a comprar una bolsa de dónuts para el camino, café para él y Ginny, y chocolate caliente para Shannon.

E iniciaron la marcha.

Bill había señalado con antelación la ruta en un mapa, ciñéndose todo lo posible a las carreteras secundarias. Shannon se durmió inmediatamente después de terminarse el chocolate, acunada por el traqueteo del coche, pero Ginny, como siempre, permaneció despierta. A cierta altura descansó la mano izquierda en el muslo de su marido y se lo pellizcó con suavidad mientras viajaban al este, hacia la salida del sol.

La emisora de radio de Juniper dejó de oírse más o menos

una hora después, y Bill hizo girar el dial para buscar música, pero fue en vano, lo único que pudo captar fue una tertulia matinal de Flagstaff y una emisora navaja de Chinle, de modo que puso un casete.

Se sentía bien. Gordon Lightfoot por el estéreo, el sol asomando por detrás de las montañas. Era como tenía que ser, así era como debería ser su vida.

Shannon se despertó y empezó a sacar el último dónut de la bolsa, pero cambió de parecer y se quedó mirando por la ventanilla.

Cruzaron pueblos que sólo reconocieron por su nombre en el mapa. Puntos grandes en la carretera que apenas constaban de viejos molinos de viento destartalados y de gasolineras pequeñas y sucias. El bosque fue cediendo terreno a las tierras de cultivo, y las tierras de cultivo, al desierto. No había líneas divisorias claras, los límites eran fluidos, y el paisaje, que iba cambiando a lo largo de las estrechas carreteras secundarias apenas transitadas, era hermoso y siempre sorprendente.

Hicieron el recorrido hablando, pero no sobre el Almacén, sino sobre todo lo demás: música, películas, noticias, sensaciones, ideas, amigos, familia, el pasado, el futuro...

Al principio Shannon estaba callada, apagada, casi retraída, pero a medida que se alejaban de Juniper se fue relajando y abriendo. Empezó a intervenir en la conversación en determinados momentos, y finalmente participó plenamente en ella.

Bill sonreía para sus adentros mientras conducía. No había nada mejor que viajar. Le encantaba. No sólo disfrutaba al ver territorios que le eran desconocidos, sino que, como había dicho a Ginny la noche anterior, ir juntos de vacaciones estrechaba los lazos de una familia. La intimidad que imponía un coche cerrado exigía una mayor interacción. En la vida real, Shannon tenía suficiente espacio propio, suficiente libertad de movimientos como para controlar los límites de su relación. Pero ahora no tenían más remedio que estar juntos, y la tradicional barrera adolescente a la que los tenía acostumbrados iba reduciéndose, desapareciendo gradualmente. Era como si volviera a ser pequeña y estuviera totalmente integrada en la familia, y esa familiaridad resultaba muy agradable.

—¿Cuánto falta para la frontera? —quiso saber Shannon.

—Unos ciento cincuenta kilómetros.

—No he estado nunca en Nuevo México.

—Pues de aquí a una hora y media ya no podrás decirlo —sonrió Bill.

La sonrisa desapareció antes incluso de haber terminado la frase. Delante de él, en la ladera desértica de la colina, podía ver los edificios apiñados de Río Verde y, dominando el paisaje de la población, el Almacén. Se elevaba en medio de construcciones más antiguas como un cohete aparcado entre biplanos, y destacaba por completo con su fachada sin ventanas y su letrero reluciente, exactamente iguales a los de su equivalente de Juniper. El edificio parecía captar toda su atención, burlándose de él.

No dijo nada, no lo señaló ni mencionó, pero Ginny y Shannon no pudieron evitar verlo, y permanecieron calladas hasta que al fin lo dejaron atrás y vieron las bajas dunas de Nuevo México en el horizonte cubierto de nubes.

Pasadas las dos, se pararon a almorzar en un McDonald's de Socorro, a dos o tres kilómetros de Río Grande.

En Socorro no había sucursal del Almacén, pero en Las Palmas, la siguiente población, sí: un edificio enorme, visiblemente caro, situado entre casas de labranza pobres hechas de adobe. El municipio no debía de tener más de unos centenares de habitantes, pero el estacionamiento gigantesco del Almacén estaba lleno. Al pasar por delante, Bill vio que todos los vehículos eran viejos y estaban polvorientos, y que los hombres y las mujeres que entraban en el Almacén parecían desanimados, abatidos, derrotados.

«Como un pueblo conquistado», pensó.

Pero no dijo nada y siguió conduciendo.

Había reservado habitación en un Holiday Inn en Encantada porque había leído una reseña favorable en la guía de viajes. Encantada resultó ser un pueblo de una sola calle en una llanura situada al borde de un inmenso campo petrolífero. Al entrar en los límites del municipio, redujo la velocidad a cincuenta y cinco kilómetros por hora como indicaban las señales de tráfico.

Inmediatamente empezó a erizársele el vello de los brazos y la nuca.

Shannon estaba dormida en el asiento trasero, pero Ginny iba despierta, y lo miró con los ojos llenos de miedo.

—Bill —dijo en voz baja.

No hacía falta que le dijera nada. Lo veía con sus propios ojos.

En la calle, todo el mundo llevaba puesto el uniforme del Almacén.

Hombres, mujeres y niños.

—Dios mío —soltó Ginny—. Oh, Dios mío.

Petrificado, Bill redujo la velocidad a cincuenta. En la única gasolinera del pueblo, el empleado llevaba el uniforme del Almacén. El conductor de un camión cisterna que bajaba de su cabina, también; lo mismo que los clientes del café hacia donde se dirigía el camionero.

En el otro extremo del pueblo, justo después del Holiday Inn, se erigía el inquietante edificio del Almacén.

—No podemos quedarnos aquí —indicó Ginny—. Tenemos que ir a otro sitio.

Shannon se despertó.

—¿Qué sucede? —preguntó aturdida desde el asiento trasero. Se incorporó y echó un vistazo alrededor—. ¡Oh! —exclamó, y no dijo nada más.

—Tenemos las habitaciones reservadas —comentó Bill con voz débil—. Tendremos que pagarlas aunque no nos quedemos.

—Da igual.

Iba a discutirlo, pero decidió sacar el mapa.

—Supongo que podemos ir al siguiente pueblo y mirar si hay algún lugar donde podamos hospedarnos.

—E iremos al siguiente si es necesario. Y al siguiente. Seguiremos conduciendo hasta que encontremos un motel —dijo Ginny mirándolo—. Llevas conduciendo todo el día. Deja que lo haga yo un rato.

—Antes tenemos que repostar —indicó Bill tras consultar el indicador del salpicadero—. Tenemos el depósito casi vacío.

—De acuerdo —asintió Ginny—. Pongamos gasolina y vayámonos.

Pero el empleado con el uniforme del Almacén de la gasolinera les informó de que tenía los surtidores vacíos y que el camión no había llegado aún. Tendría que haber ido esa mañana, pero había habido algún problema cerca de Alburquerque, y el conductor le había avisado por radio de que no iría hasta más tarde.

—¿A qué hora? —quiso saber Bill.

—A las diez —contestó el empleado a la vez que se encogía de hombros—. Quizá las doce.

—Estamos jodidos —dijo a Ginny tras volver al coche. Le explicó la situación y, tras una breve discusión, acordaron pasar la noche en el Holiday Inn.

El motel en sí estaba bien. Disponía de televisión por cable, piscina climatizada y *jacuzzi* y no tenía nada siniestro ni amenazador. Pero todas las ventanas daban al Almacén, y hasta el personal de limpieza y de recepción llevaba el uniforme de la empresa.

Se encerraron en su habitación, corrieron las cortinas y cenaron tentempiés que llevaban con ellos: cola con patatas chip, manzanas y galletas saladas. Ginny se acostó en una cama, Shannon en la otra, y Bill se sentó en una butaca junto a la ventana para mirar las noticias de Nuevo México, las noticias nacionales y un programa sensacionalista.

No hablaron del Almacén ni del pueblo, y se limitaron a comentar lo que veían por la tele. Shannon fue a darse una ducha, y Bill se tumbó junto a Ginny en la cama.

—Tengo miedo —dijo Ginny tras acurrucarse junto a él.

—Ya lo sé —repuso Bill. Él también lo tenía, aunque se dijo que no había ninguna razón lógica para tenerlo.

Cambió el canal cuando Shannon salió del cuarto de baño para poner una película, y vieron una muy mala de John Candy y, después, una todavía peor de Chevy Chase.

Cuando Shannon ya se había metido bajo las sábanas y Ginny se disponía a ir al cuarto de baño para ducharse, Bill se puso en pie, se desperezó y miró su reloj ostensiblemente.

—Voy a poner gasolina —anunció—. Estaré de vuelta en unos minutos.

Ginny se paró en seco y se volvió hacia él.

—¿Qué?

—Voy a poner gasolina.

—No saldrás a estas horas —lo contradijo.

Shannon fingió no oírlos y siguió concentrada en la película mientras Bill se acercaba adonde estaba Ginny.

—¿Y si no hay gasolina por la mañana? —comentó—. ¿Vamos a quedarnos aquí otro día? El camión tenía que llegar esta noche. Llenaré el depósito y volveré.

—No me gusta.

Recordó a Ginny que la gasolinera estaba a media manzana de distancia, entre un Burger King y un 7-Eleven, en sentido contrario al Almacén.

—No habrá ningún problema —aseguró.

—Date prisa —le instó Ginny, tras inspirar hondo.

Nada más salir del motel, Bill se dirigió directamente al Almacén.

Lo había deseado desde que habían llegado a Encantada, desde que había visto a la población uniformada, pero sabía que Ginny se opondría así que prefirió no mencionarle siquiera la idea. Cuando llegó al inmenso estacionamiento, se dirigió a la entrada del edificio.

Resultaba espeluznante ver ese edificio familiar en aquel entorno desconocido. Entendía que la empresa deseara tener una línea uniforme para todos sus establecimientos, pero la deliberada sensación de *déjà vu* que tuvo al cruzar un aparcamiento que conocía hacia un edificio que conocía en una ciudad que no había visitado o visto nunca no sólo era desconcertante, sino también perturbadora.

Eran más de las diez y el Almacén estaba cerrado. Había esperado ver unos cuantos rezagados, los automóviles de algunos empleados saliendo tarde del trabajo, pero todo el mundo debía de haber terminado pronto ese día porque su vehículo era el único en la amplia extensión de asfalto.

Al acercarse a las puertas de cristal de la entrada, redujo la marcha. El interior del edificio estaba totalmente iluminado, y un rectángulo de luz se proyectaba en el estacionamiento vacío. A pesar de la ausencia de otros vehículos, le pareció ver movimiento dentro del Almacén, las siluetas de varias figuras, y aunque la noche, la oscuridad y el pueblo mismo parecían conjurarse para darle escalofríos, siguió avanzando despacio.

A esa distancia, pudo ver una figura que lo saludaba desde el otro lado de la puerta.

La figura le resultó conocida, aunque al principio no supo muy bien por qué.

Luego giró el coche hacia la izquierda e iluminó con los faros a la figura.

Era Jed McGill.

Contuvo el aliento, presa del pánico.

Bajo la luz de los faros, Jed sonreía de oreja a oreja.

Jed McGill.

Era imposible.

Sin embargo, prefirió no asegurarse, de modo que dio media vuelta, aceleró y salió a la carretera para dirigirse a la gasolinera, donde llenó el depósito.

Cuando estuvo de vuelta en su habitación todavía temblaba, pero Ginny estaba en la ducha y Shannon dormía, así que cerró la puerta con llave y apagó la luz antes de quitarse la ropa y meterse en la cama.

A la mañana siguiente se marcharon temprano, mucho antes del amanecer. Aunque Bill procuraba no pensar en lo que había visto la noche anterior, aunque trataba de no pensar en absoluto en el Almacén, para salir del pueblo tenían que pasar por delante del establecimiento. Más tarde, cuando los edificios fueron cediendo terreno al desierto, sus faros iluminaron varias vallas publicitarias que había junto a la carretera:

EL ALMACÉN TE QUIERE
NUEVO MÉXICO ES TERRITORIO DEL ALMACÉN
NO TE PREGUNTES QUÉ PUEDE HACER EL ALMACÉN POR TI,
SINO QUÉ PUEDES HACER TÚ POR EL ALMACÉN.

Ninguno de los tres mencionó las vallas. Ni el Almacén. Siguieron adelante en silencio por el desierto, envueltos en la semipenumbra que precede al alba.

Esa noche y la siguiente se alojaron en un Best Western de White's City, cerca de la entrada del parque nacional. Se apuntaron a todas las visitas guiadas, siguieron todos los senderos, pero a pesar de que Carlsbad estaba a un día de distancia de Encantada, Bill no pudo disfrutar de las cuevas. Ninguno de ellos pudo. Las grutas eran hermosas, espectaculares, una auténtica maravilla natural, pero no podía quitarse el Almacén de la cabeza, y no pudo evitar pensar, de modo irracional, que cuando volvieran a Juniper todo el mundo llevaría el uniforme del Almacén.

El día siguiente prescindieron de las rutas secundarias para volver a casa y tomaron carreteras principales. Llegaron a Juniper mucho después del anochecer, cansados y hambrientos.

—Ya desharemos las maletas mañana —dijo Bill mientras salían del coche—. Dejémoslas así por hoy.

Todas las luces de la casa estaban apagadas, de modo que o Sam no estaba o ya dormía. Bill sacó la llave mientras se acercaba por el jardín hacia la puerta principal. En ella, había colgado un papel, pero no pudo leerlo a oscuras, así que abrió la puerta y encendió las luces del salón y del porche.

Era una nota.

Escrita en papel de carta del Almacén.

El corazón empezó a latirle con fuerza. Quitó la chincheta que sujetaba el papel y lo leyó:

AVISO:
Shannon Davis ha sido trasladada del departamento de jardinería y por la presente le ordenamos que se presente a trabajar en el departamento de electrodomésticos el martes

a las 6.00 a. m. Por orden del Almacén, sus vacaciones han terminado oficialmente.

Lo firmaba Samantha M. Davis, ayudante de dirección.
—Parece que han ascendido a Sam —comentó Ginny.
Bill no contestó. Shannon tampoco.
Entraron en la casa y cerraron la puerta tras ellos.

# Veintiséis

## 1

El lunes por la mañana, Shannon se había levantado antes que ellos y los esperaba en silencio sentada en una de las butacas del salón. Tanto la radio como el televisor estaban apagados, lo cual era bastante inusual.

—¿Mamá? —dijo—. ¿Papá?

Ginny miró a su marido. Éste no había dormido bien, y se le notaba. Estaba pálido y tenía los ojos enrojecidos e hinchados. Él le devolvió la mirada, asintió y ambos se sentaron en el sofá que había delante de las dos butacas.

—¿Qué pasa? —preguntó Ginny en voz baja.

Shannon no los miraba a los ojos, y mantenía la mirada fija en sus manos, con las que retorcía un pañuelo de papel hecho jirones en su regazo.

—No quiero trabajar más en el Almacén —dijo al fin.

Ginny sintió un alivio inmenso.

—Gracias a Dios —dijo Bill.

—Pero no sé cómo puedo irme. —Los miró por primera vez—. Tengo miedo de irme.

—No hay nada que temer por... —empezó Bill.

—Sí que lo hay —lo cortó Shannon—. Y los tres lo sabemos.

—Lo que quiero decir es que iré contigo, si quieres. Iremos los dos y les diremos que te vas.

—Tengo una idea mejor —dijo Ginny. Ambos se volvieron hacia ella—. Que lo hable Sam.

Bill ya negaba con la cabeza.

—Ahora es ayudante de dirección.

—Ella me consiguió el trabajo —asintió Shannon con entusiasmo—. Ahora puede librarme de él. De hecho, fue ella quien escribió el aviso.

—Deja que hable con ella —le pidió Bill a Ginny.

La noche anterior, Samantha había llegado tarde a casa, cuando ya estaban acostados, y seguía encerrada en su cuarto, durmiendo.

—La despertaré.

—No —dijo Ginny—. Déjala dormir.

—No voy a andar de puntillas en mi casa ni a doblegarme ante mi hija porque trabaja para el Almacén —aseveró Bill, con la mandíbula tensa—. En esta casa, seguimos siendo los padres. Y ellas siguen siendo las niñas.

—Ya lo sé —aseguró Ginny con paciencia—. Todos lo sabemos. Y si hubieras dormido bien por la noche, tú también lo sabrías. Pero como Sam está en situación de ayudar a su hermana, creo que sería buena idea que habláramos con ella cuando esté de buen humor.

—Muy bien —suspiró Bill. Se volvió hacia Shannon—. Pero será inútil. Recuerda que estoy dispuesto a ir contigo a hablar con el tal señor Lamb. Cuenta conmigo si necesitas apoyo moral.

—Gracias, papá.

Se levantó, se acercó a la butaca y besó a su hija en la frente.

—Y me alegra que hayas decidido dejar el trabajo —añadió—. Estoy orgulloso de ti.


Ginny decidió hablar con Sam sin que Bill estuviera presente. Sólo lograría enojarse, empeoraría la situación y causaría problemas. Se lo comentó y él estuvo de acuerdo a regañadientes, así que esperó a que estuviera cómodamente instalado en su despacho, jugando con su ordenador, antes de abordar a Samantha.

Reunió a las dos niñas en el salón y les pidió que se sentaran en el sofá.

Fue directa al grano:

—Sam, tu hermana quiere dejar su empleo. Ya no quiere trabajar más en el Almacén.

El rostro de Samantha se tensó y su expresión se endureció.

—No puede dejarlo —dijo—. Mañana por la mañana empieza en el departamento de electrodomésticos. Yo le conseguí ese puesto.

—No lo quiero —declaró en voz baja Shannon sin mirar a su hermana.

—Pues lo tienes. Moví muchos hilos para conseguírtelo.

Ginny observó la cara de Shannon y vio una expresión que no había visto nunca en ella y que no pudo descifrar.

—No puedes obligar a tu hermana a trabajar si no quiere —le dijo a Sam.

—Tiene contrato hasta octubre.

—¡Cambié de idea! —exclamó Shannon.

—El Almacén puede rescindir el contrato. Tú no. Para bien o para mal, eres miembro del equipo del Almacén. Vívelo, ámalo.

Una oleada de indignación se apoderó de Ginny.

—Para ya —le dijo a su hija mayor—. Ahora mismo.

—¿Qué debo parar?

—Tu hermana dejará el trabajo. Y punto.

—No puedo decidirlo yo. —La voz de Sam había adoptado un tono defensivo—. Si dependiera de mí, dejaría que se fuera, pero no es así. Yo sólo sigo la política de la empresa.

—Pues Shannon y tu padre no tendrán más remedio que hablar con el director del Almacén.

—No pueden —apuntó Sam enseguida.

—Ya lo veremos.

—¿Y si no vuelvo a presentarme nunca? —preguntó Shannon—. Me despedirán, ¿no?

Sam no respondió.

—¿No? —repitió su hermana.

—¿La despedirán? —insistió Ginny.

—No —contestó Sam en voz baja—. No la despedirán. La perseguirán. La encontrarán. La obligarán a trabajar.

Ginny se estremeció. Un escalofrío le recorrió el cuerpo de arriba abajo y miró a su hija menor, que se había quedado pálida de repente.

—No podéis hacer nada al respecto —aseguró Sam.

—No pasa nada —dijo Shannon, temblorosa—. Trabajaré.

—No tienes que...

—Quiero hacerlo. —Se levantó y se dirigió rápidamente a su cuarto.

—¿Sam? —dijo Ginny.

Samantha se puso en pie sin mirarla.

—Tengo que ir a trabajar —aseguró—. Tenemos un día muy ajetreado.


—¿Cómo fue? —quiso saber Bill.

—No fue.

—Pues las obligaremos a dejar el trabajo. O, por lo menos, obligaremos a Shannon.

«La perseguirán. La encontrarán. La obligarán a trabajar.»

Ginny sacudió la cabeza.

—No me parece que sea buena idea —dijo en voz baja.

—¿Por qué no?

Le contó lo que Sam había dicho, la amenaza implícita.

—De modo que, a no ser que planeemos trasladarnos a otro sitio, creo que lo más seguro es dejar que trabajen ahí —concluyó—. No supone ningún problema real. Trabajan en cajas registradoras, venden cosas, cobran su sueldo. Pero si las sacamos... —No terminó la frase.

—Se meterán en un lío —acabó Bill por ella. Ginny asintió—. Creía que Shannon quería dejarlo.

—Cambió de opinión.

—Dios mío. —Bill emitió una risa amarga—. Empleo con intimidación. ¿Adónde iremos a parar?

Ginny le rodeó los hombros con un brazo y apoyó el mentón en lo alto de su cabeza.

—No lo sé —dijo—. De verdad que no lo sé.


## 2

Sam dejó caer la bomba después de cenar.

—No voy a ir a la universidad —anunció.

Bill miró a Ginny. Era evidente que también era la primera vez que ella oía esas palabras, y pudo ver cómo su cara reflejaba rabia al preguntar:

—¿Qué quieres decir con eso de que no vas a ir a la universidad?

—Pues que ahora estoy en el programa de dirección —contestó Sam—. Me enviarán a las oficinas centrales de Dallas para recibir formación. Es un programa de dos semanas y, después de eso, volveré a Juniper. El Almacén ya me encontró una casa en Elm, totalmente gratis. La empresa lo paga todo. Puedo instalarme en ella este fin de semana.

Se quedaron todos atónitos. Ni siquiera Shannon habló, y los tres se miraron como tontos mientras Samantha sonreía encantada.

—Ya sé que había planeado ir a la universidad —continuó—, pero se trata de una oportunidad excelente.

Ginny fue la primera que logró abrir la boca.

—¿Una oportunidad excelente? ¿Ayudante de dirección de un almacén de descuento en Juniper? Puedes ser lo que te propongas. Con tus notas y tu inteligencia, aunque sólo tengas el bachillerato, puedes hacer lo que quieras. Puedes encontrar empleo en cualquier parte, en cualquier empresa. Puedes trabajar como tu padre, desde casa.

Bill percibió el dolor en su voz. Ninguno de los dos había imaginado nunca que sus hijas no fueran a la universidad. Ni siquiera se lo habían planteado. Ginny, en concreto, tenía muchas esperanzas puestas tanto en Sam como en Shannon, y por la expresión de sus rasgos, pudo ver que se sentía traicionada.

—La universidad es una experiencia extraordinaria —prosiguió Ginny, resuelta—. No sólo una experiencia docente sino también... una experiencia social. Es donde tienes ocasión de crecer, de aprender cosas sobre ti misma, de averiguar quién eres realmente y qué quieres de la vida.

—Pero no tengo por qué ir —replicó Sam—. No necesito descubrir quién soy, y ya sé qué quiero de la vida. Quiero formar parte del equipo directivo del Almacén.

Silencio de nuevo. Shannon se movió incómoda en el asiento sin mirar a nadie. Tenía los ojos puestos en el plato, mientras jugueteaba con el arroz con un tenedor.

Ginny miró a Bill para pedirle ayuda.

—El Almacén no se irá a ninguna parte —dijo Bill—. Y siempre puedes volver a trabajar ahí. Pero ésta es la única oportunidad que tienes de ir a la universidad. Nunca más te concederán becas.

—Ya lo sé.

—Y una vez que hayas entrado en la vorágine de la competitividad laboral, ya no volverás a estudiar. Tal vez creas que la universidad siempre va a estar ahí, y que podrás matricularte más adelante si quieres, pero la verdad es que no suele ser así. Si no vas ahora, ya no irás.

—No necesito ir.

—No te criamos para que fueras tonta.

—No soy tonta —dijo Sam a la defensiva.

—Pues demuéstralo. Ve a la universidad.

—No necesito hacerlo.

—Todo el mundo lo necesita.

—Lo cierto es, papá, que la universidad siempre estará ahí —aseguró Sam poniéndose en pie—. Puedo ir cuando quiera. Pero este cargo no estará siempre vacante. Si no lo tomo ahora, cualquiera podría conseguirlo. Y podría conservarlo hasta que se jubile. Es una oportunidad única en la vida. Y si no me gusta o no sale bien, iré a la universidad —concluyó a la vez que se encogía de hombros.

—¿De modo que quieres irte de casa?

Samantha asintió, sin poder apenas ocultar cómo le entusiasmaba la idea ni borrar la sonrisa de su cara.

—Sobre mi cadáver —replicó Bill.

—Papá... —Se le quebró la sonrisa.

—Sí —dijo Bill—. Soy tu padre. Y te estoy diciendo que no puedes hacerlo.

—Tengo dieciocho años, y puedo hacer lo que quiera.

—Bill —le advirtió Ginny.

Pero Bill no la escuchó.

—Si te vas, no vuelvas. Aunque te despidan.

Ginny se levantó y tiró la servilleta sobre la mesa.

—¡Bill! —exclamó.

—¿Qué?

—¡Te estás pasando!

—Estás siendo un poco duro, papá —se quejó Shannon.

Sam volvía a sonreír. Echó un vistazo alrededor de la mesa con una expresión de felicidad.

—Puede que cueste un poco acostumbrarse —comentó—. Pero no os preocupéis. Será fantástico.

Bill pensó que parecía un puñetero miembro de la Iglesia de la Unificación. Como si fuera una mema a la que una secta le hubiera lavado el cerebro.

Volvió la cabeza, incapaz de mirar a su hija y contener la rabia. Siempre se había considerado un pacifista, y nunca había abrigado pensamientos ni deseos violentos, ni siquiera hacia sus enemigos, pero lo que le inspiraban el Almacén y sus secuaces eran invariablemente fantasías de venganza, teñidas de violencia. Y ahora más que nunca. Se imaginaba dando una paliza tremenda al señor Lamb y al señor Keyes, haciéndoles daño físicamente, y la agresividad de sus pensamientos lo perturbaba. No sabía de dónde sacaba aquellas ideas, o por qué se rebajaba al nivel del Almacén, pero quería lastimar a esos cabrones.

Especialmente por lo que le habían hecho a su hija.

¿O a sus dos hijas?

Miró a Shannon. Y pensó, agradecido, que no.

Por lo menos, todavía.

No ayudó a Sam a mudarse, aunque Ginny sí. Shannon y las amigas de Sam también ayudaron, pero él se quedó en su despacho, ante el ordenador, fingiendo trabajar mientras ellas sacaban muebles y cajas del dormitorio. Sabía cómo se estaba portando, y se detestaba por ello, pero no se le ocurría ninguna otra forma de demostrarle lo decepcionado que estaba.

En realidad, era irónico. Siempre le habían repugnado esos padres despiadados que echaban a sus hijos de casa cuando cometían la menor infracción, que desconocían a sus hijos y se negaban a verlos o hablar con ellos. Siempre los había considerado estúpidos y cortos de miras. ¿Qué desacuerdo podía ser tan grave como para que mereciera poner en peligro la relación entre un padre y su hijo?

Y sin embargo allí estaba, actuando igual, haciendo lo mismo. Sin quererlo, pero incapaz de evitarlo. Ginny se había enfadado tanto como él, y le había dolido más todavía, pero se adaptaba mejor, se dejaba llevar, aceptaba los cambios.

Él no podía hacerlo.

Ojalá pudiera.

Pero no podía.

Y se quedó solo en el despacho, en silencio, escuchando el ruido cada vez más lejano de la camioneta cuando su hija mayor dejaba su casa.

## 3

Cuando se dirigía en coche hacia la peluquería, a Ginny le pareció que el ambiente de Juniper era distinto. O algo había cambiado en la ciudad durante su ausencia, o lo que había visto durante el viaje había modificado su modo de percibirla.

El Almacén.

Era lo último que habían visto al irse de la ciudad y lo primero que habían visto a su regreso.

Y se había apoderado de Sam.

Si antes tenía la impresión de que el Almacén era un intruso en su ciudad, ahora sentía que la intrusa era ella. Se había producido una transformación mientras estaban de viaje, y ahora Juniper ya no parecía su ciudad. Parecía la ciudad del Almacén. Y ella era el invitado inoportuno.

Bajó por Main Street. Le habían dicho que estaban privatizando la biblioteca. La última reunión de la junta de supervisores había recortado los fondos del condado, y como la biblioteca de Juniper era la más pequeña y la menos frecuentada del condado, se había tomado la decisión de cerrarla. Pero, por supuesto, la heroica cadena El Almacén había acudido al rescate ofreciéndose a financiar todo su funcionamiento, una propuesta que había sido aceptada con gratitud.

El Almacén controlaba ahora el departamento de policía, el cuerpo de bomberos, todos los servicios municipales, el distrito escolar y la biblioteca.

Y a Sam.

Ginny sujetó con más fuerza el volante. Estaba tan enojada y disgustada como Bill, pero todavía veía a su hija como a una víctima, no como a una cómplice, y aunque su reacción instintiva era abofetearla y castigarla un mes, era consciente de que Sam estaba en esa edad en que tenía que cometer sus propios errores.

Y aprender de ellos.

Tenía suficiente fe en su hija como para creer que lo haría.

Y no quería distanciarse de ella ni apartarla de su lado cuando más podría necesitar a su madre.

Porque las cosas se estaban poniendo difíciles. Ginny sentía cómo la evitaban, le hacían el vacío o la criticaban. Sus amigas la ignoraban. Sus compañeras de trabajo la miraban con frialdad y sus antiguos alumnos se burlaban de ella.

Pensó que así debían de sentirse los estadounidenses de origen japonés durante la Segunda Guerra Mundial, o los activistas a favor de los derechos civiles en Misisipí en la década de los sesenta. No sólo la trataban como a una desconocida o una forastera sino como a una traidora, como a una enemiga que vivía entre ellos.

Porque no era partidaria del Almacén.

Sabía que había mucha gente que no lo era. Los trabajadores relegados, los parados, todas las personas que habían votado en contra de los actuales cargos municipales. Pero la habían marginado, la habían dejado de lado, y ya no se atrevía a expresar lo que sentía realmente. Era como si, de la noche a la mañana, todo hubiera cambiado, y todos sus aliados se hubieran escondido o hubieran desaparecido.

El Almacén estaba organizando ahora patrullas vecinales de vigilancia. Las dos últimas décadas no había habido delincuencia en Juniper, pero de repente todo el mundo estaba preocupado por las drogas y los robos, la actividad de las bandas y las agresiones sexuales. Ahora, las personas de una parte de la ciudad denunciaban a personas de otras partes de la ciudad que paseaban inocentemente por su barrio.

Y la policía acudía a las llamadas.

La ciudad se estaba fracturando, fragmentando, y la comunidad empezaba a dividirse en grupos más pequeños, que podrían llegar a enfrentarse.

Y el Almacén estaba cosechando los beneficios.

El ejemplar del periódico del día anterior traía un anuncio a toda página de un fin de semana de rebajas en alarmas domésticas.

Ginny aparcó delante de Hair Today. Un hombre barbudo, evidentemente indigente, con unos vaqueros raídos y una camisa sucia de franela, se plantó justo ante su coche, y ella fingió rebuscar en su bolso mientras esperaba que se hubiera ido para salir del vehículo.

Los vagabundos la intimidaban un poco. La mayoría se sentaba en los umbrales o en mantas andrajosas bajo algún árbol, pero los más atrevidos se afianzaban en sitios concretos para pedir dinero a los transeúntes. A nivel intelectual y abstracto, sabía que debería ser más comprensiva y compadecerse de su situación, pero a nivel emocional y personal, le daban un poco de miedo. No le gustaba verlos, se sentía incómoda a su lado, y no sabía cómo tenía que actuar.

Así que intentaba evitarlos en lo posible.

Ginny era la única clienta de la peluquería, y Rene la única estilista. Ambas mantuvieron un silencio incómodo mientras Rene le lavaba, cortaba el pelo y le hacía la permanente. Le hubiera gustado hablar (de lo que fuera), pero era evidente que Rene estaba de mal humor, y Ginny la dejó en paz.

Al acabar, le dejó una generosa propina de diez dólares.

Rene sonrió por primera vez y le tocó la mano cuando dejaba el billete en el mostrador.

—Gracias —dijo—. Por todo.

Ginny asintió y le devolvió la sonrisa.

De camino a casa, vio a Sam en la acera cuando salía de su nueva casa para ir al trabajo.

Se paró y se ofreció a llevarla en coche, pero Sam le dedicó una sonrisa fría.

—No subo al coche de ningún desconocido —dijo con desdén, y siguió andando.

—¿Sam? —gritó Ginny por la ventanilla del coche. Al principio, creyó que era una especie de broma, pero cuando su hija no se volvió y siguió al mismo ritmo, supo que no lo era—. ¡Samantha! —la llamó.

Pero no respondió.

Ginny avanzó con el coche y se detuvo a su lado.

—¿Qué te pasa, cielo? —Sam siguió caminando—. Sube al coche. No sé cuál es el problema, pero es evidente que tenemos que solucionarlo.

Sam se paró y se volvió hacia ella.

—No hay nada que solucionar. Vete a la mierda, mamá.

—¿Qué?

—Que te vayas. A la mierda.

Otro coche se acercaba por la calle, y Samantha le hizo señas para que parara. Lo conducía un hombre al que Ginny no conocía, y antes de que pudiera llamar a su hija, antes de que pudiera decir nada, Sam ya se había subido y se iba en él hacia el Almacén.

Decidió seguirlo, y lo hizo unas manzanas, pero se lo pensó

mejor y dio media vuelta para volver a casa mientras el otro coche tomaba la carretera.

Recorrió todo el trayecto hasta el camino de entrada antes de echarse a llorar.

4

Shannon estaba de pie contra la pared junto con los demás empleados, con las piernas separadas y las manos juntas a la espalda, en la postura oficial del Almacén. El señor Lamb caminaba despacio arriba y abajo delante de ellos.

—Han llegado los nuevos uniformes —anunció. Hablaba con una voz grave y seductora—. Son muy bonitos.

Shannon se sintió incómoda. Pensó en el viaje, en Encantada, en la gente de esa población que vestía el uniforme del Almacén sin excepción.

El señor Lamb le sonrió, y ella pensó en...

Las braguitas ensangrentadas de Sam.

Sintió frío y náuseas, y desvió rápidamente la mirada.

—Todos ustedes llevarán hoy estos uniformes nuevos tan bonitos. Los llevarán con orgullo. Porque forman parte de la elite; son los elegidos.

Desapareció por la puerta oscura del cuartito situado a la izquierda del ascensor y salió con uno de los uniformes nuevos colgado de una percha. Era de cuero negro y reluciente. Mientras sujetaba la percha con una mano, con la otra mostró la parte superior del uniforme: una prenda de aspecto extraño que a Shannon le recordó una camisa de fuerza. A continuación, mostró los pantalones.

—Quedan muy ceñidos en la entrepierna —comentó—. Les encantarán.

Se oyeron unas risitas nerviosas de algunos empleados.

También había una boina de cuero con una insignia plateada y ropa interior de cuero a juego: un tanga para los varones, unas bragas de corte alto para las mujeres.

— 346 —

—Y se les entregarán unas botas a todos —anunció—. Botas de caña alta de soldados de asalto. Son perfectas.

Lamb les dirigió una sonrisa de oreja a oreja y balanceó el cuerpo ligeramente hacia atrás y delante. Nadie sabía qué ocurriría a continuación, qué tenían que hacer o decir, cómo tenían que reaccionar, de modo que se quedaron allí plantados sin decir nada, mirándose entre sí, mirando al señor Lamb.

—Muy bien —dijo por fin el director de personal—. ¿A qué esperamos? ¡Desnúdense!

Shannon contuvo el aliento, sin saber muy bien si lo había oído bien, rogando a Dios no haberlo hecho.

—¡Venga! —los arengó el señor Lamb después de dar una palmada—. ¡Adelante! ¡Quítense la ropa! ¡Toda! ¡Ya!

Tenía a Joad Comstock a su derecha y a Francine Dormand a su izquierda, y no quería que ninguno de los dos la viera desnuda. Tenía un grano enorme en la nalga izquierda, y más granos en los hombros. Tenía los pechos demasiado pequeños, mucho más pequeños que los de Francine, y a pesar de toda la dieta que había hecho, seguía teniendo mucha barriga. Tampoco se había depilado las piernas, no en más de una semana, y se le veía mucho el vello.

No quería que nadie la viera desnuda.

A su alrededor, los demás empleados se estaban quitando mecánicamente la ropa: se descalzaban, se desabrochaban los cinturones y las camisas.

—Dejen sus antiguos uniformes en el centro del pasillo —ordenó el señor Lamb.

Nadie se resistía, nadie se quejaba, nadie hablaba. No se hacían bromas, y ni siquiera los empleados más jóvenes se reían mientras se desnudaban.

Shannon pensó que Jake estaba en algún lugar de la fila.

—Shannon Davis —dijo en voz alta el señor Lamb con los ojos puestos en ella.

Ella empezó a desabrocharse la blusa.

—Éstos son nuestros uniformes —afirmó el señor Lamb—. Son los uniformes del Almacén, y no saldrán de este edificio. Los guardarán en sus taquillas, se los pondrán cuando lleguen y se los quitarán cuando se vayan. Sólo llevarán los uniformes en los límites del Almacén. —Se detuvo un instante—. Si alguien lleva el uniforme fuera de este edificio, se procederá a su liquidación. —Hizo otra pausa—. Si tiene que trabajar y no lleva puesto el uniforme, se procederá a su liquidación.

Una oleada de frío recorrió el cuerpo de Shannon al bajarse las braguitas. El peculiar énfasis que el señor Lamb había hecho en la palabra liquidación había sido de lo más inquietante. Sabía que era deliberado, que quería que captaran su doble significado, pero no por ello era menos perturbador.

Siguieron las instrucciones del señor Lamb y desfilaron desnudos hacia el cuartito iluminado con una única bombilla colgada del techo. Hicieron cola por orden alfabético, y en ese mismo orden estaban los uniformes en cajas con una etiqueta con sus nombres. Shannon concentraba toda su atención en la cabeza de Joad, delante de ella, sin querer verle la espalda, las piernas o las nalgas peludas, sin querer ver ninguna parte del cuerpo de sus compañeros de trabajo.

Esperaba que Francine hiciera lo mismo detrás de ella.

Tomó la caja que llevaba la etiqueta con su nombre y salió al pasillo.

Nadie se estaba poniendo aún el uniforme nuevo. Todos esperaban con la caja en las manos, en posición de firmes. De algún modo, en los breves instantes que les había llevado entrar en el cuartito y volver a salir, las prendas que se habían quitado habían sido amontonadas en mitad del pasillo.

—Llegó el momento —anunció el señor Lamb cuando el último empleado salió del cuartito.

Procedieron a quemar sus antiguos uniformes junto con la ropa interior, los calcetines y los zapatos, en una hoguera ceremonial. El señor Lamb les hizo caminar alrededor de las llamas, tomados de la mano, cantando la irritante cancioncilla publicitaria del Almacén.

O, como el señor Lamb la denominaba: «el himno oficial del Almacén.»

Todavía desnudos, los condujeron a la capilla, donde de uno en uno tuvieron que arrodillarse ante el inmenso cuadro de Newman King. Shannon tenía la carne de gallina, pero era de miedo y no de frío, mientras observaba cómo los empleados que estaban delante de ella en la fila se arrodillaban en la alfombra roja y agachaban la cabeza para dar las gracias a Newman King por permitirles ascender de nivel. Era imposible que no supiesen que aquello estaba mal, que era una locura, que era perverso, pero tampoco parecían inmutarse por ello. Estaban todos callados, un poco más apagados de lo habitual, quizá, pero no parecían mostrar oposición a lo que estaban haciendo, ni siquiera el reconocimiento de que era algo que una empresa no debería exigir a sus empleados.

Shannon sabía que estaba mal, pero aun así avanzó como los demás, se arrodilló y dio las gracias, temerosa de expresar su desaprobación.

Se levantó y salió de la capilla, pensando que todos los turnos tendrían que hacer ese ritual. Todos los trabajadores del Almacén tendrían que hacerlo.

Sam también, si no lo había hecho ya.

—¡Muy bien! —anunció el señor Lamb con unas palmadas cuando el último empleado hubo dado las gracias—. ¡Vayan a sus taquillas! ¡Pónganse los uniformes y preséntense en la Planta en cinco minutos! —Miró a Shannon con una sonrisa, y ésta se ruborizó al ver dónde tenía puestos los ojos—. ¡El Almacén abrirá en diez minutos! ¡Sean puntuales!

# Veintisiete

## 1

Había dejado de hacer *footing*.

Las calles empezaban a dar demasiado miedo.

No era algo que Bill hubiera esperado que sucediera en Juniper. Un año atrás, puede que incluso sólo seis meses atrás, algo así habría sido impensable. Pero ahora todo era distinto. El Almacén había contratado su propio cuerpo de seguridad para ampliar el departamento de policía, y aunque aparentemente el motivo era combatir el aumento de delitos que se cometían en la ciudad, lo cierto era que el Almacén simplemente quería aumentar su control, alardear de su poder, asegurarse de que todo el mundo supiera quién mandaba ahora en Juniper.

Además, aunque no pudiera demostrarlo, en opinión de Bill, la mayoría de los delitos parecían cometerlos las nuevas fuerzas de seguridad.

Y las víctimas parecían ser siempre personas contrarias al Almacén.

Por eso ya no hacía *footing*.

Aún no había recibido otro encargo, de modo que tenía los días libres, y se los pasaba básicamente en la tienda de Street. Ben también solía pasarse por allí, y daba la impresión de ser una de esas barberías cinematográficas en las que un grupo de ancianos ariscos se pasa los días criticando el mundo mientras lo miran pasar por delante del escaparate.

Salvo que no había mundo que pasara por delante del escaparate.

Sólo algún que otro coche de camino al Almacén.

Bill paró delante de la tienda de material y equipo electrónico y bajó del *jeep*. Ese día la calle tenía algo diferente, y tardó un momento en descubrir de qué se trataba.

Habían colgado unos folletos multicolores en los árboles, en los postes telefónicos y en los escaparates de las tiendas vacías del centro de la ciudad.

Se dirigió al poste telefónico más cercano. No, no eran folletos. Eran notificaciones:

Por orden del Almacén, ningún ciudadano o ciudadana podrá estar fuera de su casa pasadas las 10 p. m. a no ser que sea por algún asunto relacionado con la empresa. Se exigirá el cumplimiento estricto del toque de queda.

—¿Te lo puedes creer? —Street se reunió con él en la acera, seguido de Ben—. ¿Un puto almacén de descuento poniendo leyes, diciéndome cuándo puedo y cuándo no puedo caminar por mi ciudad? ¿Cómo coño pasó?

—¿Cómo dejamos que pasara? —repuso Ben en voz baja.

—Buena pregunta —dijo Street. Se acercó al poste de madera, tiró del cartel y lo arrugó con una mueca de indignación.

—¿Cuándo los colocaron? —preguntó Bill.

—Ayer por la noche, esta mañana. Se los hicieron colgar a los chicos de la iglesia.

—¿De la iglesia? —se sorprendió Bill.

—Oh, sí —asintió Ben—. La mayoría de nuestro clero es partidaria del Almacén.

—¿Cómo es posible?

—¿Donaciones para sus arcas, quizá?

—Supongo que si el Almacén está de parte de Dios, Dios estará de parte del Almacén —rio Street con dureza—. Una especie de «favor con favor se paga».

Entraron en la tienda.

—Es lo que siempre he detestado de la conexión entre la religión y la política —comentó Ben—. Estos clérigos dicen a sus seguidores a quién votar y qué legislación apoyar porque es lo que Dios quiere que hagan. —Sacudió la cabeza—. ¡Qué arrogancia, oye! ¿Es que ninguno de ellos se da cuenta? ¿Creen que saben qué piensa Dios? Que aseguren saber qué votaría Dios es como si una ameba asegurara saber qué coche voy a comprarme.

—Olvídate de aquello de darle al César lo que es del César, ¿verdad?

Street tiró la notificación arrugada a una papelera y se fue a la trastienda, de donde volvió un momento después con tres cervezas. Lanzó una lata a Bill, otra a Ben y tiró de la lengüeta de la suya.

—¿En horario de atención al público? —se sorprendió Bill.

—¿Qué público? —repuso Street, encogiéndose de hombros.

Ben estaba lanzado.

—Lo que realmente me molesta de esos cabrones religiosos es que siempre afirman que quieren que haya menos gobierno, y es verdad en lo que a la economía se refiere. Pero están totalmente a favor de que el gobierno regule nuestra vida social, nuestra conducta en la cama, qué películas vemos, qué fotografías miramos y qué libros leemos.

—Pretenden decirme dónde puedo meter la polla y dónde no —soltó Street tras dar un largo trago.

—Porque ellos ni siquiera pueden usar la suya —añadió Ben—. Esas focas con quienes están casados no les dejan.

Bill soltó una carcajada. Un segundo después, Ben y Street también se echaron a reír.

Ninguno de ellos iba a la iglesia regularmente. Street solía ir todos los domingos cuando estaba casado, pero no había vuelto desde entonces. Ben se consideraba agnóstico, y no había asistido a ningún servicio religioso desde que dejó la escuela católica. En su forma de hablar confusa y evasiva se percibía lo que se denominaba «una relación personal con Dios». Lo que significaba que sus creencias religiosas eran de carácter privado y no estaban autorizadas ni reforzadas por ninguna Iglesia o religión organizada. Siempre había recelado de la fe de la gente que tenía que ir a la iglesia todos los domingos. Como había dicho un viejo amigo suyo de la universidad: una vez que has escuchado la palabra de Dios, has tenido bastante. No es necesario que te la refresquen cada siete días a no ser que seas tan estúpido como para olvidarlo todo pasada una semana.

Street sacudió la cabeza.

—No está bien que utilicen a niños —dijo—. Si van a verse envueltas las iglesias, que lo hagan los adultos. Que dejen a los niños al margen.

—Y ¿qué vamos a hacer al respecto? —Bill se acercó a la puerta para señalar a través del cristal los anuncios multicolores que salpicaban el centro de la ciudad—. Sabéis muy bien que las personas de Juniper, la mayoría de las personas de Juniper, no están a favor de un toque de queda. Los adultos no querrán que los traten como a unos niños. Y ¿qué me decís del bar? ¿Y del videoclub y los demás establecimientos que abren las veinticuatro horas del día? Hay un puñado de negocios que dependen de que la gente salga por la noche.

—Recojamos firmas para solicitar al ayuntamiento que revoque esta ordenanza —sugirió Street.

—No es mala idea —admitió Ben—. La gente estará a favor. Podría servirnos de inicio, una pequeña fisura que podríamos explotar. Creo que conseguiríamos bastantes firmas.

—Si a la gente no le da miedo firmar.

—Si a la gente no le da miedo firmar —coincidió Ben.

Street se terminó la cerveza y sonrió.

—Empezad a pensar, chicos —soltó mientras se situaba tras el mostrador donde estaba la caja registradora—. Traeré papel y unos bolígrafos.


Una hora después, Bill estaba en el parque con un bolígrafo, una tablilla sujetapapeles con el texto y las hojas para la recogida de firmas. Ben y él la habían redactado deprisa y después él había ido corriendo a su casa para imprimir las copias. Ginny estaba en el jardín matando gusanos de las tomateras, y tras enseñarle el texto le dejó una copia junto con unas cuantas hojas para recoger firmas.

—Por si alguna de tus amigas viniera a casa —le comentó.

Dejó unas cuantas más en la tienda de material y equipo electrónico, y Street prometió mostrárselas a cualquiera que viera por Main Street, mientras que Ben decidió llevarlas al origen del conflicto y plantarse en el estacionamiento del Almacén «hasta que me echen a patadas».


Había pocas personas en el parque, en su mayoría chicos que jugaban al béisbol, algunos hombres mayores, madres con sus niños pequeños y una pareja que jugaba a tenis.

Se acercó primero a la pareja que jugaba a tenis, les explicó qué decía el texto y qué intentaban hacer, y por un momento el hombre estuvo a punto de firmar. Pero le dio apuro ser el primero en hacerlo, y su mujer lo detuvo enseguida, asustada, casi aterrada.

—¡Es una trampa! —aseguró—. No lo hagas. Quieren que caigas en una trampa.

La pareja se marchó a toda prisa, y Bill rodeó la pista de tenis hacia la hilera de bancos donde había varios hombres mayores sentados.

Ninguno de ellos quiso escucharlo siquiera.

La única firma que consiguió fue la de una mujer de mediana edad que observaba cómo su hija jugaba en los columpios. Estaba asintiendo con la cabeza antes de que hubiera terminado de explicarle cuál era el propósito de la recogida de firmas.

—Nos clavaron uno de esos anuncios en la puerta principal —comentó. Parecía nerviosa, y no dejaba de mirar a su hija en el columpio como si quisiera asegurarse de que seguía allí.

—Tenemos que poner freno a todo esto —le indicó Bill—. Y necesitamos su ayuda.

—Ya están obligando a cumplir el toque de queda.

—No lo sabía —dijo, sorprendido—. De hecho, me enteré de la ordenanza esta misma mañana.

La mujer miró recelosa a su alrededor.

—Salen después del anochecer —susurró—. Los he visto.

—¿A quiénes?

—A los hombres de negro. Los directores nocturnos.

«Los hombres de negro.»

Pensó en Encantada. En Jed McGill.

La mujer miró de nuevo a su alrededor. Antes de que Bill pudiera decir nada más, le tomó el bolígrafo de la mano, garabateó una firma indescifrable y se llevó apresuradamente a su hija del parque.

—¡Gracias! —le gritó Bill.

No se dio por aludida, y Bill vio cómo ella y su hija casi corrían hacia el coche.

Jed McGill. A veces se preguntaba si realmente había visto lo que creía haber visto. Aquel día en el aparcamiento de Encantada, había estado tan apurado por marcharse, tan desesperado por no saber, que no tenía una certeza absoluta de la identidad de la figura. Ni siquiera ahora estaba seguro de querer saberlo. No tenía ningún sentido. Era tan extraño que resultaba incomprensible, y las preguntas que suscitaba lo aterraban.

«Los hombres de negro.»

«Los directores nocturnos.»

Procuró concentrarse en la tarea que tenía entre manos, pensar únicamente en recoger firmas.

Cuando el vehículo de la mujer se hubo alejado, apareció un coche patrulla que se detuvo y del que bajó Forest Everson. Bill sabía por qué estaba allí, incluso antes de que el policía empezara a caminar por la hierba hacia él.

Pero no se amedrentó.

—Lo siento, señor Davis —dijo Forest, que parecía violento, tras llegar donde él estaba—, pero tendrá que dejar lo de esa recogida de firmas.

Bill se enfrentó con él.

—¿Por qué?

—Va contra la ley.

—¿Va contra la ley recoger firmas de la gente? ¿Desde cuándo?

—Desde ayer por la noche. El pleno municipal convocó una sesión extraordinaria y aprobó una nueva ordenanza que ilegaliza la recogida de firmas para cualquier clase de solicitud en un radio de ocho kilómetros del Almacén. Supongo que se considera una limitación comercial porque podría afectar a la capacidad de negocios del Almacén.

—Dios mío.

—No es decisión mía —aseguró Forest—. Yo no hago las leyes, ni siquiera estoy de acuerdo con todas ellas. Pero me pagan para que las haga cumplir, y eso es lo que hago.

Bill estaba intentando ordenar los hechos en su mente. ¿El pleno había aprobado la ordenanza la noche anterior? A sus amigos y a él no se les había ocurrido lo de la recogida de firmas hasta esa misma mañana. ¿Sabían los miembros del pleno lo que iban a hacer antes que ellos?

—No puede ser constitucional —dijo Bill finalmente—. Estamos en Estados Unidos, maldita sea. Todavía tenemos libertad de expresión.

—No en Juniper —sonrió con ironía el policía.

—¿De modo que no puedo hacer esto en ningún lugar de la ciudad? ¿Ni siquiera puedo pedir a la gente que firme en mi propia casa?

—No en un radio de ocho kilómetros del Almacén —respondió Forest, que sacudía la cabeza.

—La puñetera ciudad sólo tiene cuatro kilómetros de longitud. Eso significa que no puede hacerse en ningún lugar de Juniper.

El policía asintió.

—No voy a darle las hojas de las firmas —advirtió Bill.

—No se las estoy pidiendo. Aunque el nuevo jefe me arrancaría la cabeza si lo supiera. Querría el nombre y la dirección de todos los que figuren en ellas. Y lo querría a usted en la cárcel —suspiró Forest—. Váyase a casa. Y llévese eso. Procure pasar desapercibido.

—Ben está en el Almacén, intentando conseguir firmas.

—Trataré de interceptarlo antes de que lo haga cualquier otra persona.

—Esto no está bien —se quejó Bill.

—Ya lo sé —asintió Forest—. Pero, de momento, es la ley, y hasta que las cosas cambien, tengo que hacerla cumplir. —Empezó a volver por la hierba hacia su coche.

—Gracias —añadió Bill—. Es usted un buen hombre.

—Estamos viviendo una mala época. Váyase a casa. No se meta en problemas. Manténgase alejado del Almacén.


Cuando Shannon llegó a casa de trabajar, Ginny y él la estaban esperando.

Dejaron que fuera al baño, bebiera y comiera algo y la llamaron al salón.

Intuyendo que algo pasaba, Shannon se sentó ante ellos con un suspiro.

—¿Qué ocurre ahora?

—Los directores nocturnos —contestó Bill.

Shannon palideció.

—¿Dónde oíste hablar de ellos? —preguntó a su padre.

—Tengo mis fuentes —dijo Bill con una sonrisa, e intentó mantener un tono alegre, pero era consciente de que le había salido fatal, así que lo dejó y le habló en serio—: ¿Quiénes son?

—Di más bien qué son —repuso Shannon en voz baja.

—Muy bien, entonces. —Se notó la boca seca de repente—. ¿Qué son?

—Bueno... En realidad, no lo sé —admitió Shannon—. No creo que nadie lo sepa. Pero... no son buenos —explicó y, después de inspirar hondo, añadió—: Nadie habla de ellos. A todo el mundo le da miedo hacerlo.

—Pero hay rumores.

—Hay rumores —asintió Shannon.

—¿Como cuáles?

—Que matan a gente —respondió tras humedecerse los labios.

—¿Crees que es cierto? —preguntó Ginny.

La niña asintió.

—Alguien me dijo que son los encargados de hacer cumplir el toque de queda —comentó Bill—. Me dijo que los vio.

—No creo —dijo Shannon.

—¿Por qué no?

—Porque nadie los ha visto nunca. Y no creo que nadie ajeno al Almacén haya oído hablar de ellos. Creo... No creo que salgan nunca del Almacén.

—¿No salen del Almacén? —se sorprendió Ginny.

—Creo que no.

—No salen nunca del Almacén —asintió Bill, pensativo—. Quizá podamos usarlo.

—¿Cómo? —preguntó Ginny.

—No lo sé —contestó—. Todavía no. Pero todo ayuda. El conocimiento es poder, y tenemos un espía en la organización.

—¿Yo? —dijo Shannon.

—Tú.

—¿Qué... qué tengo que hacer?

—Tener los ojos y las orejas bien abiertos —dijo Bill—. Y buscar debilidades.

# Veintiocho

## 1

Iban a por él.

Ben no sabía cómo se habían enterado, pero los encargados del Almacén sabían que estaba trabajando en un artículo.

Y lo perseguían.

Había llamado antes para hacerle unas preguntas al director del Almacén, y había hablado con Lamb. Le explicó al director de personal que era un periodista *free lance* que trabajaba en un artículo de fondo para una revista nacional, pero el hombre lo había interrumpido.

—¿Un artículo de fondo, señor Anderson? —El tono del director de personal era sarcástico—. Lo que usted está escribiendo, hijo de puta, es una mierda sensacionalista en la que se dedica a airear escándalos. —Ben se quedó tan indignado que no supo reaccionar—. Sabemos quiénes son nuestros amigos —añadió el director de personal—. Y conocemos a nuestros enemigos.

Después se cortó la comunicación y, aunque Ben había sido periodista durante los últimos veinticinco años y había tenido muchos enfrentamientos en el ejercicio de su profesión, le temblaron las manos y el corazón le latió con fuerza.

La gente del Almacén tenía algo que lo asustaba.

Pero se le había presentado una oportunidad: alguien de la

organización se había puesto en contacto con él y le había proporcionado cierta información, le había dado una pista. Que Bill y Shannon confirmaron.

Había gente en la organización del Almacén que estaba descontenta, insatisfecha.

Era buena señal.

Era muy buena señal.

«Los directores nocturnos.»

No sabía quiénes eran, pero sonaba prometedor. La idea en sí resultaba de lo más aterradora, pero también parecía poco ética, inmoral, ilegal. Así como espectacular y mediática. Era lo que a los editores les gustaba comprar, y a los lectores leer. Era lo que derribaba gigantes. Era el tema de los sueños húmedos periodísticos.

Incluso sin los directores nocturnos, iba a ser un artículo cojonudo. Jack Pyle, un viejo amigo suyo de Denver, había prometido enviarle mucha información, pues él también había estado trabajando en un reportaje parecido, aunque al final se había acobardado por miedo a que el Almacén tomara represalias contra su hijo.

—Es una secta —le dijo Pyle—. Y si uno de los suyos rompe filas, rompe ese muro de silencio... Que Dios lo ayude.

—¿Tienes documentación? —preguntó Ben.

Casi pudo oír cómo Jack asentía al otro lado del teléfono.

—Ya lo creo —respondió—. Ya lo creo.

Otra semana de espera e investigación y ya tendría el artículo listo para ofrecerlo y que se lo compraran.

Pero necesitaba otro ángulo, una implicación personal entre periodista e historia. Era lo que se llevaba ahora. Era lo que gustaba a la gente. La investigación profunda y las referencias bien fundamentadas estaban bien, pero ahora el público ávido de noticias quería algo más. Quería un cariz peligroso, un relato de intriga y espionaje.

Por eso iba a pasarse una noche entera en el Almacén.

Y a ver con sus propios ojos a los directores nocturnos.

Llevaba planeándolo desde hacía tres días, y estaba bastante seguro de poder hacerlo. Justo antes de cerrar, iría a los lavabos de hombres, se escondería en uno de los retretes, en cuclillas sobre la taza para que no se le vieran los pies por debajo de la puerta, y esperaría a que todo el mundo se hubiera ido.

Era un plan arriesgado. Hasta donde él sabía, era posible que el Almacén hiciera que sus empleados comprobaran hasta el último rincón del edificio. Podían abrir la puerta de cada retrete para ver el interior. Pero estaba seguro de que un viernes, al final de una semana corriente sin incidentes, aunque tuvieran previsto tomar todas las precauciones, no se seguirían al pie de la letra.

Además, tenía una ventaja. A pesar de la increíble cantidad de cámaras de seguridad que había repartidas por todo el edificio del Almacén, no había ninguna que enfocara la puerta de los lavabos de hombres.

Era algo que había comprobado, recomprobado y vuelto a comprobar.

El Almacén no vigilaba quién entraba y quién salía de los lavabos de hombres.

Los muy pervertidos tenían, eso sí, una cámara de vídeo dentro, en la pared opuesta a los urinarios. Pero se le había ocurrido una manera de esquivar esa cámara sin que se dieran cuenta y sin levantar sospechas.

Era peligroso. Lo sabía, y no quería involucrar a nadie más. Pero necesitaba ayuda. Necesitaba que alguien lo dejara en el Almacén y vigilara mientras él se escondía.

Bill era la opción más lógica. Detestaba el Almacén desde el principio, incluso antes de que abriera sus puertas, y era de fiar. Pero tenía familia. Y sus hijas trabajaban en el establecimiento. El mismo Bill trabajaba para una empresa que suministraba software a la cadena, y Ben no quería que su amigo perdiera su empleo si los pillaban.

¿Que perdiera su empleo?

El Almacén les haría algo peor si los pillaba.

No. Bill tenía demasiado que perder. Street era la mejor opción en este caso.

Fue a telefonearlo, pero decidió que sería mejor hablar con él en persona y volvió a colgar el auricular.

Nunca se sabía. A lo mejor tenía el teléfono pinchado.

Seguramente lo tenía.

A Street no le entusiasmó demasiado la idea. Aceptó ayudarlo, no tenía ningún inconveniente en hacer su parte, pero no creía que fuera necesario pasar la noche en el Almacén.

—Es una estupidez —comentó—. Es un plan infantil. Algo que harían Tom Sawyer y Huckleberry Finn. No es la forma en que un periodista respetable conseguiría una historia.

—¿Desde cuándo soy un periodista respetable? —rio Ben.

—Tienes razón.

Pero Street siguió preocupado, y Ben tenía que admitir que las reservas de su amigo eran válidas. Empezó a replanteárselo, pero cuando quiso darse cuenta ya habían hecho las gestiones necesarias y se encontraban solos en los lavabos de hombres del Almacén. Street cerró la puerta y fingió orinar, mientras Ben aprovechaba para colarse por debajo de la cámara de vídeo y, con la ayuda de algunas herramientas, desconectar la toma de corriente del vídeo.

—¿Qué hora tienes? —preguntó entonces, mientras se acercaba al lavabo para comprobar su aspecto en el espejo.

—Casi las diez.

—Van a cerrar —advirtió Ben—. Será mejor que te vayas.

—Enseguida.

—Ya.

—Tengo que mear de verdad —le dijo Street.

—Perdona —rio Ben. Se inclinó y fingió echar un vistazo—. ¡Caramba! ¡Qué grande la tienes!

—Pues claro —sonrió Street.

Llamaron a la puerta y los dos se quedaron helados.

—¿Hay alguien ahí? —preguntó una voz.

—¡Enseguida salgo! —contestó Street. Tiró de la cadena del urinario y abrió el grifo del lavabo. Mientras, tapado por el ruido del agua, Ben se encerró en el retrete más lejano y se puso en cuclillas sobre la taza.

—Te debo una —susurró.

—Avísame cuando hayas terminado. Quiero saber que estás bien.

—De acuerdo.

Street abrió la puerta y salió, y Ben oyó cómo un empleado del Almacén preguntaba:

—¿Hay alguien más ahí dentro?

—Sólo mi diarrea y yo —anunció Street con voz alegre.

—No se puede cerrar con cerrojo esta puerta durante el horario de atención al público.

—Lo siento —se disculpó Street—. No me gusta que la gente me oiga haciendo ruidos desagradables.

La puerta se cerró y no volvió a abrirse. Ben esperó. Quince minutos. Media hora. Una hora. Las luces no se apagaron, pero no volvió nadie, y cuando miró su reloj de pulsera y vio que ya era casi medianoche, se dio cuenta de que lo habían logrado.

Procurando no hacer ruido empezó a bajar de la taza, y estuvo a punto de caerse debido a que tenía los músculos agarrotados. Se quedó quieto unos instantes, se estiró y recorrió el suelo embaldosado para abrir la puerta y echar un vistazo al establecimiento.

El edificio estaba en silencio.

Todas las luces seguían encendidas, pero el Almacén parecía estar vacío.

Salió con cuidado del lavabo, prácticamente de puntillas, atento a cualquier ruido pero sin oír nada. Hasta el aire acondicionado estaba apagado. Puede que hubiera algún vigilante por alguna parte, quizás alguien controlando las demás cámaras de vídeo, pero no vio a nadie más por allí. Nadie podía estar tan silencioso a no ser que durmiera.

Las demás cámaras de vídeo. Se había olvidado de ellas. Tendría que haber llevado un pasamontañas, algo con lo que taparse la cara de modo que no pudieran identificarlo.

Oyó que se abría la puerta de un ascensor.

Se puso en tensión y le subió la adrenalina. Se agachó rápidamente tras un estante cargado de reproductores de cedés y se desplazó para poder asomarse entre la mercancía.

Vio cómo del ascensor y la escalera contigua salían en fila india varios hombres con el semblante muy pálido. Iban completamente vestidos de negro: zapatos negros, pantalones negros, camisas negras, chaquetas negras. Se movían sin hacer ruido, y había algo en esa ausencia de sonido que indicaba peligro.

Los directores nocturnos.

El ascensor y la escalera estaban a pocos metros de los lavabos y se percató de que si hubiera esperado un instante más, si se hubiera pasado otro minuto estirando los músculos, lo habrían pillado.

Pero ¿qué le habrían hecho?

No quería averiguarlo. Había algo poco natural en el aspecto de aquellos tipos de caras blancas e inexpresivas, y de repente deseó haber seguido el consejo de Street para que renunciase a la idea de infiltrarse.

Pero, ya que estaba allí...

Comprobó la grabadora en miniatura que llevaba en el bolsillo de la camisa y sacó la cámara minúscula con la que planeaba fotografiar a escondidas a los directores nocturnos.

Las luces del edificio se apagaron.

Dio un brinco, sobresaltado, y estuvo a punto de tirar un reproductor de cedés. Reaccionó a tiempo y sujetó con la mano el equipo estereofónico, que emitió un ligero crujido. Sin embargo, hasta aquel ruidito parecía escandalosamente fuerte en medio de la quietud, y se quedó tenso, inmóvil, a la espera de ver si lo habían descubierto.

Las luces volvieron a encenderse.

Estaba a salvo. Los directores nocturnos recorrían varios pasillos arriba y abajo de forma mecánica, en grupos de tres y sin mirar a su alrededor, sin detenerse, sin reducir la velocidad, simplemente avanzando, como juguetes de cuerda imparables. Ni siquiera sabían que estaba allí.

Vio cómo los directores nocturnos se alejaban. Tres de ellos recorrían el pasillo siguiente al suyo, y les tomó rápidamente una fotografía desde atrás. A su izquierda, dos filas más allá, pasaban otros tres sin mirar a los lados, con los ojos puestos delante de ellos, y les tomó una fotografía de perfil.

Las luces volvieron a apagarse.

Esta vez no se asustó, y se limitó a esperar. Era evidente que aquello formaba parte de una cadena normal de acontecimientos, una secuencia que se producía cada noche, y se quedó quieto hasta que las luces se encendieron de nuevo.

Una mano le sujetó el hombro con fuerza.

Dejó caer la cámara, sobresaltado, y al volverse vio a uno de los directores nocturnos.

Sonriéndole.

Todo el rato habían sabido que estaba allí.

Habían estado jugando con él.

«No —pensó—. Jugando, no. Los directores nocturnos del Almacén no juegan.»

Los demás lo rodearon, y sus recorridos arriba y abajo por los pasillos terminaron precisamente donde él estaba.

—Puedo explicarlo... —empezó. Dejó la frase inacabada a la espera de oír un «Cállese» o un «No hay nada que explicar» o algo parecido, pero no oyó nada, ni un ruido, sólo silencio, sólo aquellas caras blancas y sonrientes que lo rodeaban, y fue la ausencia de ruido lo que lo asustó más.

Intentó zafarse, intentó huir.

Pero la mano en el hombro le impidió moverse.

—¡Auxilio! —gritó con todas sus fuerzas—. ¡Auxilio!

Una fría mano blanca le tapó la boca. Detrás de los nudillos blancos que le cubrían media cara, vio que los demás directores nocturnos se sacaban cuchillos de sus ropas. Unos cuchillos largos y relucientes con las hojas rectas y afiladas.

Trató de retorcerse, trato de dar patadas y soltarse, pero fue consciente de que lo estaban sujetando por las extremidades. Entonces, lo elevaron en el aire y lo dejaron caer de espaldas al suelo.

Sintió un chasquido en la columna y a continuación no pudo moverse. Aquella mano seguía tapándole la boca mientras los cuchillos empezaban a clavársele cuidadosamente en el cuerpo, perforándole la piel.

Su mente torturada rogó desmayarse, y cuando finalmente

notó que perdía el conocimiento, lo inundó una sensación de alivio, agradecido de que hubiera llegado el final.

Pero no era el final. Al cabo volvió en sí en una habitación oscura, seguramente situada en uno de los sótanos, y supo que distaba mucho de ser el final.

Era sólo el comienzo.

## 2

Desde el principio, a la idea parecía fallarle algo. Hubiera o no directores nocturnos, no había motivo para que Ben se colara en el Almacén y pasase allí la noche. No era necesario para el artículo y, en lo que a Street se refería, era innecesariamente peligroso.

Se lo dijo a Ben. Varias veces durante el viaje de ida. Pero Ben había adoptado su pose de Woodward y Bernstein, y no había nada que pudiera disuadirlo de hacer aquello para lo que consideraba haber nacido, su misión de descubrir la verdad.

Ben le dijo que se marchara después de dejarlo escondido en el retrete, que se largara, y el guía del Almacén que lo había abordado al salir de los lavabos fue un buen acicate para irse. Pero no podía abandonar a su amigo. De modo que salió del estacionamiento del Almacén y aparcó en la cuneta de la carretera para esperarlo.

Aguardó casi una hora, hasta que las luces del estacionamiento se apagaron. Unos segundos después volvieron a encenderse, pero esta vez no se dirigían hacia el estacionamiento sino hacia él, apuntando a su camioneta como si fueran reflectores.

Street arrancó inmediatamente y se marchó.

Quizás habían atrapado a Ben.

No quería ni pensarlo.

Todavía temblaba al llegar a casa. Descolgó el teléfono y trató de marcar el número de Bill, pero no tenía tono, de modo que conectó el PC para ver si era el teléfono o la línea.

La pantalla se iluminó, pero en lugar de ofrecer el menú habitual, empezó a mostrar una y otra vez la misma frase, las mismas tres palabras desplazándose de arriba abajo hasta desaparecer:

PRÓXIMAMENTE EL ALMACÉN

Cerró los ojos con la esperanza de que se tratara de alguna clase de alucinación, de un ataque de pánico, pero cuando volvió a abrirlos y miró la pantalla, las palabras seguían allí, desplazándose hacia arriba más deprisa que nunca:

PRÓXIMAMENTE EL ALMACÉN PRÓXIMAMENTE EL ALMACÉN
PRÓXIMAMENTE EL ALMACÉN PRÓXIMAMENTE EL ALMACÉN...

De golpe, dejaron de desplazarse. La última línea se quedó en lo alto de la pantalla, y a la mitad de ésta, se leían tres palabras nuevas:

VENDRÁ POR TI

¡Lo sabían! ¡Habían capturado a Ben y ahora iban a por él! La cabeza le daba vueltas a mil por hora, llena de opciones contradictorias y planes de emergencia. Pero su cuerpo obedecía a una parte más racional y lógica de su cerebro, de modo que mientras intentaba decidir qué hacer, apagó el PC, lo desenchufó y empezó a enrollar los cables.

Tenía que huir, tenía que marcharse, tenía que abandonar Juniper. Después, ya pensaría qué hacer.

Recogió el PC y corrió con él como pudo hacia la camioneta.


3


Street se había ido.

Bill esperaba reunirse con él para ver qué había ocurrido con Ben, pero la tienda estaba cerrada, y cuando llegó a su casa la camioneta no estaba, la puerta principal estaba abierta y no había ni rastro de su amigo.

El coche de Ben estaba en el camino de entrada.

Recorrió despacio la casa vacía. No había señales de lucha, ningún indicio de que alguien hubiera forzado la entrada, y tuvo la corazonada de que Street había tenido miedo y había huido.

Pero ¿por qué?

Entró en el dormitorio de Street. Juniper no era Nueva York y, aunque la puerta había estado abierta de par en par, nadie había entrado para robar o romper nada, lo que en cierto sentido resultaba más inquietante aún. Se dirigió a la habitación de invitados. Lo ocurrido a Ben parecía un verdadero caso de persona desaparecida, pero la camioneta de Street no estaba por ninguna parte, y eso parecía indicar que se había ido por voluntad propia. Puede que alguien lo persiguiera, pero había logrado irse antes de que lo atraparan.

Aunque era extraño que no le hubiera avisado. Eso era lo único que lo inquietaba. Por supuesto, tampoco se había tomado la molestia de llevarse su ropa ni sus objetos personales, o puede que simplemente no hubiera tenido tiempo.

Quizá lo habían capturado y se lo habían llevado en su propia camioneta.

No quería pensar en eso.

Aún no.

Se dirigió al salón y lo primero que vio fue que el ordenador no estaba. Ni el módem.

Eso lo tranquilizó. Ésas eran las prioridades de Street. Tal vez no hubiera tenido tiempo de llevarse la ropa ni las fotos de su familia, pero se había llevado el ordenador.

Bill contempló un instante el espacio vacío en el escritorio y después dio media vuelta, salió de la casa y se dirigió a la comisaría de policía a denunciar la desaparición de su amigo.


—¿Crees que alguna vez sabremos qué les pasó? —preguntó Ginny en voz baja.

Bill sacudió la cabeza y cerró los ojos, superado por el dolor de cabeza que llevaba padeciendo toda la tarde y que ya había podido con más de cuatro aspirinas.

—¿Y la policía?

—¿A qué te refieres?

—¿No debería investigarlo?

—Debería —asintió Bill—. Y estoy seguro de que seguirán todos los trámites y rellenarán todos los formularios sin dejarse una coma. Pero, admitámoslo, trabajan para el Almacén.

—¿No podemos recurrir a alguna instancia superior? ¿Hablar con... no lo sé, con el FBI o algo así?

—No lo sé —suspiró Bill, cansado.

Ginny se sentó junto a él en el sofá.

—Muy pronto no quedará nadie en esta ciudad.

—Salvo empleados del Almacén.

Ginny no respondió.

—Quizá deberíamos trasladarnos —sugirió Bill—. Marcharnos mientras podamos.

Ginny se quedó callada un instante.

—Quizá sí —admitió por fin.


Después de cenar, mientras Ginny lavaba los platos, Bill volvió disimuladamente a su despacho para ver si tenía algún e-mail.

Había un mensaje de Street.

Era lo que estaba esperando y lo abrió, nervioso.

En el centro de la pantalla, apareció un mensaje: «Las páginas 1 y 2 de este mensaje han sido borradas.»

¡Mierda!

Desplazó hacia arriba el mensaje y sólo vio media página de texto: «... Y esto es lo que pasó. Sé que el Almacén es propietario de esta mierda de servicio en línea, por lo que no estoy seguro de que este e-mail te llegue. Pero tenía que ponerme en contacto contigo y contarte lo que sucedió. No podré volver a hacerlo, y puede que pase algo de tiempo antes de que nos veamos, así que sólo quería animarte a seguir luchando por la causa. Te extrañaré, amigo mío. Eres uno de los buenos. Como cantaba el estupendo C. W. McCall: «Lo nuestro se acabó. Adiós.»

Se quedó mirando la pantalla sin moverse, y hasta que Ginny no fue a llamarlo a su despacho no se dio cuenta de que estaba llorando.

# Veintinueve

## 1

Shannon llegó temprano al trabajo. Entró en el vestuario para ponerse el uniforme y vio un nuevo aviso en el tablón de anuncios:

¡MANTENGAMOS LAS CALLES LIMPIAS!
SE NECESITAN EQUIPOS DE VOLUNTARIOS
PARA LIMPIEZAS MATINALES LOS SÁBADOS.
PARTICIPACIÓN OBLIGATORIA.
APÚNTENSE EN PERSONAL.

Contempló el aviso mientras se quitaba los pantalones y se bajaba las braguitas. Oyó el ruido que hacía la cámara de seguridad situada sobre las taquillas al moverse para enfocarla mientras se cambiaba. Se puso rápidamente la ropa interior de cuero del Almacén, tapándose todo lo que pudo, se enfundó los pantalones ajustados del uniforme y metió la tripa para poder subirse la cremallera.

Se preguntó si Jake sería quien controlaba las cámaras cuando se cambiaba.

Se preguntó si era quien controlaba las cámaras de los lavabos.

Se quitó la blusa y el sujetador lo más rápido que pudo y se puso el sujetador de cuero y la parte superior del uniforme del

Almacén. Cuando se sentó en el banco para calzarse las botas, echó de nuevo un vistazo al aviso del tablón de anuncios.

«Limpiezas matinales.»

No le gustaba cómo sonaba. Y el hecho de que fuera obligatorio apuntarse para formar un equipo de «voluntarios» tampoco la convencía. Desde luego, podía ser algo totalmente inocente. A lo mejor el Almacén estaba promoviendo el ecologismo. A lo mejor esos equipos de limpieza recorrerían las vías urbanas para recoger los escombros y la basura que los conductores desaprensivos lanzaban por las ventanillas de sus vehículos.

A lo mejor las connotaciones extrañas que ella captaba en el aviso no existían realmente.

A lo mejor.

Pero no lo creía.

Se puso la boina del Almacén y salió del vestuario en dirección a la Planta.

Shannon se presentó temprano para la limpieza. Holly ya estaba allí. Y también Francine. Y Ed Robbins. Los tres estaban charlando e intentando no pillar frío en el punto de reunión indicado del estacionamiento. El verano se estaba acabando, y las primeras horas de la mañana y las últimas de la tarde empezaban a ser frescas.

—Deberíamos haber traído un termo con café —dijo Holly, y le sonrió a Shannon—. O con chocolate caliente.

—Y también unos dónuts —añadió Ed.

—Cualquier cosa me iría bien —aseguró Francine, que se frotaba los brazos.

Charlaron de cosas alegres, triviales, evitando deliberadamente la razón por la que se habían reunido allí esa mañana.

Era exactamente lo que Shannon había temido. El miércoles por la noche, un policía los instruyó y les enseñó a trabajar por parejas para reducir a una persona, para esposar o subir a alguien que opone resistencia a un furgón celular.

Iban a «limpiar» las calles de Juniper de indigentes.

Iban a «limpiar» las calles retirando de ellas a los parados a quienes el Almacén había dejado sin trabajo.

—Atrapamos a muchos con el toque de queda —les explicó el policía—, pero todavía hay bastantes. Esperamos que puedan erradicarlos.

Erradicarlos.

Shannon no había contado a sus padres lo de las limpiezas, aunque no sabía muy bien por qué. Suponía que le daba vergüenza. Le avergonzaba participar en algo tan inhumano, aunque se viera obligada a ello.

Empezó a llegar más gente, y pronto hubo una docena de personas esperando al líder de la limpieza.

Jake.

Shannon no lo supo hasta que él mismo anunció que estaría al mando. De hecho, hasta que lo vio ni siquiera sabía que iba a estar allí.

El corazón le latió con fuerza en el pecho mientras estaba al lado de Holly, mirándolo. Incluso después de todo ese tiempo seguía afectándola. No lo veía a menudo en el Almacén ya que, como la mayoría del personal de seguridad, estaba siempre en la sala de vigilancia, invisible, pero ella siempre era consciente de su presencia. Siempre estaba ahí, rondándole por la cabeza.

No sabía si lo odiaba o si lo seguía amando, pero sin duda le provocaba una reacción emocional. Le sudaban las manos, le latía el corazón con fuerza, y la ponía nerviosa estar cerca de él.

Sus ojos se encontraron y Shannon desvió rápidamente la mirada.

—¡Muy bien! —anunció Jake—. ¡Voy a anunciar los equipos!

Leyó una lista de parejas y le indicó a cada equipo la zona donde tendría que llevar a cabo sus limpiezas. Shannon iba a trabajar con Ed, y entre los dos tenían que atrapar a los indigentes del parque. Les proporcionarían porras y esposas si era necesario.

Shannon habló con Ed un momento. No quería participar en la limpieza, y se lo dejó claro, pero Ed era miembro incondicional del cuerpo del Almacén, y consideraba que su actitud era la de una traidora.

—Pero da igual —afirmó orgulloso—. No necesito tu ayuda. Puedo hacerlo yo solo.

—Como quieras —dijo Shannon.

Los llevaron a la ciudad en tres furgonetas negras del Almacén y los dejaron en los lugares que les habían asignado. Las furgonetas estarían aparcadas a una distancia equidistante una de otra para facilitar el contacto entre ellos.

Shannon y Ed avanzaron despacio por la hierba del parque. Oyeron que alguien gritaba tras ellos, y cuando Shannon se volvió vio que uno de los otros equipos, Rob y Arn, golpeaban a un indigente en la espalda con las porras y lo obligaban a subir a la furgoneta que tenían detrás.

Le dieron ganas de vomitar. No era igual que en la sesión de formación. En absoluto. El hombre no se estaba mostrando ni hostil ni agresivo, sino más bien confuso, y aunque no oponía resistencia, le pegaron de todos modos, infligiéndole dolor deliberadamente, y el pobre gritaba mientras se subía a trompicones a la parte posterior de la furgoneta.

—Allí hay uno —exclamó Ed entusiasmado. Shannon dirigió la mirada hacia donde señalaba con el dedo y vio a un hombre barbudo con un abrigo largo que le recordó al hombre de uno de los viejos discos de Jethro Tull que tenía su padre—. Es mío.

Shannon observó cómo corría por el césped y placaba al hombre. No llevaba porra, pero empezó a darle puñetazos al sorprendido indigente, gritando alegremente mientras el hombre chillaba e intentaba en vano esquivar los golpes.

Lo que estaban haciendo estaba mal. Shannon no sabía si era legal o no, pero estaba mal, moral y éticamente, y le revolvió el estómago ver cómo Ed levantaba al hombre por el cuello del abrigo y tiraba de él mientras la sangre le resbalaba por la cara.

Con una sonrisa victoriosa, Ed llevó al hombre hacia ella.

—No te me acerques —le advirtió Shannon.

—Tienes que ayudarme, Shannon. Y hasta ahora, no me has ayudado demasiado.

—Déjalo, Ed.

Estaba cerca de ella, y empujó al hombre ensangrentado en su dirección. Shannon corrió. Oyó que Ed se reía estridentemente detrás de ella, y cuando llegó jadeando al borde del parque, sentía náuseas y estaba a punto de desmayarse.

Se agachó, inspiró y vomitó en un arbusto.

Jake se le acercó, se inclinó hacia ella y le habló con una voz llena de malicia:

—Vuelva ahí, Davis.

—No... —Se secó la boca con una mano temblorosa—. No puedo hacerlo, Jake. No puedo...

—¿Cómo coño pude salir contigo? —Se enderezó y se alejó—. Haz algo —le ordenó mientras caminaba—. Tienes un cupo que cumplir. Y no te irás de aquí hasta cumplirlo.

Tras ella, Ed seguía riendo.

—¡Sí! —gritó.

Shannon cerró los ojos, trató de erguirse para marcharse, pero de inmediato vio la cara herida y ensangrentada del indigente, y volvió a agacharse para devolver de nuevo en el arbusto hasta que no le quedó nada en el estómago.


## 2


No había vagabundos en la calle.

Aunque tenía la impresión de que ocurría hacía tiempo, Ginny no había caído en la cuenta hasta entonces. Echó un vistazo a la calle Granite mientras llenaba el depósito de gasolina del coche. No le gustaba ver a los indigentes, pero había algo aún más inquietante en su ausencia. Las calles parecían limpias, hasta los edificios vacíos parecían recién restaurados, y se encontró pensando en *Las mujeres perfectas* de Stepford.

Era exactamente eso. Había algo artificial. Limpio y saludable, sí. Pero no en un buen sentido. Sino en un sentido espeluznante, poco natural.

El surtidor se detuvo en nueve dólares y ochenta y nueve centavos, pero siguió echando gasolina hasta llegar a los diez dólares. Luego se dirigió a las oficinas de la gasolinera para pagar.

Barry Twain era quien trabajaba esa tarde, y le dirigió una sonrisa desde detrás del mostrador.

—Hola, Ginny. ¿Cómo estás?

—Podría estar mejor.

—Pero también peor. —Entornó los ojos para consultar la cantidad en la pantalla de la caja registradora—. Son diez dólares.

Ella le dio un billete de veinte, y Barry le devolvió dos de cinco.

—¿Y a ti, cómo te va? —preguntó Ginny.

—Mal. Me han dicho que el Almacén empezará a vender gasolina.

—¿Qué? —Se lo quedó mirando, sorprendida.

Barry soltó una sonora carcajada y la señaló con un dedo.

—¡Picaste! —exclamó—. ¡Te engañé!

—Pues sí —sonrió a su pesar.

—¡Picaste! ¡Con anzuelo incluido!

—No es tan inverosímil.

—Tienes razón. —La sonrisa de Barry se desvaneció un poco.

—Lo siento —se disculpó de inmediato Ginny—. No quería...

—No te preocupes —dijo mientras rechazaba sus palabras con un gesto de la mano—. La gasolina es algo que no puede venderse en una tienda. Y aunque construyan un taller mecánico y decidan venderla, tampoco me preocupa. He fidelizado a muchos clientes a lo largo de los años. Y tengo muchos amigos en esta ciudad. Como tú.

—Yo seguiría viniendo aquí aunque tu gasolina costara dos dólares más que la suya, Barry. —Le sonrió.

—Coño —rio Barry con ironía—, tal vez me iría bien que me hicieran la competencia. Así tendría una justificación para aumentar los precios y forrarme.

—Y yo iría a la Texaco —repuso Ginny.

—¡Traidora!

Ginny rio, lo saludó con la mano y se dirigió a la puerta.

—Adiós, Barry.

—Adiós.

Cuando volvía a casa, vio a un indigente. Un hombre corpulento, fornido y barbudo con una chaqueta con flecos sucia.

Un grupo de empleados con uniforme del Almacén lo estaba metiendo a empujones en una furgoneta negra.

Pasó deprisa por delante porque no quería ver la cara de los empleados del Almacén por si resultaba que sus hijas estaban entre ellos.

Al llegar a casa le explicó a Bill lo que había visto, y él asintió y declaró que había presenciado una escena parecida hacía unos días.

—Pero ¿adónde llevan a los indigentes? ¿Qué hacen con ellos?

—No lo sé —contestó Bill mientras se encogía de hombros.

—Nuestras hijas están involucradas en eso.

—¿Qué se siente al tener a miembros de las Juventudes Hitlerianas en tu propia familia?

—No tiene gracia.

—No estoy bromeando.

Se miraron entre sí.

—¿No te recuerda un poco a la Guardia Roja? —preguntó Bill—. ¿Y si hacemos algo que molesta a Sam? ¿Nos delatará? ¿Va a venir la Gestapo del Almacén a buscarnos y a meternos en una furgoneta?

—Para ya —pidió Ginny—. Me estás asustando.

—Me estoy asustando a mí mismo.

Ginny se lo comentó a Shannon más tarde, después de cenar, y la niña se echó a llorar y salió corriendo de la habitación. Ginny le pidió a Bill que no interviniera, y siguió a su hija hacia su cuarto.

—Perdón —sollozó Shannon, que abrazó a su madre en cuanto ésta se sentó en su cama—. Perdón.

—¿Por qué pides perdón? —Ginny la estrechó entre sus brazos.

—No pude hacer nada. Me obligaron a ir a la limpieza.

—¿Qué ocurrió?

—No ayudé. Sólo fui. Sólo miré. Pero no... no hice nada para impedirlo. Sólo fui. Sólo miré.

—¿Qué ocurrió? —repitió Ginny.

—Les pegaron. A los indigentes. Les pegaron y los metieron en furgonetas. Y se los llevaron a alguna parte.

—¿Adónde? —quiso saber Ginny, helada.

—No sé. No nos lo dijeron. —Empezó a sollozar de nuevo—. ¡Oh, mamá, fue horrible!

—Tranquila —dijo Ginny mientras la abrazaba con fuerza—. No pasa nada.

—¡No pude hacer nada!

—No pasa nada —volvió a decir Ginny.

—¡Quería hacer algo para impedirlo, pero no lo hice! ¡No pude!

—Tranquila. —Ginny la abrazó con más fuerza todavía mientras le resbalaba una lágrima por la mejilla—. Ya pasó. Ya pasó.


3


Ginny salió del cuarto de Shannon media hora después.

—¿Qué? —preguntó Bill.

—Estuvo allí, pero sólo lo presenció. Se negó a ayudar.

—¿Ayudar a qué?

—No sabe mucho más que nosotros. Al parecer, el Almacén está obligando a los empleados a presentarse voluntarios a lo que denominan «limpiezas matinales». Un policía los forma, y después los mandan a «limpiar las calles». Cuando Shannon fue, vio que eso significaba pegar a los indigentes con puños y porras y meterlos en furgonetas. Las furgonetas se los llevaron y desde entonces no se ha vuelto a ver a ninguno de los indigentes.

—¡Maldita sea! —exclamó Bill tras dar un puñetazo en la encimera.

Ginny le puso una mano en el brazo.

—Quiere dejar el trabajo —comentó.

—Y nosotros queremos que lo deje. Pero ¿qué coño podemos hacer al respecto?

Las cañerías se quejaron cuando Shannon abrió el grifo de la ducha en el cuarto de baño.

—Quiere enseñarte algo —anunció Ginny—. Va a traerlo después de darse una ducha.

—¿De qué se trata?

—No debería decírtelo. Quiere enseñártelo ella.

—Venga.

—De acuerdo. No le digas que te lo conté. Se trata de *La Biblia del empleado*.

—¿*La Biblia del empleado*?

—Tuvo que sacarla a escondidas del Almacén y está muy nerviosa por ello. Supongo que es un libro que les dan cuando los contratan. Está prohibido que lo vean personas ajenas a la empresa.

Bill se sintió entusiasmado.

—Es probable que explique cosas sobre el Almacén —dijo.

Ginny asintió.

—Puede darnos alguna información que podamos usar.

Tras la ducha, Shannon entró en el salón con los ojos secos y un albornoz puesto. Entregó a su padre un libro encuadernado de color negro y se sentó en el sofá. No lo miraba a los ojos, y mantenía la mirada puesta en sus manos mientras toqueteaba los botones del albornoz.

—No podemos enseñárselo a nadie —declaró—. Es de uso exclusivo para los empleados del Almacén. Pero me pareció que querrías verlo.

*La Biblia del empleado*.

Bill la hojeó y repasó los subtítulos: «El Almacén es tu hogar.» «Llega a ser uno de los nuestros.» «Cómo tratar a los traidores.» «La muerte antes que el deshonor.» «Procedimientos de liquidación»...

—No debería traerla a casa. No debería salir del Almacén —continuó Shannon, que retorcía nerviosa la tela del albornoz.

Bill siguió mirando el libro. Era atroz, aterrador, y tanto las palabras como los dibujos que las acompañaban le pusieron la carne de gallina. Pero había esperado más. Debilidades. Secretos comerciales. Talones de Aquiles. Parecía, en su mayoría, propaganda, intentos torpes de intimidación, y no había realmente nada que pudiera usarse en contra del Almacén. Hasta las referencias a lo que él sabía que eran actos ilegales estaban expresadas en términos cuidadosos que tenían otro significado más inocente.

—Mañana trabajo —indicó Shannon—. Tengo que devolverla entonces.

Bill asintió y buscó el índice para ver las entradas que contenía.

—En unas semanas empezarán las clases —dijo—. ¿Qué pasará entonces? ¿Te van a dejar ir?

—Me están reduciendo el horario. Pero no puedo irme. Mi contrato laboral llega hasta octubre. Finales de octubre.

—Sólo son dos meses más —la animó Ginny.

—¿Dos meses más de limpiezas? ¿Dos meses más de...? —Sacudió la cabeza—. Olvidadlo.

—A lo mejor encuentro algo aquí —comentó Bill—. Alguna laguna que podamos explotar. Quizá podamos sacarte de ahí.

—Son más listos que nosotros —aseguró Shannon, desanimada—. No va a haber ninguna laguna.

Tenía razón. Si la había, él no supo encontrarla, pero escaneó todas las páginas del libro que pudo y las guardó en el PC antes de devolvérselo. Lo estudiaría más atentamente al día siguiente para ver si hallaba algo.

Deseó que Ben estuviera allí. Y Street. Seis ojos ven siempre más que dos.

Shannon y Ginny se acostaron temprano. Pero él no estaba cansado, no podía dormir, estaba demasiado nervioso, y después de darle el beso de buenas noches a Ginny se quedó en su despacho hasta mucho después de la medianoche enviando mensajes por fax y correo electrónico a dos senadores de Arizona, a su asambleísta local, a la junta de supervisores del condado, al Better Business Bureau, a la Comisión Federal de Comercio, al FBI, al Departamento de Comercio, a todo aquel que se le ocurrió. Incluso envió un fax a las oficinas centrales del Almacén en Dallas, a la atención del mismísimo Newman King, en el que detallaba sus quejas y sospechas, sus problemas con el Almacén, y le exigía que liberara a su hija de la servidumbre a la que la empresa la sometía de modo ilegal e inconstitucional.

Cuando por fin se metió en la cama, Ginny dormía y roncaba, y él la rodeó con un brazo para tocarle un pecho. Ginny gimió y tocó su pene en erección. Quería hacer el amor con ella. Llevaban más de una semana sin hacerlo, pero no obstante se contuvo. Deslizó la mano hacia la tripa de Ginny, cerró los ojos y se concentró en quedarse dormido. Quería hacerlo, pero no podían. Se habían quedado sin protección. Él no tenía condones y a ella se le había acabado el espermicida para el diafragma.

Mañana tendrían que ir al Almacén a comprar algo.

# Treinta

## 1

La semana antes de iniciarse el curso escolar había una reunión del claustro, y Ginny llamó a varios amigos del personal docente para ver si alguno de ellos necesitaba que lo llevara en coche.

Ninguno quiso ir con ella.

Se lo temía, y precisamente por eso había llamado, para comprobar el estado de ánimo de sus compañeros de trabajo. En lugar de intimidarla, de conseguir que presentarse la pusiera nerviosa, aquello la enojó y la fortaleció en su determinación de no ceder a ningún tipo de presión.

De modo que fue sola hasta el centro de enseñanza primaria de Juniper y ocupó un asiento en la parte delantera de la sala de reuniones. Los demás profesores entraron y se sentaron charlando entre sí, pero dejaron un círculo de sillas vacías alrededor de ella, una barrera invisible que ninguno de sus compañeros de trabajo iba a cruzar.

Hasta que Meg se sentó a su lado.

Ginny no había estado tan agradecida a nadie en su vida, y aunque nunca le había caído bien Meg, aunque «compañera de trabajo» había descrito siempre su relación mejor incluso que «conocida», abrazó espontáneamente a la otra profesora.

—Supongo que los inadaptados tenemos que mantenernos unidos —sonrió la mujer mayor.

Ginny le devolvió la sonrisa.

—¿Dónde compras últimamente? —bromeó. Meg soltó una carcajada—. ¿Qué pasó? —prosiguió Ginny bajando la voz—. ¿Por qué desertaron todos?

—No lo sé. No he sabido nunca lo que piensan, nunca me han hecho confidencias. Tú siempre estuviste más unida a los demás profesores que yo.

—Hasta que, de repente, me convertí en una leprosa.

—Tú tienes principios —dijo Meg—. Eres íntegra. Puede que tú y yo tengamos técnicas pedagógicas totalmente distintas. Puede que disintamos en casi todo. Pero si tenemos algo en común es que defendemos lo que creemos. Y no nos dejamos vencer por la adversidad. Siempre te he admirado por ello.

—Gracias —repuso Ginny, emocionada de verdad.

—Nuestros compañeros de trabajo son fáciles de corromper.

—Y también lo son los niños y sus padres —añadió Ginny.

—Será un año muy largo —asintió Meg.

Entonces llegó el director, que se dirigió a la parte delantera de la sala, y los profesores que seguían de pie se sentaron. Todo el mundo guardó silencio.

—Este año habrá algunos cambios en el centro de primaria —anunció el director después de hacer unos cuantos comentarios a modo de introducción—. Son cambios que me entusiasman. Y espero que a ustedes también.

Declaró que el sindicato de profesores, el distrito escolar y el Almacén acababan de cerrar un acuerdo por el que el curso siguiente, los centros de enseñanza primaria y secundaria de Juniper contarían con financiación privada y no pública en período de pruebas. El Almacén se había ofrecido a correr con los gastos de educación de la ciudad a cambio de unas pequeñas concesiones.

—En primer lugar —explicó—, habrá nuevos libros de texto. Como todos sabemos, nuestros libros actuales están vergonzosamente desfasados y son sumamente insuficientes. El Almacén nos proporcionará otros, que tendremos que usar. —Alzó una mano antes de que pudieran objetar algo—. Sé que los profesores suelen participar en el proceso de selección de los materiales pedagógicos, pero sus líderes sindicales accedieron a este acuerdo, cuyas conversaciones tuvieron lugar hace muy poco. Como dije, apenas acaba de llegarse al acuerdo final, de modo que supongo que ya lo votarán más adelante. Les aseguro que el Almacén ha iniciado programas parecidos en otras ciudades de Tejas, Arkansas, Nuevo México y Oklahoma, y que, para evaluar y elegir los libros de cada curso, se eligió un jurado de educadores que gozan del reconocimiento de todo el país. Los profesores de los demás distritos parecen muy satisfechos con los materiales proporcionados.

»El Almacén nos proporcionará, asimismo, ordenadores gratis. Con el correspondiente software educativo y con acceso al SAOF, el Servicio de Aprendizaje Online de Freelink. —El director carraspeó y continuó explicando el acuerdo—: El otro cambio importante concierne a los horarios de clase. La cantidad de horas que trabajarán cada día permanecerá intacta, pero adoptaremos el mismo formato que los centros de secundaria. Es decir, que los alumnos ya no se quedarán todo el día en un aula, sino que tendrán siete períodos a lo largo del día.

—¿Qué? —preguntó Meg, contrariada.

El director no le prestó atención.

—Los períodos no se dividirán por asignaturas, tal como ocurre en los cursos superiores, de modo que tendrán que resolver entre ustedes los pormenores de la enseñanza de cada niño.

—¿Y a qué obedece ese cambio? —intervino Meg, que no iba a permitir que la ignorara.

—Los alumnos necesitan horarios flexibles.

—¿Por qué?

—Para adaptarlos a sus horarios laborales.

¿Horarios laborales? Ginny echó un vistazo alrededor de la sala. Unos cuantos profesores hablaban entre sí, algunos parecían descontentos, pero la mayoría seguía inmóvil en su asiento, escuchando al director.

—El Almacén donará todo el dinero y el material necesario

para educar a los niños. Lo mínimo que ellos pueden hacer es dedicar alrededor de una hora diaria de su tiempo al Almacén.

Ginny se levantó.

—¿Qué quiere decir?

—Quiero decir, señora Davis, que limpiarán, recogerán la basura, harán la clase de trabajo que yo hacía cuando era pequeño. Eso fomentará su sentido de la responsabilidad y hará que sientan que forman parte de la comunidad. Harán su aportación a la ciudad a la vez que aprenden la importancia de la ética del trabajo.

«¿Limpiarán?»

—Eso se llama explotación de menores —indicó Ginny—. Hay leyes que lo prohíben.

—Se llama voluntariado y la escuela apoya totalmente la iniciativa.

—Los niños de primaria no aprenden tan bien las cosas si se les divide el día en varios períodos independientes con profesores distintos —comentó Meg—. Está demostrado. Necesitan la estabilidad de una sola aula con un único maestro, y un grupo fijo de compañeros de clase.

—Eso era antes —contestó el director a la vez que la fulminaba con la mirada—. A partir de ahora lo haremos así.

Ginny y Meg continuaron discutiendo con el director durante la siguiente media hora más o menos, pero ninguno de los demás profesores se les unió, y finalmente interrumpieron sus objeciones y les ordenaron que se sentaran.

—¿Por qué no te jubilas? —le dijo Lorraine a Meg cuando salían de la sala después de la reunión. Levantó el muñeco vudú y le clavó una aguja en la cara.

—Puta —le espetó Ginny después de arrebatarle el muñeco y tirarlo al suelo.

—Puedo conseguirte uno si quieres —sugirió Lorraine.

—Adelante.

—Tal vez me jubile —dijo Meg cuando se dirigían hacia el estacionamiento—. No acabo de verme encajando en el nuevo orden.

—No puedes jubilarte —rezongó Ginny—. La escuela te necesita.

—Quién iba a imaginar que me pedirías que no me jubilara y me dirías que la escuela me necesitaba. —Sonrió la profesora mayor.

—La política hace extraños compañeros de cama —comentó Ginny.

—Supongo que sí. Supongo que sí.

—Además, descubrí que tienes razón.

—¿En qué?

—En que los hijos de los Douglas son unos gamberros.

Meg pareció desconcertada un instante, y después empezó a reír.

Las dos reían de camino hacia sus respectivos automóviles.

## 2

Shannon estaba sentada sola en la sala de descanso comiéndose un bollo con sabor a goma de una de las máquinas expendedoras. La semana siguiente empezaba el curso y su jornada laboral iba a reducirse, de modo que para compensarlo, el Almacén la hacía trabajar todos los días de esa semana desde que abría hasta que cerraba, trece horas al día.

Se movió incómoda en el asiento porque los pantalones ajustados y la ropa interior rígida de cuero le rozaban la parte interior de los muslos.

Sam tenía que haberse reunido con ella, pero como las últimas tres veces que habían quedado para el descanso su hermana lo había anulado, su ausencia no era ninguna sorpresa. Shannon alzó los ojos hacia la pared. Le quedaban diez minutos.

Sam no iba a venir.

Echaba de menos a su hermana. No habían estado nunca demasiado unidas, no eran buenas amigas ni nada así, pero era evidente que estaban más unidas de lo que creía, porque echaba en falta hablar con ella como antes, añoraba tener una de sus estúpidas discusiones por cualquier asunto sin importancia. Todavía se hablaban, pero ahora existía cierta distancia entre ellas, como una barrera, y no era lo mismo.

Su hermana no la había invitado nunca a la casa que el Almacén le había concedido, y aunque Shannon se decía que no le importaba, sí le importaba.

Sam se presentó por fin cuando sólo le quedaban cinco minutos de descanso. Se acercó trotando y con una sonrisa hasta donde estaba su hermana sentada. Incluso con el ridículo uniforme del Almacén estaba bonita, y Shannon no pudo evitar pensar cuántos compañeros de trabajo se le habrían insinuado.

«Las braguitas ensangrentadas.»

Se sintió culpable por tener, aunque fuese brevemente, celos de su hermana, y sonrió cuando se sentó junto a ella.

—Hola —la saludó.

—Perdona que llegue tarde, pero había un problema en tu anterior departamento. Kira se estaba dejando abroncar por un cliente descontento, y tuve que ir y solucionar las cosas.

—¿Y si no hubieras podido solucionarlo? —preguntó Shannon—. ¿Se habría ocupado de ello el director?

—Supongo —contestó Sam.

—¿Lo has visto alguna vez?

Sam negó con la cabeza, y durante una breve fracción de segundo pareció preocupada.

—No —dijo—. No lo he visto nunca.

—¿Lo ha visto el señor Lamb?

—Oh, seguro que sí.

—De modo que el señor Lamb está por encima de ti.

—No hay nadie por encima de mí salvo el director. Soy la segunda al mando. Soy ayudante de dirección. —Soltó una carcajada—. ¿Por qué me haces el tercer grado?

—Por nada —contestó Shannon a la vez que sacudía la cabeza—. Por ninguna razón.

—¿Cómo están papá y mamá?

—Igual, supongo —contestó Shannon a la vez que se encogía de hombros.

—¿Todavía está papá en pie de guerra?

—Claro que sí.

Sam soltó una carcajada. Iba a decir algo más, pero entonces sonó una llamada de tres tonos por el sistema de megafonía.

—Tres tonos —dijo—. Es para el personal auxiliar. —Miró a Shannon—. ¿Te está cubriendo alguien?

—Mike.

—Pues venga, vamos.

Shannon siguió a su hermana y, una vez fuera de la sala de descanso, recorrieron un pasillo corto hacia una escalera que conducía a los sótanos.

El señor Lamb las estaba esperando en la parte inferior.

—Llega justo a tiempo.

—¿Qué pasa? —preguntó Sam.

—Pillamos a Jake Lindley robando. En el Almacén. Al parecer, se estaba tomando su descanso y decidió robar una barrita de Snickers del expositor que hay al lado de Francine Dormand, a la que le estaba soltando un rollo. —El señor Lamb sonrió con sequedad—. Francine lo delató. —El director de personal se concentró en Shannon, a quien miró intensamente—. Habían salido juntos, ¿verdad? —le preguntó.

Shannon empezó a sentirse nerviosa, pero Sam la defendió.

—Sí. Y Jake rompió con ella, aunque no alcanzo a entender qué tiene que ver eso con este caso, señor Lamb.

—Cierto —concedió éste con una reverencia servil—. Cierto.

—Y ¿cuál es la pena? —quiso saber Sam.

—Según indican las normas en *La Biblia del empleado*, lo llevarán a la Sala de Castigo, donde se decidirá la adecuada acción disciplinaria.

—¿La Sala de Castigo? —Sam palideció.

—La Sala de Castigo —repitió el señor Lamb con una sonrisa, y señaló una puerta abierta a mitad del pasillo—. Vamos. Los demás están esperando.

Sam sacudió la cabeza.

—No puedo supervisar algo así —alegó.

—Me temo que no puede elegir, señorita Davis. —El señor

Lamb no perdió la sonrisa en ningún momento—. Es el día libre del director, y durante su ausencia, usted está al mando.

—Deberíamos llamarlo...

—Una vez más, como indica *La Biblia del empleado*, el director no tomará ninguna decisión ni supervisará ninguna acción disciplinaria en sus días libres. Esas responsabilidades recaerán irrevocablemente en el ayudante de dirección. —Le tomó la mano y la llevó hacia la puerta—. Vamos.

Shannon, ignorada por el director de personal y olvidada por su hermana, los siguió por el pasillo, cruzó la puerta y bajó un corto tramo de peldaños tras ellos para llegar a otro sótano.

No había estado nunca allí, así que se detuvo y echó un vistazo a su alrededor, asustada. Las paredes eran negras. Lo mismo que el techo. Lo mismo que el suelo. Unas arañas góticas de hierro forjado con bombillas rojas en forma de llama ofrecían la escasa iluminación que había.

En el centro de la sala había diez o doce empleados dispuestos en la habitual doble fila. Shannon pensó que allí, con aquella luz y aquel techo tan alto, y con sus estilizados uniformes de cuero, parecían torturadores medievales. Miembros de la Inquisición.

Sam y el señor Lamb anduvieron entre las dos filas hasta el fondo de la sala.

«La Sala de Castigo.»

Dos hombres altos, excepcionalmente pálidos, que vestían unos relucientes abrigos negros trajeron una camilla con instrumentos de metal que Shannon no había visto nunca. Inmediatamente volvieron a salir por la puerta lateral por donde habían entrado, y el señor Lamb tocó con cariño lo que parecía ser una especie de cuchillo.

Se dio cuenta de que planeaban lastimar a Jake.

¿Lo matarían?

No. Ni siquiera el Almacén llegaría tan lejos. No podía. Algo así era ilegal. Puede que le pegaran, sí. Que lo humillaran. Que lo castigaran. Pero no lo matarían.

¿Verdad?

Se quedó en el umbral, observando la escena que se desarrollaba ante ella, sintiéndose no sólo nerviosa, ansiosa y aterrada, sino... algo más. Algo más personal. Se trataba de Jake. Su Jake.

Era un estúpido y un imbécil, y no le cabía la menor duda de que había birlado una barrita de chocolate mientras intentaba ligar con una chica pechugona, pero eso no significaba que mereciera la muerte. La estupidez no era ningún crimen.

Y el Almacén no tenía derecho a actuar como juez, jurado y verdugo.

¿Muerte? ¿Crimen? ¿Verdugo?

Se percató de que esas palabras le habían venido espontáneamente a la cabeza, que no sonaban descabelladas ni fuera de lugar en aquella sala negra e infernal.

Pero seguían estando en Estados Unidos. Las leyes seguían siendo aplicables. Al Almacén como a todo el mundo. El Almacén podía despedir a Jake, podía denunciarlo y llevarlo ante los tribunales si había hecho algo ilegal, pero no podía causarle daño físico.

Contempló las dos filas de empleados vestidos de cuero, a su hermana y al señor Lamb de pie bajo el brillo parpadeante de la araña de luz roja.

No, no era verdad.

Podían hacerle daño.

Y lo harían.

Y nadie podría impedirlo.

Sintió náuseas. Tal vez después de todo, incluso después de lo que había pasado durante la limpieza, en el fondo seguía amándolo.

Sam fijó sus ojos en ella.

—Quizá deberías volver al trabajo —le ordenó. Su voz, autoritaria y potente, le llegó con claridad desde el otro lado de la Sala de Castigo. Shannon sacudió la cabeza con la boca seca, incapaz de hablar—. No es ninguna sugerencia. Es una orden —añadió su hermana con un tono de dureza, de mando, pero que también reflejaba preocupación, un instinto de protección imperceptible para todos menos para ella y que parecía indicarle que era mejor que se fuera.

Junto a Sam, el señor Lamb sonreía de oreja a oreja.

Shannon desvió la mirada.

—Márchate —insistió Sam—. O pediré a alguien que te acompañe a tu puesto de trabajo.

Shannon quería quedarse, quería oponerse, quería quejarse de lo que fueran a hacerle a Jake y protegerlo del castigo del Almacén. Pero asintió y se volvió para irse.

Le llegó la voz de Jake desde algún lugar lejano, probablemente otra habitación situada en otro sótano. Estaba gritando. Lo reconoció al instante, y se le encogió el corazón, pero no se detuvo, no se giró, sino que aceleró el paso para tratar de huir de aquel sonido horrible.

Se sintió aliviada cuando estuvo de nuevo entre los clientes y los productos de la Planta.

Una hora después, Sam se acercó a la caja registradora. Shannon estaba atendiendo a un cliente, y deseó que no se marchara nunca; no quería quedarse a solas con su hermana, no quería saber qué había ocurrido, pero el cliente pagó lo que había comprado, le dio las gracias y se fue.

Shannon fingió toquetear unos recibos y unos formularios vacíos, y finalmente reunió el valor para alzar los ojos.

—¿Qué pasó con Jake? —preguntó.

—Ha sido... reasignado.

—¿Qué quiere decir eso? —preguntó Shannon, helada.

Sam la miró a los ojos, y la expresión de su cara reflejaba horror e incredulidad.

—Ahora es un director nocturno —dijo en voz baja.


3


El despertador sonó a las cinco, como siempre, y Samantha salió de la cama. Echaba de menos vivir en su hogar. Al principio, había sido estimulante vivir en su propia casa, y el Almacén le había concedido una ayuda para la decoración, dejando que eligiera cosas del departamento de muebles para equiparlo. Pero aunque esa casita era totalmente suya, no era su hogar. Su hogar era donde vivían Shannon y sus padres.

Y lo extrañaba.

Extrañaba muchas cosas, y a veces deseaba que el Almacén no hubiera ido nunca a Juniper. Si no hubiera ido a trabajar al Almacén, en ese momento estaría empezando las clases, iniciando su primer semestre en la universidad, rodeada de chicos de su edad, conociendo a gente interesante, aprendiendo cosas nuevas.

Y en cambio, había conocido...

Al señor Lamb.

Se estremeció, y trató de apartar la idea de su cabeza.

Se dijo que, a pesar de los aspectos negativos, en general el Almacén le gustaba. Tenía aptitudes para la venta, y había ascendido rápidamente de categoría. El Almacén se había portado bien con ella. Reconocía sus capacidades y las utilizaba. La recompensaba por su trabajo.

Aun así, a veces, cuando estaba sola, deseaba que las cosas hubieran ido de otra forma. Lo que más la asustaba era la facilidad con que se había adaptado a la vida del Almacén, lo cómoda que se sentía en ella. Sabía que algunas de las cosas que ocurrían deberían horrorizarla. Debería estar escandalizada y negarse a participar en ellas. Pero lo cierto era que, en realidad, la mayor parte de lo que pasaba no le provocaba ninguna reacción emocional. Comprendía que de algún modo todo aquello era necesario, y no sentía nada.

Casi nada.

El señor Lamb.

No pensaría en él.

Se duchó deprisa, se masturbó con el masaje de la ducha, tomó una tostada y un zumo de naranja y se dirigió al trabajo en su nuevo Miata.

El señor Lamb la estaba esperando en su oficina, sentado en la silla y con los pies sobre la mesa.

—El director quiere verla —dijo.

—¿A mí? —El corazón le dio un vuelco.

—Sí —asintió el señor Lamb.

Sintió tanto miedo que se le hizo de inmediato un nudo en el estómago. No había visto nunca al director, y no quería verlo. Desde que había llegado a Juniper, había oído cosas sobre él, rumores, unos rumores horribles, y aunque sólo una pequeña parte fuera cierta, sabía que lo último que quería hacer era verlo.

Sin embargo, era su jefe, la persona bajo cuyas órdenes trabajaba, así que procuró disimular y fingir que no estaba asustada.

—¿Cuándo? —preguntó.

—Ahora mismo. —El señor Lamb retiró los pies de la mesa y se levantó—. Venga, la acompañaré.

Pasó por su lado y ella lo siguió pasillo abajo hacia la Planta. El Almacén tenía todas las luces encendidas, pero todavía no habían conectado la música de ambiente ni habían llegado los demás empleados, de modo que el local estaba vacío y en un silencio sepulcral.

—¿Sabe para qué quiere verme? —preguntó Sam.

—Sí. —El señor Lamb siguió andando sin añadir nada más, y ella sabía que no debía insistir. El nudo en el estómago se le tensó más.

Recorrieron el pasillo transversal hacia la puerta del despacho del director, situada frente a la cafetería, al otro lado de la Planta. El señor Lamb llamó tres veces con fuerza, la puerta se abrió y entraron los dos. Había una escalera que ascendía, y el director de personal le indicó con un gesto ostentoso que pasara primero.

Samantha pensó que lo hacía para mirarle el trasero, y empezó a subir los peldaños concentrada en la puerta negra que había en lo alto de la escalera.

Cuando llegó al rellano, la puerta se abrió.

Y vio al director.

No era en absoluto como se había imaginado: ni un matón inquietante ni un monstruo espantoso. Era un hombre mayor, de aspecto acobardado y medroso, y parecía esconderse tras su enorme escritorio mientras la miraba con ojos asustados.

—¡No! —exclamó el director.

—Sí —respondió el señor Lamb desde detrás de ella.

El director de personal cerró la puerta de golpe y rodeó a Samantha para situarse en el centro de la habitación. Se volvió hacia ella sosteniendo una daga en las palmas de las manos, y alargó los brazos para ofrecérsela.

—¿Qué es esto? —se sorprendió Samantha—. ¿Qué está pasando?

—Mátelo —le ordenó el señor Lamb.

—¡No! —gritó el director.

—Mátelo y el Almacén será suyo.

Sam retrocedió unos pasos.

—No puedo hacerlo —aseguró a la vez que sacudía la cabeza.

—El señor King quiere que lo haga.

Aquello la desconcertó, y sacudió la cabeza como si quisiera despejársela.

—¿Newman King? —preguntó.

—Ha estado viendo las cintas —asintió el señor Lamb con una sonrisa—. Lo ha impresionado usted mucho.

El hombre sentado detrás del escritorio intentó parecer fuerte sin conseguirlo.

—¡Todavía soy el director de este establecimiento!

—No, ya no —replicó el señor Lamb—. Ya no lo es. —Alargó la daga hacia Samantha tras esbozar una nueva sonrisa—. Tómela.

—No puedo.

—Haga lo que tiene que hacer.

Samantha se apoyó en la puerta cerrada y negó con la cabeza.

—Es... es un asesinato.

—Es un trabajo. Y si no lo hace usted, lo hará otra persona. ¿Por qué debería lograr otra persona el puesto que usted se merece?

—No puedo matar a nadie.

—¡Llamaré a la policía! —amenazó el director.

—¡Cállese! —le gritó el señor Lamb.

—Es que... —empezó ella.

—Puede hacerlo —aseguró el señor Lamb—. Tiene que hacerlo.

—Está mal —dijo Samantha—. Es un asesinato.

El señor Lamb le tomó una mano y le colocó la daga en ella.

—Puede hacerlo —insistió.

## 4

En Flagstaff había un establecimiento de Kmart y otro de Wal-Mart, pero ninguno del Almacén, y Bill lo agradecía. Newman King había adoptado la estrategia de Sam Walton y la había llevado al límite, de modo que solamente abría establecimientos en poblaciones pequeñas con comercios de propietarios locales, pero no en una ciudad donde ya estuviera instalada otra cadena.

King detestaba la competencia.

Bill tenía que recordarlo. A lo mejor podría utilizarlo.

Se pararon en Target, compraron papel higiénico, detergente, productos de limpieza y otras cosas para el hogar, y después se abastecieron de comestibles en Fry's. Resultaba extraño comprar en tiendas normales después de todo ese tiempo. No había ninguna presión, ninguna tensión, ningún empleado amenazador, ningún producto extraño; sólo un ambiente relajado y agradable, y una amplia selección de artículos. Pensó que así era como tenía que ser ir de compras. Divertido. No la experiencia terrible en que se había convertido en Juniper.

Hasta ese momento no se había percatado de lo mucho que el Almacén había afectado a sus vidas. Lo sabía, por supuesto, pero no había sido consciente, a nivel emocional, de hasta qué punto. No había captado todos sus aspectos secundarios. Fue necesario que volviera a una situación normal para que cayera en la cuenta de lo extraño que se había vuelto todo, de lo mucho que se había enrarecido.

Shannon los acompañaba a él y a Ginny, y aunque no hablaron de ello, sabía que ella también había notado la diferencia.

Volvieron a Juniper después del anochecer, y el teléfono empezó a sonar en cuanto cruzaron la puerta. Los tres iban cargados con bolsas de la compra, así que Bill encendió deprisa las luces, dejó las bolsas en la encimera de la cocina y contestó.

—¿Diga?

Era Sam.

Quería darles la buena noticia.

La habían nombrado directora del Almacén.

# Treinta y uno

## 1

Al día siguiente recibieron por correo una tarjeta oro del Almacén junto con un modelo fotocopiado de carta, firmado por su hija, que explicaba las ventajas de pertenecer al Club del Almacén.

Bill llamó a Samantha por primera vez desde que se había ido de casa, para agradecerle la tarjeta. No estaba nada seguro de querer volver a comprar en el Almacén (ir a Flagstaff le parecía de repente mucho mejor), pero ahora que Sam estaba al mando, había una oportunidad, e hizo un esfuerzo para adoptar una postura más conciliadora.

El día anterior, su conversación había sido breve. No había sabido cómo tomarse la noticia, y aunque era evidente que su hija se sentía orgullosa y quería compartir su alegría con su familia, él no podía estar orgulloso de su hija, ni feliz por ella, y después de felicitarla con cierto embarazo, le había pasado el teléfono a Ginny.

Pero ese día fue mejor. Había tenido tiempo de asimilar la noticia, y hasta logró parecer que la apoyaba.

Por lo menos, habían hecho las paces.

Pero cuando le pidió que liberara a Shannon de su contrato y le permitiera dejar de trabajar en el Almacén, Sam se mostró inflexible. Acató la disciplina de la empresa y dijo que ella no podía tomar esa decisión, que aunque era la directora, tenía que seguir la política de la empresa.

Bill no se opuso a ella, no intentó obligarla a dejar ir a su hermana, pero tampoco le dio a entender que comprendía su postura. No quería que creyera que le parecía bien su decisión. No iba a presionarla, pero iba a dejarle claro que no la aprobaba, y dejaría que eso fuera calando en ella.

Quizá se dejaría convencer.

Entonces, le preguntaría por Ben y por los demás.

Las cosas importantes.

Hablaron un rato más, pero a Samantha se le acababa el descanso y tenía que volver al trabajo, así que prometió ir a cenar un día de esa semana.

Bill volvió a su despacho, comprobó sus faxes y el e-mail para ver si había alguna noticia de la empresa o si, por casualidad, Street se había decidido por fin a enviarle otro mensaje. Pero, como de costumbre, no había nada. Después de mandar sus cartas de queja diarias a diversos organismos reguladores de trabajo y a las oficinas centrales del Almacén, se puso a trabajar.

La semana anterior había recibido otro encargo. Esta vez un paquete de recursos humanos para una ciudad de tamaño mediano del sur de California, y el plazo de entrega estaba a la vuelta de la esquina. Alguien había metido la pata, y él se había visto envuelto muy tarde en el proyecto, sin participar en las fases de creación ni de prueba, y ahora tenía que redactar, casi sin tiempo, una serie de instrucciones sobre un sistema que, de hecho, desconocía.

Iba a sudar tinta con aquel trabajo.

Escribió hasta media tarde, cuando Ginny lo convenció por fin de que hiciera una pausa y comiera algo, por lo que fue a la cocina y se zampó un bocadillo de mantequilla de cacahuete con mermelada y un vaso de leche.

Cuando volvió a su despacho, vio que había recibido un fax.

Lo leyó.

Volvió a leerlo.

Y lo releyó de nuevo.

Ginny asomó la cabeza por la puerta.

—Oye... —empezó a decir, pero se interrumpió en cuanto vio la expresión de su rostro—. ¿Qué ocurre? —preguntó, acercándose a él.

—Parece que finalmente me han contestado —dijo Bill con sequedad mientras le mostraba el fax. —Ginny lo miró, algo asustada—. Es de las oficinas centrales del Almacén. De Newman King en persona. Me ha invitado a Dallas. Quiere hablar conmigo.

Tras debatir sobre si debían contárselo a las niñas, finalmente decidieron hacerlo, aunque quitándole importancia al hecho. Ahora Ginny y Bill estaban solos en su dormitorio, y la despreocupación que habían fingido con sus hijas había desaparecido. Su interpretación no había engañado a Shannon, pero la niña fingió lo contrario, y Bill se lo agradeció. La sinceridad era agradable, y la comunicación era importante, pero a veces los hechos eran demasiado para asimilarlos de golpe, y se alegró de que no le hubiera pedido detalles del asunto, de que le hubiera permitido eludir el tema. Era una buena chica, más sensible de lo que había creído, y agradecía que comprendiera la situación sin tener que explicársela.

Se lo compensaría de algún modo.

Si tenía ocasión de hacerlo.

Miró a Ginny, que había terminado de ponerse la crema hidratante y estaba mullendo la almohada antes de apagar la luz.

Suspiró y lo miró.

—¿Por qué quiere hablar contigo? —preguntó—. Es lo que no entiendo. Es probable que reciba mil cartas de queja al día. ¿Por qué quiere verte?

—¿Porque soy muy pesado?

Ginny le dio un puntapié bajo las sábanas.

—De acuerdo —concedió Bill—. No lo sé.

—Me asusta. —Los dos guardaron silencio un momento—. Sam lo considera un honor. Creo que ahora siente un respeto renovado por ti.

—No se había dado cuenta de lo pez gordo que es su padre, ¿eh?

Ginny soltó una carcajada, pero era una risa forzada, que terminó demasiado pronto.

—¿De verdad crees que sólo quiere eso? —preguntó—. ¿Hablar?

—No lo sé.

—Tal vez no deberías ir.

—Quizás es lo que quiere. A lo mejor sólo quiere asustarme e intimidarme para que me rinda.

—A lo mejor quiere algo más que asustarte —comentó Ginny en voz baja.

—Es un riesgo que debo correr.

—No quiero que vayas.

—Yo tampoco quiero. Pero tengo que hacerlo.

—¿Por qué?

—Porque si no lo hago, habrá ganado. Ben no está, Street no está, todos los demás han muerto, han desaparecido o callan intimidados.

—Yo no.

—A ti no te invitaron.

Ginny le dio otro puntapié.

—Suena paranoico, egoísta y todo lo demás, pero es cierto.

—Ya lo sé —respondió Ginny en voz baja.

—Por eso tengo que ir.

Después hicieron el amor, por primera vez en varias semanas, y aunque debería haber sido estupendo, por alguna razón no lo fue. Estuvo solamente bien, ambos tuvieron un orgasmo y se quedaron rápidamente dormidos después.


En su sueño, volaba a Dallas y una limusina lo recogía en el aeropuerto para llevarlo a las oficinas centrales del Almacén, donde veía a varias secretarias y ayudantes antes de entrar, finalmente, en el despacho del director general.

No había nadie dentro.

—¿Qué...? —empezaba a decir, pero entonces comprendía la verdad: Newman King era un testaferro ficticio, un personaje inventado. No había ningún director general. No había ningún presidente. No había ningún jefe. Sólo había la empresa. Se dirigía sola, y la burocracia la mantenía, de modo que era totalmente imposible detenerla.

El día siguiente, Ginny lo acompañó al Sky Harbor de Phoenix. Bill había hecho preparativos vía e-mail con el secretario de King, quien le había asegurado que ellos se encargarían de todo, pero Bill seguía sin saber muy bien qué esperar. Supuso que tendría a su disposición alguna clase de billete, de autocar probablemente, en el mostrador donde tenía que facturar, pero en lugar de ello, un hombre rubio, alto y erguido vestido con el uniforme de cuero negro del Almacén se reunió allí con ellos y los guió por varias puertas y pasillos hasta que estuvieron en el exterior de la terminal. En la pista los esperaba un avión Lear de color negro. Ginny, que no tenía autorización para salir a la pista, lo llevó a un lado y lo abrazó.

—Ten cuidado —le dijo.

—Sí.

—Creo que no deberías ir.

—Ya habíamos hablado de eso.

—Tengo miedo. —Lo abrazó de nuevo.

Bill le devolvió el abrazo y la estrechó con fuerza. Él también sentía miedo, pero no tenía ningún sentido decírselo ya que sólo serviría para preocuparla más, de modo que no dijo nada.

El hombre rubio carraspeó.

—Tenemos que irnos, señor Davis —anunció—. Ya hemos recibido permiso para despegar.

Bill se volvió hacia Ginny y la besó.

—Te amo —le dijo.

—Yo también te amo —sollozó Ginny.

Le daba la impresión de ser una despedida para siempre, un adiós final, y eso lo aterraba. Quería posponerlo, prolongarlo, quería sacudirse de alguna forma la sensación de terror que se había apoderado de él, pero en lugar de ello, la saludó con la mano, le envió otro beso y cruzó deprisa la pista hacia la escalerilla del avión.

El vuelo transcurrió sin incidentes. Bill era el único pasajero, y tenía toda la parte central del reactor para él solo. Había sofás, un bar y una neverita, un televisor y un reproductor de vídeo. El piloto le aseguró por megafonía que podía disfrutar de todos esos lujos y de toda la comida y bebida disponible. No tenía hambre pero sí sed, y abrió una lata de cola. Se sentía nervioso, inquieto, y no estaba de humor para ver la televisión, a pesar de la impresionante selección de vídeos del avión. Tuvo la tentación de usar el móvil para llamar a Ginny, pero sabía que la conversación estaría pinchada, y no tenía intención de permitir que ningún encargado del Almacén oyera lo que le decía a su mujer. Además, Ginny todavía estaría volviendo en coche a Juniper.

Así que se pasó casi todo el viaje de dos horas sentado en un sofá, mirando por la ventanilla el desierto que se extendía a sus pies.

Sobrevolaban Dallas cuando el piloto por fin volvió a hablar:

—Puede ver la Torre Negra a su derecha —anunció por megafonía, y Bill observó por la ventanilla un rascacielos negro situado a varias manzanas de los demás edificios altos del centro. Seguramente no se veía tan extraña desde el suelo, pero desde esa perspectiva daba la impresión de que los demás edificios condenaban al ostracismo a la Torre Negra, y no se le escapó el simbolismo visual.

Se abrochó el cinturón de seguridad, el reactor aterrizó con suavidad y unos minutos después se abría la puerta y el mismo empleado ario se ofrecía para ayudarle a bajar la escalerilla.

Bill rechazó la ayuda del empleado y desembarcó solo. El calor era insoportable, y en cuanto pisó la pista empezó a sudar. Echó un vistazo alrededor y alzó los ojos, pensando tontamente que el cielo azul de Tejas era muy parecido al de Arizona.

—Por aquí, señor.

Se volvió hacia la voz, y cuando vio al empleado del Almacén de pie junto a una larga limusina negra, se le pusieron los pelos de punta.

La limusina de su sueño.

Bill se quedó clavado en el sitio.

—¿Señor? —insistió el empleado tras un instante—. Este coche lo llevará a su destino. El señor King lo está esperando.

—Voy —aseguró Bill—. Voy.

Se concentró en sus pasos para cruzar la pista, y se obligó a subir al automóvil mientras un sudor frío le resbalaba por la cara.

## 2

Lo dejaron justo delante de la Torre Negra.

No había visto nunca nada igual.

Los edificios del Almacén eran la viva imagen de la sofisticación estadounidense: modernos, pero de forma que hasta un comprador de mercadillo pudiera identificarse. No impresionaban tanto por lo que eran sino por el contexto en el que se encontraban.

La Torre Negra era simplemente impresionante.

En cualquier circunstancia.

Salió de la limusina y alzó los ojos. El edificio no estaba concebido para paletos, para patanes o personas normales y corrientes. No había el menor intento por aparentar modestia o mediocridad. Era el auténtico Almacén, el Almacén real, el hogar de Newman King, y aunque poseía las cualidades del típico rascacielos del centro de Dallas, en esos confines imponía su independencia y su supremacía. La Torre Negra se erigía sola, y el arte de su diseño y la calidad de su construcción la convertían en el inmueble de un hombre muy poderoso, importante e influyente.

Newman King.

La puerta principal de cristal ahumado de la Torre Negra se abrió, y el mismo empleado rubio que se había reunido con él en el aeropuerto de Phoenix y que lo había recibido en el aeropuerto de Dallas avanzó hacia él por la entrada de mármol.

Bill frunció el ceño. No era posible.

El empleado se acercó, y al observarlo con más atención, Bill se percató de que quizá no se tratase del mismo después de todo. Era probable que el de Phoenix tampoco fuese el del aeropuerto de Dallas. Simplemente, eran idénticos.

Aquello le resultó inquietante.

—El señor King lo está esperando —indicó el hombre rubio con una sonrisa—. Acompáñeme, por favor.

Bill asintió. No sabía qué iba a hacer, qué iba a decir, cómo iba a actuar cuando se encontrara con el director general. Pensó en Ben, y una parte de él deseó haber llevado una pistola, una bomba o algún tipo de arma, pero sabía que aunque no lo registraran, seguramente habría detectores de metal en el edificio.

Cruzaron la puerta principal y accedieron a un vestíbulo enorme con una altura de dos plantas. El suelo era de mármol, las paredes eran de mármol, había palmeras y cactus, modernas fuentes escultóricas con agua. La recepcionista, una bonita mujer rubia vestida de cuero negro, estaba sentada tras una mesa gigantesca, bajo el logotipo del Almacén.

El hombre rubio condujo a Bill hacia un ascensor de cristal, y ambos subieron a la parte superior de la Torre Negra.

Las puertas de metal se abrieron. Delante de ellos había una inmensa sala de juntas cuyas paredes de cristal ofrecían vistas del perfil de la ciudad.

La oficina del director general de su sueño.

Un escalofrío le recorrió el cuerpo al echar un vistazo a su alrededor y observar muebles conocidos en los lugares esperados, y un paisaje que ya había visto antes al mirar por las ventanas.

Delante de él había unos quince o veinte hombres trajeados, sentados alrededor de una gigantesca mesa de mármol negro.

Pero el único que importaba era quien la presidía.

Newman King.

El director general tenía algo intrínsecamente aterrador, algo poco natural e inquietante en su rostro demasiado pálido, en sus ojos demasiado oscuros, en sus labios demasiado rojos. Vistos por separado, sus rasgos no eran tan raros, pero el conjunto resultaba grotesco, aberrante y aborrecible a la vez. No era algo evidente, algo que pudiera verse en las fotografías o por televisión. Había una inteligencia incuestionable en su semblante y una especie de perspicacia implacable para los negocios típicamente americana, junto con un porte sencillo, natural, que podía acentuar o abandonar a voluntad, intensificar o atenuar según le conviniera. Estas cosas sí eran evidentes.

Pero aquel salvajismo interior, aquella inhumanidad horrible, indefinible, sólo podían notarse en persona. Incluso a esa distancia, desde el otro lado de la sala de juntas, con todas aquellas personas presentes, impresionaba verlo. La reacción instintiva de Bill fue salir corriendo, alejarse todo lo que pudiera de King, lo más rápido posible. Temblaba de pies a cabeza, y los intestinos y la vejiga iban a cederle en cualquier momento, pero haciendo acopio de fuerzas salió del ascensor y se plantó delante de él.

King sonrió y, aunque tenía la dentadura perfecta y blanquísima, el gesto, más bien draculiano, tuvo el aire malévolo de un tiburón frente a su presa.

—El señor Davis, me imagino.

Su voz era suave a la vez que fuerte, cuidadosamente modulada, sin el tono campechano que usaba en público, pero una vez más, tenía algo poco natural.

Bill asintió.

—Bienvenido. Siéntese, por favor. —Señaló un grupo de sillas negras situadas a la izquierda de la mesa.

—No, gracias.

—Es usted un hombre valiente —comentó King, cuya sonrisa se volvió más amplia. Entonces levantó una mano y Bill vio que sujetaba un fajo de papeles, aunque habría jurado que un momento antes tenía las manos vacías—. ¿Sabe qué es esto? —preguntó, pero no esperó repuesta—. Sus faxes, sus correos electrónicos.

Recurrió al encanto y empezó a rodear la mesa hacia Bill. Los demás miembros de la junta permanecieron sentados, inmóviles y con la vista fija en quien tenían delante al otro lado de la mesa.

—Si no fuera porque sé que no es así —prosiguió King—, diría que no es partidario de nuestra organización. Si no fuera porque sé que no es así y si fuera más rudimentario de lo que soy, diría que es un agitador antiamericano. Pero, por supuesto, eso no es posible. Es usted miembro del Club del Almacén, su hija menor trabaja como dependienta para nosotros y su hija mayor ha sido nombrada temporalmente directora del Almacén de Juniper, en Arizona.

—¿Temporalmente? —se sorprendió Bill.

—No puede ser directora con todas las de la ley si no termina nuestro curso de formación de dos semanas de duración.

—Creía que ya lo había hecho.

—No.

Newman King estaba ya junto a él y, así de cerca, todavía parecía más extraño, más monstruoso. No sólo tenía la piel pálida, sino que parecía postiza, hecha de goma o de algún tipo de plástico moldeable. Su dentadura, demasiado perfecta, también parecía postiza. Las únicas partes de su cuerpo que parecían auténticas eran los ojos negros y hundidos, que le brillaban con cruel ferocidad animal.

El director general levantó el puñado de papeles y los sacudió.

—¿Qué quiere que haga? —le preguntó a Bill—. He leído sus misivas, y no entiendo qué quiere. ¿Quiere que cierre el Almacén de Juniper?

Bill no había estado tan asustado en toda su vida, pero se olvidó de que le fallaban las piernas, se armó de valor y con el tono de voz más fuerte que logró emitir, respondió:

—Sí.

—¿De qué serviría eso? —sonrió King—. Dejaría a mucha gente en el paro, nada más. No recuperaría los antiguos comercios. No recuperaría Buy-and-Save. —Su sonrisa llegó a ser grotesca—. Ni siquiera recuperaría la tienda de material y equipo electrónico de Street.

A Bill se le había disparado el corazón.

—¿Conocía su existencia?

—Sé todo lo que afecta al Almacén.

—Hizo quebrar sus negocios.

—¿Y?

—Mató a varias personas. O bien ordenó que las mataran. O su gente las mató. Todos esos desaparecidos...

—Víctimas de guerra —respondió King.

Bill se lo quedó mirando. Ojalá hubiera entrado a escondidas una grabadora...

—Las grabadoras no me captan siempre bien la voz —le advirtió King antes de volverse para regresar hacia la cabecera de la mesa.

«Ha acertado por casualidad», pensó Bill. Con manos temblorosas y piernas flojas fue tras el director general, sin saber si abalanzarse sobre él, pegarle en la espalda o simplemente gritarle. Todo lo que había pensado sobre el Almacén, lo peor, era cierto; y aunque nunca había estado tan aterrado en su vida, también estaba más enfadado que nunca. De modo que se concentró en esa rabia y la utilizó para ganar fuerza.

King se volvió de repente, y el aire entre ambos pareció moverse de una forma que emulaba pero no acababa de reproducir totalmente el viento. Bill retrocedió instintivamente.

—Iba a preguntarme sobre la política del Almacén —dijo el director general—. Quería saber por qué hacemos lo que hacemos.

—¿Por qué lo hacen?

King sonrió sin responder, y Bill se enfrentó a él.

—¿Por qué llevó el Almacén a Juniper? —preguntó.

—Era un mercado abierto.

—Pero ¿con qué objeto? ¿Qué espera obtener? No lo hace sólo por el dinero. Ya lo tenía desde el principio. No tenía por qué... —Sacudió la cabeza—. Hace que la gente dependa de su establecimiento y entonces cambia los productos y la obliga a comprar... cosas extrañas. ¿Por qué? ¿Para qué?

—Yo no obligo a nadie a comprar nada —sonrió King—. Estamos en un país libre. Todo el mundo puede comprar lo que quiera.

—Sandeces. —Bill se lo quedó mirando—. ¿Qué persigue?

—Prácticamente hemos conquistado todas las pequeñas poblaciones insignificantes, ignorantes y atrasadas del país. Ha llegado la hora de desplazarnos hacia arriba, de ampliar nuestra base, de acabar con Kmart, Wal-Mart, Target y cualquier otro de una puñetera vez. —Señaló un mapa del país colgado en la pared que tenía a su lado, salpicado de parpadeantes luces amarillas y rojas.

—¿Es eso lo que persigue? —dijo Bill.

—En parte.

—Y ¿qué otra cosa?

—No lo entendería —aseguró King a la vez que sacudía la cabeza.

—¿Qué quiere decir con eso de que no lo entendería?

—No puede entenderlo.

—Dígamelo, a ver qué sucede.

Durante una breve fracción de segundo, su cara adoptó una expresión que Bill no supo interpretar, una expresión inescrutable que lo hacía parecer más extraño aún. Entonces aquella expresión desapareció tan rápido como había aparecido.

—Créame, mis motivos ni siquiera figuran en su vocabulario —aseguró King.

A Bill se le heló la sangre. Se dio cuenta de que King tenía razón. Seguramente, no lo entendería.

Y aquella idea lo asustó.

—¿Por qué me invitó a venir? —quiso saber.

—Para hablar.

—¿Sobre qué?

—Sobre el futuro.

—¿A qué coño se refiere?

—Es usted un buen hombre —dijo King tras soltar una risita—. Un hombre listo, un ajedrecista estupendo, un adversario digno. Lo admiro.

—¿Y?

—Pues que le pregunté qué quería...

—Y yo le dije que quería que se llevara el Almacén de Juniper.

—Y lo que yo intentaba decirle es que el progreso no puede deshacerse. El mundo no puede ir hacia atrás. Puede no avanzar, quedarse donde está, pero no retroceder. El Almacén está en Juniper. Es un hecho consumado. Pero le estoy ofreciendo la segunda mejor opción.

—¿Cuál?

—Como le dije, es usted un buen hombre y lo admiro. —Se detuvo un instante—. Me gustaría que formara parte de mi equipo.

Bill iba a contestar, pero cuando asimiló lo que King le estaba diciendo, cerró la boca.

¿Le estaba ofreciendo un trabajo?

—Su propio Almacén —prosiguió King con una voz suave y seductora, mientras le dirigía una mirada penetrante e hipnótica con aquellos ojos hundidos que destacaban en la palidez de su rostro—. Elija la población. Lo dirigirá como usted quiera. Puede decidirse por Juniper si lo desea.

—Pues...

El director general levantó una mano.

—No diga nada. Aún no. No se decida ahora, no me responda afirmativa o negativamente. —Hablaba con voz suave, cautivadora—. Es una oportunidad única. Y sólo se la voy a ofrecer ahora. Si la rechaza, saldrá de este edificio y volverá a Arizona inmediatamente.

—¿Por qué? —quiso saber Bill.

—He comprobado que mis peores enemigos, mis detractores más implacables, aquellos que me plantean una batalla más dura acaban siendo, sin excepción, mis mejores directores. Son personas que piensan, que tienen iniciativa. No son como borregos. Pueden manejar el poder y saben cómo usarlo cuando se les otorga. Usted sería un director excelente.

—¿Por qué tendría que querer serlo?

King bajó la voz de golpe, y cerró los puños para responder.

—Puede ser el amo de esa ciudad. Puede decidir qué come, qué viste, qué escucha, qué mira la gente. Puede controlarlo todo, desde su marca de ropa interior hasta su clase de dentífrico. Puede experimentar. Puede mezclar y combinar. —Se inclinó hacia delante—. Esto es lo que el Almacén puede darle: Poder. —Levantó los papeles que sostenía en la mano para añadir—: Lo que leo aquí, en estos faxes y en estos mensajes, es que no está contento con la forma en que están yendo las cosas; quiere cambiarlas. Bueno, pues le estoy dando la oportunidad de hacer exactamente eso. Puede reconstruir esa ciudad a su gusto, y será exactamente la comunidad que usted siempre quiso.

—Lo que no me gusta es el Almacén. Eso es lo que quiero cambiar.

—Y ésta es su oportunidad. Puede hacerlo desde dentro. —Dejó caer los papeles en la mesa—. El trabajo sucio ya está hecho. Terminado. No tendrá que intervenir en él. Lo que hay ahora es un nuevo tablero de juego por estrenar. Y lo que le estoy ofreciendo es una de las fichas —dijo con una sonrisa—. Y ahora, deme su respuesta. Dígame si acepta el reto.

—Sí.

La respuesta lo sorprendió a él mismo. Tenía previsto hacer más preguntas antes de negarse finalmente, pero la palabra había salido de su boca antes de tener tiempo de pensarla, y se encontró con que no quería retirarla.

King reía y le estrechaba la mano, le daba palmaditas en la espalda y lo felicitaba mientras los miembros de la junta sentados alrededor de la mesa sonreían y asentían a modo de aprobación. No sabía muy bien por qué había aceptado, y no se le permitió pensarlo, no se le dio tiempo para que analizara sus motivos. Detestaba el Almacén y quería destruirlo, y había visto la oportunidad de infiltrarse en el enemigo, de hacerle daño desde dentro.

Pero...

Pero había algo en lo que King había dicho a lo que no era totalmente inmune. El Almacén ofrecía poder. Y el poder no era bueno ni malo. Era un instrumento, tan bueno o malo como la persona que lo utilizara. Podría hacer mucho bien como director del

Almacén en Juniper. Podría tener la última palabra, podría obligar al pleno municipal a revocar las ordenanzas que había aprobado, utilizarlo para aprobar leyes que fueran mejores, más beneficiosas.

—Una cosa —dijo Bill entonces—. Quiero que mis hijas dejen de trabajar en el Almacén. Hoy mismo. Ahora. Despídalas, libérelas de sus contratos, haga lo que tenga que hacer, pero que se vayan.

—Hecho —asintió King.

—¿Se van? ¿Sin ataduras?

—Si es lo que ellas quieren.

—¿Y si no?

—No puedo vivir sus vidas por ellas —contestó el director general encogiéndose de hombros.

Bill sabía que Shannon quería irse. Dejaría su empleo. Puede que Sam no quisiera, pero Shannon seguro que sí.

Era un comienzo.

Y cuando fuera director, podría despedir a Samantha.

—¿Qué tengo que hacer? ¿Dónde tengo que firmar? ¿Qué viene a continuación? —preguntó Bill.

—Llame a su esposa y dígale que le esperan dos semanas de formación. No volverá a verla hasta que haya terminado.

—¿Puedo usar algún teléfono?

—Tiene uno en la pared, detrás de usted.

No quería hablar delante de toda aquella gente, pero aun así llamó a Ginny, que acababa de llegar a casa. Le explicó brevemente lo que estaba pasando, le dijo que no se preocupara, que regresaría en dos semanas.

—¡Te han secuestrado! —gritó—. ¡Te están obligando a decir esto!

—No —aseguró Bill.

—¿Qué está pasando entonces? ¿Por qué...?

—No puedo explicártelo ahora. Ya te lo contaré todo cuando vuelva.

—¡Te matarán!

—No es nada de eso —le prometió—. Es algo bueno, pero ahora no puedo hablar.

Siguieron así unos minutos hasta que por fin logró calmarla y convencerla de que todo iba bien. Colgaron después de decirse que se amaban.

Bill pensó que, si estuviera en el lugar de Ginny, él tampoco lo creería. Esa mañana había ido a Dallas dispuesto a arrancarle la piel a Newman King, y ¿ahora resultaba que iba a trabajar para el Almacén? No tenía sentido.

No tenía sentido.

¿Por qué lo hacía entonces?

Todavía no estaba seguro.

Dos guardas habían entrado en la sala de juntas por la puerta que tenía a su espalda, y se sobresaltó cuando lo alcanzaron y lo sujetaron por los brazos.

—¿Pero qué...? —soltó, y se volvió hacia ellos y después hacia Newman King.

—Tiene que formarse —dijo el director general—. Están aquí para acompañarlo hasta nuestras instalaciones de formación.

Bill se zafó de los guardas.

—No tienen por qué tratarme como a un prisionero.

—Tiene razón —coincidió King, que hizo un gesto con la mano. Los guardas retrocedieron—. Disculpe. Es la costumbre.

Bill inspiró hondo. ¿En qué se había metido? Y ¿cómo iba a salir?

De repente, deseó no haber aceptado la oferta de venir a Dallas.

No. No era verdad.

El director general se acercó a él.

—Nos alegra que haya decidido unirse a la familia del Almacén —aseguró—. Será un miembro valioso y necesario de nuestro equipo. —Estrechó de nuevo la mano de Bill, y su tacto era frío—. Le ruego que siga a los guardas. Ellos le conducirán a nuestras instalaciones de formación. —Sonrió de oreja a oreja y, mientras le señalaba el ascensor, concluyó—: Que pase un buen día.

# 3

Un empleado le indicó a Shannon que fuera al despacho del señor Lamb, no durante su descanso, sino casi inmediatamente después de empezar el turno. Era un empleado nuevo, que fue a darle la noticia y la sustituyó en la caja.

Pasaba algo malo.

La hicieron pasar enseguida a la oficina del señor Lamb, que alzó los ojos en cuanto entró. No hubo ningún preámbulo, nada de charla; no le pidió que se sentara.

—Está despedida —dijo simplemente el señor Lamb, mirándola desde detrás de su mesa con un desdén apenas disimulado—. Devuelva su uniforme y su *Biblia*.

Shannon parpadeó, insegura de haberlo oído bien.

—¿Perdón? —exclamó.

—Que se largue, coño. —El director de personal se puso en pie—. Está despedida, de patitas en la calle. El Almacén ya no la quiere aquí, gorda de mierda. Salga de nuestra propiedad ahora mismo.

Shannon estaba tan anonadada que no pudo hablar.

—¡Fuera!

Salió pitando. No sabía qué estaba ocurriendo ni por qué, pero era lo bastante lista como para no preguntarlo. Como decía su abuelo Fred: «A caballo regalado no le mires el dentado.» Se sentía entusiasmada y enojada a la vez. Entusiasmada porque por fin podía marcharse de allí, escapar de las garras del Almacén, pero enojada por la forma en que la estaban tratando. Aunque su enojo era una reacción instintiva, una respuesta a nivel emocional, y fue lo bastante inteligente como para no dejarse llevar por él. Lo mantuvo controlado y bajó a toda velocidad la escalera para ir al vestuario, donde se quitó el uniforme del Almacén mientras la cámara la grababa por última vez.

Era demasiado bonito para ser verdad, y quería salir del edificio antes de que el señor Lamb cambiara de parecer.

Mientras se ponía la ropa de calle, se preguntó por qué motivo el señor Lamb podía despedirla, mientras que Sam no podía hacerlo. Decidió que probablemente todo sería obra de Sam, que habría encontrado una forma de sacarla de allí.

O puede que su padre hubiese hablado con Newman King en Dallas, y el propio King lo hubiera dispuesto todo.

No. No habría ido tan rápido.

Dejó el uniforme y la *Biblia* en la taquilla, volvió a la Planta y pasó por el mostrador de Atención al Cliente para preguntar por su finiquito. Le dijeron que abandonara el Almacén de inmediato y, una vez fuera, en el estacionamiento, fue libre.

¡Libre!

Tenía ganas de bailar.

No sabía qué hacer. No quería regresar aún a casa, así que se subió al coche y condujo por la ciudad, feliz y sin rumbo, hasta detenerse finalmente delante de la casa de Diane.

Se quedó sentada un momento en el vehículo, dudando de si tendría el valor suficiente para salir y llamar a la puerta, pero antes de que pudiera tomar una decisión, Diane abrió la puerta principal y empezó a andar hacia ella.

Shannon trató de descifrar la expresión de su amiga, pero no pudo.

—Hola —la saludó.

—Hola. —Diane le sonrió tímidamente.

—Me acaban de despedir del Almacén —soltó de golpe.

—¿Te despidieron? —Diane había llegado junto a su coche y se había apoyado en la ventanilla del copiloto.

—Gracias a Dios —asintió Shannon.

Su amiga soltó una carcajada. La tensión que había existido entre ambas durante el verano había desaparecido, y Shannon se alegró de haber ido a verla.

—Y ¿qué piensas hacer ahora? —preguntó Diane.

—No tengo nada planeado.

—¿Quieres entrar en casa?

Shannon se lo pensó un momento y negó con la cabeza.

—¿Te apetece dar una vuelta en coche? —sugirió a su vez.

—Sí. Deja que avise a mi madre —asintió Diane, que volvió

a entrar en su casa para salir un momento después con el bolso. Abrió la puerta del copiloto y se subió al coche.

—¿Seguimos siendo amigas? —preguntó Shannon.

—Como siempre —sonrió Diane.

—El último curso se me habría hecho larguísimo sin ti.

—Y que lo digas —repuso Diane—. Me alegro de que hayas vuelto.

—Yo también —sonrió Shannon, y puso el motor en marcha.

Arrancó el vehículo y quemó neumáticos en dirección a Main Street.

# Treinta y dos

## 1

Bill se pasó los primeros tres días encerrado a solas en una habitación totalmente oscura. Incomunicado. No había luz, ni sonido, ni muebles, sólo el suelo y las paredes acolchados y los rincones redondeados. Nadie abrió la puerta para darle de comer, pero había bolsas de patatas chip, bollos y fruta amontonados junto a una pared, así como botellas de agua y refrescos. Había un retrete en un rincón y un cubo de basura en otro.

¿A eso le llamaban formación?

Debería haberse esperado algo así del Almacén.

No pudo evitar pensar que lo vigilaban, que lo observaban, que lo grababan con una cámara de infrarrojos, e incluso en la negrura total que lo rodeaba tenía mucho cuidado con sus movimientos, con su comportamiento o sus expresiones faciales. No podía relajarse, no podía ponerse cómodo; estaba siempre actuando para un público que podía estar o no estar ahí. Cuando por fin lo dejaron salir, mientras parpadeaba ante la molesta luz del pasillo de las instalaciones de formación, tenía los músculos entumecidos y le dolía el cuello y la espalda.

Le habían permitido llevar su ropa mientras estuvo en la habitación oscura, pero ahora se la quitaron y lo metieron desnudo en una jaula de cristal en medio de una oficina, donde las secretarias y los ejecutivos lo señalaban y se reían de él. Estuvo allí veinticuatro horas, obligado a defecar delante de desconocidos que lo miraban, ya que la oficina trabajaba las veinticuatro horas del día y había empleados en las mesas día y noche.

¿En qué diablos estaba pensando cuando aceptó? Si hubiera rechazado la oferta de Newman King, ahora estaría de vuelta en Juniper con Ginny y Shannon, y Samantha estaría dirigiendo el Almacén.

Quizá.

Aparte de la palabra del director, nada le aseguraba que hubiera podido negarse sin sufrir consecuencias.

Lo cierto era que si se hubiera negado, puede que ahora estuvieran todos muertos. King podría haber ordenado matarlos.

Creía muy capaz de ello a ese hombre.

O lo que quiera que fuese.

El caso era que su mujer y sus hijas podrían estar muertas de todos modos. No tenía forma de saberlo, no tenía forma de comprobarlo, y la incertidumbre sobre el destino de su familia lo consumía más que su incomodidad y su vergüenza.

Dos guardas lo sacaron de la jaula, le pusieron un collar y lo guiaron, desnudo y sucio, por la oficina mientras las secretarias se reían como tontas. Lo condujeron por un pasillo largo hasta una habitación totalmente blanca, donde un corpulento hombre rubio lo esperaba sentado en un banco blanco.

—Buenos días, señor Davis. Soy su instructor —dijo el hombre.

Bill se pasó la lengua por los labios cortados para intentar humedecérselos. No había comido desde que había salido de la habitación oscura hacía más de un día.

—Creía que esto era un curso de dirección —protestó Bill.

—Lo es —aseguró el instructor, que le sonreía con frialdad.

—Pero ¿qué objeto tiene... todo esto?

—La humillación es la clave de la cooperación. Por eso aquí nos convertimos en directores tan efectivos y eficientes.

—¿Podría beber algo? —preguntó Bill tras pasarse de nuevo la lengua por los labios.

—En un momento. —El instructor se levantó, y Bill vio que detrás del corpulento hombre había una especie de caja negra con un agujero en la parte superior por el que asomaban varios mangos. Incluso desde donde estaba, podía ver la reverberación del calor que irradiaba el objeto.

Los guardas empujaron a Bill hacia delante. Lo ataron desnudo al banco, inclinado y con las nalgas hacia arriba.

—Ahora le pondremos la marca del Almacén —anunció el instructor.

Oyó el chisporroteo tras él. Alargó el cuello y vio cómo el instructor sostenía un hierro de marcar incandescente que había sacado de la caja negra.

—¡No! —gritó Bill.

—Esto le va a doler —comentó el instructor.

El metal caliente le quemó la piel de las nalgas, y perdió el conocimiento.


Cuando volvió en sí, estaba sujeto a una silla en una celda con poca luz, frente a un televisor gigantesco en el que Newman King caminaba arriba y abajo por una habitación blanca sin ninguna característica especial, hablando solo. El dolor era terrible, insoportable, y se desvaneció otra vez casi al instante. Más adelante recuperó el sentido en la misma postura, y Newman King seguía hablando por televisión.

—Codicia. Ése es el impulso que nos mueve —decía King—. No es el sexo, el amor ni el deseo de ayudar a los demás, sino el deseo de adquirir, la necesidad de poseer. El amor y el sexo surgen de este impulso. Las relaciones son una forma de posesión...

Bill perdió y recuperó la conciencia, se durmió y se despertó, y todo el tiempo, tanto si tenía los ojos abiertos como si los tenía cerrados, oía la voz melodiosa de Newman King.

—... Si la gente no lo quiere, nosotros logramos que lo quiera. Nos aseguramos de que todos cuantos la rodean lo tengan y que se sienta excluida por carecer de ello. Usamos la presión de los demás en beneficio propio. Explotamos su...

Pasaron horas.

Días.

En algún momento de la semana (perdió la noción del tiempo), apagaron el televisor. Un hombre que llevaba una bata blanca de médico lo desató, le puso una inyección en el brazo y después le permitieron estar de pie y rondar por la habitación.

El dolor en las nalgas había desaparecido por completo.

Le dieron una bandeja con suntuosa comida basura, sin duda perjudicial para la salud, que le trajo en un carrito una joven espectacular en biquini. Mientras comía, el instructor regresó con una pizarra portátil para explicarle, incluso con dibujos, las funciones de un director y repasar la organización del Almacén. Le leyó gran parte de *La Biblia del empleado* y de *El equilibrio del director*, permitiendo que Bill lo interrumpiera para hacerle preguntas.

La clase siguió después de que terminara de comer y de que la mujer se hubiera llevado el carrito. Bill agradecía tanto poder hablar con alguien, poder comunicarse de nuevo, agradecía tanto cualquier clase de interacción humana, que prestó una enorme atención a lo que el instructor le decía e hizo todas las preguntas que pudo.

Esa noche, lo llevaron en ascensor hasta lo que parecía ser una *suite* de hotel inmensa y cara, con un vestidor lleno de prendas elegantes, una cama de matrimonio y una bañera de hidromasaje. Era, sin lugar a dudas, el lugar más lujoso en el que hubiera estado nunca y, después de las privaciones de los días anteriores, le pareció un paraíso.

Había un teléfono, pero no podía llamar al exterior, sino solamente al servicio de habitaciones. También había un televisor, pero no podía ver ninguna cadena ni emisora de noticias, sino solamente canales de películas por cable o vídeos de éxitos de taquilla recientes. Sabía que aún se encontraba en la Torre Negra, pero aparte de aquellos detalles la ilusión era perfecta, y a través de las ventanas enormes de la habitación contempló la puesta de sol sobre el desierto.

Después de que la bola anaranjada del sol se hubiera ocultado detrás del horizonte, echó un vistazo a la carta encuadernada en piel, llamó al servicio de habitaciones y pidió langosta, solomillo y una botella de vino. Volvió a traerle la comida una mujer espectacular, esta vez en traje de noche. Se ofreció a quedarse con él, a bañarlo y darle un masaje después de la cena, pero Bill dijo que quería estar solo.

La mujer regresó media hora después para llevarse los platos vacíos, y después de que se marchara Bill cerró con llave la puerta de la *suite*. Luego fue al cuarto de baño, donde se sumergió un buen rato en la bañera y dejó que los chorros de agua le masajearan los músculos. Con la cabeza apoyada en un cojín hinchable, vio una película de Tom Hanks en el televisor del baño.

Era agradable. Podría acostumbrarse a aquello.

Se puso el albornoz que le habían dado y se dirigió al dormitorio. Se durmió casi en cuanto se metió en la mullida cama, pero tanta comodidad no lo engañaba en absoluto.

Tuvo pesadillas.

Fueron varias, pero en la única que pudo recordar, Newman King se presentaba en la clase con el instructor. El director general parecía todavía más extraño y aterrador. Incapaz de mirar a King, Bill centraba su atención en el instructor, en la pizarra, en las paredes desnudas de la habitación.

—Será un test corto —decía King con una sonrisa—. Sólo quiero comprobar sus progresos. Es posible que, como director del Almacén, tenga que hacer cosas que le resulten personalmente repugnantes. Pero es su deber y su obligación anteponer el bienestar del Almacén a cualquier interés personal. A modo de ejemplo, le dejaré ver cómo finalizamos nuestra relación con uno de nuestros empleados cuyo rendimiento no cumplió nuestras expectativas.

Un hombre con gabardina negra llevaba a Samantha junto al director general.

—¡No! —exclamaba Bill, angustiado.

—Sí.

Su hija se retorcía y lloraba con ojos aterrados. El hombre la sujetaba con fuerza mientras otro empleado del Almacén con una gabardina negra idéntica hacía entrar a un hombre de mediana edad que parecía aturdido y lo situaba al otro lado del director general.

—Y ahora, el test —continuaba King con aquella sonrisa—. Hay que deshacerse de uno de los dos. Pero ¿de cuál?

—No. —Bill sacudió la cabeza—. No voy a caer en la trampa. No voy a jugar a este juego.

—Vamos. Usted decide.

—No.

—Elija.

—No puedo hacerlo.

King hizo un gesto al otro director con la cabeza y le ofreció un cuchillo.

—Mátela.

—¡No! —gritó Bill, que intentó ponerse en pie, pero unas manos lo sujetaron desde detrás y lo obligaron a permanecer sentado en la silla.

—Muy bien, señor Davis. —La sonrisa de King se volvió más amplia—. Ha tomado su primera decisión. Será un buen director —dijo, y se volvió hacia Sam para entregarle el cuchillo—. Mátelo.

El hombre de la gabardina la soltó; ella tomó el cuchillo y pasó junto al director general. Tiró hacia atrás de la frente del otro director y lo degolló.

La sangre salpicó la cara de su hija, la ropa y las gabardinas de los otros empleados. Samantha cayó de rodillas al suelo y soltó el cuchillo riendo o llorando, Bill no supo cuál de las dos cosas. Quería correr hacia ella y abrazarla, quería gritarle y golpearla, pero no podía hacer nada, sólo podía estar allí sentado, retenido por aquellas manos fuertes que le presionaban los hombros, y contempló impotente cómo se llevaban a Sam de la habitación.

King le dio unas palmaditas a Bill en la cabeza antes de salir.

—¿Lo ve? No fue tan difícil, ¿verdad? —dijo.


A la mañana siguiente lo llamaron para despertarlo y, después de que desayunara, lo llevaron al aula del día anterior, donde siguió con sus lecciones.

La formación real no se parecía en nada a su sueño. A pesar

de su predisposición contra el Almacén, a pesar de su animosidad hacia Newman King, tenía que admitir que muchas de las cosas que le estaban enseñando tenían sentido. La forma que tenía el Almacén de abordarlo todo, desde las estrategias de la venta al público hasta las relaciones laborales parecían tener muchas cosas positivas, y se encontró comprendiendo y coincidiendo con muchas de las cuestiones que le explicaban. Los conocimientos le parecían útiles; las ideas, efectivas. Aunque era posible que se hubiera utilizado mal en el pasado, el poder no era intrínsecamente malo, y ni siquiera King podía controlar por completo todo lo que hacían sus subordinados. Por lo menos a primera vista, los métodos de King parecían mucho menos extremos que los de sus protegidos, y si bien tenía un poder absoluto en lo que a su imperio se refería, delegaba la autoridad y daba total autonomía a cada uno de los directores de sus establecimientos. El director general no tenía por qué aprobar todo lo que se perpetraba en su nombre.

Tal como los enseñaban los instructores, los objetivos empresariales y las teorías directivas de King parecían razonables.

Bill pensó que tal vez King no fuera la amenaza después de todo. Quizá lo fueran los burócratas bajo sus órdenes, los directores demasiado diligentes que utilizaban mal el poder que se les había otorgado.

La formación prosiguió varios días. Además de las clases de tres instructores distintos, le dieron lecturas y hojas de ejercicios que reforzaban las lecciones que le habían explicado previamente, y tuvo que hacer exámenes para medir esos conocimientos. Memorizó la distribución estándar del Almacén y la jerarquía de los cargos en cada establecimiento. Al final, lo llevaron a una nueva aula con otros hombres que seguían la formación de dirección para participar en una mesa redonda sobre técnicas generales de dirección. Abordaron problemas e incidentes concretos con los que, con toda seguridad, se encontrarían durante el transcurso de su trabajo. Sus compañeros de curso no resultaron ser monstruos o tiranos, sino hombres corrientes como él que intentaban sacar el mayor partido de su situación.

Hasta hizo amistad con varios de ellos.

Cada noche, le premiaban un buen día de trabajo con un generoso regalo, acompañado siempre de una divertida tarjeta de Newman King. Una noche fue una videocámara de bolsillo y un televisor de pantalla grande; otra, las llaves de un Lexus nuevo, y la siguiente, un vale de regalo para recibir clases de esquí y una estancia gratuita de una semana para él y su familia en el piso para ejecutivos que el Almacén poseía en Aspen, Colorado.

Un seguido de mujeres hermosas le traía la cena todas las noches y le ofrecían un baño y un masaje. Aunque siempre rehusaba el baño, la segunda noche aceptó el masaje. Le dolían los músculos, y la mujer aseguró que era masajista titulada. La idea de que unas manos expertas le aliviaran el dolor y la tensión muscular le pareció maravillosa. Siguiendo las instrucciones de la mujer, se desnudó en el baño, salió con una toalla envuelta alrededor de la cintura y se tumbó en la cama. Le masajeó primero la espalda, y efectivamente, le fue de maravilla. Todo el dolor que sentía desapareció bajo los dedos expertos de la mujer. Luego le dio la vuelta y, cuando empezó a masajearle los músculos de los muslos, Bill se excitó en contra de su voluntad. Ella lo observó, deslizó una mano bajo la toalla y le tocó el miembro, pero él la apartó sintiéndose culpable y violento. Tras esto, la mujer prosiguió el masaje con una sonrisa.

El ritual se repetía todas las noches, y Bill empezó a dar por sentados todos aquellos lujos. No era difícil acostumbrarse a ellos, y empezó a sentir que se merecía que lo mimaran tras las duras jornadas de lecciones. La moderación y la austeridad eran atributos encomiables, pero la buena vida tenía sus ventajas.

Como King había escrito en *El equilibrio del director*, rechazar y desdeñar el mundo material era simplemente la forma que tenían los pobres de sentirse moralmente superiores a los ricos.

—Y, en el negocio de la venta al público —añadía—, sólo nos preocupan los ricos.

Esa noche, mientras sorbía champán y recibía su masaje, Bill pensó que King no andaba desencaminado después de todo. Sabía de lo que hablaba.

Cerró los ojos y dejó que la hermosa masajista hiciera su trabajo.

## 2

El curso de formación terminó con un día entero de sesión práctica, y a Bill le tocó hacer las veces de director para un grupo de empleados en un Almacén simulado.

A lo largo de la semana las pruebas se habían ido intensificando de cara a ese último día, incrementando los exámenes y simulando situaciones concretas que podían presentarse en los establecimientos de la cadena. Las normas de King eran severas, pero dejaban un amplio margen a cada director para que les imprimiera su propia personalidad, y era evidente que ese día Bill tenía que mostrar a King y a su empresa de qué estaba hecho.

No había más alumnos aparte de él en el aula, y le entregaron un uniforme de cuero negro para que se lo pusiera. Él obedeció, y lo llevaron en ascensor a una sala gigantesca que era una réplica exacta del Almacén de Juniper. De todos los establecimientos del Almacén. Bill recorrió despacio el pasillo principal, maravillado de lo exacta y meticulosa que era la imitación. Había empleados y clientes, estantes totalmente provistos y música de ambiente de fondo. Todo, hasta el último detalle, era perfecto. Se encontraba en algún lugar de la Torre Negra, pero no podía distinguirse de un Almacén auténtico.

El instructor lo condujo al despacho del director, donde le dieron una hoja fotocopiada que describía brevemente los «problemas» con los que se enfrentaba ese Almacén en cuestión, y lo dejaron solo para que llevara a cabo sus funciones directivas.

A Bill le encantó.

El poder era agradable, y se sentía cómodo ejerciéndolo. Descubrió que le gustaba tener autoridad sobre las personas, le gustaba que tuvieran que responder ante él, le gustaba tomar decisiones y abordaba con facilidad y rapidez los problemas que le habían preparado. Celebró una reunión con los directores de departamento, repasó las cifras de ventas y aprobó devoluciones y reembolsos. Mientras hacía las rondas por los departamentos, pilló a un adolescente robando cosas, y cuando ordenó a seguridad que lo retuviera y llamara a la policía, lo invadió una sensación de satisfacción. En una pantalla de la sala de vigilancia, vio algo que no había detectado ninguno de los miembros del personal de seguridad: una empleada que fumaba marihuana en uno de los retretes. Despidió a la chica y le satisfizo verla llorar.

Estuvo de pie todo el día. La experiencia fue agotadora pero estimulante, y a última hora, de nuevo en el aula, le entregaron una hoja impresa en la que se evaluaba su rendimiento.

Le habían concedido una puntuación casi perfecta.

Con una sonrisa, el instructor estrechó su mano y le entregó un diploma.

—Felicidades —le dijo—. Ha finalizado con éxito el curso de formación de director del Almacén.

—¿Ya está?

—Ya está —rio el instructor—. Lo pasó. Ya está cualificado para dirigir su propio Almacén.

Bill volvió a su *suite* de lujo exhausto pero feliz. Lo estaba esperando una cena de tres platos, todavía humeante, y se la comió agradecido mientras revisaba el nuevo montón de cintas de vídeo que le habían proporcionado. Esa noche no había ninguna mujer, pero tampoco estaba de humor para que le dieran un masaje, de modo que no se molestó en llamar para pedir que fuera una. En lugar de ello, como la primera noche, se sumergió en la bañera de hidromasaje y vio una película antes de meterse en la cama y quedarse dormido al instante.

Se despertó en mitad de la noche con una mujer sentada a horcajadas sobre él.

La habitación estaba oscura, con las luces apagadas, las puertas cerradas y las cortinas echadas, y no sabía cómo habría entrado en la *suite*. Estaba seguro de haber cerrado la puerta con llave antes de acostarse y había corrido el cerrojo de seguridad. Pero, por supuesto, en el fondo siempre había sabido que si King quería que alguien entrara en su habitación, podría hacerlo.

Sintió que unos muslos suaves le sujetaban la cintura, el contacto del vello púbico de la mujer en el vientre.

Enseguida lo besaron unos dulces labios femeninos y una lengua cálida le acarició la suya. Unos segundos después, la mujer descendió para besarlo entre las piernas. Empezó a trabajárselo con la boca, y era lo más exquisito que le habían hecho nunca. Sin vacilaciones, sin torpezas, sin arañazos con los dientes, sin incomodidades con la lengua, sólo unos labios aterciopelados y un ritmo indefectiblemente regular que le provocó una erección casi instantánea.

Quería apartarla, quería decirle que se detuviera, pero permaneció inmóvil sin decir nada, dejando que siguiera. Se sentía mal y tremendamente culpable, pero, que Dios lo perdonara, no quería que parara. Estaba mal, era inmoral, suponía quebrantar el sacramento del matrimonio y todo aquello que siempre había defendido.

Pero también era el mejor sexo de su vida.

Pensó que sería el regalo de esa noche. Su premio del día.

Gentileza de Newman King.

Se dijo que no debería hacer eso, que no podía hacerlo, tenía que detenerlo, pero interiormente ya estaba racionalizando la experiencia. Era un sexo que le había sido impuesto, y él estaba adormilado, demasiado cansado y confuso para reaccionar; no supo qué estaba pasando y cuando lo comprendió ya era demasiado tarde. Lo habían engañado, obligado, violado.

Hasta entonces, no había sido nunca infiel a Ginny, ni siquiera se lo había planteado, pero ahora lo estaba haciendo y ya era demasiado tarde para echarse atrás. ¿Qué más daba si terminaba? El daño ya estaba hecho.

Además, era imposible que Ginny llegara a enterarse.

La mujer deslizó los labios hasta la base del pene, rodeándolo por completo, y él le eyaculó en su boca con una explosión que parecía no tener fin. No se retiró como solía hacer Ginny, no tuvo arcadas ni escupió el semen, sino que siguió sujetándole el pene entre sus labios bien cerrados hasta que acabó del todo y le lamió la última gota de la punta con su lengua experta.

Bill se quedó tumbado unos momentos, jadeando e intentando recobrar el aliento. Se preguntó a cuál de las masajistas habrían enviado a premiarlo, y quiso encender la luz, pero ella se puso en cuclillas sobre su cara, y era evidente que estaba esperando el acto recíproco. Notó la aspereza del vello púbico y la suavidad del sexo de la mujer en la boca, el olor a almizcle de su excitación en la nariz, y empezó a lamerle la zona entre los labios vaginales y a introducirle la lengua en la abertura preparada para él.

La mujer no decía nada, no gemía, y aunque solía gustarle oír alguna reacción verbal durante el acto sexual, el silencio le resultó muy erótico ya que le permitía oír con mayor claridad el ruido de sus cuerpos, la irregularidad de sus respiraciones, el sonido húmedo de su lengua al lamerle la entrepierna.

Entonces, la mujer volvió a rodearlo con la boca y milagrosamente le insufló vida. En cuanto notó su erección, se apartó para situarse a horcajadas sobre él e introducirse profundamente el pene en la vagina. Comenzó a moverse con cuidado arriba y abajo, de forma que Bill apenas notaba el peso de su cuerpo. Le sujetó las nalgas para ayudarla, y volvió a llegar al clímax mientras la vagina de la mujer se contraía y se relajaba, se contraía y se relajaba, bombeándole hasta la última gota de semen y dejándole el pene exhausto.

Luego se acostó a su lado y lo abrazó. Él le devolvió el abrazo, pero se le saltaron las lágrimas en silencio mientras asimilaba la gravedad de lo que había hecho y pensaba para sus adentros: «Ginny, Ginny, Ginny...»

Cuando despertó la mañana siguiente, la mujer se había ido. Un momento después sonó el teléfono, y la voz de una mujer mayor le comunicó que no le servirían el desayuno, que tenía que vestirse inmediatamente para ir a ver a Newman King.

En el vestidor sólo encontró el traje de cuero negro que había llevado el día antes durante la simulación, así que se lo puso y salió de la *suite*. Un hombre rubio con un uniforme casi idéntico lo esperaba en el pasillo, y lo llevó hasta el ascensor para regresar a la parte superior de la Torre Negra, de vuelta a la sala de juntas.

Esta vez King estaba solo, no había nadie más sentado alrededor de la mesa, y el guarda que lo había acompañado volvió a meterse en el ascensor. Las puertas se cerraron y, por primera vez, se quedó a solas con Newman King.

Incluso después de todo lo que había ocurrido, después de todo por lo que había pasado, la presencia física del director general lo seguía asustando. No se trataba de algo racional, lógico o cerebral. Era simplemente miedo, puro e instintivo, y todas las fibras de su ser querían llamar el ascensor de vuelta y salir de aquel lugar lo antes posible. No obstante, mantuvo una apariencia tranquila y permaneció firme cuando King comenzó a caminar despacio hacia él.

Como siempre, el director general tenía una sonrisa en los labios, pero su mirada tenía algo salvaje. King se plantó delante de él.

—Felicidades —dijo—. Es el director que ha obtenido mejor puntuación en nuestro curso de formación este año. Ha llegado el momento de celebrarlo. —Hizo un gesto con la mano para abarcar el mapa de la pared—. ¡Puede elegir el Almacén que quiera! ¡Adelante!

—El de Juniper —dijo Bill. Su voz sonó débil, insegura.

—¿Cuál si no? —rio encantado el director general—. Por lo general, cuando tenemos un nuevo director, trasladamos a toda su familia de modo que ya esté instalada en su nuevo hogar cuando éste ha finalizado su formación. Pero esta vez teníamos una vacante en Juniper, y como usted ya había indicado que era donde prefería ir, se la adjudiqué.

Sonrió de oreja a oreja, y Bill tuvo que desviar la mirada para no mirarle la cara, repulsiva y pálida.

De nuevo, como por arte de magia, King tenía en la mano un fajo de documentos, y dejó varios en la mesa delante de él.

—¿Le gustó la pequeña celebración de anoche? —preguntó, arqueando las cejas con complicidad. Bill sintió náuseas—. No se preocupe. Estos pequeños incentivos son sólo para los directores, y no nos gusta que nadie más los conozca. —Soltó una risita y le dio un codazo a Bill—. No diré nada si usted tampoco lo hace, ¿de acuerdo?

Bill asintió.

King sacó un bolígrafo de alguna parte y se lo entregó.

—Firme el contrato y habremos acabado.

Bill quería leer el documento antes de firmar, pero le resultaba incómodo estar a solas con King, estar tan cerca de él, y después de echar un vistazo rápido para asegurarse de que no contuviera nada evidentemente capcioso o inusual, garabateó su firma en el espacio correspondiente y le devolvió las hojas.

—¡Ya es de los nuestros! —soltó King, y le dio una palmadita en la espalda—. ¡Ya forma parte del Almacén!

Se abrió la puerta del ascensor, y entró en tropel un grupo de pelotilleros trajeados con sonrisas felices y sombreritos de fiesta para felicitar a Bill. Le estrecharon la mano y le dieron palmaditas en la espalda antes de ocupar sus lugares alrededor de la mesa.

La puerta del ascensor se abrió otra vez y una fila de mujeres en biquini entró con carritos llenos de comida.

King sonrió encantado.

—¡El desayuno! —anunció—. ¡A comer! ¡Nos espera un día muy ajetreado! —Alzó un vaso con zumo de naranja—. Un brindis por Bill Davis, nuestro director más reciente.

Una hora después, se encontraba en el reactor negro junto a King y un séquito de pelotilleros de camino a Phoenix. King se pasó las dos horas que duró el vuelo charlando afablemente sobre el futuro, sobre la expansión, sobre el día en que todas las ciudades a las que fuera, en cualquier punto del país, tendrían un Almacén. Estaba sentado con elegancia en una silla de diseño muy estilizado y, como siempre, iba impecablemente vestido, pero daba la impresión de querer aparentar algo que no era. Su cara se veía más extraña y antinatural en el entorno convencional del interior del avión.

Era un monólogo más que un diálogo, y casi todo el rato Bill lo escuchó sin hablar. Se encontró reviviendo mentalmente una y otra vez los acontecimientos de la noche anterior. ¿Cómo podría mirar a Ginny a la cara después de lo que había hecho? Le había fallado; la había traicionado. El Almacén lo había corrompido. Había ido a Dallas a combatirlo y se había convertido en parte de él. Lo había contaminado e infectado, y se había pasado al enemigo.

No, eso no era cierto. Ahora tenía la oportunidad de hacer muchas cosas buenas por Juniper. Podría deshacer el daño causado a la ciudad, podría implementar nuevas políticas, anular las decisiones destructivas que habían dado lugar a tantas divisiones y que habían dejado la comunidad en el estado actual. Ahora estaría dentro del sistema en lugar de fuera, y eso le permitiría conseguir muchísimo más que de otro modo. Había tomado la decisión adecuada. No se había vendido.

Pero había traicionado a Ginny.

Racionalizar que estaba intentando conseguir un bien mayor no era ninguna excusa.

El fin no justificaba los medios.

Pensó en Ginny, tumbada sola en la cama, dormida, esperándolo, rezando para que volviera sano y salvo, confiando ciegamente en él.

¿Qué le diría? ¿Qué podría hacer para compensarla? ¿Cómo volvería a merecerla alguna vez?

Sólo se dio cuenta de que estaba llorando cuando King se inclinó hacia él para susurrarle:

—Pare ya. Parece una nenaza.

Miró al director general, se secó las lágrimas, asintió y miró por la ventanilla.

—Sea un hombre —le dijo King—. Pórtese como un director.

Aterrizaron en Sky Harbor a media mañana, y tomaron una limusina para ir de Phoenix a Juniper. Como no quería hablar, fingió dormir todo el camino, pero o bien el director general sabía que estaba despierto o le daba lo mismo, porque siguió charlando sin parar hasta que llegaron.

Juniper.

Había cambiado en su ausencia. No es que hubiera cambiado realmente, no físicamente, sino que ahora había una diferencia: Ya no parecía una ciudad agonizante, una causa perdida. Ya no se sentía impotente para detener su declive. Ahora tenía poder, y en lugar de parecerle la carcasa de lo que había sido, vio la ciudad como un lienzo en blanco, un lugar que no sólo podía igualar, sino incluso superar lo que había sido.

Quería pasar por casa para ver a Ginny y Shannon, para asegurarse de que estaban bien.

Es decir, vivas.

Pero la limusina los llevó directamente al Almacén. King rio disimuladamente al pasar por el concesionario abandonado de Ford, y lo hizo a carcajadas cuando pasaron por delante de un almacén vacío de piensos y granos.

Bill pensó que quizá fuera mejor así. No sabía si estaba preparado para ver a Ginny. Necesitaba más tiempo para pensar qué diría, qué haría y cómo actuaría.

Como se había anunciado con antelación que King iba a Juniper, el Almacén estaba cerrado, y el estacionamiento vacío. Dos guardas uniformados abrieron una barrera para permitir el acceso a la limusina, y el largo vehículo avanzó despacio entre filas idénticas de empleados que flanqueaban el camino hasta la entrada principal. Los empleados sujetaban globos y pancartas, lanzaban confeti y lo aclamaban alegremente. Era un gran acontecimiento, y al parecer estaban presentes todas las personas que trabajaban en el Almacén. Bill miró atentamente por la ventanilla las caras de los reunidos, y se puso tenso al no ver ni rastro de sus hijas.

—Ordené que despidieran a Shannon —dijo King como si le leyera el pensamiento—. Creí que eso lo haría feliz.

—¿Y Sam?

—La trasladé a las oficinas centrales. Es demasiado valiosa para perderla.

La limusina se detuvo frente a la entrada, y Bill se desplazó por el asiento para abrir la puerta y salir del vehículo.

King salió por el lado opuesto, el lado que daba al Almacén, y se oyó una gran aclamación mientras los empleados lo rodeaban, le pedían autógrafos, intentaban tocarlo. Él sonrió gentil, magnánimamente, e hizo un gesto a Bill para que se dirigiera con él hacia las puertas abiertas del edificio.

Bill se entusiasmó cuando la adulación lo incluyó a él. Le gustaron los saludos cordiales, los vítores, el comportamiento servil de sus nuevos subordinados. Daba gusto ser adorado, el centro de atención, y sonrió y saludó a los empleados llenos de júbilo. Era consciente de que aquellos empleados eran los mismos que lo habían tratado con tanto desdén a él y a su mujer, que habían convertido sus vidas en un infierno, y el hecho de ser ahora su dueño y señor le complacía enormemente.

La celebración terminó en cuanto cruzaron la puerta. Como si se hubieran puesto todos de acuerdo, los empleados dejaron las pancartas, los globos y el confeti en un cubo de basura que había dentro del establecimiento, justo detrás de la puerta, y se apresuraron a ocupar sus puestos en cada departamento. El cambio fue demasiado brusco, demasiado radical. Tal vez sólo intentaban demostrar su eficiencia. Tal vez les había entusiasmado de verdad verlos y querían demostrarles entonces lo bien que trabajaban, pero Bill no pudo evitar preguntarse hasta qué punto habría sido todo aquello espontáneo y hasta qué punto lo habría organizado el señor Lamb.

El señor Lamb.

El director de personal estaba nervioso a un lado, flanqueado por Walker y Keyes, esperando a que Newman King los saludara.

Pero King los ignoró.

Recorrió despacio el pasillo principal con un brazo alrededor de los hombros de Bill. Mientras caminaban, Bill notó que tenía los músculos fuertes en ese brazo, y bajo los músculos, en lugares donde no debería haberlos, tenía huesos. Demasiados huesos.

Pero era agradable caminar con King; era agradable volver triunfante al lugar de su derrota, y fue consciente de que se sentía orgulloso de llegar con el director general.

—Tendrá total autonomía —le aseguró King—. Puede contratar y despedir a quien quiera. —Se paró un momento y sonrió—. Puede proceder a la liquidación de quien quiera.

Reanudaron la marcha, esta vez más rápido. Los pelotilleros del avión, que habían ido a Juniper en varios coches detrás de ellos, seguían a Bill. Lamb, Walker y Keyes los seguían a ellos.

King se detuvo delante de una puerta que había en la pared.

—El despacho del director —indicó—. Su despacho. —Frunció el ceño y miró por encima de la cabeza de Bill—. ¿Qué hacen ustedes tres aquí? ¿Acaso les pedí que nos acompañaran?

Bill se volvió y vio que el señor Lamb sacudía la cabeza, nervioso.

—No, señor. Pero pensé...

—No piense. No es su punto fuerte —lo interrumpió King antes de señalar el mostrador de Atención al Cliente, en el extremo opuesto del Almacén—. Vuelvan a sus despachos. Vuelvan a trabajar. De inmediato.

—Sí, señor —dijeron los tres hombres al unísono, a la vez que hacían una reverencia—. Sí, señor.

—¡Lárguense, joder! —gritó King.

Se dispersaron corriendo, y King soltó una carcajada.

—Me encanta hacer eso —confesó—. Usted también puede hacerlo. Pruébelo alguna vez.

Bill pensó que lo haría. Y también le gustaría.

Especialmente en el caso del señor Lamb.

King se volvió hacia la puerta y la abrió. Seguidos de los pelotilleros, subieron un tramo de escalera hasta llegar al despacho del director. Había una mesa enorme, una nevera, un ordenador, una pantalla de vídeo fijada a la pared. Toda la pared sur era una ventana hecha de cristal tintado que daba al establecimiento. Un aire frío, procedente de una rejilla de ventilación oculta, recorría la habitación y mantenía la temperatura más confortable aún que la del resto del edificio.

—¿Le gusta? —preguntó King.

Bill asintió.

—¡Excelente! ¿Quiere ocupar su sillón?

Bill negó con la cabeza. Lo había hecho en la simulación, pero estar allí, en la vida real, era otra cosa, y todavía no se sentía cómodo. Le llevaría algo de tiempo acostumbrarse a todo eso.

—Después de la visita entonces —sugirió King, que rodeó la mesa y pulsó una tecla del ordenador. Una parte de la pared opuesta a la ventana se abrió y dejó al descubierto un ascensor. King sonrió—: Genial, ¿verdad? Acompáñeme.

Bill entró a regañadientes con él en el reducido compartimento.

King pulsó el botón que indicaba DN.

—Ustedes quédense aquí —ordenó a los pelotilleros—. Enseguida volvemos.

Las puertas se cerraron y el ascensor bajó.

Bill miró a Newman King y desvió inmediatamente la mirada porque no quería ver su cara tan de cerca. Notó un olor semejante a tiza o polvo.

—Esto no se enseña en el curso de formación —le advirtió King—. Me gusta hacerlo en persona.

—¿De qué se trata?

—Ya lo verá —sonrió King.

El ascensor siguió bajando —¿hasta dónde llegarían?—, y el director general alzó los ojos hacia los números que se iluminaban sobre las puertas correderas. Todavía sonreía, prácticamente saltaba de entusiasmo.

El ascensor se detuvo y las puertas se abrieron.

Estaban en lo que parecía un comedor enorme, una sala rectangular con el techo, el suelo y las paredes de color blanco, con largas filas de mesas paralelas, también blancas. Al fondo de la sala había un mostrador plateado y una cocina oscura. Había tubos fluorescentes en el techo, pero sólo la mitad más o menos estaba encendida, y una iluminación tenue y difuminada llenaba la enorme habitación.

Bill vio a un grupo de hombres vestidos de negro, sentados y totalmente inmóviles en las mesas del centro.

Los directores nocturnos.

Había unos cuarenta o cincuenta, puede que más. En las mesas, delante de ellos, tenían tazas de café, pero no las habían tocado, y tenían las manos juntas y quietas. Incluso bajo aquella luz tan tenue, podían apreciarse sus caras pálidas carentes de expresión. Aparte del ruido que hacían Bill y King al caminar, la sala permanecía en completo silencio.

Bill sabía que podía disponer de los directores nocturnos como quisiera ya que formaban su ejército privado, pero aun así estaba asustado, y sintió un ligero escalofrío al mirarlos. Puede que si hubieran formado parte de su formación, si hubiera tenido ocasión de trabajar con ellos en la Torre Negra, se sentiría más habituado a su presencia, pero, dada la situación, le parecían tan aterradores como antes de ir a Dallas.

King dio una palmada y, como uno solo, los directores nocturnos volvieron la cabeza hacia él. Dio dos palmadas más, y las cabezas de los directores nocturnos regresaron a su posición inicial.

—¿No le parece fantástico? —rio el director general—. Pruébelo usted.

—No —se negó Bill.

—¡Venga! —King dio tres palmadas y los directores nocturnos se levantaron. Dio cuatro y volvieron a sentarse—. ¡Es divertido! ¡Adelante!

Bill dio una palmada, y en esta ocasión los directores nocturnos lo miraron a él. Dio tres palmadas y se levantaron.

Se preguntaba qué serían los directores nocturnos: ¿Zombis? ¿Vampiros...?

No. No era nada tan sencillo. No eran monstruos. No eran muertos vivientes. No eran cadáveres que hubieran resucitado gracias a alguna ciencia o alquimia mágica. Eran hombres. Eran... víctimas del Almacén. Hombres a los que el Almacén había capturado.

El Almacén había capturado sus almas.

—¡Vuelva a aplaudir! —exclamó King—. ¡Cinco veces!

Bill dio cinco palmadas y los directores nocturnos se sentaron y adoptaron su postura inicial.

—Fantástico, ¿eh? —King dio una palmada y un puntapié en el suelo, y los directores nocturnos gritaron a la vez:

—¡Sí!

—¿Verdad que es divertido? —dijo King.

Bill tenía que admitir que era bastante divertido. Y los directores nocturnos ya no le parecían tan aterradores.

—Y ¿qué hacen? —quiso saber—. ¿Por qué están aquí?

—Dirigen el Almacén por la noche. Revisan las actividades del día, y si encuentran algo fuera de lo normal, se lo dirán a usted. Aparte de eso, puede utilizarlos como desee: Guardas de seguridad, policía, dependientes sustitutos... Saben hacerlo todo. Y también obedecen órdenes verbales.

King dio un par de puntapiés en el suelo, y los directores nocturnos gritaron:

—¡Así es!

—Pero las palmadas y los puntapiés son más divertidos. —Se giró hacia Bill—. Encontrará los detalles en su ejemplar de *El equilibrio del director* —indicó antes de rodearle los hombros con un brazo extrañamente formado—. Venga. Volvamos a su despacho y terminemos con esto. Quiero estar en Dallas antes del anochecer.

Entraron en el ascensor.

Los pelotilleros no se habían movido, seguían exactamente en la misma postura en la que estaban cuando King y él habían bajado. Cuando el director general entró en la oficina, parecieron volver a la vida y empezaron a hablar entre sí y revisar documentos.

—¿Alguna pregunta? —le preguntó King.

Bill negó con la cabeza.

—Pues supongo que eso es todo —prosiguió King—. En su ejemplar de *El equilibrio del director* encontrará un teléfono de urgencias por si surge algún problema.

Uno de los pelotilleros dejó un ejemplar de *La Biblia del empleado* y otro de *El equilibrio del director* sobre su mesa.

—Y aquí tiene su contrato —dijo King, que le entregó una copia de los documentos que había firmado en Dallas—. Cuide de mi Almacén —pidió antes de volverse para marcharse—. No la cague.

Los pelotilleros siguieron a King pegados a sus talones mientras salía del despacho dando zancadas, y Bill se quedó mirando por la ventana cómo cruzaban la puerta situada en la parte inferior de la escalera y enfilaban el pasillo principal hacia la entrada.

Permaneció detrás de la ventana, contemplando a las personas que había en los distintos departamentos del Almacén.

Su Almacén.

Diez minutos después de que King y sus acólitos se hubieran ido, el señor Lamb salió de su oficina, situada detrás del mostrador de Atención al Cliente. Alzó los ojos hacia la ventana, y aunque Bill sabía que no podía verlo a través del cristal tintado, se sintió como si Lamb lo estuviera mirando, y tuvo que obligarse a no apartarse para esconderse.

El señor Lamb desapareció de nuevo en su despacho, y un momento después sonó el teléfono de la mesa de Bill.

Era el señor Lamb. Con una voz tan sumisa que tenía que ser sarcástica, el director de personal le decía lo contento que estaba de trabajar con él, y lo honrado que se sentía de tenerlo como director.

—Me he tomado la libertad de pedir a todos los empleados del Almacén que vayan a la sala de reuniones del piso de abajo para que pueda hablar con ellos y exponerles las bases de su régimen.

—No —lo contradijo Bill—. Dígales que se pongan en fila junto a la entrada principal. Al lado de los carritos de compra.

—Creo que la sala de reuniones es mejor...

—¿Quién es el director, señor Lamb? ¿Usted o yo? —Lo satisfizo oír silencio al otro lado de la línea—. Bajaré en cinco minutos.

Un momento después, la voz del director de personal resonó en el sistema de megafonía:

—Se ruega a todos los empleados que se reúnan inmediatamente en la entrada principal del Almacén. No se trata de ningún simulacro.

Bill volvió a echar un vistazo a su despacho y bajó la escalera. En la Planta, algunos empleados se dirigían ya hacia la entrada del Almacén. Se rio para sus adentros. Era el director; el jefe. En aquel edificio todo el mundo trabajaba para él.

Y eso le gustaba.

Llegó a la entrada principal, e inmediatamente todo el mundo adoptó la posición de firmes. Tenía a sus tropas delante de él, vestidas de negro, y sintió un involuntario gusto por el poder al mirarlas a la cara. Estaban a sus órdenes para hacer lo que él creyera conveniente, y podía utilizarlos para que su Almacén funcionara perfectamente, como él quisiera. El mundo real era complicado, caótico, pero allí, en el mundo del Almacén, no tenía por qué ser así. Allí, en Juniper, no tenía por qué ser así. Podía rehacer su ciudad a su gusto, podía...

Sacudió la cabeza y cerró los ojos.

Pero ¿qué estaba pensando? No estaba allí por esa razón. No quería rehacer Juniper a su gusto. Quería volver a dejar la ciudad como era antes de la llegada del Almacén. Quería usar su nuevo poder para hacer cosas buenas.

Abrió los ojos y vio a todos los empleados mirándolo, algunos con temor, algunos con esperanza, otros con una resolución fanática que le hizo sentir incómodo.

—Vuelvan a sus puestos —dijo en voz baja.

—Señor Davis... —empezó el señor Lamb tras dar un paso al frente.

—Vuelvan a sus puestos —repitió Bill—. Todos.

Los empleados se apresuraron a regresar a sus respectivos departamentos.

El director de personal se le acercó.

—Señor Davis, debo decirle que no estoy de acuerdo con esta clase de microgestión. Yo siempre he estado al mando de...

—No quiero hablar con usted, señor Lamb.

—El mismísimo señor King me nombró...

—No quiero hablar con usted, señor Lamb.

—Si es por lo de sus hijas...

—¡Por supuesto que es por lo de mis hijas! —Bill se había vuelto hacia él, furioso—. Pero ¿qué coño se cree que es, gilipollas?

—¡Eh! ¡Esa boquita!

Se volvió y vio que Holly, del antiguo café, le sonreía junto a los carritos de compra. Llevaba un uniforme del Almacén, pero seguía pareciendo la misma Holly, igual, intacta, con un brillo pícaro en los ojos. Bill la miró, y fue como encontrarse inesperadamente con un amigo en un país extranjero.

—Holly —le dijo—. ¿Cómo está?

—Tan bien como cabría esperarse, supongo.

Para entonces ya se habían abierto las puertas al público, aunque no sabía por orden de quién, y echó un vistazo a los clientes que tenía a su alrededor. Parecían nerviosos, acobardados, intimidados. Ninguno de ellos estaba solo; los guías los conducían por el Almacén como si fueran los dóciles residentes de un hogar de ancianos.

«Puedo cambiar eso —pensó—. Soy el director. Puedo cambiar esta política.»

Se volvió hacia el director de personal.

—¿Señor Lamb?

—¿Qué? —soltó el director de personal con brusquedad.

—Está despedido.

De inmediato, su rostro adoptó una expresión de pánico.

—Por favor —suplicó—. ¡Haré lo que diga! ¡No le llevaré nunca la contraria! ¡No intentaré darle mis opiniones!

—¡Señor Walker! —llamó Bill—. ¡Señor Keyes!

Los otros dos hombres, que habían permanecido cerca procurando ser discretos, acudieron al instante.

—Están despedidos —dijo Bill—. Los tres están despedidos.

Los tres hombres temblaban aterrados ante él.

—¡No! —exclamó el señor Lamb—. ¡Por favor!

—Ya no trabajan para el Almacén, señores —recalcó Bill.

El señor Lamb fue el primero. Se le tensó el cuerpo y cayó

hacia delante. No hizo el menor esfuerzo por evitar la caída, no intentó protegerse con las manos, y golpeó sonoramente el suelo con la cara. Como fichas de dominó, Walker y Keyes también se pusieron rígidos y cayeron: Walker hacia delante, Keyes hacia atrás.

Bill se quedó estupefacto. No tenía ni idea de lo que estaba ocurriendo, y no supo cómo reaccionar. Se arrodilló y tomó la muñeca de Lamb para buscarle el pulso, pero no lo encontró. Quiso gritar pidiendo ayuda, ordenar a alguien que llamara a una ambulancia, pero sabía que los tres hombres estaban muertos, que nada podría salvarlos o reanimarlos.

El Almacén había sido su vida.

Se levantó y retrocedió. Varios guías y sus clientes miraron a los hombres inmóviles en el suelo al pasar junto a ellos, pero ninguno se detuvo o mostró algo más que una ligera curiosidad.

Bill se giró hacia Holly, y ésta le sonrió. Su rostro no reflejaba miedo, ni confusión, sólo una expresión de satisfacción.

—Ding dong, la bruja ha muerto —dijo.

Bill asintió. Quería sentirse mal, quería sentir remordimientos, quería sentir... algo. Pero compartía la satisfacción de Holly.

«Va por ti, Ben», pensó.

Un empleado al que Bill no conocía llegó corriendo a su lado, observó a los hombres en el suelo y alzó los ojos hacia Bill.

—Yo me encargaré de esto, señor —aseguró—. No se preocupe.

Se marchó a toda velocidad por donde había venido y un momento después se oyó su voz por megafonía:

—¡Limpien en el pasillo número uno!


Después de que se hubieran retirado los cadáveres, Bill se fue a casa.

Quería ver a Ginny y a Shannon.

Había llamado antes, desde el Almacén, incapaz de esperar, ansioso por saber si todo iba bien, y casi se echó a llorar al oír la voz de su mujer.

¿Cómo iba a mirarla a la cara?

Le habían proporcionado un coche de la empresa, un sedán negro, y lo tomó para ir a casa lo más rápido posible. Al ver a Ginny, que lo esperaba en el camino de entrada, paró el coche, bajó y corrió a sus brazos. Los dos lloraron, se abrazaron y besaron como locos.

—¿Dónde está Shannon? —preguntó Bill.

—En casa de Diane —respondió Ginny con una sonrisa tras secarse las lágrimas de la cara—. El señor Lamb la despidió.

—Despedí al señor Lamb.

—¿De verdad eres el director del Almacén?

—De verdad.

—¿Dónde está Sam?

—La han trasladado a Dallas —respondió Bill tras humedecerse los labios.

—¿Crees que estará bien?

—No lo sé —admitió él.

De repente recordó la vez que Sam se había torcido el tobillo durante una excursión que habían hecho cuando la niña tenía diez años. Bill la había llevado a cuestas todo el camino de vuelta a casa.

Ginny inspiró hondo.

—¿Volveremos a verla? —preguntó.

—No lo sé —contestó él mirándola a los ojos.

Pensó en Sam como la había visto el mes de junio, en su graduación, sonriéndoles desde el estrado al recibir su diploma.

Ginny lo abrazó de nuevo. Él la estrechó con fuerza y pensó en lo ocurrido la noche anterior en la *suite* de Dallas. ¿Qué había hecho? ¿Por qué había sido tan estúpido? ¿Por qué no había podido ser más fuerte? Parpadeó para contener las lágrimas.

—Me alegro de que hayas vuelto —dijo Ginny.

—Yo también —aseguró Bill, y se echó a llorar—. Yo también.

# Treinta y tres

## 1

Descubrió que, en realidad, no quería cambiar el Almacén. Cuando lo veía desde fuera, no se había percatado de lo que conllevaba ser director del Almacén. No había comprendido las exigencias rigurosas del puesto. Había cuotas de ventas que se debían alcanzar, nóminas que se debían pagar, personas que debían recibir formación y orientación, mil decisiones diarias que debían tomarse. Por mucho que le costara admitirlo, el Almacén era el motor que impulsaba la ciudad, y eso significaba que toda la economía de Juniper descansaba ahora sobre sus hombros. No renegaba de sus inquietudes de antes, pero ahora se daba cuenta de que había que contraponer el perjuicio de unos pocos a las necesidades de muchos.

Por supuesto, jamás aprobaría lo ocurrido en el pasado: las desapariciones, los incendios, la destrucción sistemática de enemigos y rivales. Pero, como había dicho King, eso ya estaba hecho. Era el comienzo de un nuevo día, y él iba a legitimar el Almacén en Juniper.

Repasó algunas de las prácticas del Almacén, aquellas que le parecían algo sospechosas, pero al examinarlas más atentamente, descubrió que todas ellas eran necesarias. No le gustaba la idea de tener una pantalla de vigilancia en cada rincón de la Planta, de permitir que hubiera empleados que observaban hasta los actos más íntimos de los clientes, pero los hurtos eran un problema importante para cualquier vendedor y constituían la principal fuente de pérdidas de ingresos. Además, si bien la gente necesitaba tener privacidad en casa, no había razón para que la necesitara cuando estaba en el Almacén comprando.

La idea de los guías también lo irritaba, pero comprendía que a pesar de sus prejuicios personales en contra de ellos, eran un instrumento de venta válido que permitía a los clientes, en especial a los mayores, encontrar fácilmente lo que estaban buscando. Los guías lograban que comprar fuera más rápido y eficiente.

A todos los niveles, las cosas que antes le habían parecido mal, no sólo resultaron ser legítimas y valiosas, sino indispensables.

Las políticas del Almacén no eran tan malas como había creído.

Por su parte, Ginny no se mostraba nada entusiasmada. Disentía de sus decisiones incluso después de que se las explicara, y parecía pensar que se había vendido, que le habían lavado el cerebro en Dallas.

«El mejor sexo de su vida.»

Todavía lo amaba, desde luego, y estaba contenta de que hubiera vuelto; pero recelaba de él, no era abierta y sincera como antes, y Bill se prometió que cuando hubiera metido en vereda al Almacén, se dedicaría a recomponer su relación.

Le debía eso por lo menos.

En el Almacén, contrató personal para sustituir al señor Lamb, al señor Walker y al señor Keyes. Despidió a algunos de los empleados que no se adaptaban y los reemplazó por otros que aceptaran mejor las órdenes.

No había logrado reunir el valor para reunirse con los directores nocturnos. Seguía teniéndoles un poco de miedo, y aunque hacían bien sus supervisiones nocturnas, y los informes que le dejaban cada mañana en su mesa eran minuciosos y fáciles de seguir, no podía evitar pensar en lo que había visto en Nuevo México, en los rumores que Shannon le había contado. Era su jefe, sí, pero no los entendía y no sabía cómo tratarlos ni qué hacer con ellos.

Aun así, formaban parte de su establecimiento, de su responsabilidad, y como King le había enseñado, tenía un poder absoluto sobre ellos. Debería sacar partido de eso y tratar de incorporarlos a su estrategia directiva.

Se sentó toda una mañana en su despacho para leer *El equilibrio del director* e intentar averiguar todo lo posible sobre los directores nocturnos. No había ninguna pista sobre su origen, claro, pero había ejemplos de cómo usarlos, además de una descripción detallada de las órdenes que controlaban sus acciones.

Desde su vuelta, había querido cambiar la ubicación de dos departamentos. Creía que Calzado y Moda Infantil no estaban donde deberían estar. Pero intercambiarlos, trasladar todos los productos y los accesorios del uno al otro llevaría mucho tiempo y exigiría mucho esfuerzo. Tendría que interrumpir el funcionamiento normal un día e incomodar a los compradores, o pagar horas extra a los empleados para que se quedaran tras su turno a hacer ese trabajo.

Pero entonces cayó en la cuenta de que podrían hacerlo los directores nocturnos.

Era una solución legítima a un problema legítimo que, además, le permitiría empezar a utilizar a los directores nocturnos y tantear así la situación.

Cerró *El equilibrio del director*, se recostó en el sillón y contempló el techo. Una parte de él quería que lo acompañara alguien, un subordinado, pero sabía que estaba siendo débil y que se trataba de algo que tenía que hacer solo.

Inspiró y se obligó a levantarse del sillón tras recoger *El equilibrio del director*.

Bajó en el ascensor a la sala que ocupaban los directores nocturnos.

El aire parecía más frío, la luz del comedor más tenue que la otra vez. No estaba exactamente asustado, pero se sentía incómodo, y se quedó cerca de la puerta abierta del ascensor mientras dirigía la vista hacia las mesas donde estaban sentadas las figuras vestidas de negro.

Como la otra vez, tenían delante tazas de café. Y, también como entonces, las figuras permanecían quietas mirando al frente, sin beber, sin tocar siquiera las tazas.

Deseó que Newman King estuviera allí con él.

Se humedeció los labios, secos de repente, y abrió *El equilibrio del director* por la página que había señalado. Carraspeó y gritó:

—¡Uno! ¡Dos! ¡Tres!

Los tres directores nocturnos que estaban más cerca de él se levantaron.

Bill avanzó despacio y se paró al llegar al borde de las mesas. Miró de nuevo el libro y dio tres puntapiés seguidos en el suelo.

El cuarto director nocturno se volvió hacia él.

Era Ben.

Bill dio un respingo y tuvo que contenerse las náuseas. De repente, le fallaron las fuerzas. Miró a su amigo. El rostro del director del periódico había perdido todo el color, toda emoción o expresión, todo rastro de humanidad. De los antiguos rasgos de Ben, sólo quedaba una expresión atontada y un comportamiento automático idéntico al de los demás directores nocturnos.

Contempló los ojos vacíos de su amigo y no vio nada en ellos. Se sintió vacío a su vez, perdido. Un pesar profundo estaba amenazando con apoderarse de él, una sensación amarga que sabía que sería insoportable, así que cedió a las otras emociones que sentía en esos momentos: odio y rabia. Un odio ciego y una rabia inmensa dirigidos no sólo hacia Newman King, sino hacia él mismo.

¿Qué había estado haciendo? ¿A quién había estado engañando? Ginny tenía razón. Lo habían embaucado, lo habían corrompido. El Almacén no había cambiado. El Almacén no podía cambiar. Él había cambiado. Se había tragado todas aquellas tonterías y se había convencido a sí mismo de que el Almacén no era como él creía, como sabía que era. Se había tapado los ojos y había racionalizado su implicación. Lo había seducido el poder, el lujo...

... el mejor sexo de su vida...

... las promesas de Newman King. Y si bien sus motivos iniciales habían sido buenos, había aceptado su nuevo empleo sin pensar, sin plantearse las consecuencias morales. Hasta había empezado a creerse las mentiras utilizadas para perpetuar el reinado del Almacén.

Pero eso se había acabado.

Ahora veía el Almacén tal como era, tal como siempre había sido, y se detestaba a sí mismo por desviarse del camino, por ir en contra de lo que sabía que estaba bien. No sólo había traicionado a Ginny, sino también a Ben, a Street, a la ciudad.

A él mismo.

Pero no iba a dimitir. No iba a dejarlo. Iba a regresar a su plan original. King le había dado total autonomía sobre el Almacén de Juniper, e iba a usarla para que las cosas volvieran a ser como antes. Iba a despojarlo de su poder e invertir los cambios que había hecho en la ciudad. Iba a reducir el Almacén hasta que fuera lo que debería haber sido desde el principio: un comercio minorista. Nada más y nada menos.

Había sido el propio Ben quien lo había llevado hasta ese punto, quien le había hecho darse cuenta de lo que estaba ocurriendo, y al mirar a su amigo volvió a sentir el vacío y la tristeza.

Avanzó, puso una mano en el hombro de Ben y notó el frío a través de las capas de tela negra.

—Gracias —le dijo en voz baja.

El director nocturno no respondió.


Esa tarde convocó una reunión con todos los empleados del Almacén: directores de departamento, guías, mozos de almacén, secretarias, administrativos, cocineros, camareros, personal de seguridad... Lo primero que les dijo fue que ya no llevarían uniforme. Todo el mundo tendría que ir bien vestido (faldas para las mujeres, camisa y corbata para los hombres), pero se acabaron los uniformes. En su lugar, todo el mundo recibiría una etiqueta de identificación.

Hubo murmullos y susurros, expresiones de sorpresa e incredulidad, y Bill captó la mirada de Holly. Vio que ésta le sonreía y levantaba el pulgar en señal de aprobación.

Añadió que ya no habría guías. Al oírlo, hubo protestas, pero explicó que tampoco habría despidos. No se echaría a ningún empleado que quisiera trabajar para el nuevo Almacén. Se asignaría a los guías otras funciones. Se les encontraría un puesto.

La reunión duró casi toda la tarde. No fue un mero discurso, sino un auténtico diálogo, y aunque al principio había cierta reticencia a hablar, logró que casi todos participaran en el debate. Les convenció de que realmente iba a cambiar el funcionamiento del Almacén, y también de que sus aportaciones eran valiosas y necesarias, ya que él no conocía con detalle cómo funcionaba todo y les agradecería sus comentarios, sugerencias y ayudas para modificar el lugar de trabajo.

Esa noche regresó a casa cansado pero contento, y le contó a Ginny lo que había pasado. Su mujer se quedó horrorizada al oír lo de Ben, pero le entusiasmó saber que por fin iba a reducir el dominio del Almacén en la ciudad y a desmantelar su feudo.

—¿Crees que puedes hacerlo? —preguntó.

—Ya lo verás.

Le llevaría algo de tiempo analizar la complicada red que había tejido el Almacén, averiguar todos los servicios municipales de los que se había apoderado, todo el trabajo que se le había subcontratado, todos los demás negocios que la empresa financiaba y supervisaba, pero Bill se comprometió a descubrirlo todo y a rectificarlo.

Cerró el Almacén una semana para hacer inventario. Los empleados, en equipos de dos, catalogaron todos los productos y él repasó personalmente la información en su PC. Eliminó secciones enteras del establecimiento, devolvió artículos al depósito central de la cadena y los sustituyó por otros más adecuados de distribuidores tradicionales hasta que el inventario del Almacén fue más acorde con el de los comercios corrientes.

—¿No te parece que King va a poner fin a todo esto? —le preguntó Ginny una noche—. ¿No crees que se enterará y vendrá a por ti?

—Lo intentará.

—No puedes luchar contra alguien así —agregó ella mientras lo abrazaba—. Contra algo así. Es muy poderoso.

—No te preocupes —la tranquilizó.

—Es que no quiero que te pase nada —dijo Ginny, y se interrumpió antes de añadir—: Ni a Sam. —Bill la miró—. Está trabajando en las oficinas centrales. Sólo Dios sabe qué le hará cuando se entere —añadió Sinny.

—Dijo que podía hacerlo —aseguró Bill—. Fue así como me embaucó para que trabajara para él. Dijo que el Almacén de Juniper era mío y que podía hacer lo que quisiera con él.

—¿Y si cambia de opinión?

—Ya me ocuparé de ello cuando ocurra.

Durante los siguientes tres días despidió a veintiséis personas; una tercera parte de la plantilla del Almacén. No confiaba en ellas, no creía que pudieran adaptarse, estaba seguro de que preferían los métodos de King y no quería que trabajaran para él. Ésa era una de las ventajas de tener un poder absoluto sobre su Almacén: no necesitaba esgrimir motivos legítimos para despedir a alguien, no necesitaba tener una razón válida. Podía simplemente echarlos y prohibirles la entrada al establecimiento. Cuando dijo a algunos de los empleados más agresivos que ya no contaba con sus servicios y les ordenó que se marcharan sintió cierta satisfacción, recuperó apenas aquella sensación de poder, pero se negó a disfrutarla, se obligó a mantenerse imparcial y pensar en el bien de la ciudad y no en su pequeña gratificación emocional.

Quedaron por resolver algunas cosas. Los forasteros de paso, por ejemplo. Y nadie le dijo adónde habían llevado a los indigentes que habían recogido durante las limpiezas ni qué les había ocurrido. Se lo preguntó a todo el mundo, pero todos le aseguraron ignorarlo.

Puede que fuera mejor así.

No estaba seguro de querer saberlo.

Y también estaban los directores nocturnos.

Eran uno de los problemas importantes. No había bajado a

su comedor desde que vio a Ben. Se había mantenido alejado adrede de ellos, pero sabía que no podía evitarlos para siempre. Seguían rondando por el Almacén de noche para revisar qué pasaba e informar de ello, y sus informes eran cada vez menos objetivos. No se extraían conclusiones, no se usaban adjetivos, sólo hechos y cifras, pero la forma en que se presentaban aquellos hechos y cifras denotaba crítica, y Bill sabía que alguna vez tendría que enfrentarse con ellos.

El viernes bajó de nuevo al comedor, esta vez con Ginny, y aunque ella quería ver a Ben, hizo que se quedara junto a la puerta del ascensor y prefirió que los directores nocturnos no se movieran de su posición estática en las mesas. Había leído y releído *El equilibrio del director* y no había encontrado nada sobre despedir o descartar a los directores nocturnos, y sabía que si iba a deshacerse de ellos, tendría que ingeniárselas solo.

Ginny y él estaban junto a la pared contemplando la larga habitación mal iluminada.

—Son más espeluznantes aún de lo que me había imaginado —comentó Ginny con un escalofrío.

Bill asintió.

—¿Están... muertos?

—No lo sé —admitió Bill—. Creo que no, pero... no sé qué son.

—Tal vez deberíamos hablar con Ben para intentar refrescarle la memoria.

—No —repuso Bill con sequedad.

—¿Los has mirado a todos? A lo mejor hay más personas que conocemos... que conocíamos.

Ahora fue Bill quien se estremeció.

—Hagamos lo que tenemos que hacer y marchémonos de aquí. —Carraspeó e inspiró hondo—. Están despedidos —anunció levantando la voz—. Todos ustedes. —Los directores nocturnos permanecieron inmóviles. Tras unos segundos, Bill añadió—: ¡Ya no trabajan para el Almacén!

No obtuvo respuesta.

—¡Les libero de sus deberes! —insistió.

Nada.

—¡Váyanse de aquí! ¡Márchense! ¡Abandonen las instalaciones del Almacén! ¡Largo!

—No funciona —comentó Ginny.

—¡Ya lo veo! —se quejó Bill.

Ginny se apartó de él.

—Perdona —se disculpó de inmediato—. Es que... perdona.

Ginny asintió, y era evidente que lo comprendía.

—¿Tienes alguna idea? —le preguntó Bill.

—¿Fuera? —sugirió ella.

—¡Fuera! —repitió en voz alta.

—Nada.

Siguió gritando órdenes, chillándoles, pero sólo logró que un grupo de directores nocturnos que estaba en el centro se acercara a la encimera de acero inoxidable junto a los fogones.

—Vámonos —pidió Ginny—. No me gusta estar aquí.

Bill asintió, abatido, y los dos volvieron a entrar en el ascensor.

Durante los segundos que tardó en cerrarse la puerta del ascensor, Bill vio que el grupo de directores nocturnos se alejaba de los fogones y volvía con los demás llevando otras tazas de café.

Por su cuenta.

## 2

Unos días atrás había levantado el toque de queda, y la gente podía volver a salir de noche, aunque seguía habiendo miedo. Esa noche, al volver en coche a casa, constató que la calle estaba vacía y no se veían vehículos, ni siquiera en el centro.

Dentro de unas semanas tenían que celebrarse unas nuevas elecciones municipales, pero nadie había anunciado todavía su candidatura.

Después de lo que les había ocurrido a los dos últimos candidatos, quizá la gente creyera que los cargos estaban malditos.

Ginny y Shannon lo estaban esperando en casa y cenaron

todos juntos. Pastel de carne con puré de patatas. Intentaron estar alegres, pero como siempre la ausencia de Sam era más sentida a la hora de las comidas, y se fueron apagando hasta dedicarse cada uno a pensar en lo suyo.

No tenían noticias de ella desde su traslado a Dallas, y Bill rezaba para que no le hubiera sucedido nada.

Las clases habían empezado el día anterior, y Ginny ya tenía trabajos que puntuar y Shannon deberes que hacer, así que se pasó la velada solo, atontándose el cerebro con un videojuego en el PC.

Cuando estaba en el cuarto nivel de *Alienblaster*, Ginny irrumpió en la habitación y cerró la puerta. Se dirigió a toda prisa hacia la ventana y descorrió las cortinas.

—¿Qué pasa? —dijo Bill.

—Los directores nocturnos.

Bill se levantó.

—¿Qué? —preguntó sorprendido.

Ginny se volvió hacia él, totalmente pálida.

—Mira fuera.

—No veo nada —aseguró tras obedecerla.

—Apaga la luz.

Lo hizo y volvió a mirar por la ventana. Cuando sus ojos se adaptaron a la oscuridad, pudo verlos, detrás de los árboles, como su mujer le había dicho.

Los directores nocturnos.

Estaban vigilando su casa.

Un escalofrío le recorrió el cuerpo y se le puso la carne de gallina.

—¡Nos están vigilando! —exclamó Ginny mientras corría de nuevo las cortinas.

—Me están vigilando a mí —reflexionó Bill tras inspirar hondo.

—¿Puedes ordenarles que se vayan?

—Debería poder hacerlo —asintió Bill—. Pero yo no les ordené que vinieran.

—Y ¿qué significa eso?

—Creo que significa que King viene para acá.

—¿Qué va a hacer?

—No lo sé. —Bill recogió los zapatos y los calcetines del suelo—. Pero será mejor que vaya al Almacén a reunirme con él.

Ginny lo sujetó por un brazo.

—¡No! —exclamó—. ¡No puedes ir!

—Tengo que hacerlo —repuso Bill, que se zafó de ella.

—Pero ¿y si...?

—Tengo que hacerlo —repitió. Salió de la habitación y recorrió el pasillo deprisa. Se paró en el salón para ponerse los calcetines y los zapatos, y comprobó que todas las puertas y ventanas estuvieran bien cerradas—. ¿Todavía tienes ese bate de béisbol en alguna parte?

Ginny, que lo había seguido hasta el salón, asintió.

—Ve a buscarlo. Por si acaso.

Shannon había bajado al salón.

—¿Qué hacéis? ¿Qué pasa?

—Los directores nocturnos —explicó Ginny—. Han rodeado la casa.

—¡Oh, Dios mío! —Shannon se echó a llorar—. ¡Oh, Dios mío! Lo sabía. Lo sabía.

—No te pongas nerviosa —le pidió Bill—. Me voy al Almacén. Espero que me sigan. Creo que por eso están aquí.

—¿Qué va a pasar?

Bill inspiró con dificultad antes de responder:

—Creo que Newman King quiere verme.

Los sollozos de Shannon cobraron más fuerza. Cruzó corriendo el salón y rodeó con los brazos a su padre.

—¡No vayas! —suplicó—. Es una artimaña. Es una trampa.

—Tal vez tendrías que esperar hasta mañana por la mañana —sugirió Ginny.

—Y tal vez él venga aquí —dijo Bill.

—Por lo menos estás en tu terreno.

—El Almacén es mi terreno. Es mi Almacén. Además, no quiero que venga aquí.

—Quizá deberíamos acompañarte nosotras. Cuantos más

seamos, más seguros estaremos. Y somos mujeres. Puede que King no...

—Le da igual lo que seáis. —Bill abrazó a su hija y la besó en la frente. Después, se volvió hacia Ginny y la acercó hacia él para besarla también—. Volveré en cuanto pueda.

—¿Y si no vuelves nunca? —sollozó Shannon.

—Volveré.


Cuando llegó, el estacionamiento del Almacén estaba vacío, pero dentro del establecimiento las luces estaban encendidas, y a través de las puertas de entrada pudo ver cómo los directores nocturnos recorrían los pasillos.

Sintió frío, miedo, pero se obligó a salir del automóvil y usar su llave para abrir las puertas y entrar.

Los directores nocturnos se movían deprisa por el edificio, recorriendo arriba y abajo los pasillos entre los estantes. Se suponía que tenían que supervisar los hechos del día, hacer inventario y registrar las transacciones, pero no dejaban de moverse ni un segundo y ni siquiera parecían mirar los artículos expuestos.

Simplemente caminaban.

En el Almacén no se oía nada más que sus pasos, y la falta de música de ambiente, así como el ruido del aire acondicionado o cualquier otro sonido era de lo más desconcertante. Bill avanzó despacio por el pasillo principal.

Las luces se apagaron de golpe y oyó un clic metálico detrás de él. Notó una brisa repentina, una ráfaga de aire frío, y se volvió enseguida.

King estaba en el umbral, iluminado desde atrás por los faros de su limusina.

—Bill —dijo—. Me alegro de volver a verle.

No había placer en su voz, ni cordialidad, sólo una monotonía dura y peligrosa, que sonaba totalmente inhumana. Se quedó inmóvil delante de la puerta, como una figura oscura, aterradora, apenas una silueta. La rareza de su cuerpo, tan evidente de cerca, era asimismo visible en la peculiar forma de su contorno, y a Bill lo invadió al instante un miedo instintivo. Pero no se amedrentó.

—Buenas noches —saludó con calma.

Las luces volvieron a encenderse, y el director general se acercó resuelto hacia él.

Trucos escénicos. King estaba utilizando iluminación teatral para dirigir la atención hacia él.

Era una estratagema tan pobre, tan barata, que hizo que de algún modo Bill tuviera menos miedo.

—¿Qué cree que está haciendo? —preguntó King.

—Estar aquí.

—Me refiero a qué está haciendo con el Almacén.

—Mi trabajo.

Los dos se miraron. De nuevo, Bill observó lo extraña que era la piel de King, lo artificiales que parecían sus dientes, la ferocidad que mostraban sus ojos. Desvió la mirada, incapaz de dirigirla más de unos segundos a un rostro tan poco natural.

—Ésta no es la forma en que le enseñamos a dirigir el Almacén —aseveró King.

—No, pero decidí hacerlo así. Creí que sería lo mejor para Juniper.

—¡Yo decido qué es lo mejor! —berreó el director general.

—No creo que sea algo que pueda generalizarse. Creo que las cosas tienen que adaptarse a cada comunidad. Las cosas no son iguales aquí, en Arizona, que, pongamos por caso, en Ohio...

—¡Son iguales en todas partes! —King dio un paso adelante, y Bill retrocedió enseguida. Una ráfaga de viento se arremolinó entre ambos—. ¡No permitiré que entorpezca la voluntad del Almacén y que ponga en peligro su futuro en aras de un capricho personal!

Bill estaba aterrado y le costaba mucho seguir fingiendo tranquilidad, pero se obligó a hablar con una voz regular:

—Dirijo este Almacén como mejor me conviene.

—¡Pues no dirigirá más este Almacén!

—Me dio total autonomía —le recordó Bill—. Lo pone mi contrato.

—No lo dirige como es debido. Es evidente que lo juzgué mal. No está hecho para el Almacén.

—¿Qué hará? ¿Arrebatármelo? —Bill se detuvo un momento—. ¿Va a incumplir su palabra? ¿Va a incumplir su contrato?

—Es usted un cabrón —lo insultó King en voz baja—. Un hijo de puta.

Bill se mantuvo firme, sin decir nada.

Un director nocturno pasó entre ellos.

Por un instante, Bill creyó que King iba a atacarlo. Le lanzó una mirada fulminante con los músculos tensos y los puños apretados. Pareció que se le movía el cabello.

Entonces sonrió y echó un vistazo alrededor del establecimiento con indiferencia.

—¿Le comenté que vamos a ampliar el negocio? Además del restaurante de *sushi* y la cafetería, incorporaremos burdeles a nuestros establecimientos. Se puede ganar mucho dinero con el sexo. Es el último bastión de comercio sin explotar en este país. Ya iba siendo hora de que alguien lo comercializara.

Bill sintió asco, desazón. Creía saber adónde quería ir a parar el director general.

King sujetaba de repente una cinta de vídeo en la mano. Se la lanzó a Bill.

—Su última noche en Dallas. Es uno de los materiales de nuestro curso de formación —sonrió—. Quizá quiera verla.

Bill la dejó caer al suelo y la aplastó con la bota.

Pero King sujetaba otra. Soltó una carcajada.

—Mirémosla juntos —dijo—, ¿le parece?

Junto a una de las cajas registradoras había un televisor y un reproductor de vídeo que utilizaban durante el día para poner películas de Disney. King se acercó, sacó la cinta de *La bella durmiente* que contenía el aparato y puso la suya. Encendió el televisor.

La *suite* había estado totalmente a oscuras, pero en la pantalla no se veían los tonos monocromos rojos o verdes característicos de las grabaciones nocturnas. En cambio, las imágenes eran tenues pero su color era perfecto, y estaban tomadas desde un único ángulo. Era evidente que la cámara estaba escondida detrás del espejo que había sobre el tocador, y Bill vio que una mujer desnuda entraba en la habitación. Iba mirando al suelo y el pelo le ocultaba la cara, pero aunque no podía ver sus rasgos, le vio por primera vez los senos y el vello púbico, y le dio vergüenza pensar que la había tocado, recordar lo que había hecho con ella.

«El mejor sexo de su vida.»

Quiso apartar la mirada, pero no pudo, y soltó el aire con fuerza al darse cuenta de que había estado conteniendo la respiración. En la pantalla, la mujer se metía en la cama, se sentaba a horcajadas sobre su tórax y miraba a la cámara.

Era Sam.

La revelación fue tan espantosa, tan inesperada, que pasaron treinta segundos de reloj antes de que reaccionara, antes de que hiciera absolutamente nada. Se quedó mirando la pantalla como un imbécil mientras su hija empezaba a trabajárselo.

Y entonces lo embargó la humillación, la angustia; sintió asco de sí mismo. Sintió una desesperación como nunca antes había sentido, un horror tan profundo e intenso que no imaginaba que pudiera sentir. Y además de todo eso, o mezclado con ello, sintió un dolor atroz por Sam, un hondo pesar por lo que su hija había hecho, por lo que le había pasado, por lo que él había permitido que le pasara.

Y por encima de todo sintió puro odio por Newman King.

Se volvió hacia el director general.

—Será una de nuestras mejores putas —aseguró King.

Bill lo atacó. Lo hizo sin planearlo, sin pensarlo, guiado sólo por el deseo de lastimarlo, por la necesidad de matarlo. Actuó por impulso, por instinto; avanzó con furia y lanzó los puños. Se abalanzó sobre King...

Y, de repente, se encontró en el suelo, aturdido, sacudiendo la cabeza. Un director nocturno pasó delante de él y siguió caminando. No supo muy bien qué había ocurrido, pero el televisor estaba apagado, él estaba tumbado en el suelo y King en el umbral de salida.

—Le enviaré una copia a su esposa —sonrió el director general, que esperó un instante para añadir—: A no ser que recapacite.

—¡Este Almacén es mío! —exclamó Bill.

—No. Es mío. Yo le dejo jugar con él.

—¡Váyase a la mierda! —Bill intentó ponerse en pie, pero se sentía mareado y cayó de nuevo.

—Le daré un día para pensárselo —dijo King.

Y se fue.

Bill yacía en el suelo gritando de rabia, sollozando, odiándose a sí mismo, deseando matar a King, deseando suicidarse, deseando alguna clase de violencia. Finalmente logró incorporarse y levantarse, y poco le faltó para ir al departamento de artículos deportivos a buscar un arma de fuego y terminar con todo.

Pero algo lo contuvo.

No sabía qué, no sabía por qué, pero se quedó quieto en medio del pasillo mientras los directores nocturnos seguían caminando a su alrededor. Vio pasar a Ben, y a otra persona que le pareció reconocer, aunque no recordaba de dónde.

Entonces fue consciente de que en aquella ocasión había visto algo distinto en King. Por un momento parecía realmente enojado, furioso por la rebelión y la iniciativa de Bill. Por primera vez había mostrado emociones humanas. Y eso le hacía parecer...

... menos al mando.

Más débil.

Quizá no fuera invencible.

Bill contempló la oscuridad de la noche a través de las puertas todavía abiertas. De repente, comprendió qué había pasado.

Nada.

No lo había matado, ni siquiera lo había despedido, aunque era evidente que King tenía el poder para hacer ambas cosas. Él tenía razón: King no podía incumplir el contrato. Éste le otorgaba autonomía total sobre el Almacén de Juniper, y King no podía hacer nada al respecto. El director general podía tratar de obligarlo a dejar su puesto, podía intentar hacerle chantaje para que se fuera, pero no podía despedirlo, y evidentemente no podía hacerle daño. Su contrato lo protegía.

Seguía en su sitio.

Sintió una euforia absurda. Era la primera vez, sin duda, que alguien hacía frente a King, la primera vez que la formación no había cuajado, y era evidente que el director general no se lo había esperado, que no estaba preparado para algo así. Bill no era algo que King hubiera planeado. No se le podía sobornar ni se dejaría chantajear. Pisaría fuerte y lucharía, haría lo que sabía que era lo correcto. Se lo confesaría todo a Ginny, seguiría con su rehabilitación del Almacén de Juniper, y se rebelaría contra Newman King.

¿Y los demás directores del Almacén? Podrían hacer lo mismo. También podrían rebelarse contra King, dirigir sus establecimientos a su modo, hacer lo que quisieran con sus ciudades.

Era posible destruir a King.

¿Qué haría si todos los directores se desligaban de él? ¿Si todos lo desafiaban y empezaban a hacer las cosas como ellos querían? ¿Los destruiría? ¿O su pérdida de poder lo debilitaría tanto que no podría hacer nada?

Seguiría poseyendo la empresa, por supuesto. Seguiría siendo increíblemente rico. Todavía podría contratar a nuevos directores si los antiguos se iban o morían. Pero ¿reduciría su pérdida de influencia sobre las ventas diarias su siniestro poder?

Bill se acordó de lo sucedido al señor Lamb, a Walker y Keyes.

Tal vez moriría.

Todavía tenía lágrimas en las mejillas, y seguía asqueado y horrorizado, pero también tenía una esperanza, un optimismo que no había tenido antes.

Caminó algo atontado aún, pero su determinación podía más que los efectos persistentes de lo que fuera que King había utilizado para aturdirlo. Cruzó las puertas, cerró con llave y se dirigió a su coche para irse a casa.

Cuando llegó, Ginny y Shannon lo esperaban ansiosas en el salón. Las abrazó a ambas y les dijo que todo había ido bien. Después envió a Shannon a su cuarto para poder hablar con su esposa.

Le contó lo sucedido la última noche en Dallas.

Debería habérselo confesado antes, pero había tenido miedo. No había tenido agallas. Había sido un cobarde moral, y en ese sentido, había formado parte del equipo de King. Pero se lo explicó todo, y a medida que iba describiendo su encuentro en la *suite* del hotel, Ginny estaba cada vez más callada. Le explicó que se había despertado con la mujer ya encima de él y que no había tenido elección en el asunto. Sintió la tentación de decirle que lo habían reducido, dominado, que lo habían obligado, pero estaba resuelto a ser sincero con ella, y le contó que pudo haberlo parado, pero que no lo había hecho. Subrayó que había ocurrido después de dos semanas de la supuesta formación de King, tras la privación y los premios, pero si bien se aseguró de que comprendiera el contexto, no evitó su propia complicidad, su propia responsabilidad en lo que había ocurrido.

Sin embargo, no le dijo que se trataba de Sam. Sabía que era una mentira, pero creía que era una mentira justificada. Podrían superar un adulterio, pero su matrimonio no sobrevivía a un incesto. Ginny no podría vivir con él si supiera que se había acostado con su hija.

A duras penas podría él mismo vivir con eso.

Cuando terminó, estaba llorando, pero Ginny permanecía imperturbable, y en ese momento, Bill pensó que lo más probable era que su matrimonio estuviera acabado. No la culpaba. Comprendía cómo se sentía. Él se sentiría igual.

Aun así, estaba contento de habérselo contado. Podría arruinar su vida, pero por lo menos lo liberaba de la influencia de Newman King. Por lo menos, ahora sabía que tenía la libertad de hacer lo que quisiera sin tener que preocuparse por que sus canalladas salieran a la luz.

Ginny seguía sin decir nada, seguía mirándolo con aquella expresión dura, impenetrable, y él pasó a explicarle lo que había ocurrido en el Almacén. Le describió la cólera de Newman King, su incapacidad de incumplir el contrato, la posibilidad de derrotarlo.

Finalmente Bill se dejó caer en el sofá, sintiéndose exhausto y emocionalmente agotado.

—Lo entiendo —dijo Ginny por fin sin dejar de mirarlo—. No estoy segura de poder perdonarte y, desde luego, no voy a olvidarlo, pero esperaremos a que todo esto termine antes de abordarlo. Ahora mismo, nuestra prioridad es librarnos de Newman King. Y lograr que Sam vuelva.

Sam.

Bill tragó saliva con fuerza y asintió.

—Creo que tu idea es buena —prosiguió Ginny—. No sé si servirá para derribar toda la empresa, pero seguro que arrebatarle los distintos establecimientos del Almacén le hará daño. Creo que tienes que ponerte en contacto con los demás directores.

—Lo haré.

Se miraron en silencio. Bill deseó saber qué estaría pensando, pero el rostro de su mujer era impenetrable. Inspiró hondo antes de preguntar:

—¿Dónde quieres que...? —Carraspeó—. ¿Dónde quieres que duerma?

Ginny lo miró y reflexionó un instante.

—En la cama, supongo. —Levantó una mano—. Eso no significa que te perdone, pero comprendo que no estamos en circunstancias normales.

—Yo...

—Y no quiero que Shannon lo sepa. Como dije, ya lo abordaremos más adelante.

Bill asintió.

Ginny suspiró. Se le saltó una lágrima, que se secó con un dedo firme.

—Venga —dijo—. Vamos a la cama.

## 3

A la mañana siguiente, cuando Bill estaba en su despacho del Almacén repasando las notas farragosas e incoherentes que su predecesor había dejado en el ordenador, sonó el teléfono. Era su línea personal. Descolgó inmediatamente.

—¿Diga?

—¿Bill? —Era Ginny—. Recibí un paquete de Sam. Por mensajería FedEx. —A Bill le dio un vuelco el corazón—. Todavía no lo he abierto. Creí que querrías estar aquí.

—Voy enseguida —aseguró Bill.

Para cuando llegó a casa, Ginny había abierto el paquete, pero no había mirado el vídeo, y estaba sentada en el salón, seria y demacrada, con la cinta en la mano.

En cuanto Bill entró, lo miró, reflexionó un momento y le entregó el vídeo.

—No estoy muy segura de que sea algo que quiera ver —declaró.

—Supongo que no —contestó Bill.

—Haz lo que quieras con él —concluyó Ginny.

Bill dejó caer el vídeo al suelo y lo pisoteó hasta romperlo. Recogió los pedazos, desenrolló la cinta y lo echó todo en el cubo grande de basura que tenían en el garaje.

—¿Has llamado ya a los directores? —preguntó Ginny.

—He estado intentando reunir el valor —respondió tras negar con la cabeza—. No dejo de pensar qué ocurrirá si están de su parte. Si no quieren hacer nada distinto a lo que él les indica. O si deciden ir por mí en su nombre. El contrato prohíbe a King hacerme daño, pero no creo que sea aplicable a ellos.

—¿No te dijo que sus peores enemigos terminaban siendo sus mejores directores?

—Sí —admitió Bill.

—¿Y los demás directores que conociste en el curso de formación? Te llevabas bien con ellos, ¿no? ¿Por qué no empiezas por ahí?

—Buena idea —asintió Bill, que suspiró antes de seguir—: Pero es probable que King haga el mismo chantaje a todo el mundo. Por si la formación no surte efecto; nos tiende una trampa y luego la utiliza contra nosotros.

—Pero si son lo bastante fuertes para enfrentarlo, para admitir sus errores y afrontar lo que hicieron mal, y aceptan las consecuencias... —Dejó la frase inacabada.

—Podría salir bien —comentó Bill—. Me pondré en contacto con ellos.

—Pero ten cuidado.

—Sí. Es probable que King controle mi correo electrónico y haya intervenido mis teléfonos. Tengo que encontrar otra forma de llegar hasta ellos.

—El correo —sugirió Ginny—. El correo ordinario. O la mensajería FedEx.

—El método antiguo.

—Es seguro.

—Siempre y cuando los demás directores no tengan un señor Lamb que les abra la correspondencia.

—Es un riesgo que tenemos que correr.

—Podríamos lograrlo —asintió Bill de nuevo.

Ginny le dio un beso. Por primera vez desde que le había contado lo de su infidelidad.

—Sé positivo —le dijo.

—Podremos lograrlo.

—Así me gusta.


Le habían proporcionado una lista donde figuraban todos los demás establecimientos del Almacén en Estados Unidos, así como su número de teléfono. Sin embargo, no incluía los nombres de los directores, y no quería hablar con ellos cuando estuvieran en el trabajo.

Terminó llamando a cada Almacén para preguntar el nombre del director y después al número de información de cada localidad para conseguir su teléfono particular. Había dos cuyos datos no constaban en información, y prescindió de ellos. Llamó a los demás uno por uno, por la noche o a primera hora de la mañana, y aunque al principio le resultaba violento y vacilaba, sin saber muy bien cómo abordar lo que quería decir, cada vez le fue más fácil. Descubrió que la mayoría de directores eran como él; ocupaban su puesto por obligación o a regañadientes, y odiaban en secreto a Newman King.

Algunos de ellos le infundieron recelo, y en esos casos se inventó que tenía algún motivo relacionado con el negocio para llamarlos. Podrían estar dispuestos a seguir su plan, pero también podrían ser leales a King, y no podía correr el riesgo de confiar en ellos si no estaba seguro al ciento por ciento.

El primer director al que llamó, Mitch Grey, era el hombre con quien más a menudo había hablado en las clases de formación, y parecía odiar a Newman King casi tanto como él. Mitch estaba ahora en Ohio, y aceptó la idea de inmediato. Incluso se ofreció a ponerse en contacto con otros directores.

—Voy a preparar un paquete —explicó Bill—. Y lo enviaré por correo al domicilio particular de todos. En él describiré lo que pasó aquí. Me gustaría que hubiera un cambio simultáneo, un día fijado para que todos los directores se apoderaran a la vez de su Almacén y empezaran a deshacer lo que King ha hecho. Aquí he estado haciendo las cosas de modo gradual, pero si todos lo hiciéramos así, podría darle tiempo a ingeniar algo, una forma de combatirnos. Habría que pillarle totalmente desprevenido. Y creo que podríamos hacerle mucho daño si le quitamos poder todos a la vez.

Mitch guardó silencio un momento.

—¿Qué crees que es King? —preguntó entonces.

—No lo sé —admitió Bill.

—¿Por qué crees que hace esto?

—Tampoco lo sé.

—¿De verdad crees que podemos luchar contra algo así?

—Podemos intentarlo.

—Pero ¿crees que ganaremos?

—Sí —aseguró Bill—. Lo creo.

Esa noche decidió que los despidos masivos eran la mejor forma de señalar el inicio de la guerra; librarse de golpe de todos los empleados leales a King, y empezar inmediatamente a recortar el poder del Almacén. Elaboró un calendario provisional, un esbozo, y lo grabó en el ordenador.

A la mañana siguiente, llamó a más directores.

En dos semanas, estaba todo preparado.

Durante todo ese tiempo, habían llegado a diario más cintas de vídeo por mensajería FedEx, y Bill imaginó que seguramente serían de Sam. Él y Ginny las destruyeron todas sin mirarlas. King lo llamaba cada día a su despacho, le dejaba mensajes en el buzón de voz y en el correo electrónico, le enviaba productos que no había pedido y tenía que devolver, se ponía en contacto con los empleados en sus casas y les ordenaba que siguieran sus órdenes con la promesa de ascenderlos, hacía todo lo que podía para desestabilizar el poder de Bill, pero Bill había sabido elegir bien a quién contrataba y a quién despedía, y todo el mundo se mantuvo leal a él. La influencia del Almacén casi había desaparecido fuera de los límites de sus instalaciones y, sin prisa pero sin pausa, Juniper se estaba librando de su yugo opresor.

No todos los directores estaban a favor, pero sí la mayoría. Mitch y él se pusieron en contacto con más de doscientos de sus homónimos, y sólo diez habían sido tan manifiestamente déspóticos que ni siquiera los habían abordado. En otros quince casos dudaron, de modo que prefirieron no mencionarles nada para ir sobre seguro. Pero los ciento setenta y cinco restantes estaban de su parte, dispuestos a hacer lo que fuera necesario para derrotar a King, dispuestos a soportar humillaciones y vergüenzas, a permitir que sus vidas personales quedaran devastadas por un bien mayor.

Bill estaba orgulloso de todos ellos.

La idea era que los directores participantes convocaran una reunión especial con todos sus empleados el domingo por la mañana a las cinco, hora de la costa Oeste; a las seis, hora del Medio Oeste; a las siete, hora del centro, y a las ocho, hora del Este, para que todas coincidieran exactamente en el tiempo con independencia del huso horario donde se encontrara el Almacén. Se decidió hacerlas en domingo porque ése era el día que se abría más tarde.

Además, el domingo era el día del Señor.

Y los contactos con Dios no irían nada mal.

En dichas reuniones, se despediría a los empleados afines a King, se asignarían nuevas funciones a los guías, se desmantelarían los departamentos de seguridad... Para entonces, tendría que haberse elaborado el inventario de cada Almacén, y los directores firmarían formularios de devolución y pedido para cambiar al instante, por lo menos sobre el papel, el contenido de sus existencias.

Era un plan atrevido, y aunque los resultados no fueran exactamente los previstos, seguiría siendo un éxito organizativo.

Y no había duda de que haría daño a King.

La única pregunta era cuánto.

El domingo por la mañana, Bill, Ginny y Shannon se despertaron temprano. Ginny preparó el desayuno, Shannon miró la televisión, Bill leyó el periódico, y los tres intentaron fingir que era un día corriente, que no sucedía nada importante, pero estaban preocupados y nerviosos, más callados de lo habitual, y la cuenta atrás hasta la hora fijada se les hizo eterna.

Llegó el momento.

Pasó.

En la cocina, Ginny lavaba los platos; por televisión, *El gato Isidoro* terminó y empezó *Bugs Bunny*. No hubo un gran cambio existencial, ningún terremoto o relámpago, ningún huracán o estampido sónico. Era imposible saber si todo había transcurrido según lo previsto o si había pasado algo, y Bill caminaba arriba y abajo por el salón, salía de la casa para ir al garaje, bajaba el camino de entrada y regresaba al interior de la casa, abriendo y apretando los puños nervioso. Esperó cuarenta y cinco minutos de reloj antes de decidirse a llamar a Mitch.

El teléfono sonó justo cuando iba a descolgarlo para marcar el número.

—¿Diga? —contestó, inquieto.

—Ya está —dijo Mitch—. Aquí todo ha ido de acuerdo con el plan, y llamé a dos directores más y me dijeron lo mismo.

—Tendría que informarnos todo el mundo.

—Lo harán.

—¿Alguna diferencia? ¿Algún cambio?

Mitch tardó un momento en responder:

—No lo sé. Yo no he notado nada, si te refieres a eso. No... No lo sé.

—Supongo que tendremos que esperar.

—Podrías intentar llamar a Dallas y preguntar por Newman King.

—Creo que esperaré —rio Bill.

—Te llamaré de nuevo si pasa algo.

Durante la siguiente hora y media, todos fueron llamando. Bill no sabía qué ocurría en Dallas, pero en las pequeñas poblaciones de todo el país el poder del Almacén había empezado a remitir. Él había sido el impulsor del proceso, y se sintió orgulloso cuando el último director, de una pequeña ciudad de Vermont, llamó para informar.

—¿Qué hacemos ahora? —preguntó Shannon.

—Seguir con nuestras vidas —repuso su padre—. Y esperar.

—¿A qué?

—A Newman King.

—¿Qué crees que hará? —quiso saber Ginny.

—Tendremos que esperar para verlo —dijo Bill a la vez que se encogía de hombros.

Esa noche cerró temprano el Almacén y convocó una reunión para explicar a sus empleados lo ocurrido. A lo largo del día había compartido la información con algunos de ellos, aquellos con los que había tenido más contacto, pero quería que todos supieran que los directores se habían rebelado, que los establecimientos del Almacén de todo el país estaban escindiéndose de la empresa. Era posible que entre sus empleados todavía hubiera partidarios de King, pero no le importaba que supieran lo que sucedía. Lo peor que podían hacer era delatarlo, avisar a King. Y tenía la sensación de que King ya lo sabía todo.

Se le ocurrió que quizá King estaba muerto.

Recordó cómo Lamb, Walker y Keyes habían caído fulminados al suelo.

No. Eso era esperar demasiado.

No sería tan fácil acabar con el director general.

Era indudable que si King no estaba muerto, estaría cabreado, y Bill dudaba de que su poder procediera simplemente de los establecimientos que controlaba. Pensó en aquel brazo con demasiados huesos, en sus ojos penetrantes, en su rostro pálido como el plástico, y se estremeció.

Por primera vez en varios días, se permitió pensar en Sam. No había estado nunca tan alejada de sus pensamientos, pero tenía otras preocupaciones, y sólo había podido pensar en ella brevemente.

Sus recuerdos de ella estaban mancillados, sus sentimientos paternos recubiertos de una vergüenza culpable, y era incapaz de pensar en su hija sin recordar aquella imagen en el vídeo, sin recordar cómo la había sentido en la cama del hotel en Dallas. Era incómodo pensar ahora en ella como en una niña, y se preguntaba qué ocurriría cuando regresara, cómo iban a relacionarse entre sí. Quizá la hubieran hipnotizado y no recordara nada de lo sucedido. Quizá los dos evitarían el tema y jamás hablarían de ello, como si no hubiera pasado.

Quizá no regresara.

Quizá King hubiera procedido a su «liquidación».

«No —pensó—. Cualquier cosa menos eso.»

Trató de recordar cómo era antes. Antes del Almacén. Había sido una chica dulce y amable. Lista, bonita, considerada, agradable. Tranquila, incluso de niña. Una chica con un gran futuro ante ella.

Y King, Lamb y todos sus seguidores la habían convertido en un autómata sin conciencia, dispuesta a hacer cualquier cosa que le pidieran.

Se alegraba de que Lamb hubiera muerto. Y Walker. Y Keyes. Y si podía ver morir también a Newman King, sería feliz.

Pensó esperanzado que tal vez King se suicidara. Tal vez se matara.

Bill estaba delante de sus empleados. Se subió a una de las mesas de la cafetería y contempló a los hombres y mujeres que allí se apiñaban. Los había reunido en ese lugar en vez de en la Planta o en una de las salas para usos diversos porque quería subrayar la diferencia entre el viejo Almacén y el nuevo Almacén, y le alegró no ver miedo ni odio en sus rostros, sino sólo interés expectante y curiosidad.

El contexto del Almacén había cambiado verdaderamente.

Levantó las manos para pedir silencio y anunció lo que había sucedido, lo que los directores del resto del país habían hecho. Explicó que casi todos los establecimientos de la cadena habían renunciado a los viejos métodos y que a partir de entonces se dirigirían y funcionarían por separado.

—El poder de la empresa se ha descentralizado —dijo—. Y todo el mundo nos utiliza como ejemplo. —Hubo una aclamación—. Como la mayoría de ustedes saben, tiempo atrás tuve algunos desacuerdos con las oficinas centrales...

Risas.

—... y me alegra que Newman King ya no pueda decirnos cómo tenemos que hacer las cosas. Su tiranía sobre Juniper ha acabado.

—¡King ya es historia! ¡Viva! —gritó alguien.

—¡Viva! —corearon todos.

Una voz como un trueno, como la de un dios, atravesó el ruido como un cuchillo y silenció al instante a los empleados reunidos. Los aplausos y vítores cesaron de golpe, y todas las cabezas se volvieron hacia el origen de aquella voz.

Newman King.

Estaba en el pasillo central mirando hacia la cafetería.

Mirando directamente a Bill.

—Cabrón de mierda —dijo.

Las luces del edificio se atenuaron.

Bill se mantuvo firme mientras King avanzaba hacia él por el pasillo. El Almacén estaba en silencio, y lo único que se oía era el sonido de las botas de King en el suelo embaldosado.

Los empleados se apartaron nerviosos para dejarle paso cuando llegó a su altura, y Bill vio que se le había empezado a corroer la cara. Los dientes habían desaparecido y su lugar lo ocupaban raigones. Su piel era ahora de un color blanco amarillento, muy tirante en algunos puntos, donde la negrura era visible bajo ella.

Sólo sus ojos seguían igual, y cuando Bill notó la intensidad abrasadora que irradiaban, tuvo miedo.

«¿Qué es King?», pensó.

King levantó una mano, chasqueó los dedos y los directores nocturnos aparecieron al instante por el lado opuesto del Almacén. No se dispersaron para empezar a caminar entre los estantes y expositores como solían hacer, sino que avanzaron en masa hacia ellos.

Para entonces King estaba delante de la cafetería, pero no hizo ningún esfuerzo por acercarse más. Se quedó allí parado, mirando a Bill, que seguía en lo alto de la mesa.

—Yo construí el Almacén —escupió—. ¡Yo lo creé! ¡Yo lo inventé!

—¡Usted lo arruinó! —gritó un valiente de los allí reunidos. Un chico joven.

King se giró y fulminó con la mirada a los empleados.

—¡Yo les convertí en lo que son! —les espetó King—. ¡Les di trabajo! ¡Les convertí en lo que son hoy en día!

Devolvió la atención a Bill, que se sentía asustado, pero que no obstante había percibido la rabia en la voz del director general, había notado el pánico, la desesperación. Comprendió que King se estaba muriendo. Del mismo modo que Lamb, Walker y Keyes. Y la idea le causó una gran satisfacción.

King avanzó despacio.

—Debería haberlo matado cuando tuve ocasión. Pero, en lugar de eso, lo tomé bajo mi protección, lo formé, le permití ser director.

—No debería haber utilizado a mi hija —indicó Bill sin amedrentarse.

—¡Es una puta! —bramó King.

El odio y la rabia acabaron con el miedo que quedaba en Bill.

—No tiene ningún poder aquí —dijo con frialdad—. Este Almacén es mío. Lárguese.

Delante de la cafetería, los directores nocturnos avanzaban entre la gente, que comenzó a dispersarse rápidamente. Los empleados se escabulleron, se escondieron detrás de los percheros con ropa o retrocedieron por los pasillos, y varios se dirigieron a las puertas corriendo.

—No voy a permitir que se salga con la suya —le advirtió King—. No voy a permitir que me quite el Almacén.

—Usted mató a mis amigos. Acabó con mi ciudad.

—¡Este Almacén es mío!

Bill salió disparado hacia atrás, cayó de la mesa y fue a dar contra la barra de la cafetería. King no lo había tocado, pero sintió que algo lo había empujado, una fuerza que le recorrió todo el cuerpo, semejante a un muro de energía invisible.

King siguió avanzando, y su rostro en descomposición semejaba una máscara aterradora de rabia y odio, probablemente una versión más suave de la auténtica cara que había debajo.

Bill inspiró y se levantó para enfrentarse con King. Quería irse corriendo, pero sabía que no podía hacerlo y...

... volvió a salir disparado hacia atrás. Esta vez, la fuerza le golpeó el pecho y el vientre, como si fuera una bola de cañón.

—¡Yo soy el Almacén! —gritó King.

Tambaleándose, Bill logró volver a incorporarse, y se puso en pie lleno de orgullo, jadeando.

—El Almacén es nuestro —le espetó a King—. ¡Y este Almacén es mío!

Esta vez acabó tumbado sobre el mostrador, inmovilizado por aquella energía invisible. A través de las lágrimas pudo ver cómo huía el resto de los empleados, y vio que los directores nocturnos avanzaban hacia él.

King le sonrió, y era realmente aterrador contemplarlo.

—¿Cómo es que no se deshizo de los directores nocturnos? ¿Por qué no los despidió? —King lo miró, y su sonrisa terminó en un gruñido—. ¡Porque no podía hacerlo! No son suyos, son del Almacén. Son míos.

Bill forcejeó y se retorció hasta que logró liberarse de la fuerza que lo retenía. King estaba de pie delante de él y lo empujó hacia atrás, esta vez con las manos, que eran fuertes, frías y extrañamente huesudas.

Bill se agarró a uno de los brazos de King para no caer otra vez y lo apartó de él con un manotazo.

El director general lo miró desconcertado.

Bill volvió a empujarlo, pero King permaneció inmóvil, no perdió el equilibrio un ápice, y Bill sólo notó una inmovilidad férrea contra sus manos. Sin embargo, por primera vez vio en la cara de King algo semejante a miedo. Sólo duró un segundo, aunque fue rápidamente sustituida por una expresión de rabia, pero había estado ahí, aunque fuera brevemente, y a pesar de que King lo lanzó al suelo, Bill sonrió.

—Aquí no tiene poder —dijo desafiante.

King, furioso, se volvió hacia los directores nocturnos que se habían reunido detrás de él. Chasqueó los dedos, dio una palmada y señaló a Bill.

—¡Mátenlo! —ordenó.

Los directores vestidos de negro se quedaron donde estaban, inmóviles.

—¡Mátenlo! —repitió King.

Y los directores nocturnos lo atacaron a él.

Bill se levantó tambaleante y se apoyó en la barra.

Desconcertado, el director general tropezó y cayó al suelo. Bill se quedó sorprendido, y no supo qué hacer o decir. Dirigió una mirada hacia los pasillos que confluían delante de la cafetería, y vio que la mayoría de los empleados habían regresado y observaban la escena desde allí.

King intentaba levantarse, intentaba enderezarse, pero los directores nocturnos lo tenían ahora rodeado por completo y le daban puntapiés, lo golpeaban, le asestaban puñetazos.

Bill comprendió que eran del Almacén.

Eran suyos.

Y lo estaban protegiendo.

Uno de ellos sacó un cuchillo de su atuendo negro.

—¡No! —gritó King.

Salieron más cuchillos.

Bill debería haberse sentido contento. Debería haberse sentido bien. Era lo que había querido y esperado.

Pero, por alguna razón, no le parecía lo correcto. Los directores nocturnos, que eran víctimas del Almacén, también formaban parte del Almacén. Se habían vuelto en contra de Newman

King, pero estaban usando sus tácticas. Eran obra suya; eran hijos suyos.

De repente, se abalanzaron sobre King y un puñado de cuchillos relució bajo la tenue luz. Los cuchillos desaparecieron un instante, y reaparecieron después cubiertos de color rojo. Se oyó el nauseabundo ruido de la sangre manando y de la carne al rasgarse. Entre las formas en movimiento de los directores nocturnos, Bill vio cómo el cuerpo de Newman King se sacudía una vez, con la cabeza levantada, para desmoronarse después y quedar inmóvil.

Una sombra negra se elevó entre el tumulto, revoloteó en el aire y se desvaneció, y los directores nocturnos se agacharon y se incorporaron todos a una mientras el grupo central recogía el cadáver de Newman King. Llevándolo en volandas, salieron de la cafetería y empezaron a caminar en silencio por el pasillo central hacia la puerta que conducía a los sótanos.

Bill permaneció varios segundos apoyado en la barra de la cafetería, estupefacto, hasta que finalmente se enderezó y miró a los empleados que seguían allí. Las expresiones de asco y desconcierto que vio debían de ser un reflejo de la suya propia. Inspiró hondo y se abrió paso a zancadas entre las mesas caídas para salir al pasillo central.

—¡Alto! —ordenó a los directores nocturnos.

Los directores nocturnos se detuvieron todos a la vez.

Bill corrió para reunirse con ellos, seguido de varios empleados. Cerca de la parte posterior del grupo, entre un puñado de caras que no reconocía, vio a Ben. Como el de sus compañeros, el rostro de Ben era inexpresivo, imperturbable, y estaba salpicado de sangre. Pero las comisuras de sus labios parecían algo inclinadas hacia arriba, y daba la impresión de que sonreía.

Bill alzó los ojos hacia el cadáver de Newman King y los dirigió después de nuevo hacia el director nocturno que, tiempo atrás, había sido su amigo.

—Estás despedido —le dijo en voz baja.

Ben se desplomó.

No hubo ninguna transformación, ningún cambio en su expresión o su aspecto; sólo cayó súbitamente al suelo, como si fuera un juguete eléctrico y alguien lo acabara de desconectar.

Tras reflexionar un momento, Bill exclamó en voz alta:

—¡Están todos despedidos!

Los directores nocturnos se desplomaron.

No sabía si los estaba matando o si les estaba haciendo un favor, si estaba liberando sus almas atrapadas o, simplemente, desenchufando robots descerebrados, pero sabía que, fuera lo que fuese, era lo correcto.

Los directores nocturnos ya no tenían cabida en el Almacén.

Delante de él, el pasillo estaba ahora lleno de cuerpos inmóviles vestidos de negro.

Tendrían que acceder al pasillo siguiente si querían salir del edificio.

—Vamos a rodearlos —sugirió a los empleados.

—Creo que Jim fue a llamar a la policía —comentó alguien.

—Muy bien —asintió Bill con aire cansado. Rodeó un expositor cargado de tostadoras y salió al pasillo siguiente para dirigirse a la entrada del Almacén. A través de las puertas abiertas pudo ver cómo fuera, en el estacionamiento oscuro, había un montón de gente esperando. Ya se oían las sirenas a lo lejos.

Se volvió para mirar de nuevo a los directores nocturnos mientras cruzaba el pasillo central. En medio de la negrura había una única figura de color claro.

—King ya es historia —dijo Holly detrás de él.

Bill se giró hacia ella y asintió.

—Sí —dijo—. Ya es historia.


Cuando volvió a casa, Ginny y Shannon estaban mirando las noticias por televisión, y las dos gritaron y corrieron a abrazarlo en cuanto cruzó la puerta.

—Gracias a Dios —exclamó Ginny—. Gracias a Dios.

—Creíamos que estabas muerto, papá —dijo Shannon sin dejar de abrazarlo.

—¡No es verdad! —repuso su madre.

—¡Pues yo sí lo creía!

—Estoy bien —aseguró Bill.

—Tienes que ver esto. —Ginny lo acercó al televisor y señaló la pantalla.

La Torre Negra se estaba desplomando.

Bill se volvió hacia Ginny con el corazón en un puño.

—¿Y...? —empezó.

—¿Sam? —sonrió Ginny—. Llamó. Está bien.

—¡Va a volver a casa! —añadió Shannon.

«Va a volver a casa.»

A Bill se le hizo un nudo en el estómago. Se obligó a parecer contento y entusiasmado, pero notaba que era falso, forzado. Quería que volviera, la quería en casa, claro, pero...

Pero no sabía qué iba a decirle.

Notó la mano de Ginny en su brazo.

—Supongo que salió bien, ¿verdad?

Él asintió.

—¿Crees que Newman King...?

—Está muerto.

—¿Qué pasó? —quiso saber Shannon.

Bill sacudió la cabeza.

—¿Qué? —insistió la niña.

—Ya os lo contaré. —Volvió a concentrarse en el televisor. La CNN alternaba imágenes de la Torre Negra y un terreno del sur de Dallas, propiedad de Newman King, donde estaba previsto construir el primer Almacén en una zona metropolitana importante.

La Torre Negra se estaba hundiendo totalmente. La policía había cerrado el acceso a toda la manzana, y las dos calles que hacían esquina con el edificio estaban casi sepultadas bajo los escombros. Pero lo más asombroso era el terreno, aquel solar vacío en Dallas, porque gatos, ratas, serpientes de cascabel, pájaros y murciélagos acudían a él para caer muertos en su interior. La policía había acordonado la zona, pero no obstante algunas personas que se colaron también cayeron redondas. Las cámaras de las noticias captaron a varias.

—Él era el Almacén —dijo Bill sin apartar la vista de la pantalla.

—¿Qué? —preguntó Ginny.

Se volvió par mirarla y sonrió.

—Nada —contestó.

—¿Se acabó? —dijo Ginny.

Bill asintió, la rodeó con un brazo para atraerla hacia él y, por primera vez en mucho tiempo, se sintió feliz.

—Sí —aseguró—. Se acabó.

# Epílogo

## 1

Durante semanas, Internet había sido un hervidero de noticias sobre el Almacén y los cuerpos sin vida aparecidos en él. Se habían difundido y analizado fotografías procedentes de todo el país de personas que habían ido en coche o a pie al estacionamiento de distintos establecimientos del Almacén. Los teóricos de las conspiraciones y los ufólogos habían hecho su agosto postulando supuestos de lo más complejos que se ajustaban a sus ideas preconcebidas y, al mismo tiempo, explicaban lo sucedido en los establecimientos del Almacén. Hasta las agencias de noticias habían puesto énfasis en la historia, aunque guardaban extrañamente silencio sobre las causas, y sus expertos habituales no ofrecían ninguna opinión en público.

En Juniper, dieciséis hombres y mujeres, todos ellos empleados del Almacén, habían ido a morir al estacionamiento.

Un montón de animales había hecho lo mismo.

Street había vuelto. Tras haber visto todo el jaleo en las noticias desde la caravana que tenía alquilada en Bishop, California, supo que por fin su vida ya no corría peligro. Viajó en coche a Juniper al día siguiente y volvió a abrir su tienda como si nada hubiera pasado. No fue a ver a Bill para informarle de que estaba de nuevo en la ciudad, ni lo llamó, sino que le envió un e-mail que ponía: «¿Quieres jugar al ajedrez esta noche?»

Nada más leer el mensaje, Bill fue hasta la tienda de material electrónico y Street le contó lo que había pasado la noche que abandonó Juniper. Bill, a su vez, le explicó lo ocurrido a Ben.

Estuvieron callados un instante mientras pensaban en su amigo, y luego Street entró en la trastienda y sacó dos cervezas de la nevera, de modo que los dos brindaron por su compañero de fatigas.

Bill no había cumplido el plazo de entrega de la documentación de recursos humanos, pero no importaba. Los contratantes que tenían que recibirla no tenían demasiada prisa, y además, era el primer plazo que incumplía. Sus supervisores de Automated Interface supusieron que no le habían dado el tiempo suficiente, de modo que le prolongaron el plazo.

Bill lo tenía todo muy bien encarrilado para cumplirlo.

Y sanseacabó. La vida volvía a su rutina habitual. La semana anterior se había elegido un nuevo equipo municipal, y aunque había sido un asunto complicado y el municipio había tenido que contratar a un abogado y a un contable externos para revisar todo el papeleo, el departamento de policía volvía a ser un organismo municipal, y la mayoría de las «reformas» que había financiado el Almacén estaban en proceso de rescisión. Dos noches antes, se había celebrado en el gimnasio una sesión plenaria en la que Ted Malory había ejercido como nuevo alcalde. En dicha sesión se había aprobado por unanimidad, a pesar del recelo de la mayoría de los presentes, imponer temporalmente un impuesto del uno por ciento sobre las ventas hasta que Juniper dejara de estar en números rojos.

El Almacén seguía abierto. Bill había dimitido, y Russ Nolan, un empleado que ocupaba un puesto directivo en la cadena de mando, había sido nombrado director temporal. Nolan había seguido encantado los métodos anteriores, pero se había adaptado a la nueva situación, había cambiado y parecía bastante sensato.

Sin embargo, nadie sabía cuánto tiempo seguiría abierto el Almacén. Se rumoreaba que Federated, Wal-Mart o Kmart iba a comprar la cadena. Cuando Bill llamó al director, éste no pudo confirmarle los rumores, pero tampoco los descartó automáticamente.

Según otro rumor, Safeway o Basha iba a comprar el antiguo Buy-and-Save y a convertirlo en uno de sus establecimientos. Aunque Bill no deseaba que otra cadena abriera nunca más un punto de venta en Juniper, a Ginny parecía entusiasmarle la idea, y tuvo que admitir que no iba a luchar contra ello.

No le quedaban demasiadas ganas de luchar.

Él y Ginny seguían reconciliándose. Habían discutido detenidamente lo que había ocurrido. Muchas veces. A primera vista, todo estaba bien, todo había vuelto a la normalidad, y ninguno de los dos había sacado a colación lo de Dallas en varias semanas. Pero seguía ahí, entre ambos, y Bill no creía que fuera a desaparecer nunca del todo.

Pero lo entendía.

Podía vivir con eso.

Era tarde, pasada la medianoche, después de hacer el amor. La puerta del dormitorio estaba cerrada con llave, y Shannon dormía en su habitación al otro lado del pasillo. Estaban tumbados en la cama, desnudos sobre las sábanas, y Ginny siguió suavemente con los dedos el contorno de la marca en las nalgas de su marido. El Almacén lo había marcado para siempre, y aunque él y Ginny habían hablado sobre la posibilidad de que un cirujano plástico le eliminara la marca, Bill había decidido conservarla. Ya no le dolía, y quería tener la cicatriz.

Para recordárselo.

Para no olvidarlo nunca.

—¿Dónde crees que estará Sam? —preguntó Ginny en voz baja.

—No lo sé —contestó él tras sentarse en la cama.

—Dijo que iba a volver. —Bill se sonrojó avergonzado, y desvió la mirada sin decir nada—. ¿Crees que estará bien?

—Eso espero.

—Pero ¿lo crees?

—No lo sé —admitió.

Ginny empezó a sollozar en silencio. Movía los hombros y

las lágrimas le resbalaban por las mejillas, pero sólo se le escapó un suspiro ahogado. Bill se inclinó hacia ella y la estrechó con fuerza entre sus brazos.

—Lo superaremos —aseguró—. Sobreviviremos.

De repente, él también estaba llorando. Ginny se apartó para mirarlo y le secó las lágrimas de las mejillas mientras él le secaba las suyas.

—Sí —convino Ginny, y ambos sonrieron.


## 2

Habían estado viajando la mayor parte del día. No veían una auténtica ciudad desde Juneau, y no se cruzaban con un edificio desde hacía más o menos una hora después de eso. La carretera había dejado de estar asfaltada hacía rato, y aunque el todoterreno Explorer no tenía ningún problema con las piedras y raíces del camino embarrado, a Cindy Redmon no le gustaba estar tan alejada de todo, no le gustaba encontrarse en mitad de ninguna parte. Agradecía la iniciativa de Ray de pasar una luna de miel única, y la idea de una semana idílica en el bosque le había parecido muy romántica, pero Alaska no era exactamente lo que se había imaginado. El paisaje era hermoso, sí; tan pintoresco como lo pintaban los folletos y los libros. Pero también era frío. Y remoto. Y cuanto más se adentraban en el bosque, menos cómoda se sentía con el hecho de que la radio fuera su único contacto con la civilización.

¿Y si tenían un accidente?

¿Y si uno de los dos sufría un infarto o se atragantaba con una espina de salmón?

Ray, que pareció captar su estado de ánimo, le sonrió.

—No te preocupes, cariño —le dijo—. No pasará nada.

Entonces tomaron una curva y, en un pequeño claro abierto en medio de un grupo de árboles enormes, vieron el Mercado.

Ninguno de los dos dijo nada. No era especialmente impresionante. No habría destacado en una ciudad, en una zona civilizada. Pero allí, en un bosque de Alaska, parecía realmente milagroso, y Cindy se quedó mirando el pequeño edificio mientras Ray reducía la marcha del Explorer.

Era del tamaño de un pequeño supermercado y estaba construido con el mismo estilo, con una fachada lisa y un tejado inclinado. Pero no tenía ventanas, sólo una puerta de entrada y una pared de hormigón ligero. Lo más extraño de todo era el letrero, un rectángulo independiente de luz brillante que lucía el nombre del establecimiento en letras verdes sobre fondo blanco: El Mercado.

—El Mercado —leyó Ray—. ¿Qué clase de nombre es ése?

—Llama la atención —indicó Cindy.

—No necesitaba ningún letrero para eso —rio Ray—. Aquí no. —Aparcó delante del edificio—. Recuerda *Apocalypse Now* o algo así, ¿verdad? ¿Cuando creen que están en mitad de la selva y se encuentran con un escenario montado para ofrecer espectáculos a los soldados?

Tenía razón. Era algo igual de surrealista. Pero también había algo más, algo que a Cindy no le gustaba, algo que empezaba a hacerla sentir muy incómoda.

—Vámonos —le pidió a Ray—. Larguémonos de aquí. No me gusta este sitio.

—Echémosle antes un vistazo.

—No quiero.

—Venga.

—¿Y si dentro hay un grupo de chalados de esos que creen que está a punto de llegar el fin del mundo? ¿O algún psicópata caníbal? Por lo que sabemos, ahí dentro podrían esconderse Norman Bates o el Carnicero de Milwaukee.

—Correré el riesgo —rio Ray, que abrió la puerta y bajó del vehículo—. Voy a entrar para comprar algo de comida. ¿Quieres algo?

Cindy negó con la cabeza.

—¿Seguro que no quieres venir? —insistió él.

Ella asintió, y observó cómo Ray salía del coche y avanzaba pesadamente por el barro medio endurecido, abría la pesada puerta de madera y entraba en el establecimiento.

Pensó que no debería haberlo dejado ir. Debería haberle hecho pasar de largo.

Contuvo el aliento y no se dio cuenta de que estaba sujetando con fuerza el apoyabrazos hasta que Ray salió del Mercado unos minutos después con una bolsa grande de víveres.

¿Una bolsa grande de víveres?

Se subió al Explorer y dejó la bolsa en el suelo, entre ellos, con aspecto aturdido.

—¿Qué es todo esto? —preguntó Cindy cuando puso en marcha el todoterreno—. ¿Qué compraste? —Hurgó en la bolsa y sacó un cómic, una caja de cereales, un par de calcetines y un casete de Tom T. Hall—. Creía que ibas a comprar algo de comida.

—Cállate —le espetó Ray, y hubo algo en su voz que le puso los pelos de punta, que hizo que no quisiera preguntarle nada más—. Vámonos de aquí.

Arrancó, botando en un charco medio congelado y un bache rocoso. No apartó los ojos del camino que tenía delante, sin mirar alrededor, si mirarla a ella, sin mirar atrás, con una expresión lúgubre en los ojos.

Antes de que llegaran a la siguiente curva, antes de que los árboles taparan por completo la vista tras ellos, Cindy se volvió en su asiento y entornó los ojos para mirar por la polvorienta ventanilla trasera y concentrarse en un leve movimiento.

La puerta del edificio se abrió.

Nunca olvidaría el momento en que le pareció ver al propietario del Mercado.

OTROS TÍTULOS
DE LA COLECCIÓN

# EL PADRINO

## Mario Puzo

La publicación de *El Padrino* en 1969 supuso una convulsión en el mundo literario. Por primera vez, la Mafia protagonizaba una novela y era retratada desde dentro con acierto y verosimilitud. Mario Puzo la presentaba no como una mera asociación de facinerosos, sino como una compleja sociedad con una cultura propia y una jerarquía aceptada incluso más allá de los círculos de delincuencia.

*El Padrino* narra la historia de un hombre: Vito Corleone, el capo más respetado de Nueva York. Déspota benevolente, implacable con sus rivales, inteligente, astuto y fiel a los principios del honor y la amistad, Don Corleone dirige un emporio que abarca el fraude y la extorsión, los juegos de azar y el control de los sindicatos. La vida y negocios de Don Corleone, así como los de su hijo y heredero Michael, conforman el eje de esta magistral obra.

Con *El Padrino*, Mario Puzo partió de la realidad y consiguió crear un género. La Mafia pasó a ser tema central de centenares de novelas y películas, aunque ninguna de ellas ha alcanzado el nivel de la obra que las inspiró.

# EL JARDINERO NOCTURNO

## George Pelecanos

Cuando el cuerpo de un adolescente aparece en un jardín comunitario de Washington, el detective Gus Ramone revive un caso en el que trabajó veinte años atrás. Siendo novatos, Ramone y Dan «Doc» Holiday ayudaron al legendario detective Cook en la investigación de los asesinatos de tres adolescentes que aparecieron muertos en parques de la ciudad. Jamás atraparon al asesino, al que apodaron el Jardinero Nocturno.

Después de aquello, Holiday abandonó la policía y ahora trabaja de chófer y guardaespaldas. Cook se retiró, pero tampoco ha podido olvidar el caso del Jardinero Nocturno. Ramone es el único que sigue en la policía, en la brigada de homicidios.

Ahora, este nuevo asesinato los reunirá en torno a un propósito común. Los remordimientos, la rabia y el sentido del deber que en otro tiempo les unieron resurgen con fuerza cuando se lanzan a poner cerco al monstruo que ha estado acechando sus pesadillas. Tal vez ahora puedan atrapar al Jardinero Nocturno...

# EL FRENTE

## Patricia Cornwell

La fiscal de distrito Monique Lamont tiene un trabajo especial para Winston Garano, investigador de Homicidios a su servicio. En 1962, una joven invidente británica fue brutalmente asesinada. Ahora parece que ésta podría haber sido la primera víctima del Estrangulador de Boston. Garano no comprende por qué no es Scotland Yard quien se encarga del caso, dado que la víctima era de origen británico. Pero parece que el objetivo de Lamont es ganar notoriedad y acercarse un poco más a sus ambiciosas aspiraciones políticas. Casualmente, en la zona donde Winston debe investigar se encuentra la sede del Frente, una asociación promovida por algunas agencias policiales con el objetivo de ganar independencia respecto a la policía estatal (en contra de los intereses de la fiscal). Pronto empezarán a filtrarse informaciones comprometedoras. Garano, ayudado por la eficiente Stump, miembro del Frente, se embarcará en una investigación llena de referencias cruzadas y datos contradictorios.

Patricia Cornwell demuestra una vez más su maestría a la hora de articular un thriller intrigante y lleno de tensión.